FERAL

DER SCHWARZE PRINZ

MOON

ASUKA LIONERA

DARK
DIAMONDS

© rini

Asuka Lionera wurde 1987 in einer thüringischen Kleinstadt geboren und begann als Jugendliche nicht nur Fan-Fiction zu ihren Lieblingsserien zu schreiben, sondern entwickelte auch kleine RPG-Spiele für den PC. Ihre Leidenschaft machte sie nach ein paar Umwegen zu ihrem Beruf und ist heute eine erfolgreiche Autorin, die mit ihrem Mann und ihren vierbeinigen Kindern in einem kleinen Dorf in Hessen wohnt, das mehr Kühe als Einwohner hat.

Ich meinte nur,
mein Herz sei Eurem so verbunden,
dass nur EIN Herz in beiden wird gefunden.

William Shakespeare
(Ein Sommernachtstraum)

SCARLET

KAPITEL 1

Ich weiß nicht, wie lange Tristan und ich halb erstarrt dastehen und uns ansehen. Es kommt mir endlos vor, als wären Stunden vergangen. Völlig gleichgültig im Übrigen, denn die verstrichene Zeit reicht nicht aus, um mich begreifen zu lassen, dass er tatsächlich hier ist.

Tristan.

Direkt vor mir. Er lebt. Und er sieht fast genauso aus wie früher – gleichzeitig auch wieder nicht. Schon immer war er größer als ich, doch er scheint noch ein paar Zentimeter gewachsen zu sein. Sein Rücken ist breiter. Ebenso wie Hals und Kiefer.

Das ist nicht mehr der Junge, der er einst war. Nein. Mein Prinz, hinter dem ich hergetapst bin, seit ich laufen konnte, ist zu einem Mann geworden. Dennoch habe ich ihn sofort erkannt, obwohl ich ihn zunächst für bloße Einbildung hielt. Doch dann hat er mich angesehen und mit mir gesprochen. Er hat mich ebenfalls erkannt – und ich wusste, dass es keine Einbildung, kein Traum sein konnte.

Ich habe ihn bluten sehen … seine Schreie gehört, die mich in meinen dunkelsten Albträumen heimgesucht haben. In der Nacht, als wir beide fliehen und uns eine gemeinsame Zukunft aufbauen wollten, wurden Tristan und ich von zwei Ferals überrascht. Ich kam knapp mit dem Leben davon, aber Tristan … Er hatte so viel Blut verloren, war so blass – er hätte unmöglich überleben können!

In dieser schrecklichen Nacht wollte ich auch sterben, doch Ash bewahrte mich vor dem Tod – und die Narben an meinem Rücken erinnern mich immer wieder daran, was damals geschah.

Es hat Jahre gedauert, bis ich über Tristans Tod hinwegkam. Vielleicht bin ich das nie wirklich. Ich weiß es nicht. Ich weiß gar nichts mehr, denn alles, was ich tun kann, ist hier zu stehen und in die hellvioletten Augen meines Prinzen zu starren. Ich will ihn berühren, seinen Atem auf meiner Haut spüren, um mir sicher sein zu können, dass er keine Ausgeburt meiner Fantasie, sondern real ist. Ich will ...

Mein Nexus piept und Ashs Gesicht taucht in meinem Kopf auf. Schnell schüttele ich mich und blocke ihn ab. Ich weiß, dass er nur ein paar Meter hinter mir steht, aber ich will nicht, dass er irgendwas von den wirren Gedanken erfährt, die zusammenhanglos auf mich einströmen. Ich verstehe selbst nicht, was hier vor sich geht, und ein Teil von mir will es auch nicht verstehen.

Der Teil, der immer Tristan gehört hat, aber bis eben tief in mir verschüttet lag, schreit nun lauter denn je und übernimmt mein Handeln und Fühlen.

Tristans Haare sind kürzer als früher, fällt mir auf; sie hängen ihm nicht mehr so tief in die Stirn. Er hat die Brauen sorgenvoll zusammengezogen, als verstünde auch er nicht, was hier gerade vor sich geht. Ich kann es ihm nicht verdenken. Auch in meinem Kopf herrscht ein solches Chaos, dass ich keine Ahnung habe, wie ich reagieren soll.

Mein Blick huscht zu der Hand, die er mir noch immer entgegenstreckt.

»Tristan«, hauche ich tonlos.

Ich kann mich nicht daran erinnern, wann ich seinen Namen zuletzt ausgesprochen habe. Es muss lange her sein. Ich wollte ihn ebenso wie die blutigen Erinnerungen in mir einschließen und nach vorn blicken. Doch jetzt, nachdem ich den Namen ausgesprochen habe, bin ich mir sicher, dass es nicht so einfach ist. Tristan war immer da, irgendwie; denn seit meiner frühsten Kindheit war er ein Teil von mir. Scarlet und Tristan. Tristan und Scarlet. Wo der eine auftauchte, konnte der andere nicht weit sein. Wir hielten zusammen, wuchsen gemeinsam auf und irgendwann ... Irgendwann war da *mehr* zwischen uns. Doch wir waren jung. So jung. Wir wussten nicht, was das für Gefühle waren, die plötzlich in uns schwelten, wenn wir den anderen ansahen.

Wir waren Kinder und dennoch bereit, alles zu opfern und jede Sicherheit aufzugeben, um zusammen sein zu können.

Und nun … sind wir keine Kinder mehr. Meine Gedanken sind genauso wirr wie die Gefühle, die in mir toben. Vor mir steht Tristan! Lebendig – abwartend.

Ohne weiter zu zögern, ergreife ich seine Hand und mache einen Schritt auf ihn zu.

Anschließend passiert so vieles gleichzeitig, dass ich erneut erstarre. Tristan reckt das Kinn ein Stück und bläht die Nasenflügel, als rieche er irgendwas, was nur er wahrnehmen kann. Mir bleibt keine Zeit, mich über dieses Verhalten zu wundern. Ein Muskel zuckt unter seinem rechten Auge, ehe sein Blick zu etwas – oder jemandem – hinter mir huscht, von wo ich ein gemurmeltes »Verdammter Mist!« höre. Caleb.

Ein Arm schlingt sich von hinten um meinen Bauch und ich werde zurückgezogen. Taumelnd pralle ich gegen Ashs Brust, der mich sogleich hinter sich schiebt. Noch bevor ich protestieren kann, entsteigt ein tiefes Grollen seiner Kehle und Tristan macht einen Schritt zurück, wobei der den Kopf so weit wie möglich zwischen die Schultern zieht und sich kleiner macht, als er ist. Die ganze Vorstellung ist vollkommen lächerlich, dennoch wage ich nicht zu atmen. Mein Mund ist wie ausgetrocknet, während ich Tristans Reaktion beobachte.

Ash gibt ein freudloses Lachen von sich. Der Laut klingt hart und rau, genau wie seine Stimme, als er knurrt: »Das darf doch wohl nicht wahr sein …«

Ehe ich fragen kann, was hier verdammt noch mal los ist, geht die Königin dazwischen.

»König Cespar«, sagt sie liebenswürdig, als könne sie dadurch die greifbare Spannung, die zwischen uns herrscht, vertreiben. »Wir haben eine lange Reise hinter uns und sind sehr erschöpft. Ich denke, es wäre besser, wenn wir die Vorstellung auf heute Abend verschieben, nachdem alle ihre Gemüter durch kaltes Wasser und ein paar Stunden Schlaf abkühlen konnten.«

Beim letzten Satz wirft sie Ash einen Blick zu, der sogar mir das Blut in den Adern gefrieren lässt.

Ich sehe zu Tristan, der abwechselnd Ash und mich mustert und dann ungläubig den Kopf schüttelt. Was geht hier nur vor?

Hazel hakt sich bei mir unter und zieht mich von den anderen weg. Meine Knie fühlen sich so weich an, dass ich dankbar für ihre Stütze bin. Caleb versucht unterdessen Ash unter Kontrolle zu bringen, scheitert jedoch kläglich.

Als ich dann auch noch Rubys hohe Stimme höre, reißt in meinem Kopf das letzte Fädchen, das meinen Verstand bis zu diesem Zeitpunkt beisammenhielt. Nur am Rande bekomme ich mit, dass ich an Payne weitergereicht werde, die es trotz meiner zitternden Glieder schafft, mich aufrecht zu halten.

Hazel schnappt sich den ersten Diener, den sie findet, und bringt in Erfahrung, in welchem Trakt unsere Unterkünfte sind.

***

Wie wir zu unseren Zimmern gekommen sind, weiß ich nicht. Alles um mich herum verschwimmt zu Nichtigkeiten.

Tristan lebt. Tristan ist hier. Das ist das Einzige, woran ich denken kann. Wie er überleben konnte und wie es ihn nach Leerth verschlagen hat, zählt im Moment nicht. Ich hätte mir nie träumen lassen, dass ich ihn je wiedersehen, je wieder mit ihm sprechen könnte ... Aber er war real! Seine Stimme, sein Aussehen, die Wärme seiner Hand, als sie meine ergriff.

Ich muss zu ihm zurück! Ich muss mit ihm reden. Ich will so vieles erfahren!

»O nein, nichts da!«, grollt Payne und hält meinen Arm umklammert, nachdem ich wie in Trance einen Schritt zur Tür gemacht habe. »Wir lassen dich erst wieder aus diesem Zimmer, wenn die Königin es erlaubt. Oder wenn du nicht mehr so schneeweiß im Gesicht bist. Bis dahin bleibst du hier und ruhst dich aus.«

Sie deutet auf eines der drei Betten. Wo ... sind wir hier? Verwirrt schaue ich mich um.

»Setz dich hin«, sagt Hazel.

Ihre Stimme klingt verständnisvoll, nicht so aufgedreht wie gewöhnlich. Das würde ich im Moment wahrscheinlich auch nicht ertragen. Sanft schiebt sie mich zu dem mittleren Bett und wartet, bis ich mich auf die Kante gesetzt habe. Als Erstes nimmt sie mir den Nexus ab und legt ihn auf die kleine Kommode direkt neben dem Bett. Anschließend beginnt sie die Schnürungen und Gurte meiner Rüstung zu öffnen. Ich bin so mit mir selbst und meinen Gedanken beschäftigt, dass ich gar nicht auf die Idee komme, es ihr zu verbieten oder ihr zu helfen. Sie braucht eine Weile, um mich aus der Lederrüstung zu schälen, und zieht mir dann ein weites weißes Hemd über den Kopf, bevor sie meinen Zopf löst und mir das Haar bürstet. Auch das lasse ich kommentarlos über mich ergehen. Ich fühle mich, als hätte sich mein Verstand vom Rest des Körpers abgekoppelt. Er führt nur noch das Nötigste aus und verwandelt mich in eine willenlose Puppe, während meine Gedanken einzig und allein um Tristan kreisen.

»Sie steht unter Schock«, murmelt Payne. »Wir sollten bei ihr bleiben. Wer weiß, was sie sonst anstellt!«

»Ich glaube nicht, dass sie sich aus dem Fenster stürzen würde«, sagt Hazel, während sie meine langen dunklen Haare zu einem neuen Zopf flicht. »Aber ich könnte darauf wetten, dass sie sich nach draußen schleicht.«

»Oder dass jemand hierher zu Besuch kommt.«

Hazels Hände unterbrechen für einen Moment ihre Arbeit. »Wen meinst du? Ash oder den Blonden? Wie hieß er gleich?«

»Tristan«, krächze ich kraftlos.

Payne gibt ein Schnauben von sich. »Wenn ich wetten müsste, würde ich auf Ash tippen. So wie er sich dort unten aufgeführt hat, geht weit mehr zwischen ihm und Scarlet vor, als wir bisher vermutet haben.«

»Ja, das war ... *eindrucksvoll.*« Hazel seufzt. »Was gäbe ich darum, wenn ein Mann auch mal so auf mich reagieren würde! So leidenschaftlich!«

»Haben wir dieselbe Szene beobachtet?«, wirft Payne trocken ein. »Für mich sah es so aus, als würde er gleich ein Blutbad veranstalten wollen.«

»Aber genau das ist es doch!«, widerspricht Hazel. »Stell dir mal vor, es wäre Ruby anstatt Scarlet, um die es gegangen wäre. Für sie hätte Ash keinen Finger krumm gemacht.«

»Als ob *irgendwer* für Ruby einen Finger krumm machen würde ...«, murmelt Payne. »Trotzdem wird das eine Menge Ärger nach sich ziehen. Dieser Tristan ist der Verlobte von Prinzessin Luisa und steht dadurch fast auf einer Stufe mit Ash. Wenn er irgendein bedeutungsloser Niemand wäre, würde sich keiner darum scheren, aber die Herrscher werden nicht Zwist in ihren eigenen Reihen dulden.«

»Verständlich«, sagt Hazel. »Schließlich haben sie genug andere Sorgen. Wir sollten darauf achten, dass sich Scarlet für die Zeit, die wir hier sind, im Hintergrund hält.«

»Nein«, widerspreche ich. »Ich muss mit ihm reden!«

»Mit wem?«, fragt Hazel.

Rein aus dem Bauch heraus will ich *Tristan* sagen, bis mir auffällt, dass auch Ash einige Fragen haben wird. Und ich habe ein paar an ihn. Warum musste er sich auch einmischen? Ich wollte doch nur ... Ja, was wollte ich eigentlich? Was hätte ich getan, nachdem ich Tristans Hand ergriffen hatte?

Ich weiß es nicht ...

»Mit unserem Prinzen kannst du über deinen Nexus reden«, schlägt Payne vor. »So, wie du es auch während unserer Anreise jeden Tag gemacht hast.« Als mein Blick zu ihr huscht, grinst sie mich an. »Halte uns nicht für dumm, Scarlet. Nur weil wir nicht zu allem unsere Meinung sagen, heißt das nicht, dass wir nichts mitbekommen.«

»Wir haben Ash seine nächtlichen Besuche nur durchgehen lassen, weil du dadurch deine Pflichten nicht vernachlässigt hast«, wirft Hazel ein.

»Ihr ... wusstet es?«, frage ich kleinlaut und schaue von einer zur anderen.

Payne zuckt mit den Schultern. »Ihr seid nicht gerade besonnen vorgegangen.«

»Wir wären schlechte Leibwächter, wenn wir nicht bemerkt hätten, dass Ash sich jede Nacht vom Lager weggeschlichen hat«, sagt Hazel und grinst wie Payne. »Ganz zufällig immer, wenn du mit Wachehalten dran warst. Und wenn wir das nicht mitgekriegt hätten, wären da immer noch die Blicke, die ihr euch unaufhörlich zugeworfen habt.«

»Wir dachten manchmal, ihr würdet gleich übereinander herfallen«, meint

Payne glucksend vor halb unterdrücktem Lachen. »Wir hatten sogar Wetten darüber abgeschlossen, wie lange es dauern würde, bis der Königin der Geduldsfaden reißt. Dummerweise hat Caleb gewonnen. Er war der Meinung, dass wir es bis Leerth schaffen würden, ohne dass sie etwas unternimmt.«

»Die Königin weiß es auch?«, frage ich. Meine Hände sind schweißnass, als ich sie im Schoß ringe.

»Sie ahnte auf jeden Fall etwas«, antwortet Payne. »Und nach der Vorstellung, die Ash im Burghof geliefert hat, weiß sie es nun mit Sicherheit. Wie alle anderen es auch tun.«

Ich wende den Blick ab und starre auf meine verschlungenen Hände. Jeder weiß es ... Das sollte nicht passieren. Wir wollten vorsichtig sein und keinen Verdacht erregen, doch Hazel und Payne konnten uns spielend leicht durchschauen. Das wäre noch zu verkraften gewesen, denn offenbar haben sie nichts dagegen, doch nach dem, was vorhin geschehen ist ... Das war nicht geplant. Aber wie hätte ich ahnen können, dass Tristan hier in Leerth ist? Dass er überhaupt noch lebt? Ich muss in Erfahrung bringen, was ihm passiert ist. Warum hat er sich nicht gemeldet? Wieso ist er nicht nach Hause gekommen?

Er hat ... mich allein gelassen, als ich ihn am dringendsten gebraucht habe. Wenn ich gewusst hätte, dass er noch lebt ... Mein ganzes Leben wäre anders verlaufen. Ich wäre heute eine andere. Ich hätte mich nicht vor allem und jedem verschlossen. Mein Herz wäre nicht zu Eis erstarrt und mein einziger Lebensinhalt wäre nicht der Wunsch nach Rache gewesen. Jyde hätte mich nicht trainieren müssen und ich ... Wahrscheinlich hätte mir über kurz oder lang ein ähnliches Schicksal geblüht wie den anderen Frauen und Töchtern der Clan-Mitglieder: Abgeschoben in ein schäbiges Haus in der Stadt und darauf hoffend, die nächste Geburt irgendwie zu überleben.

Ich erinnere mich an den Besuch bei Lobrida in der Stadt und das Gespräch mit ihrer Tochter Mara. Ich habe versucht dem kleinen Mädchen Hoffnung zu schenken, weil ich selbst Hoffnung auf ein besseres Leben hatte. Aber derjenige, der mir meines ermöglicht hat, war nicht Tristan.

Ein Klopfen an der Tür reißt mich aus den Gedanken. Hazel und Payne tauschen über meinen Kopf hinweg einen Blick.

»Fünf Goldstücke, dass es Ash ist«, sagt Hazel sofort.

»Da gehe ich mit und setze auf Caleb«, entgegnet Payne und schlendert zur Tür.

Tatsächlich ist es Caleb, der unschlüssig auf dem Korridor steht und ins Zimmer schaut.

Hazel zieht einen Flunsch. »Wie gemein!«, murrt sie. »Woher wusstest du das?«

Payne zuckt mit den Schultern. »Unser Prinz wird gerade unter genauso scharfer Beobachtung stehen wie Scarlet, wenn nicht sogar schlimmer. Ausgeschlossen, dass er einfach so durch die Burg spazieren und an unsere Tür klopfen könnte.« Sie wendet sich wieder Caleb zu. »Deshalb schickt er seinen treuen Hund.«

»Vorsichtig, Payne«, knurrt Caleb. »Nachdem ich mir die größte Mühe gegeben habe, die Wogen zu glätten, möchte ich ungern für einen weiteren Zwischenfall verantwortlich sein.«

Payne grinst und lässt sich neben mir aufs Bett fallen. Die Matratze wippt ein paarmal nach. »Da ist aber jemand empfindlich.«

Caleb sieht wirklich alles andere als begeistert aus, hier zu sein. Er mustert mich sekundenlang mit einem verkniffenen Ausdruck um den Mund, bevor sein Blick durchs Zimmer huscht und an meinem Nexus hängen bleibt.

»Setz das verdammte Ding auf«, grollt er. »Das erspart uns eine Menge Scherereien.«

Nur kurz folge ich seinem Blick. »Ich will ihn im Moment nicht in meinem Kopf haben«, erwidere ich leise.

Es ist die Wahrheit. Ich weiß selbst nicht, was ich denken und fühlen soll. Wie ist es dann für einen Außenstehenden, wenn er mit dem Chaos, das in mir herrscht, konfrontiert wird? Ich will nicht, dass Ash es sieht – dass er *mich* so sieht.

»Ich will dich nicht dazu zwingen müssen, Prinzessin«, murrt Caleb barsch.

»Hier wird niemand zu irgendwas gezwungen«, sagt Hazel und baut sich mit verschränkten Armen vor ihm auf. Sie ist fast zwei Köpfe kleiner als Caleb und weniger als halb so breit, dennoch bewundere ich sie für ihren Mut.

Auch Payne erhebt sich wieder und stellt sich vor mich. »Es ist besser, wenn du gehst«, sagt sie kühl. »Lass die Beteiligten eine Nacht darüber schlafen und sich beruhigen. Wir sind alle müde.«

Caleb zögert und schaut mit gerunzelter Stirn auf mich herab, als müsse er abwägen, ob er mich einfach über die Schulter werfen und so aus dem Zimmer holen könnte. Ich weiche dem Blick aus und schlinge die Arme um mich, weil ich plötzlich friere.

»Wir passen auf, dass Scarlet hier im Zimmer bleibt«, meint Hazel versöhnlich. »Sieh zu, dass du das Gleiche von Ash sagen kannst. Es wird gewaltigen Ärger geben, wenn er noch mal auf Blondie trifft.«

»Komm mit, Großer«, sagt Payne und legt Caleb eine Hand auf die Schulter, während sie ihn aus dem Zimmer führt. »Ich bringe in Erfahrung, ob uns die Königin heute entbehren kann. Morgen früh, wenn alle wieder runtergekommen sind, sehen wir, wie wir die Zeit in Leerth überstehen, ohne dass es Tote gibt.«

Widerwillig lässt Caleb sich aus dem Zimmer führen. Erst als die Tür hinter den beiden ins Schloss fällt, kann ich wieder frei atmen. Trotzdem ist mir kalt und ich reibe mir mit den Händen über die Arme, um die hartnäckige Gänsehaut zu vertreiben.

»Leg dich hin und schlaf«, murmelt Hazel. »Ich sorge dafür, dass dich niemand stört.«

»Ich muss mit Tristan sprechen«, wispere ich.

»Ganz bestimmt nicht«, sagt sie und drückt mich nach hinten auf die Matratze. »Du wirst dich jetzt ausruhen und an keinen der beiden denken.«

»Aber ich ...«

»Nichts *aber*, Scarlet«, knurrt Hazel. »Sieh endlich ein, dass du damit nicht nur dir schadest, wenn du jetzt Hals über Kopf durch die Burg rennst und Blondie suchst.«

»Tristan.«

»Wie auch immer.« Sie zieht die Decke bis knapp unter meinen Hals hoch. »Du musst hierbleiben. Andernfalls bringst du nicht nur dich und Ash, sondern auch Payne, Caleb und mich in Gefahr, weil wir unweigerlich zwischen die Fronten geraten. Und nicht zuletzt wird es auf die Königin zurückfallen.«

»Aber … was soll denn passieren?«, frage ich. »Ich will doch nur mit ihm reden.«

Sie zieht eine Augenbraue nach oben. »Wirklich?«

Ich schlucke gegen die Enge im Hals an und weiche ihrem Blick aus. »Nein«, murmele ich.

»Das habe ich mir gedacht«, sagt Hazel. »Mir ist schon klar, dass du Blondie von früher kennen musst. Aber da ist noch mehr, oder? Er ist nicht nur irgendein Typ, dem du mal begegnet bist.«

Ich schüttele den Kopf. Dann hole ich tief Luft und beginne zu erzählen. Von dem Jungen, den ich einst von ganzem Herzen geliebt habe. Von meinem besten und einzigen Freund und Prinzen. Von unserem Plan, gemeinsam wegzulaufen. Und von der Nacht, in der sich alles für uns veränderte. Ich zwinge mich sogar dazu, von dem Angriff der Ferals und Tristans Schreien zu erzählen, die mich noch jahrelang in meinen Träumen heimgesucht haben. Ich erzähle von meinem Leben, das nach Tristans »Tod« nie wieder so war, wie ich es kannte.

KAPITEL 2

Obwohl ich mich dagegen sträube, spüre ich, dass ich schon bald in einen tiefen Schlaf fallen werde. Nicht einmal die ungewohnte Umgebung kann mich davon abhalten. Hazel habe ich meine ganze Geschichte erzählt und für Payne, die später dazu kam, noch einmal das Wichtigste wiederholt. Sie verstehen mein Dilemma, sind aber weiterhin der Meinung, dass ich mich vorerst hier im Zimmer aufhalten sollte. Ich bin zu müde, um ihnen zu widersprechen. Mit jedem Wort, das meinen Mund verlässt, werden meine Lider schwerer und schwerer, bis es mir unmöglich ist, noch länger wach zu bleiben.

***

Am nächsten Morgen weckt mich Hazel. Wie gewohnt ist sie gut gelaunt und spricht den gestrigen Tag nicht an. Sie plappert über Nichtigkeiten, während sie darauf besteht, mir die Haare kämmen zu dürfen. Ohne Widerrede lasse ich sie gewähren.

»Der Ball wurde auf heute Abend verlegt, da der Abgesandte des letzten Herrschers aus Moorth erst gestern spät am Abend eingetroffen ist«, weiß sie zu berichten. »Zum Glück kam der König von Moorth nicht selbst. Das war meine größte Sorge, aber sie war mal wieder unbegründet, wie in den Jahren davor. Ich würde alles dafür geben, diesem Ekelpaket nie wieder begegnen zu müssen, und ich bin der Göttin unendlich dankbar, dass sie mich verschont hat.«

Mir wird beim bloßen Gedanken daran, dass ich mich heute Abend in einem Kleid zwischen wildfremden Menschen bewegen und so tun muss, als wäre alles in bester Ordnung, kotzübel. Spätestens dann werde ich Tristan wiedersehen. Und Ash. Ich weiß jetzt schon, dass es in einem Desaster enden wird.

»Kann ich nicht hier auf dem Zimmer bleiben?«, frage ich leise.

Hazel wirft mir im Spiegel einen mitleidigen Blick zu. »Wir brauchen dich, Scar. Wir müssen auf die Königin und Ruby aufpassen. Das schaffen wir nicht zu zweit.«

Ich nicke und murmele eine Entschuldigung. Ich darf mich nicht so gehen lassen! Ich bin hier, um meine Aufgabe als Leibwächterin zu erfüllen. Es wäre nicht fair, die ganze Arbeit Hazel und Payne aufzubürden, nur weil ich Angst vor einer Begegnung mit Tristan und Ash habe. Früher oder später werde ich ihnen sowieso wieder über den Weg laufen.

Ich muss mich zusammenreißen!

Ich bedanke mich bei Hazel, nachdem sie endlich von mir ablässt, und krame in unserem Gepäck nach meiner neuen Rüstung. Wenn ich mich ihnen schon stellen muss, dann ordentlich! Das Leder fühlt sich steif auf der Haut an und es wird eine Weile dauern, bis es eingetragen und so geschmeidig ist wie das der alten Rüstung. Aber dafür sieht es besser aus. Durch die Reise und die gestrigen Vorfälle bin ich noch nicht dazu gekommen, die andere Rüstung vom Staub und Schmutz zu befreien. Das wird bis heute Nachmittag warten müssen.

»Du siehst gut aus«, sagt Payne. Als ich jedoch nach meinen Klingen greife, fragt sie: »Bist du sicher, dass du spitze Gegenstände in deiner Reichweite haben solltest?«

Ich ziehe die Hand zurück, als ich gerade die erste Waffe greifen und umschnallen wollte. »Ohne Waffen bin ich euch nicht von Nutzen und kann meine Arbeit nicht machen«, halte ich dagegen.

»Ich bin auch dafür, dass du fürs Erste unbewaffnet gehen solltest«, meint Hazel. »Nur für alle Fälle.«

Ich verdrehe seufzend die Augen, beuge mich aber ihrem Urteil. Was denken die beiden von mir? Dass ich ernsthaft jemanden verletzen könnte? Wenn ich ehrlich bin, weiß ich es selbst nicht. Vielleicht ist es wirklich besser, meine Klingen hierzulassen, solange die Königin nicht die Burg verlässt.

Mein Blick huscht zur Kommode, wo seit gestern Abend mein Nexus liegt. Nein, dafür bin ich noch nicht bereit. Sobald ich ihn aufsetze, wird Ash versuchen mich zu kontaktieren – und ich habe keinen Schimmer, was ich sagen oder denken soll. Es wird schon schwer genug für mich werden, nachher äußerlich meine Rolle zu spielen; da brauche ich nicht noch seine Stimme in meinem Kopf.

Als wir unser Zimmer verlassen wollen, erwartet uns Caleb bereits vor der Tür im Gang und hält mir den Arm hin.

Er bemerkt mein Zögern und sagt: »Wir sind ein Paar, schon vergessen? Also müssen wir uns auch so verhalten.«

»O ja, das wird die Situation *ganz bestimmt* entspannen«, murre ich, hake mich aber bei ihm unter. Dann wende ich mich Hazel zu. »Was ist mit euch? Warum wurden euch keine unfreiwilligen Partner zugeteilt?«

»Auch wir haben Schein-Partner«, sagt sie. »Die Soldaten, die mit uns gereist sind. Erinnerst du dich? Zwei davon mimen immer unsere Männer, wenn wir uns außerhalb von Daarth aufhalten müssen. Sie sind es gewöhnt und wir auch. Hin und wieder gibt es sogar ein paar nette Extras.« Sie zwinkert mir grinsend zu und hält ihren Daumen nach oben.

Ich verdrehe die Augen. »Womit habe ich das verdient?«, murmele ich so leise, dass nur ich es hören kann.

Warum habe ich mich nicht dagegen gesträubt, nach Leerth mitzureisen? Zwar hätte ich mich allein in Daarth zu Tode gelangweilt, aber es wäre allemal besser als das, was mir jetzt bevorsteht.

»Entspann dich«, sagt Payne. »Du wirkst viel zu verkrampft. Sogar noch schlimmer als an dem Abend, als du uns in die Baracke begleitet hast. Du musst atmen.«

»Ich atme doch«, knurre ich.

»Wir finden schon eine Aufgabe, um dich abzulenken«, trällert Hazel.

Gegen etwas Ablenkung hätte ich wirklich nichts einzuwenden. Allerdings nicht die Art von Ablenkung, die Hazel meint.

***

Zu viert treten wir auf den Burghof. Mit aller Macht versuche ich meine teilnahmslose Miene aufrechtzuerhalten, als die bereits Anwesenden sich zu uns umwenden. Natürlich sind Königin Neera, Ruby und Ash schon da. Und ein paar Meter abseits stehen König Cespar, seine Tochter, deren Name mir entfallen ist, und Tristan.

»Ich glaube, mir wird schlecht«, jammere ich leise, als ich die Blicke der beiden Männer auf mir spüre.

»Gleichmäßig weiter atmen«, weist Payne mich an. »Du bist mit Caleb hier. Zur Not fängt er dich auf, wenn du umkippst.«

Was würde das denn für einen Eindruck machen? Ich bin eine Leibwächterin; ich kann nicht so einfach umkippen, nur weil ich nervös bin.

Ich fixiere irgendeinen Punkt hinter der Königin, als ich vor ihr auf die Knie sinke. Ashs Blick brennt sich förmlich in meine Haut, doch irgendwie schaffe ich es, nicht in seine Richtung zu schauen. Ich konzentriere mich auf meine Atmung und auf das, was die Königin uns zu sagen hat. Auch sie erwähnt den gestrigen Vorfall mit keinem Wort und ich bin ihr dankbar dafür. Aber ich weiß, dass sie es noch mir gegenüber ansprechen wird, sobald wir allein sind, und sie wird mich nicht leicht davonkommen lassen.

»Da der Empfang auf heute Abend verschoben wurde, nutzen wir den Tag, um uns von unseren Gastgebern herumführen zu lassen«, sagt die Königin. »Ihr dürft euch frei in der Stadt bewegen, wenn es euch beliebt. Aber dich, Scarlet ...« Ich schrumpfe sofort in mich zusammen, als sie mich direkt anspricht. »... will ich zu meinem Schutz in der Nähe haben.«

»Natürlich, meine Königin«, sage ich. »Lasst mich nur kurz zurück aufs Zimmer gehen und meine Waffen holen.«

»Das wird nicht nötig sein«, entgegnet sie. »Wir werden die Burg nicht verlassen. Ich brauche deine Dienste in anderen Belangen.«

Ich kann nur hoffen, dass sie damit meinen Geruchssinn in Bezug auf Gifte meint und mich nicht nur im Auge behalten will. Hier eingesperrt zu sein, während die anderen nach Lust und Laune durch die Stadt streifen dürfen, lässt mich nichts Gutes hoffen. Aber wenigstens laufe ich so weder Ash noch Tristan über den Weg.

Schnell werfe ich einen Blick zu Ash hinüber. Ruby schmiegt sich bereits an ihn und hat sich bei ihm untergehakt, während sie mit einem triumphierenden breiten Schmunzeln zu mir sieht. Ich tue so, als würde ich es nicht bemerken, und schaue schnell zu Hazel und Payne, die mir zunicken.

Die anderen verstreuen sich schnell und finden sich in kleinen Grüppchen zusammen, um die Stadt unsicher zu machen. Caleb kümmert sich darum, dass auch Ash mit ihnen mitgeht, während Ruby mit ihrer zu hohen Stimme auf ihn einredet. Ich möchte ihr den Hals umdrehen und sie so endlich zum Schweigen bringen.

»Du weißt, warum ich dich hierlasse, oder?«, fragt die Königin leise, nachdem alle anderen außer Hörweite sind.

Ich nicke und schaue zu Boden.

»Bis die Verhandlungen abgeschlossen sind, dürfen wir uns keine weiteren Zwischenfälle erlauben«, fährt sie fort. »Cespar ist ein unersetzlicher Verbündeter und seine Tochter ist das Wichtigste in seinem Leben. Ich kann nicht zulassen, dass unsere Allianz deinetwegen zerstört wird.«

»Das ist nicht meine Absicht«, sage ich. »Ich war selbst über alle Maße erstaunt, als ich ... Tristan sah.«

»Ich gebe dir nicht die Schuld daran«, sagt sie. »Aber ich bitte dich um Zurückhaltung. Suche ihn nicht auf und rede nicht mit ihm, wenn ihr allein seid. Das bringt nur Ärger und Gerede. Beides können wir uns nicht leisten. Es wird sich nicht vermeiden lassen, dass du während der Empfänge mit ihm sprichst, aber sorg dafür, dass dabei immer jemand in eurer Nähe ist.« Sanft legt sie mir eine Hand auf den Arm. »Gib Ash keinen Grund für seine Eifersucht.«

Ich schließe gequält die Augen. »Ich will nicht, dass er eifersüchtig ist.«

»Du solltest mit ihm reden, wenn du so weit bist«, schlägt sie vor.

Das weiß ich. Ich habe nur keine Ahnung, *wann* ich so weit bin. Oder ob ich es je sein werde. Ich würde mir wünschen, dass es keinen Grund für ihn gäbe, wütend oder eifersüchtig zu sein ... Aber den gibt es und ich verstehe Ash sogar. Wären unsere Rollen vertauscht, würde ich ähnlich reagieren. Ganz sicher, doch ich kann nichts dagegen tun.

Dieser Teil in mir, der immer Tristan gehörte, will wieder zu ihm, will da weitermachen, wo wir aufhören mussten. Dieser Teil will, dass ich wieder zu dem Mädchen werde, das ich einst war, und nicht mehr die Frau mit dem kalten Herzen sein muss, die ich jetzt bin. Obwohl selbst das nicht richtig ist. Ash hat es geschafft, das Eis, das viele Jahre mein Herz umgab, zum Schmelzen zu bringen, und beinahe wäre es so wie früher gewesen. Ich war kurz davor zu wissen, was ich für ihn empfinde, abseits des Besitzanspruches, den ich ihm gegenüber hege. Da ist noch mehr oder zumindest *war* da noch mehr, doch jedes Mal, wenn ich dieses Gefühl benennen wollte, entglitt es mir und ich war zufrieden mit dem, was Ash und ich für eine kurze Zeit hatten. Es war ... nicht dasselbe, was damals zwischen Tristan und mir war. In den Momenten, in denen ich mit Ash allein war, glaubte ich, dass es tiefer gehen würde als alles, was ich bisher irgendwem gegenüber empfunden hatte.

Aber jetzt fühlt sich alles anders an ... Kompliziert und seltsam.

»Der Verlobte von Prinzessin Luisa ist der Junge, wegen dem du damals meine Einladung ins Schloss abgelehnt hast, nicht wahr?«, fragt die Königin.

Ich nicke erneut. »Ich wusste nicht, dass er noch lebt.«

»Bevor du Ash gegenübertrittst, solltest du dir über deine Gefühle im Klaren sein.«

»Ich weiß nicht, was ich fühlen soll«, wispere ich. »Es ist ... alles etwas viel auf einmal.«

Neera schweigt einen Augenblick. »Das wird ihm nicht genügen.« Sie zieht die Hand zurück und geht ein paar Schritte. Ich folge ihr. »Du kannst nicht beide haben.«

»Ich will nicht beide«, widerspreche ich. Selbst in meinen Ohren klingt der Einwand schwach und ich beiße mir auf die Unterlippe.

Neera seufzt. »Mein Sohn hat dich beansprucht. Er wollte dich, seit er dich das erste Mal traf, und es war ihm egal, dass du einen anderen geliebt hast. Als ich dich auf dem Ball mit der Wolfsmaske sah, wusste ich, dass er seine Meinung über die Jahre nicht geändert hat. Und nach und nach erlagst auch du seinem Charme.«

Ich werfe ihr einen unsicheren Seitenblick zu. »Das klingt fast, als hättet Ihr ... nichts dagegen?«

»Gegen dich?«, fragt sie. »Warum sollte ich etwas dagegen haben? Wir sind uns sehr ähnlich, du und ich, und genau deshalb hätte ich dir dieses Schicksal gerne erspart.«

Ich halte inne und mustere sie. »Welches Schicksal meint Ihr?«

Ihr Blick wird wehmütig, als sie mich ansieht. »Liebe ist nicht immer einfach. Ich habe für die Liebe alles geopfert und nur wenig zurückbekommen. Mein Mann, der Einzige, dem je mein Herz gehört hat, ist tot und mein Sohn ist ...« Sie bricht ab und wedelt mit der Hand. »Meiner schlimmsten Feindin wünsche ich nicht das Leid, das ich durchleben musste. Aber du hast eine ungefähre Ahnung davon, wie es sich anfühlt, alles zu verlieren. Auch wenn der Junge damals nicht dein Gefährte war, hast du den Verlust gespürt und Jahre gebraucht, um dich davon zu erholen. Ash hat diese Zeit abgewartet, denn er wusste, dass du dich vor ihm verschließen würdest, wenn er dich sofort an den Hof geholt hätte.«

Sie legt eine Hand an meine Wange; eine mütterliche Geste, die ich bisher nie erfahren durfte und die mir einen Stich versetzt.

»Ich kann dir keinen Rat geben, Scarlet«, murmelt sie. »Egal, wie du dich entscheidest ... Egal, auf wen deine Wahl fällt, du wirst den anderen dadurch verlieren.«

»Tristan ist verlobt«, werfe ich ein. »Ich würde nie ... *Er* würde nie ...«

Neera zieht eine Augenbraue nach oben und lässt die Hand sinken. Meine Wange fühlt sich augenblicklich kalt an. »Prinzessin Luisa ist keine einfache Frau. Vor einigen Jahren war eine Verbindung zwischen ihr und meinem Sohn im Gespräch und ich danke der Göttin dafür, dass sie nie zustande kam. Auch wenn die Göttin sonst meine Gebete nicht erhört, hat sie mir dieses eine Mal meinen Wunsch erfüllt.«

Ich erinnere mich daran, was Großmutter sagte. Neera war einst eine Unberührbare. Wie von selbst huscht mein Blick zu ihren Händen und sucht an den Gelenken nach den beiden tätowierten Halbmonden. Die Königin bemerkt es, hebt die Rechte und schiebt mehrere Armreifen zurück. Darunter, direkt über den Pulsadern, prangen zwei schwarze ineinander verschlungene Halbmonde; auf ihrer fast weißen Haut stechen die dunklen Tätowierungen hervor wie Fremdkörper, die dort nicht hingehören.

»Brianna hat mich verraten, nicht wahr?«, fragt sie lächelnd und schiebt die Armreifen wieder zurück an ihren Platz. »Wie du siehst, ist es wahr: Ich war eine Unberührbare. Ich diente der Göttin und weihte ihr mein Leben.« Sie zuckt mit den Schultern. »Ich war die dritte Tochter einer armen Familie. Für mich gab es nicht viele Möglichkeiten und ich war dankbar, als man mich in der Kunst des Heilens unterwies. Endlich hatte ich eine Aufgabe, einen Sinn in meinem Leben.«

»Wenn Ihr das Leben als Unberührbare gemocht habt, warum habt Ihr dann ...?« Ich schlage mir eine Hand vor den Mund. »Verzeiht, das geht mich nichts an.«

Doch zu meiner Überraschung schüttelt Neera den Kopf. »Es ist kein Geheimnis. Im Grunde ist es das Gleiche, was zwischen dir und Ash geschehen ist. Ich war gut in dem, was ich als Unberührbare tat. Anders als du, die Gifte und Kräuter allgemein am Geruch erkennen kann, spezialisierte ich mich auf das Schienen und Richten von Knochenbrüchen, eine Arbeit, die unter den Unberührbaren alles andere als gerne ausgeführt wird. Es erfordert Kraft und Geschick gleichermaßen und es ist oft ein widerlicher Anblick.«

»Mir hat die eine Geburt, bei der ich Großmutter helfen musste, schon gereicht«, murmele ich. »Spätestens da wusste ich, dass ich nicht für die Arbeit als Unberührbare taugen würde.«

Neera nickt. »Das verstehe ich. Nicht jeder steckt den Anblick von Blut oder Knochensplittern und Zertrümmerungen einfach weg. Aber ich konnte es und ich war gut. Es dauerte nicht lang, bis sich meine besonderen Fähigkeiten herumsprachen, und ich wurde ins Schloss geladen. Dort gab es durch das ständig stattfindende Training immer wieder Verstauchungen oder Knochenbrüche, die geheilt werden mussten. Die alte Unberührbare war weniger geschickt darin, deshalb wurde ich ihr zur Seite gestellt.« Ihre Augen funkeln, als sie sich zurückerinnert. »Wir kamen gut miteinander aus und es vergingen ein paar Wochen, in denen ich mit mir und dem Leben vollends zufrieden war. Ich hatte eine Aufgabe, die mich ausfüllte, eine Kollegin an meiner Seite, die mich unterstützte, ein Dach über dem

Kopf, feine Kleider am Leib und mehr Essen, als ich jemals verschlingen konnte.«

Das *Aber*, das spürbar in der Luft hängt, lässt meine Hände schwitzig werden. Es fällt mir nicht schwer, mir die Königin als zufriedene junge Frau vorzustellen, denn trotz des Leids, das sie ertragen musste, hat sie sich nach außen hin ihr fröhliches Gemüt bewahrt. Anders als ich: Ich stumpfte sowohl innerlich als auch äußerlich ab, bis kaum noch etwas an das Mädchen erinnerte, das ich einst war.

»Ich war glücklich«, fährt Neera nach einem Augenblick fort, »und dann traf ich ihn. Er kam als Patient wie so viele vor ihm. Seine Schulter wurde beim Training ausgekugelt, doch er hielt sich tapfer. Ich wusste, dass es nur Fassade war, schließlich hatte ich schon Männer anderen Kalibers als ihn heulend und wimmernd auf meiner Pritsche liegen und sich das kaputte Gelenk halten sehen. Er war blass wie das Laken, auf dem er lag, und seine Lippen waren so fest zusammenpresst, dass sie völlig blutleer waren. Aber kein Jammern, kein Wimmern verließ seinen Mund, auch nicht, als ich meine Utensilien zusammensuchte, um seine Schulter wieder einzurenken. Spätestens dann gaben die meisten Männer die Gleichgültigkeit, die sie zur Schau stellten, auf. Nicht wenige riefen nach ihren Müttern.«

Ich hatte selbst noch nie eine ausgekugelte Schulter, aber ich habe einmal zugesehen, als Großmutter die eines Jungen aus dem Dorf gerichtet hat. Sein Unterarm wurde dafür in eine Vorrichtung gelegt und festgebunden, diese Gerätschaft wurde anschließend so lange gedreht und nach oben gedrückt, bis das Gelenk zurück an seinen Platz sprang. Die Schreie, die der Junge bei der Prozedur ausstieß, hallten durchs Dorf und ließen meine Ohren auch Stunden später noch klingeln.

»Doch er tat nichts dergleichen«, sagt die Königin. »Er schaute mich nur an. Und als ich den Blick aus seinen weit aufgerissenen Augen erwiderte und zum ersten Mal diese wunderschönen unterschiedlichen Farben sah, die in ihnen tanzten, wusste ich mit einer erschreckenden Gewissheit, dass es ein Fehler war, eine Unberührbare zu werden.«

Ich verstehe, was sie meint. Die unterschiedliche Augenfarbe war bei mir auch das Erste, was mich an Ash faszinierte. Es ist einzigartig und wunderschön. Und wenn sein Vater nur halb so gut aussah wie Ash, kann ich Neeras ersten Impuls nachvollziehen.

»Während ich ihn behandelte, konnte ich die ganze Zeit den Blick nicht von seinem Gesicht nehmen«, sagt Neera lächelnd. »Im Nachhinein wusste ich nicht mehr, welche Bewegungen ich meine Hände ausführen ließ. Keiner von uns sprach ein Wort. Ich erkundigte mich nicht, ob es ihm besser ginge, und er bedankte sich nicht für die Behandlung. Wir schauten uns nur an. Ich weigerte mich sogar zu blinzeln, weil ich Angst hatte, dass er während dieses Augenblicks verschwinden könnte. Irgendwann, nach gefühlten Stunden, fragte ich ihn, ob er die Hand wieder bewegen könne. Statt zu antworten, griff er nach meiner und hielt sie fest. In dem Augenblick, als er mich berührte, vergaß ich den Grund, warum ich eine Unberührbare geworden war.«

Sie deutet auf eine Bank am Rand des Burghofes. Nachdem wir uns gesetzt haben, reckt sie das Gesicht der Sonne entgegen und schließt die Augen. Dennoch sehe ich die Tränen, die zwischen den dichten Wimpern aufblitzen.

»Ich wusste nicht, wer er war. Er trug einfache zerschlissene Trainingskleidung. Nichts, was auf seinen Stand hingewiesen hätte. Es dauerte eine Weile, bis ich es herausfand, denn ich traute mich nicht, mit irgendwem darüber zu sprechen. Ich hatte Angst davor zuzugeben, dass ich mir wünschte, nie eine Unberührbare geworden zu sein, sehnte ich mich doch nach nichts mehr als seinen Berührungen.«

Sie seufzt und schüttelt den Kopf.

»Aber das ist viele Jahre her. Genug von mir. Meine Vergangenheit kann ich nicht mehr ändern.« Neera dreht sich zu mir. »Doch ich kann dabei helfen, dass du nicht die gleichen Fehler begehst wie ich. Darf ich dir einen Rat geben?«

Ich zögere, dann nicke ich.

»Ich habe nichts gegen dich, Scarlet«, sagt sie und ich merke schon an diesen paar Worten, dass der Rat, den sie mir geben will, mir nicht gefallen wird. »Ich mag dich und ich verdanke dir mein Leben. Aber ich denke nicht, dass du meinen Platz einnehmen könntest. Du bist nicht dazu gemacht, eine

Königin zu sein, doch dies wäre dein Los, wenn du an Ashs Seite stehen willst.«

»Und ein Mädchen wie Ruby würde eher zur Königin taugen?«, entfleucht es mir, bevor ich es schaffe, den Mund zu halten. Doch ich entschuldige mich nicht dafür.

»In gewisser Hinsicht, ja«, antwortet Neera. Ihr Blick, der meinem standhält, ist unerbittlich. »Sie ist von einfachem Gemüt und flatterhaft. Ihr Herz wird nicht entzweigehen, wenn Ash ...« Sie bricht ab und seufzt. »Und sie würde vom Volk geliebt werden. Dich hingegen würde es zerstören, wenn Ash dir das Herz bricht. Und glaube mir, das *wird* er tun.« Sie schaut auf ihre Hände und schließt die Augen. »Kein Feind kann dir so wehtun wie der Mensch, den du von ganzem Herzen liebst.«

Ich runzele die Stirn. »Ihr ratet mir also, nicht Euren Sohn zu wählen.«

»Wie ich schon sagte, es liegt nicht an dir, sondern daran, dass du mich an mein früheres Ich erinnerst. Du wirst leiden, wenn du das ganze Ausmaß kennst, und dieses Leid möchte ich dir gern ersparen. Mein oberstes Ziel ist es jedoch, meine Nachfolge zu sichern, bevor ... es zu spät ist. Alles andere kann ich nicht beeinflussen und will es auch gar nicht. Doch ich kann dir einen Hinweis geben. Die Entscheidung liegt bei euch und ich werde sie akzeptieren, egal, wie sie ausfallen mag.«

Bevor ich die Chance habe, etwas zu erwidern, erhebt Neera sich und geht von dannen. Ich bleibe noch verwirrter als zuvor zurück. Sie hat recht mit ihrer Annahme, dass ich nicht als Königin tauge. Da kann ich ihr nicht widersprechen. Ich will keine Königin sein, doch das müsste ich werden, wenn ich ...

Ich stütze den Kopf in die Hände. Zuerst muss ich mit Tristan reden, muss in Erfahrung bringen, wie er überleben konnte und hier in Leerth gelandet ist. Und ob er aus freien Stücken die Prinzessin heiraten will. Aber würde das etwas ändern?

Am meisten beschäftigt mich jedoch die Frage, was Neera damit meinte, dass Ash mir auf jeden Fall das Herz brechen wird. Worauf zielte sie damit ab?

Geräusche in der Nähe lassen mich hochschrecken. Auf der gegenüberliegenden Seite des Hofes stehen ein paar Soldaten um einen Übungsring und feuern zwei Kontrahenten an. Je länger ich ihnen zusehe, desto mehr juckt es mir in den Fingern. Ein wenig Training, ein kleiner Übungskampf könnte mich etwas ablenken.

***

Ohne weiter darüber nachgedacht zu haben, bin ich zu den fremden Männern gegangen und habe mich zu ihnen gestellt. Zwei Runden lang beobachte ich nun schon ihre Kampfweise, die sich deutlich von der in unserem Gebiet üblichen unterscheidet, und finde schnell ihre Schwachpunkte heraus.

Als der Kampf beendet ist, betritt ein großer breitschultriger Krieger den Ring und verlangt nach einem Gegner. Keiner der Umstehenden meldet sich; sie alle ziehen die Köpfe zwischen die Schultern und schauen in andere Richtungen. Mein Blick huscht wieder zu dem Krieger, der anscheinend der Beste ist, den Leerth zu bieten hat.

Perfekt.

Ich hebe die Hand und sage: »Ich werde gegen dich antreten.«

Wohl einen Lidschlag lang herrscht eine gespenstische Stille um mich herum. Dann brechen die Männer in schallendes Gelächter aus. Früher hätte mich ihr Verhalten verletzt, doch heute kann ich nur darüber lächeln. Als sie bemerken, dass ich es wirklich ernst meine, fangen sie an zu tuscheln.

Der Krieger kommt an den Rand des Ringes, wo ich stehe, und beugt sich zu mir herab. »Du bist eine von Königin Neeras Leibwächterinnen, oder?« Ich nicke. »Ich möchte der Königin ungern berichten müssen, dass ich eine ihrer Frauen zu Brei geschlagen habe.«

»Lass das meine Sorge sein, Großer«, erwidere ich mit süßlicher Stimme.

Er lacht erneut. »Dann geh und such dir deine Waffe aus. Erwarte aber nicht, dass ich sanft zu dir bin.«

Er deutet mit der riesigen Hand auf eine lange Holzwand, an der die Übungswaffen aufgereiht sind. Ich seufze. Schon wieder dieser Blödsinn mit den Stöcken! Warum nehmen sie nirgends echte Waffen? Ich brauche eine Weile, um die beiden Stöcke zu finden, die in Länge und Gewicht in etwa meinen Klingen entsprechen. Was würde ich dafür geben, sie jetzt benutzen zu dürfen ...! Aber fürs Erste muss es so gehen.

Der Krieger erwartet mich im Ring und lässt die Fingerknöchel knacken. Das selbstgefällige Grinsen, das auf seinem Gesicht prangt, werde ich ihm schon noch früh genug austreiben. Ich lasse die Stöcke in der Hand wirbeln und dränge alle Gedanken, die nichts mit dem bevorstehenden Kampf zu tun haben, aus dem Kopf. Schon nach zwei Atemzügen fühle ich mich herrlich befreit und leicht. Vorfreude kribbelt in den Fingerspitzen. Keiner der Anwesenden wird je wieder über mich lachen, sobald ich ihren Champion besiegt habe. Und dass ich ihn besiege, steht außer Frage. Der Kerl ist zwar sehr kräftig, aber das war es auch schon. Er ist träge und ungelenk; das habe ich an der Art gesehen, wie er in den Ring gelaufen ist. Auch Caleb ist muskulös, aber im Gegensatz zu dem Krieger vor mir verfügt Caleb über Geschwindigkeit und Präzision, während der Krieger nur auf reine Körperkraft zu setzen scheint.

Wie gewohnt gehe ich in Position, halte einen Stock vor, den anderen hinter mich.

Gerade als ich auf meinen Gegner losstürmen will, sehe ich aus dem Augenwinkel, dass die anderen von ihrem Ausflug in die Stadt zurückkommen, und unterdrücke ein genervtes Schnauben. Und – wie sollte es auch anders sein? – sie alle gehen schnurstracks zur Absperrung des Trainingsrings.

»Scarlet!«, ruft Tristan, der drauf und dran ist, über das Gatter zu klettern. »Was tust du da?«

»Halt dich zurück, Blondie!«, sagt Hazel und kichert. »Sonst bekommen wir nichts zu sehen.«

»Aber ... das ist Angur! Er ist unser bester Kämpfer! Wie kann sie so dumm sein, gegen ihn anzutreten?«, widerspricht Tristan.

Dumm? Hat er mich gerade *dumm* genannt? Ich fletsche die Zähne und verstärke den Griff um die Stöcke.

»Zehn Goldstücke auf Scarlet«, sagt Ash.

Wie von selbst fliegt mein Blick zu ihm. Das übermütige Funkeln in seinen Augen und das schiefe Grinsen lassen einen wohligen Schauer über meinen

Rücken rieseln und vertreiben den Ärger, den Tristans Worte bei mir ausgelöst haben. Um mich herum werden andere Wettgebote laut und Münzen klimpern.

Als Ash meinen Blick bemerkt, nickt er mir zu und ruft:»Mach ihn fertig!« Ich schmunzele und bin machtlos gegen das warme Gefühl, das in meiner Brust explodiert, bevor ich auf den Gegner – Angur – losgehe.

Mit meiner Einschätzung lag ich nicht daneben: Angur bewegt sich träge und schwerfällig, aber ich bin mir sicher, dass er mich mit einem gezielten Hieb zu Boden schicken könnte. Er nutzt keine Waffen, sondern verlässt sich auf seine Kraft. Ich ducke mich unter seinen Fäusten und schlage mit den Stöcken auf empfindliche Punkte ein: Magen, Nierengegend, Rücken, Hals. Mit meinen Klingen hätte ich ihn schon nach wenigen Sekunden besiegt, aber die durchschlagende Wirkung der Stöcke bleibt aus. Wann immer ich ihn treffe, zieht er zwar scharf die Luft ein, hält jedoch in seinen Angriffen nicht inne.

»Jemand muss ihr helfen!«, höre ich Tristan erneut rufen. »Wie könnt ihr zulassen, dass sie ...?«

»Ich brauche keine Hilfe!«, schreie ich ihm zu und hole zu einem neuen Hieb aus.

Diesmal treffe ich Angurs Nase, die sofort anfängt zu bluten. Wimmernd hält er beide Hände davor. Ich wirbele herum und lasse den hinteren Stock auf seinen wulstigen Nacken sausen.

Nachdem mein Gegner zu Boden gegangen ist und sich nicht mehr rührt, schaue ich erst Tristan und dann Ash fest ins Gesicht.

»Ich brauche keinen Mann, um meine Kämpfe zu gewinnen«, sage ich. Durch die anhaltende Stille, die mein Sieg ausgelöst hat, hallt meine Stimme über den gesamten Hof.»Und erst recht keinen Prinzen.«

Mit dem letzten Satz meine ich beide, den neuen und den alten Prinzen. Ash und Tristan. Die beiden Männer, die unterschiedlicher nicht sein könnten.

Während Letzterer mich nur geschockt anschaut, grinst Ash bis über beide Ohren.

»Das ist mein Mädchen«, sagt er und fordert gleichzeitig mit ausgestreckter Hand von einem der Soldaten seinen Wettlohn ein.

Ich ziehe scharf die Luft ein und schaue zu den anderen. Hazel und Payne grinsen ebenfalls, Tristan sieht verwirrt aus. Doch am meisten trifft mich Rubys giftiger Blick. Es grenzt an ein Wunder, dass ich mich nicht augenblicklich in ein Häufchen Asche verwandele.

Innerlich jedoch platze ich beinahe vor Stolz, daran kann auch Rubys hasserfüllter Blick nichts ändern. Es ist das erste Mal, dass er mich vor anderen als »sein« bezeichnet. Äußerlich verdrehe ich die Augen, werfe die Stöcke zu Boden und knie mich neben Angur, um zu sehen, wie schlimm es um ihn steht. Er röchelt und seine Nase blutet immer noch, scheint aber nicht gebrochen zu sein. Abgesehen davon wird er mit ein paar blauen Flecken davonkommen.

Unschlüssig bleibe ich im Ring stehen. Das herrliche Gefühl des Verdrängens, das während des Kampfes in meinem Kopf herrschte und die negativen Gedanken von mir fernhielt, ist verschwunden. Sobald ich einen Fuß aus dem Ring setze, muss ich mich meinen Problemen, die beide bereits jenseits der Absperrung auf mich warten, stellen und ich weiß nicht, welches von ihnen ich zuerst angehen soll. Am einfachsten wäre es, zunächst mit Tristan zu reden, um zu erfahren, wie es ihm ergangen ist, aber wenn ich ihn bevorzuge ... Nachdem er mich als *dumm* bezeichnet hat, verspüre ich sowieso keine Lust, sofort mit ihm zu reden.

Bliebe also Ash. Automatisch schaue ich in seine Richtung und er fängt meinen Blick auf. Seiner ist fragend, bittend, aber ich sehe ihm an, dass es ihn eine Menge Überwindung kostet, ruhig an Ort und Stelle stehen zu bleiben. Ich weiß nicht, ob er in meiner Miene lesen kann wie in einem offenen Buch, doch er tippt sich gegen den Nexus. Seufzend nicke ich, verlasse den Ring und mache mich auf den Weg in mein Zimmer.

***

Ich starre meinen Nexus sekundenlang an, bevor ich danach greife. Es wird mir leichterfallen, mit Ash in Gedankensprache zu reden, als ihm direkt gegenüberzustehen und seine Präsenz zu spüren. Aber dazu muss ich das Chaos im Kopf bändigen. Heute gelingt mir das schon besser als gestern und auch der Kampf eben wird seinen Teil dazu beigetragen haben, um mich ruhiger werden zu lassen. Dennoch gibt es weiterhin die Seite in mir, die ganz laut *Tristan!* ruft und sich einfach nicht zum Schweigen bringen lassen will.

Ich ringe die Nervosität, die meine Finger zittern lässt, nieder – zumindest versuche ich es –, setze den Nexus auf und lege mich aufs Bett. Nur Augenblicke später spüre ich das Klopfen im Kopf und nehme die Verbindung an. Mein Mund ist wie ausgetrocknet. Zum Glück muss ich nicht reden, denn ich würde kein einziges Wort herausbekommen.

Mehrere Minuten herrscht eine bleierne Stille zwischen uns. Ich fühle, dass er in meinem Kopf ist, aber er gibt keinen Ton von sich. Nicht ein Bild flackert in meinen Gedanken auf, keine Sicht auf seine Umgebung oder das, was gerade in ihm vorgeht. Ich bete, dass es mir ebenfalls gelingt, den Großteil meiner Empfindungen von ihm fernzuhalten.

»Scar?«, höre ich ihn nach einer gefühlten Ewigkeit. »*Rede mit mir.*«

Kein Befehl. Keine Wut. Sondern eine Bitte voller Unsicherheit.

Ich habe damit gerechnet, dass er mich anschreit. Dass er sofort Antworten von mir will – eine Entscheidung und das Versprechen, Tristan nie wiederzusehen. Doch nichts dergleichen kommt von ihm. Stattdessen höre ich in seinen Worten die gleichen Bedenken, die auch mich umtreiben.

»*Danke für vorhin*«, denke ich. »*Dafür, dass du an mich geglaubt hast.*«

»*Da gibt es nichts zu danken*«, entgegnet er. »*Du hast mich besiegt; es stand für mich außer Frage, dass du diesen Muskelberg ebenfalls zu Boden schickst. Warum sollte ich mich in deine Kämpfe einmischen, wenn du alles bestens unter Kontrolle hast?*«

Tristan hätte es getan. Er wollte dazwischengehen, denn er hatte kein Vertrauen zu mir oder in meine Fähigkeiten.

»*Wie du schon mehrmals festgestellt hast*«, unterbricht er meinen Gedankengang, »*ich bin* nicht *Tristan.*«

»*Das weiß ...*«

Ich erstarre und mein Herz setzt für einen Schlag aus. Fieberhaft krame ich in meiner Erinnerung nach den unzähligen Malen, die ich Ash mit Tristan verglichen habe. Doch nie – nicht ein einziges Mal! – habe ich es ihm gesagt. Nie habe ich zugegeben, dass ich diese Vergleiche zog.

Niemals.

Aber wie kann er davon wissen? Es sei denn ...

Mir ist schon mehrmals aufgefallen, dass er stets die richtige Antwort auf meine nicht gestellten Fragen parat hatte. Als ich nichts mit dem Ort Leerth anzufangen wusste, zum Beispiel. Oder sein Blick, als ich während des Tanztrainings zum ersten Mal dachte, dass Ruby die Finger von ihm nehmen soll, weil er mir gehörte. Die Male, die er mich gefunden hat, als ich ziellos im Schloss umherirrte.

Waren das alles Zufälle? Oder steckt mehr dahinter?

In meinem Kopf ist es merklich still geworden. Er weiß, was ich denke. Sollte er dann nicht versuchen meine Bedenken zu zerstreuen?

»Was hat das zu bedeuten?«, knurre ich.

Doch ich ernte Schweigen. Mein Herzschlag dröhnt unnatürlich laut in den Ohren, während ich auf eine Antwort, eine Erklärung warte.

»Scar, bitte«, höre ich Ash leise. *»Können wir ... normal reden? Kann ich zu dir kommen?«*

»Warum?«

»Ich möchte es dir erklären. Aber ich will, dass du mich dabei siehst und ich dich sehen kann. Es ... fällt mir nicht leicht.«

Was kann so schlimm sein, dass er es mir nicht einfach über den Nexus sagen kann?

»Es ist nicht schlimm«, versucht er sogleich mich zu beruhigen. *»Wenn dir nicht gefällt, was ich zu sagen habe, kannst du mich jederzeit rauswerfen und ich werde gehen.«*

Ich ringe eine Weile mit mir. *»Na schön«*, sage ich dann in Gedanken.

»Ich bin gleich bei dir.«

Ich unterbreche die Verbindung und schwinge die Beine aus dem Bett. Schnell werfe ich einen flüchtigen Blick in den Spiegel und streiche eine widerspenstige Haarsträhne hinters Ohr. Nicht einmal eine Minute später klopft es an der Tür. Erneut vollführt mein Herzschlag seltsame Kapriolen, als ich hinübergehe und öffne.

Ashs Atmung geht schwer und abgehackt, als wäre er den Weg hierher gerannt, und seine Haare stehen unordentlich in alle Richtungen ab. Nur mit Mühe widerstehe ich dem Drang, die schwarzen Strähnen durch die Finger gleiten zu lassen. Mit gerunzelter Stirn betrachtet er mich, einen Arm gegen den Türrahmen gelehnt. Seine sonst so funkelnden Augen scheinen mit einem Mal umwölkt zu sein. Ist das Unsicherheit in seinem Blick? Angst? Oder gar beides?

Es dauert eine Weile, bis mir aufgeht, dass er darauf wartet, dass ich ihn hereinbitte. Ich mache einen Schritt zur Seite und deute mit der Hand ins Zimmer. Es fühlt sich an, als hätte ich meine Zunge verschluckt, und vielleicht war es doch keine so gute Idee, von Angesicht zu Angesicht mit ihm zu sprechen. Per Nexus ging es irgendwie leichter und ich verfluche mich dafür, dass ich zugestimmt habe, direkt mit ihm reden zu wollen.

Im Vorbeigehen greift Ash nach meinem Nexus. Nur kurz streifen seine Finger dabei meine Wange. Ehe ich protestieren kann, nimmt er auch seinen ab und legt beide auf die Kommode neben meinem Bett. Dort bleibt er stehen, mit dem Rücken zu mir, die Hände an die Kanten gestützt.

»Erinnerst du dich an meine Geschenke an dich?«, fragt er. Seine Stimme klingt seltsam rau.

Ich schlucke und versuche meine Stimme wiederzufinden. »Ja. Wie könnte ich sie vergessen?«

»Was war das erste?«

Da brauche ich nicht lange zu überlegen. »Der Nexus.«

Ash nickt und richtet sich auf, dreht sich aber immer noch nicht zu mir um. »Weißt du noch, was auf dem Zettel stand, der bei dem Nexus lag?«

Nun muss ich schon tiefer in der Erinnerung kramen, doch nach ein paar Augenblicken fällt es mir wieder ein. »Ich glaube, du hast geschrieben, dass er nicht auf Caleb eingestellt ist und ich bedenkenlos damit herumexperimentieren kann.«

»Du hast ein gutes Gedächtnis«, sagt er. Ich höre ein kleines Lächeln in seiner Stimme heraus. »Das, was ich geschrieben habe, war die Wahrheit. Dein Nexus war nicht auf Calebs eingestellt.« Langsam dreht er sich zu mir um. Sein Blick ist so ernst, so durchdringend, dass er mir schier den Atem raubt. »Sondern auf meinen.«

Abwartend sieht er mich an, harrt einer Reaktion von mir, doch die bleibt aus. Ich blinzele mehrmals, fühle aber nur Leere in mir. Einerseits, weil ich es nicht verstehe; andererseits, weil ich es nicht verstehen *will*.

»Was ... bedeutet das?«, frage ich.

Er schließt die Augen. »Es bedeutet, dass ich die ganze Zeit über wusste, wie es dir geht. Anders hätte ich die fünf Jahre nicht überstanden.«

»Was meinst du damit, dass du wusstest, wie es mir geht?« Ohne dass ich es verhindern kann, rutscht meine Stimme ein paar Tonlagen höher.

Er schaut mich wieder an. Die Schuld, die ich in seiner Miene erkennen kann, scheint mir einen Hieb in die Magengrube zu verpassen.

»Ich habe nicht alles gehört, was du dachtest«, versucht er zu erklären, »schon gar nicht, als du noch im Dorf warst. Die Entfernung war zu groß und ich hörte dich nur, wenn besonders starke Emotionen im Spiel waren. Wenn du besonders laut in deinem Inneren geschrien hast, habe ich dich vernommen. Oder wenn du besonders stolz warst, weil du beim Training so große Fortschritte gemacht hast. Es ist nicht dieselbe Technik wie eine normale Gedankenübertragung, die auch über große Entfernungen funktioniert, aber ...« Er zuckt mit den Schultern. »Im Grunde wusste ich immer, wie es dir geht. Wenn ich tagelang nichts von dir gehört habe, wurde ich unruhig und kontaktierte Jyde.« Ein freudloses Lächeln zeichnet sich auf seinen Lippen ab. »Ich kann gar nicht mehr zählen, wie oft er mir versichern musste, dass mit dir alles in Ordnung war.«

»Jyde wusste davon?«, frage ich fassungslos.

Ash nickt. »Er war damit einverstanden, zumindest anfangs. Nach ein paar Wochen habe ich ihn genervt, vermute ich. Gerade die erste Zeit war schwer. Ich wusste, dass du littest, spürte deine Verzweiflung und Trauer in mir, aber ich traute mich nicht, etwas zu unternehmen. Mir war klar, dass du mich nicht hättest sehen wollen, und das habe ich verstanden. Deshalb wachte ich aus der Ferne über dich, denn das war alles, was ich tun konnte. Ich gab dir den Freiraum, den du brauchtest, auch wenn es mir mit jedem Tag, den du dich weiter zurückzogst, schwererfiel.«

»Du … hast mich ausspioniert?«

»Nein!«, widerspricht er sofort. »Für dich … muss sich das vielleicht jetzt so anhören, aber das war nie meine Absicht. Ich … wollte mich nicht aufdrängen und da du nie auf einen meiner Briefe geantwortet hast, entschied ich, dass das die bessere Lösung war.«

Ich bin wie vor den Kopf gestoßen und es dauert eine Weile, bis ich die Kraft habe zu sprechen. »Was genau hast du gehört?«

»Als du noch im Dorf warst, nicht viel«, sagt er leise. »Trauer und Wut auf alles und jeden und dein brennender Wunsch nach Rache waren die häufigsten und lautesten Gedanken, die ich vernehmen konnte. Am meisten genervt hat mich Tristans Visage, die mich bis in meine Träume verfolgt hat, wenn du deinen Nexus beim Schlafen nicht abgenommen hast.« Er zuckt erneut in einer hilflosen Geste mit den Schultern. »Aber das war besser, als fünf Jahre lang gar kein Lebenszeichen von dir zu erhalten.«

Es fällt mir nicht schwer, mich an die letzten fünf Jahre zurückzuerinnern. Ash hat recht: Sonderlich aufschlussreich waren meine Gedanken und Gefühlswelt damals nicht. Die Trauer um Tristan und die Wut auf die Ferals beherrschten mich und ließen mich weitermachen. Nichts, was er nicht wüsste oder wofür ich mich schämen müsste.

Jedoch …

»Du sagtest, als ich noch im Dorf war, gab es nicht viel, was du zu hören bekamst«, beginne ich. »Aber was war danach? Was war, als ich im Schloss ankam?«

Als Ash meinem Blick erneut ausweicht, bin ich mir sicher, dass ich die Antwort auf die Frage am liebsten nicht wissen will, doch ich hänge trotzdem an seinen Lippen. Mein Herzschlag dröhnt in den Ohren.

»Alles«, wispert er. »Ich konnte alles hören.«

KAPITEL 3

Ich mache einen unsicheren Schritt zurück, weg von ihm, dann noch einen und noch einen, bis ich so viel Abstand wie möglich zwischen Ash und mich gebracht habe. Mit jedem Zentimeter wird sein Blick flehender.

Alles. Er hat *alles* gehört! Alles, was ich dachte. Alles, was mich verwirrte. Alles, was ich fühlte.

Plötzlich ergibt vieles einen Sinn. Die ganze Zeit über wusste er, was in mir vorging, wie weit er gehen konnte. Als ich ihm am Abend des Maskenballs den Dolch an den Hals hielt, war ihm klar, dass ich ihn nicht verletzen würde. Als ich den Posten in der Leibwache ausschlagen wollte, wusste er es ebenfalls und war zur rechten Zeit da, um mich daran zu hindern.

Und danach ... Danach ... Unser Kuss in der Kammer.

Ich schlage mir die Hand vor den Mund, als mir wieder in den Sinn kommt, was ich alles dachte, was ich ... wollte.

Er wusste stets, was in mir vorging – und was er tun musste, um mich für sich einzunehmen.

Er hat mich manipuliert, über Jahre hinweg. Und ich habe es nicht bemerkt. Ich lasse meine Hand ein Stück tiefer sinken und presse sie gegen den Brustkorb – dort, wo der Schmerz am schlimmsten ist und mich kaum noch atmen lässt. Seit wir bei meiner Großmutter waren, wurden mir meine Gefühle für ihn klar, und wenn ich ehrlich bin, hat auch Tristans Auftauchen nichts daran geändert. Ich wollte Antworten – und meinen Kindheitsfreund zurück, aber ich betrachtete ihn nicht so wie Ash. Ich *wollte* ihn nicht so, wie ich Ash wollte.

Doch das ist vorbei. Wie könnte ich ihm je wieder vertrauen?

»Geh«, presse ich hervor, mühevoll darauf bedacht, mir nichts von dem Sturm in meinem Inneren anmerken zu lassen.

»Scar, bitte.« Ash streckt eine Hand nach mir aus, aber ich weiche weiter vor ihm zurück, bis ich mit dem Rücken an die gegenüberliegende Wand stoße.

»Verschwinde!«, schreie ich ihn an.

Er schließt die Augen, wirkt müde und resigniert, als er die Hand sinken lässt. Aber er macht keinen Schritt Richtung Tür.

»Es tut mir leid«, murmelt er. »Es war nie meine Absicht, dich zu verletzen. Ich wollte dir nie dadurch schaden, sondern ...« Kurz huscht sein Blick zu mir, doch er wendet ihn sofort wieder ab. »Ich wollte, dass ein Teil von dir bei mir ist. Ich wusste nicht ...« Er fährt sich mit beiden Händen durchs Haar und seufzt. »... was ich sonst tun sollte.«

»Mich nicht zu manipulieren wäre ein Anfang gewesen!«, zische ich.

»Ich habe dich nicht manipuliert!«, widerspricht er. »Wie hätte ich das denn machen sollen? Ich konnte deine Gedanken hören, mehr aber auch nicht. Ich konnte sie nicht lenken oder auf irgendeine Weise beeinflussen.«

»Du wusstest, was ich vorhabe. Als ich den Posten in der Leibwache ausschlagen oder mich Hazel mit in die Baracke nehmen wollte. Das wusstest du vorher und konntest handeln.«

»Und das ist schlimm?«, fragt er. »Nachdem ich dich endlich zurückhatte, unternahm ich natürlich alles, damit du auch im Schloss bleiben würdest.«

»Du hast dich über meinen Willen hinweggesetzt!«

»Nein!« Er klingt aufgebracht, genau wie ich. »Ich habe dich gefragt, was dein Problem ist, und als du sagtest, dass ich dein Problem wäre, habe ich mich zurückgezogen. Erinnerst du dich? Ich wollte nie ein Problem für dich sein, aber wenn du mich so gesehen hast, musste ich damit leben.«

»Es stand dir nicht zu, diese Entscheidungen zu treffen«, zische ich.

»Ich gebe zu, bei der Anordnung in der Baracke bin ich etwas übers Ziel hinausgeschossen – und das tut mir leid.«

Ich verschränke die Arme vor der Brust. »Ach, und das soll es nun besser machen?«

»Nein.« Seufzend reibt er mit der Hand über seine Stirn. »Ich wollte es nicht mehr vor dir verheimlichen, aber ich hatte Angst vor deiner Reaktion.

Wenn du … deswegen nie wieder etwas mit mir zu tun haben willst, verstehe ich das.«

Beim Anblick seiner resigniert zusammengesunkenen Gestalt und der sorgenvoll gerunzelten Stirn zieht sich mein Herz schmerzlich zusammen. Ich muss mich davon abhalten, nicht sofort zu ihm zu gehen und ihn in die Arme zu schließen. Aber dann rufe ich mir wieder ins Gedächtnis, dass er mich all die Jahre über ausspioniert hat. Er wusste alles über mich. Wie soll ich ihm je wieder vertrauen können? Will ich ihm überhaupt je wieder vertrauen? Oder ist es besser, sein Angebot anzunehmen und nie wieder etwas mit ihm zu tun haben zu wollen?

»Bitte geh jetzt«, sage ich.

Ich bin müde und erschöpft und mein Körper fühlt sich so schwer an, dass ich mich kaum noch auf den Beinen halten kann. Ich brauche Ruhe, um über alles nachdenken zu können, und ich will allein sein.

Ash greift in seine Hosentasche und holt ein Päckchen hervor, das er auf die Kommode legt. Anschließend greift er nach meinem Nexus.

»Ich lasse dir meinen da«, murmelt er. »Vielleicht … bist du irgendwann so weit und willst sehen, was ich die Jahre über von dir gehört habe. Ich werde deinen tragen. Das Päckchen kannst du öffnen, wenn du allein bist.«

Noch bevor ich widersprechen kann, geht er zur Tür, hält aber noch mal kurz inne. Eine Hand an der Klinke, dreht er sich halb zu mir um. Für einen Moment kehrt das Funkeln in seine Augen zurück und sofort kribbelt es wieder in meinem Bauch.

»Ich liebe dich, Scar«, sagt er, so leise, dass ich es fast für Einbildung halte, wäre da nicht das sanfte Lächeln auf seinen Lippen gewesen.

Dann zieht er die Tür hinter sich zu und ich bleibe allein zurück.

Eine gefühlte Ewigkeit später schaffe ich es, mich zu rühren. Mein Blick hängt immer noch an der geschlossenen Tür, während Ashs Worte ununterbrochen in meinem Kopf umherwirbeln.

Er sagte, dass …

Erneut reibe ich mir über die Brust, doch die Leere und der Schmerz, die vorhin darin wohnten, sind verschwunden.

Stattdessen scheint mein Herz viel zu schnell, zu freudig und zu dumm über Ashs letzten Satz vor sich hin zu stolpern.

Doch ich kann ihm nicht mehr vertrauen. Nicht, nachdem ich weiß, dass er mich die ganzen Jahre über ausspioniert hat. Wie soll ich wissen, dass sein Liebesgeständnis die Wahrheit ist? Es könnte genauso gut gelogen sein, um mich zu manipulieren.

Aber wozu? Was hätte er davon, mich zu manipulieren? Ich bin ein einfaches Mädchen aus dem Dorf der Roten; ich verfüge über wenig bis gar keinen Einfluss, weder in meinem Dorf noch in der Stadt. Ich kann zwar ganz passabel kämpfen, aber auch dadurch hätte er keine Vorteile. Wie ich es auch drehe und wende: Nachdem ich in Ruhe darüber nachdenken kann, finde ich keinen Grund, warum er mich manipulieren sollte. Wäre ich von hohem Stand oder hätte ich eine wichtige Position inne, dann würde es einen Sinn ergeben, aber nichts davon trifft auf mich zu.

Ich bin ... einfach nur *ich*, voller Dunkelheit und Narben. Ungewollt in meinem Dorf – gezeichnet für einen Verlust und ohne jegliche Zugehörigkeit. Eine Verbindung mit mir – ganz gleich welcher Art – brächte Ash keinerlei Vorteile ein. Im Gegensatz zu ihm bin ich ein Niemand.

Und gerade deswegen haben mich seine letzten Worte getroffen. Während der Tage im Schloss, während unserer Aufeinandertreffen, die niemals so abliefen, wie ich es mir vorstellte, habe ich es ebenfalls gespürt, aber ich wollte es nicht wahrhaben, wollte mir nicht eingestehen, dass das, was ich für ihn empfinde, tiefer gehen könnte als alles, was ich zuvor gespürt habe.

Weil ich ein Niemand bin. Weil ich nirgendwohin gehöre. Weil ich keine Zukunft habe.

Ich war bereit, an der Front gegen die Ferals zu kämpfen – und wenn nötig beim Versuch, meine Rache zu bekommen, zu sterben. Wen hätte mein Tod schon interessiert? Großmutter vielleicht, aber außer ihr niemanden. Doch Ash ... Er sagte, dass er während all der Jahre um mich besorgt war und wissen wollte, wie es mir ging. Ihm hätte es etwas ausgemacht, wenn ich im Kampf gefallen wäre, weshalb er auch alles daransetzte, dass ich in die Leibwache aufgenommen wurde. Nicht nur, um mich in seiner Nähe zu haben, sondern auch, damit ich in Sicherheit war. Weg von der ständig drohenden Gefahr, die hinter den Mauern auf mich gelauert hätte.

Ich liebe dich, Scar.

Mein Blick huscht hinüber zur Kommode, wo das ominöse Päckchen und Ashs Nexus liegen. Noch ehe ich mich dazu durchringen kann, beides an mich zu nehmen, kommen Hazel und Payne ins Zimmer gestürmt.

»Wahnsinn, Scarlet«, trällert Hazel, als sie an mir vorbeirauscht, um in ihrer Kleiderkiste zu wühlen. »Das war ein Kampf! Wir wussten ja, dass du kurzen Prozess mit deren angeblich bestem Kämpfer machen würdest, aber du sahst sehr eindrucksvoll aus.« Sie wirbelt zu mir herum, presst sich beide Hände auf den Brustkorb und seufzt übertrieben. »Und als unser Prinz sich dann öffentlich zu dir bekannte ... Hach, am liebsten hätte ich euch beiden applaudiert!«

Ich rolle mit den Augen. »Ich hatte nicht damit gerechnet, dass ihr so früh aus der Stadt zurück seid. Eigentlich wollte ich kein Publikum haben, sondern nur ein wenig Dampf ablassen.«

Payne gibt ein Schnauben von sich. »Es grenzte an ein Wunder, dass wir es überhaupt so lange ausgehalten haben. Schon nach fünf Minuten wären sich Ash und dieser Tristan beinahe an die Gurgel gegangen. Caleb und ich hatten alle Hände voll damit zu tun, die beiden zu trennen.«

»Aber davon lassen wir uns nicht die Laune verderben«, sagt Hazel und hält ihr neues Kleid in die Höhe. »Heute Abend ist der erste Empfang! Endlich können wir uns chic machen und uns unter Leute mischen! Nach den vielen Tagen auf einem Pferderücken und nur mit euch kann ich es gar nicht erwarten, auch mal mit anderen Menschen zu reden und zu tanzen.«

»Du kennst die Regeln, Hazel«, murmelt Payne, während auch sie ihr Kleid herausholt und auf dem Bett zurechtlegt. »Keine Männer in unserem Zimmer.«

Hazel zieht einen Flunsch und steckt Payne dann die Zunge heraus. Ich schmunzele, als ich die beiden beobachte. Irgendwie schaffen sie es immer, meine dunklen Gedanken zu vertreiben, auch wenn sie mir manchmal auf die Nerven gehen. Und für Ersteres bin ich ihnen zutiefst dankbar.

»Nicht träumen, Scarlet«, sagt Hazel. »Du musst dich auch umziehen. Es wird bald anfangen. Oh, ich glaube, ich habe die passenden Haarspangen zu deinem neuen Kleid! Du hast doch sicher nichts dagegen, wenn ich dir wieder die Haare mache, oder?«

Ich spüre wieder ein Lächeln in mir hochsteigen, kann mir aber ein Seufzen nicht verkneifen. »Tu dir keinen Zwang an«, sage ich.

Im Grunde bin ich froh darüber, dass sie mir diese Aufgabe abnimmt. Wenn ich mir die Haare machen müsste, würde nicht mehr als ein einfacher Zopf dabei herauskommen. Hazel hat eindeutig mehr Talent in solchen Dingen. Woher auch immer!

Als die beiden damit beschäftigt sind, in ihre Kleider zu schlüpfen, gehe ich zu meiner Kommode. Dem Nexus schenke ich keine Beachtung; ich bin mir noch nicht sicher, ob ich ihn überhaupt je tragen werde. Obwohl es mich schon interessieren würde, wie viel Ash tatsächlich von meinen Gedanken gehört hat ... und welches seine sind.

Ich greife nach dem Päckchen und entferne das braune Papier. Als das geschafft ist, kommt ein Kästchen aus Holz zum Vorschein. Obenauf liegt ein Zettel. Ich erkenne, dass es Ashs Handschrift ist, aber sie ist weniger akkurat, als ich es von ihm gewohnt bin; fast so, als hätte er die Worte in aller Eile geschrieben, kurz bevor er zu mir kam, um direkt mit mir zu sprechen.

Scar,

wenn Du das liest, ist unser Gespräch nicht so verlaufen, wie ich es mir gewünscht habe, und ich konnte Dir dieses Geschenk nicht persönlich überreichen. Ich hoffe trotzdem, dass Du es noch vor dem Empfang öffnest, denn es gehört zu Deinem neuen Kleid. Und es hat die Farbe Deiner Augen.
Ich verdiene Deine Wut, denn ich war nicht von Anfang an ehrlich zu Dir. Das tut mir leid. Ich hoffe, dass ich es irgendwann wiedergutmachen kann und Du Dich nicht völlig von mir abwenden wirst. Wahrscheinlich habe ich Dir meinen Nexus dagelas-

sen. Setz ihn bitte auf, wenn Du Dich dazu bereit fühlst. Ich werde Deinen tragen und darauf warten.

Mehr bleibt mir nicht zu sagen, außer: Ich liebe Dich.

Ash

Ich starre den Brief, vor allem die letzte Zeile, noch eine Weile an, bevor ich ihn zur Seite lege. Tatsächlich, hier steht es. Ein kleiner Teil in mir war die ganze Zeit über der Meinung, dass ich mich verhört haben musste, denn es klang so abwegig ... Doch hier lese ich es schwarz auf weiß. Also habe ich mich doch nicht verhört ... Aber reicht das allein, um mein Vertrauen in ihn wiederherzustellen? Das wird nicht so einfach geschehen, sondern Zeit brauchen. Viel Zeit. Und ich weiß nicht, ob er gewillt ist, so lange auf mich zu warten. In seiner Position ... mit der Entourage und auch jetzt mit Ruby vor der Nase ...

Meine Finger zittern, als ich den Deckel des hölzernen Kästchens anhebe, ohne dass ich weiß, warum. Im Inneren liegt auf einem weißen Tuch eine Kette: Silbern, geformt zu in sich verschlungenen Ornamenten, und unten, eingefasst in einer ebenfalls silbernen Halterung, befindet sich als Anhänger ein Edelstein. Er besitzt die Form eines Herzens und schimmert in einem kräftigen Grün, doch durch den Schliff bricht sich das Licht in ihm auch in hellen Gelbtönen.

Mein Atem geht flach, als ich den Zeigefinger vorsichtig über die Kette samt Anhänger gleiten lasse. Ich habe noch nie ein so schönes Schmuckstück gesehen ... Und das soll ich tragen? Es ist viel zu kostbar für mich! Ich kann doch unmöglich ...

»Wahnsinn«, haucht Hazel hinter mir ehrfurchtsvoll. »Soweit ich weiß, hat er nie einem Mädchen Geschenke gemacht. Und dann auch noch so ein wunderschönes!« Sie stößt mir mit dem Ellenbogen in die Seite. »Du scheinst tatsächlich Eindruck bei ihm hinterlassen zu haben. So kenne ich ihn gar nicht.«

Ich reibe mir über die Stelle, die sie eben getroffen hat. »Ach nein? Wie kennst du ihn denn dann?«

»Willst du uns aushorchen?«, fragt Payne und schaut ebenfalls in unsere Richtung.

»Nein«, sage ich. »Aber ich hatte gehofft, dass ihr, als meine Freundinnen, mir ein paar Tipps geben könntet. Ich habe nämlich keine Ahnung, was ich tun soll.«

»Klingt, als gäbe es Probleme«, sagt Payne.

»Zuerst«, gurrt Hazel, hakt sich bei mir unter und zieht mich hinüber zum Waschtisch, »lässt du dich von mir frisieren. Dann schlüpfst du in dieses wunderschöne neue Kleid und legst den dazu passenden Schmuck an, den dir unser Prinz so selbstlos geschenkt hat. Und danach«, sie grinst mich im Spiegel breit an, »zeigst du ihm, was er verdammt noch mal verpasst, wenn er nicht nach deinen Spielregeln spielt.«

KAPITEL 4

Geduldig lasse ich mir von Hazel die Haare machen und ertrage ihr endloses Geplapper, auch wenn es mir schwerfällt. Ich mag sie, ebenso wie Payne, und bin dankbar für ihre Hilfe und den Rückhalt. Details habe ich ihnen nicht verraten, aber sie haben sich beide sofort auf meine Seite geschlagen – wenn es denn so was wie eine Seite gibt. Allein das beruhigt mich.

Langsam glaube ich, dass Hazel magische Hände hat, denn die Frisur, die sie mir heute zaubert, übertrifft die vorherige noch bei Weitem. Sie nutzt ein heißes Eisen, damit die Haare in leichten Wellen fallen, von denen sie einzelne Strähnen am Hinterkopf hochsteckt und sie mit silbernen Spangen befestigt. Wie zufällig zupft sie schmalere Strähnen heraus, die mein Gesicht umspielen und einrahmen.

Nachdem sie mit ihrem Werk fertig ist, holt sie die Kette aus der kleinen Schachtel und legt sie mir um. Als wäre sie für mich gemacht worden, liegt sie knapp über dem Schlüsselbein, während der Herzanhänger in der kleinen Kuhle darunter ruht. Die Farbe des Anhängers harmoniert perfekt mit dem dunkleren Moosgrün meines Kleides – als würde die Sonne durch das dichte Blätterdach des Waldes scheinen.

Ungläubig starre ich mich im Spiegel an. Die junge Frau, die meinen Blick erwidert, sieht nicht aus wie ein Mädchen, das fast sein ganzes Leben in einem kleinen Dorf verbracht hat. Nein, ich sehe aus wie …

»Vergiss deine Waffen nicht, Hazel«, sagt Payne freudig glucksend. »Ich könnte darauf wetten, dass wir sie heute brauchen, um zwei gewisse Männer davon abzuhalten, sich an die Gurgel zu gehen.«

Hazel lächelt und drückt meine Schulter. »Wenn sie dich sehen, auf jeden Fall«, murmelt sie in mein Ohr.

Ich winke ab, merke aber, dass mir die Wangen brennen. Mein Herzschlag ist völlig aus dem Takt und nun, da wir gleich in den Saal zum Empfang gehen, wird es noch schlimmer. Um mich abzulenken und zu beschäftigen, schnalle ich mir je einen Dolch an die Unterarme, die dank der langen weiten Ärmel verdeckt werden. Einen dritten Dolch schiebe ich in eine der verborgenen Taschen im Rock.

Als ich fertig bin, bleibe ich vor meiner Kommode stehen und schaue unschlüssig auf den Nexus hinab. Letztendlich weiß ich nicht, was den Ausschlag dafür gibt, dass ich danach greife. Er ist etwas größer als meiner und auch schwerer und fühlt sich ungewohnt in der Hand an.

Sofort nachdem ich ihn richtig aufgesetzt habe, höre ich Ashs Stimme in meinem Kopf. Leise, fast wie ein Flüstern, und ich muss mich darauf konzentrieren, um zu verstehen, was er denkt.

»Können wir los?«, fragt Hazel von der Tür aus. »Der Empfang wird in Kürze beginnen.«

Ich nicke und verlasse gemeinsam mit den beiden das Zimmer.

＊

Der Empfang findet in einem großen Saal statt, der dem in Daarth in nichts nachsteht: festlich geschmückte Wände und unzählige Kerzen, deren Licht sich auf dem weißen Marmorboden spiegelt, Diener, die zwischen den Anwesenden umherhuschen und Getränke auf kleinen Tabletts vor sich hertragen. In einer Ecke haben ein paar Musikanten Aufstellung genommen und untermalen das allgegenwärtige Gemurmel mit leisen Klängen.

Die Königin steht direkt neben dem Eingang und ist in ein Gespräch mit einem Mann vertieft, den ich nicht kenne. Sie lässt den Blick kurz über unsere Erscheinungen schweifen und nickt uns dann zu. Wir erwidern die Geste und mischen uns anschließend unter die anderen Anwesenden. Unsere Aufgabe ist es, so wenig wie möglich aufzufallen, aber doch nah genug bei der Königin zu bleiben, um im Ernstfall eingreifen zu können. Ich bleibe immer in ihrer Nähe, allein schon, damit ich unauffällig an ihren Getränken riechen kann, wenn sie an mir vorbeigetragen werden. Zwar ist mein Geruchssinn kein absolut sicherer Garant dafür, einen neuen Giftanschlag zu verhindern, aber ich gebe mein Bestes. Solange ich nicht mit Dolchen und Klingen gegen einen Feind kämpfen kann, ist mein Geruchssinn das Einzige, was ich beisteuern kann.

Ich schnappe mir einen Becher Punsch, umrunde die Tanzenden in der Mitte des Saales und lehne mich gegen eine der Säulen, wobei ich den Blick durch den Raum schweifen lasse. Ashs Stimme in meinem Kopf wird immer lauter, doch ich schaffe es irgendwie, sie auszublenden. Nur hin und wieder dringen Satzfetzen in mein Bewusstsein.

»Caleb hat leicht reden … Natürlich wird Scar da sein, aber … wird sie die Kette tragen? Oder meinen Nexus? Oder das Kleid, das ich für sie habe anfertigen lassen? Oder hat sie alles, was auch nur im Entferntesten mit mir zu tun hat, aus ihrem Leben verbannt?«

Ich muss über seine Unsicherheit schmunzeln. So hätte ich ihn gar nicht eingeschätzt. Was wird er wohl denken, wenn er mich sieht? Ein vorsichtiges Flattern breitet sich in meinem Bauch aus, als ich mir sein Gesicht vorstelle.

Ich will mich gerade zur Eingangstür umwenden, um auf Ash zu warten, als mein Blick auf König Cespar und seine Tochter Luisa fällt. Schräg hinter ihr steht Tristan. Halb verborgen hinter der Säule beobachte ich sie einen Moment. Tristan befindet sich etwas abseits; er steht von seiner Verlobten abgewandt. Die weinrote Tunika mit den goldenen Stickereien scheint ihm direkt auf den Leib geschneidert zu sein und seine leicht welligen Haare sind aus dem Gesicht gekämmt. Er sieht wahrlich aus wie ein Prinz.

Als hätte er meine Gedanken gehört, hebt er den Kopf und schaut in meine Richtung. Noch ehe ich mich zurückziehen kann, entschuldigt er sich bei König Cespar und kommt schnellen Schrittes auf mich zu. Mein Magen zieht sich zusammen und ich ringe die Hände. Ich hatte zwar vor, mit Tristan zu reden, aber das kommt jetzt so plötzlich, dass sich mein Kopf wie leer gefegt anfühlt. All die Fragen, die ich ihm stellen wollte, sind verschwunden und ich bin so nervös, dass mein Atem unregelmäßig geht. Am liebsten würde ich fliehen, mich irgendwo verstecken, wo er mich nicht finden kann, aber das ist keine Lösung.

»Du bist auch hier?«, sagt Tristan statt einer Begrüßung.

Ich gebe mein Bestes, um die Nervosität zu überspielen, lehne mich mit der Schulter gegen die Säule und verschränke die Arme. »Ich bin eine Leibwächterin der Königin«, antworte ich. »Es ist meine Pflicht, da zu sein.«

Wir stehen halb verdeckt hinter der Säule, abgewandt von den anderen Anwesenden.

Tristans Blick gleitet an meinem Körper auf und ab und mir wird abwechselnd heiß und kalt. Seine Nasenflügel zucken, als er mir wieder ins Gesicht schaut. »Und ich dachte, du wärst nur die aktuelle Gespielin des Prinzen. Wenigstens klebt heute sein Geruch nicht überall an dir.«

Ich blinzele mehrmals hintereinander, kann mir aber gerade noch ein empörtes *Wie bitte?!* verkneifen. »Und was machst du hier? Neben deiner Verlobten stehen und nett aussehen? Ist das alles, was du tust?«

Tristans Mundwinkel zucken belustigt. »Scharfzüngig wie eh und je«, murmelt er. Seine Stimme klingt wie das Schnurren einer Katze. »Schön zu sehen, dass sich einige Dinge nicht ändern.«

»Andere hingegen schon«, erwidere ich und wappne mich für die Frage, vor der ich am meisten Angst habe. »Ich dachte, du seist tot. Ich … habe gesehen, wie der Feral dich …« Ich schlucke krampfhaft, als die Erinnerungen an das viele Blut und seine Schreie mich zu übermannen drohen. »Wir haben um dich getrauert. *Ich* habe um dich getrauert.«

Für einen Moment verengen sich seine Augen zu Schlitzen. »Und keiner von euch kam auf die Idee, nach mir zu suchen? Was habt ihr stattdessen getan, nachdem du zurück im Dorf warst?«

Ich straffe den Rücken und begegne seinem bohrenden Blick mit so viel Kälte, wie mir möglich ist. »Ich habe meine Strafe dafür empfangen, dass ich ein Mitglied des Clans in Gefahr gebracht habe.«

Tristan scheint zu verstehen, denn seine Augen weiten sich schockiert.

»Sie haben mich ausgepeitscht«, fahre ich fort und verbanne jegliche Emotion aus meiner Stimme, »und ich wurde zu einer Ausgestoßenen. Alles, was mich am Leben hielt, war mein Wunsch nach Rache an den Ferals, die mir alles genommen haben, was ich je geliebt habe.«

Er legt den Kopf leicht schief. »Dein Wunsch nach Rache kann nicht alles gewesen sein, was meinen Vater davon abhielt, dich zu töten oder aus dem Dorf zu verbannen.«

Ich weiß genau, woraufhin er hinauswill. »Nein«, sage ich. »Ich hatte einen guten Fürsprecher.«

»Ah, nun kommen wir der Sache näher«, murmelt er und macht einen Schritt auf mich zu. Seine plötzliche Nähe fühlt sich seltsam an, beinahe bedrohlich, doch ich halte das Kinn oben. »Nun zurück zu meiner Frage. Warum hat niemand nach mir gesucht?«

»Du wurdest von einem Feral gebissen«, entgegne ich so ruhig wie möglich, obwohl meine Stimme zu versagen droht. »Das Vieh hat deinen Hals zerfetzt und du hast so viel Blut verloren ... Es war ausgeschlossen, dass du es überleben konntest.«

Er beugt sich zu mir herab. Nur mein Stolz hält mich davon ab, vor ihm zurückzuweichen. »Und doch stehe ich hier vor dir. Sehr lebendig.«

In meinem Kopf explodieren Ashs Gedanken und ich zucke zusammen. Seine Stimme ist so laut und wütend, dass ich das Gefühl habe, er stünde direkt neben mir. Als ich mich umsehe, entdecke ich ihn aber gut zwanzig Meter entfernt am anderen Ende des Saals, doch sein Blick ist starr auf mich gerichtet. Und auf Tristan, der mir so nahe gekommen ist, dass Ashs Selbstbeherrschung nur noch an einem seidenen Faden hängt.

»Deine Trauer um mich kann nicht sehr groß gewesen sein, wenn du nie nach mir gesucht, sondern einfach weitergemacht hast«, fügt Tristan hinzu.

Es ist nahezu unmöglich, meine und Ashs Gedanken auseinanderzuhalten. Im Kopf wirbeln sie durcheinander, vermischen sich und rauben mir fast den Verstand.

»Mein. – Was macht sie da? Warum lässt sie ihn so nah an sich heran? – Noch einen Schritt näher und ich werde ...«

»Hörst du mir überhaupt zu, Scarlet?«, fragt Tristan und will nach meinem Arm greifen.

Ein Grollen vibriert in meinem Kopf, rauscht durch den ganzen Körper und lässt mich zurückschrecken. Im letzten Moment, bevor Tristan mich packen kann, mache ich einen Schritt zurück.

»Entschuldige mich kurz«, murmele ich ihm zu, umrunde die Säule, um so aus dem Blickfeld der beiden Männer zu sein, und drücke auf den Nexus, damit ich eine Verbindung herstellen kann.

»*Hast du den Verstand verloren?*«, zische ich aufgebracht, sobald Ash die Gedankenübertragung angenommen hat. »*Ich unterhalte mich gerade!*«

»*Ich habe gar nichts gemacht!*«, erwidert er eine Spur zu trotzig. »*Ich habe mich nicht einen Schritt von der Tür wegbewegt.*«

»*Dann kriege deine Gedanken in den Griff! Ich kann mich nicht konzentrieren, wenn du die ganze Zeit über in meinem Kopf grollst!*«

»*Lass ihn nicht in deine Nähe, Scar, bitte!*«

Ich rolle mit den Augen. »*Deinen übertriebenen Besitzanspruch kannst du dir gerade sonst wohin stecken!*«

»*Darum geht es nicht!*«

»*Unterhalte dich mit Caleb oder deiner Mutter oder von mir aus auch mit Ruby, aber krieg dich wieder ein!*«, grolle ich. »*Ich habe noch einige Fragen an Tristan und ich werde sie stellen. Ob mit oder ohne deine Einwilligung.*«

Als Antwort ernte ich nur ein aufgebrachtes Knurren; danach unterbreche ich die Verbindung. Den Nexus abzunehmen traue ich mich nicht. Schließlich könnte es sein, dass Hazel oder Payne meine Hilfe benötigen, ohne dass sie erst durch den ganzen Saal schreien müssen.

Tatsächlich ist das Durcheinander in meinem Kopf ein wenig abgeklungen. Er gibt sich Mühe, seine Gedanken zu beherrschen, aber ich höre trotzdem, dass es mit seiner Geduld nicht zum Besten steht. Doch was kümmert mich das? Ich unterhalte mich hier mit meinem Freund aus Kindheitstagen, den ich für tot hielt. Das kann er mir nicht verbieten! Und ich lasse es mir auch nicht verbieten, von niemandem!

Ich husche zurück zu Tristan, der nur eine Augenbraue hochzieht, als ich mich wieder zu ihm geselle.

»Wo waren wir stehen geblieben?«, frage ich.

»Hat dein kleines Verschwinden etwas damit zu tun, dass dein schwarzer

Prinz mich von dort drüben mit Blicken erdolcht?«, fragt er statt einer Antwort.

»Er ist nicht mein ...«, setze ich an, breche dann aber ab und seufze. »Ignoriere ihn einfach. Er wird sich benehmen, zumindest hoffe ich das. Also, du wolltest mir erzählen, wie du es geschafft hast, eine Feral-Attacke zu überleben.«

»Wie hast du denn überlebt?«

Ich reibe mir mit der Hand über die Stirn. Das Gespräch scheint mit einem Mal unglaublich anstrengend zu sein und zehrt an meinen Nerven. »Tristan, ich habe keine Lust auf deine Gegenfragen. Es war für mich ein ziemlicher Schock, als ich hier ankam und dich sah. Mir ist klar, dass du dich über die Jahre verändert haben wirst, genauso wie ich es getan habe. Ich verspreche, dass ich mich nicht in dein jetziges Leben einmischen werde. Alles, worum ich dich bitte, sind Antworten.«

»Was ist, wenn ich es will?«, fragt er und kommt mir wieder so nah wie vorhin. Ich bin mir nicht sicher, ob es mir *zu* nah ist ... Darüber müsste ich nachdenken und ich schaffe es gerade nicht. »Dass du dich in mein Leben einmischst, meine ich. Wenn ich mir wünschen würde, dass wir dort weitermachen, wo wir aufgehört haben.«

Ich schnappe nach Luft und starre ihn an, während ich gleichzeitig der Göttin dafür danke, dass Ash nicht seinen gewohnten Nexus trägt und das hier mitbekommen hat. Unwahrscheinlich, dass er das gut auffassen würde ...

»Du bist verlobt«, erinnere ich ihn, nachdem ich mich vom ersten Schrecken erholt habe.

Dennoch klingt mein Einwand schwach und lahm, aber etwas anderes fällt mir nicht ein. Nicht so schnell. Nicht, nachdem er mich überrumpelt hat und mir so nah ist wie seit über fünf Jahren nicht mehr. Ich hätte mir nie träumen lassen, dass ich ihn je wieder lebendig vor mir sehen würde ...

Tristan streckt die Hand nach mir aus und wickelt sich eine der losen Haarsträhnen um den Finger. Ich halte den Atem an und bete, dass Ash das von seinem Aufenthaltsort aus nicht sieht, doch seine Gedanken, die wie ein aufgebrachtes Tier in meinem Kopf wüten, beweisen mir, dass dem nicht so ist. Ich wage es nicht, in seine Richtung zu schauen, aber ich schaffe es auch nicht, mich Tristan zu entziehen.

»Und was ist mit dir?«, murmelt Tristan, während er den Blick auf seinen Finger mit meiner Haarsträhne gerichtet hält. »Wenn ich frei wäre ... Wenn es meine Verlobte nicht gäbe, würdest du dich dann in mein Leben einmischen? Würdest du mich zurückhaben wollen?«

»Wir waren Kinder, Tristan«, sage ich ausweichend und hoffe, dass er nicht bemerkt, wie sehr meine Stimme dabei zittert. Ja, wir waren Kinder, aber ich war trotzdem bereit, alles für ihn zu opfern, was ich liebte und kannte. Ohne zu zögern. Ohne zurückzublicken.

»Beantworte meine Frage, Scarlet«, sagt er und zieht leicht an meiner Haarsträhne. Nicht so stark, dass es mir wehtun könnte, aber stark genug, damit ich den Kopf näher zu ihm neige.

»Es gibt deine Verlobte«, murmele ich, froh darüber, dass überhaupt ein Ton meinen Mund verlässt. »Du bist *nicht* frei. Demnach ist diese Diskussion sinnlos.«

Ein Lächeln umspielt seine Lippen. »Du willst mir also weismachen, dass das nichts mit deinem schwarzen Prinzen zu tun hat, der gerade alle Mühe hat, mich nicht hier und jetzt zu zerfetzen?«

Ich bleibe ihm eine Antwort schuldig, aber ich hätte eh kein Wort herausgebracht, denn nur einen Augenblick später lehnt Tristan sich nach vorn und fährt mit der Nase an meinem Hals entlang. Es fühlt sich an, als würde sich jeder einzelne Muskel in meinem Körper bei dieser Berührung versteifen. Auf eine sehr unangenehme Art!

»Er mag dir zwar nachlaufen wie ein räudiger Köter, aber sein Geruch haftet nicht an dir. Was genau ist da zwischen euch?«

Die völlige Leere im Kopf bringt mich in die Wirklichkeit zurück. Eben noch schrien Ashs Gedanken, doch jetzt ist da nichts mehr. Das kann kaum Gutes bedeuten ... Ich versetze Tristan mit beiden Händen einen Stoß vor die Brust, der ihn zurücktaumeln lässt.

Im selben Moment spüre ich Ash hinter mir; nicht seinen Körper, aber seine Anwesenheit. Selbst die kleinen Härchen in meinem Nacken wenden sich ihm zu und ich atme erleichtert auf. Obwohl ich weiß, dass die Situation jede Sekunde eskalieren kann, beruhigt mich seine Nähe.

Tristans Augen verengen sich zu Schlitzen, als er jemanden hinter mir fixiert. »Bin ich Eurer Auserwählten zu nahe gekommen?«, fragt er mit einem spottenden Unterton in der Stimme, der sogar bei mir einen Nerv trifft.

Am liebsten würde ich ihm noch einen Stoß versetzen, fester diesmal.

»Sollte ich mich jetzt entschuldigen?«

Ash greift von hinten um mich herum und legt die Hand auf meinen Bauch, um mich nach hinten, näher zu sich, zu ziehen. Ich lasse es zu, halte aber den Blick weiter auf Tristan gerichtet.

»Dein Verlust hat sie gebrochen«, raunt Ash an meinem Ohr. Das unterschwellige Grollen in seiner Stimme, gepaart mit dem Raunen, das ich so liebe, lässt meinen Körper erzittern. »Aber dann kam sie zu mir.« Ich spüre seinen Mund am Nacken und lehne den Kopf zur Seite, um ihm besseren Zugang zu gewähren. Jede sanfte Berührung seiner Lippen beschleunigt meinen Herzschlag. »Und ich habe sie vergessen lassen, dass du jemals existiert hast.«

Ich ziehe scharf die Luft ein und beiße mir auf die Unterlippe, als er kurz mit den Zähnen an der empfindlichen Stelle knapp unter dem Ohr knabbert. Es kümmert mich nicht, dass bestimmt hundert Menschen um uns herumstehen und uns sehen können, obwohl wir halb hinter der Säule verborgen sind. Für einen Moment wandert sein Mund ein Stück tiefer zu der Stelle, an der es in der Schlagader wie verrückt hämmert. Tristan verengt die Augen noch weiter, während er uns beobachtet.

»Wärst du nicht hier in Leerth gewesen«, fährt Ash fort, »hätte sie nie wieder einen Gedanken an dich verschwendet. Sie hat um dich getrauert. Für lange Zeit. Aber du hieltest es anscheinend nicht für nötig, sie, deinen Vater oder den Rest deines Dorfes darüber zu informieren, dass du noch am Leben bist. Du hast sie leiden lassen. Absichtlich. Du hast zugelassen, dass sie eine Mauer aus Eis um ihr Herz errichtet hat.« Sein Grollen, das er zu unterdrücken versucht, vibriert an meinem Rücken. »Du verdienst es nicht, dass sie überhaupt mit dir spricht oder dich ansieht. Du warst tot für sie, bist aus ihrem Leben verschwunden – und solltest auch verschwunden bleiben, wenn du das Beste für sie willst.«

Tristan bleckt die Zähne. »Und das Beste seid wohl Ihr?«

»Nein«, sagt Ash, ruhiger diesmal, doch ich spüre an seiner starren Haltung hinter mir, dass er noch immer aufgebracht ist. »Scarlet entscheidet selbst, was das Beste für sie ist.«

Ein warmes Gefühl flutet bei seinen Worten mein Herz. Ich hebe das Kinn ein Stück weiter an und schmiege mich mit dem Rücken an Ash. Er verstärkt den Griff an meinem Bauch – besitzergreifend, aber gleichzeitig auch beschützend. Ich spüre die immense Stärke, die von ihm ausgeht und auf mich überzuspringen scheint, während ich mich in seinen Armen sicher und geborgen fühle.

»Ihr seid wirklich lästig, Prinz Ash«, grummelt Tristan und zupft dabei am Saum seiner Tunika. »Wenn Ihr mich jetzt entschuldigt, ich muss mich noch um ein paar andere Gäste kümmern.« Er deutet eine Verbeugung an – so knapp, dass es schon fast einem Affront gleichkommt – und wendet sich dann mir zu. »Wir sehen uns, Scarlet.« Begleitet von Ashs leisem Grollen entfernt sich Tristan und mischt sich unter die Menge.

Erst nachdem er aus meinem Blickfeld verschwunden ist, kann ich wieder normal atmen. Durch meine Panik habe ich nur am Rande mitbekommen, was die beiden noch zueinander gesagt haben, und ich bin froh, dass niemand eine Antwort von mir erwartete.

»Wärst du mir sehr böse, wenn ich ihm den Hals umdrehe?«, wispert Ash hinter mir.

Ich stoße ein kleines Schnauben aus, fühle mich aber an das Gespräch mit der Königin erinnert. »König Cespar wird es nicht gut aufnehmen, wenn du seinen zukünftigen Schwiegersohn tötest.«

Ash greift nach meiner Hand. »Sind das deine einzigen Bedenken?« Ich kann das zurückgehaltene Lachen in seiner Stimme förmlich hören.

Als ich mich zu ihm umdrehe, bemerke ich, dass er den Nexus abgenommen hat. Deswegen herrschte vorhin plötzlich Stille in meinem Kopf. Ash trägt seine übliche schwarze Tunika mit silbernen Ornamenten am Saum, doch heute windet sich kein schmaler Silberreif um seine Stirn und die Haare sind das gewohnte Chaos, anstatt sorgfältig nach hinten gekämmt zu sein. Bewusst übergehe ich seine Frage. »Ich muss wieder zurück zu Königin Neera«, murmele ich. »Die anderen fragen sich sicherlich schon, wo ich abgeblieben bin.«

»Sie werden noch ein paar Minuten auf dich verzichten können.«

Ashs Blick gleitet von meinem Gesicht zu seinem Nexus an meinem Ohr und dann hinab zur Kette, die er mir geschenkt hat. Ein Lächeln, wie ich es selten bei ihm gesehen habe, zupft an seinen Mundwinkeln: vorsichtig und ehrlich. Und so wunderschön, dass es mir das Herz zusammenzieht. Ich würde vieles dafür geben, ihn immer so lächeln zu sehen.

»Ich hatte gehofft, dass du mir heute Abend einen Tanz schenkst«, sagt er leise und streichelt dabei mit dem Daumen über meinen Handrücken.

Überrascht ziehe ich die Augenbrauen nach oben. »Du weißt, dass ich eine miserable Tänzerin bin. Frag Caleb! Hat er nach unserem Training noch alle Zehen oder sind ihm ein paar abgefallen, weil ich zu oft draufgetreten bin?«

Mit einem Ruck an meiner Hand zieht Ash mich an sich und ich stolpere gegen seine Brust. Sanft lässt er die warmen Finger über meine Wange gleiten, bevor er nur einen Herzschlag später die Hand wieder sinken lässt.

»Ich liebe deinen Humor und sogar deine Scharfzüngigkeit«, murmelt er, während er mit der Nase gegen meine stupst, »aber im Moment will ich davon nichts hören. Es ist mir egal, ob du eine schlechte Tänzerin bist oder ob ich Angst um die Vollständigkeit meiner Zehen haben muss. Ich möchte dir einfach nur nahe sein. Das kann ich mit all den Menschen um uns herum nicht, ohne dass meine Mutter wieder einen Tobsuchtsanfall bekommt, und ich will mich auch nicht mit dir wie ein Dieb hinter Ställen oder Säulen verstecken müssen.«

Es gibt einen Haufen Gründe, warum wir nicht miteinander tanzen sollten; der offensichtlichste ist, dass ich es nicht kann. Er würde sich mit mir bis auf die Knochen blamieren. Die Königin sähe es auch nicht gerne. Und eigentlich soll ich doch die Partnerin von Caleb mimen. Und …

Es gibt noch viele Gründe, die dagegen sprechen, aber kein einziger davon scheint im Moment einen Sinn zu ergeben. Sie verblassen neben Ashs Worten und seiner Nähe und werden so unwichtig, dass es zwecklos ist, sie auszusprechen. Nichts könnte seiner Bitte nach einem Tanz standhalten. Also nicke ich nur. Erneut erscheint das ehrliche Lächeln auf seinem Gesicht und er zieht mich hinter der Säule hervor und hinüber zur Tanzfläche.

Ich weiß genau, dass sie uns anstarren; ich spüre ihre Blicke im Rücken. Ruby, Neera, Caleb, Hazel, Payne, Tristan und unzählige andere – sie alle beobachten jeden meiner Schritte, jeden meiner Patzer und bewerten jede Berührung zwischen Ash und mir, und sei sie noch so schicklich. Sie sehen alles und nicht jedem von ihnen gefällt, was er sieht. Ich versteife mich unter den Blicken, auch wenn ich sie nicht Auge in Auge vor mir habe. Ich spüre sie ... Und das reicht mehr als aus, um mich nervös werden zu lassen. Sie werden ...

»Entspann dich«, wispert Ash mir zu, bevor er mich herumwirbelt und mich anschließend wieder an sich zieht. »Du bewegst dich, als seist du aus Holz. Dabei weiß ich doch, dass du sehr leichtfüßig und geschmeidig sein kannst.«

»Ich habe dich gewarnt«, murmele ich und senke den Blick.

Warum habe ich mich nur darauf eingelassen? Es ist ein Unterschied, ob er nur sieht, dass ich nicht tanzen kann, oder aus eigener Erfahrung weiß, was ich für ein Trampel bin. Ich hätte ablehnen sollen, wie bereits zum Maskenball, aber diesmal konnte ich es nicht. Seine »Bitte« zu tanzen – am Abend des Maskenballs – klang einem Befehl gleich und seine Überheblichkeit ließ Ash blind dafür werden, dass ich nicht mit ihm tanzen wollte. Ihm kam nicht für eine Sekunde in den Sinn, dass ich Nein sagen könnte. Doch heute war es anders. Er bat mich, wünschte, dass ich Ja sagen würde – und nahm nicht einfach an, dass ich zustimmte. Wie hätte ich da ablehnen können? Vor allem, da ich mir ebenfalls nichts anderes wünsche, als ihm nahe sein zu können, ohne die ständige Angst vor Entdeckung im Nacken zu haben. Hier auf der Tanzfläche ist es uns möglich, uns zu berühren und die Nähe des anderen zu spüren. Wenigstens für einen Moment stillt es meine Sehnsucht nach ihm.

Ash beugt sich zu mir herab und lehnt die Wange an meine. »Ich wüsste etwas, wie du dich entspannen könntest«, flüstert er mir ins Ohr.

Dann dreht er mich herum, sodass er mit dem Rücken zu seiner Mutter, Caleb und den anderen steht. Wir bewegen uns völlig falsch, ganz anders als die übrigen Tanzpaare, wodurch ich noch nervöser werde. Was hat er vor?

Als er die Hände langsam an meinem Rücken hinaufgleiten lässt, weiß ich es. Sanft fahren seine Finger den Schwung meiner Wirbelsäule nach, drücken an genau den richtigen Stellen fester zu, um mich wohlig aufseufzen zu lassen. Noch immer sind Berührungen an meinem Rücken ungewohnt und neu für mich und bei jedem außer Ash wären sie mir unangenehm. Bei jedem anderen würde ich mich noch mehr versteifen oder gar davor zurückweichen. Aber Ashs Berührungen bewirken das genaue Gegenteil: Meine Muskeln werden herrlich locker, mein Kopf wird frei und meine Bewegungen sind weicher.

»Braves Mädchen«, raunt er und schickt dadurch einen weiteren Schauer durch meinen Körper.

Tatsächlich führe ich die nächsten Drehungen zwar nicht richtig und synchron mit den anderen Tänzern aus, aber sehr viel graziler als noch vor ein paar Minuten.

»Fühlst du dich durch meine Narben nicht abgeschreckt?«, wispere ich.

Ash blinzelt ein paarmal, als sei er erstaunt über diese Frage. »Nein, ganz und gar nicht. Ich hätte mir gewünscht, dass ich dich vor dieser Erfahrung und dem damit verbundenen Leid hätte bewahren können, aber sie schrecken mich nicht ab. Ich genieße es sogar, sie zu berühren. Narben erinnern uns daran, wie viel wir ertragen können. Und bei dir ist das eine ganze Menge.« Kurz hebt er mein Kinn mit den Fingerspitzen an. »Darauf solltest du stolz sein.«

Ich weiß nicht, wie es ihm immer wieder gelingt, genau die richtigen Worte im richtigen Moment zu finden. Seine Worte, gepaart mit dem sanften, liebevollen Lächeln, das er mir schenkt, lassen mich meine Ängste vergessen. Ich wünschte, ich könnte ewig mit ihm weiter tanzen, könnte ewig von ihm berührt und so angesehen werden wie jetzt.

Als die Musiker aufhören zu spielen, löse ich mich widerwillig von Ash und knickse vor ihm. Eine Hand auf die Brust gelegt, verbeugt er sich vor mir und schenkt mir ein zufriedenes Grinsen, das meinen Herzschlag noch mehr aus dem Takt geraten lässt, bevor er mich zurück an den Rand der Tanzfläche bringt. Dort wartet bereits Caleb, der uns beide nur mit einem Kopfschütteln bedenkt.

»Ich dachte, ihr wolltet es langsam angehen lassen«, brummt er.

»Tun wir doch«, erwidert Ash schmunzelnd. »Wir haben nur getanzt, wie zig andere der Anwesenden auch. Wenn wir es überstürzen würden, sähe das anders aus, glaub mir.«

Caleb reibt sich mit beiden Händen übers Gesicht. »Ihr seid unverbesserlich ... Einen Tag wollt ihr euch gegenseitig umbringen, am nächsten muss euch jemand davon abhalten, übereinander herzufallen. Könnt ihr euch mal entscheiden?«

Ash legt ihm eine Hand auf die Schulter. »Wir lassen es dich wissen, wenn wir uns entschieden haben.«

Ich beiße mir auf die Unterlippe, um über Calebs verdatterten Gesichtsausdruck nicht in schallendes Gelächter auszubrechen.

»Für den restlichen Abend«, fährt Ash fort und verdreht die Augen, »muss ich mich meiner anderen Begleitung widmen.« Er greift in seine Hosentasche, holt meinen Nexus heraus und setzt ihn auf. Anschließend zwinkert er mir schelmisch grinsend zu und geht hinüber zu seiner Mutter und Ruby.

»Ihr beide kostet mich noch die letzten Nerven«, grummelt Caleb. »Ich habe das Gefühl, als sei ich um Jahre gealtert, seit du im Schloss bist.«

Ich löse den Blick von Ashs Rücken und schaue zu Caleb auf. »Das ist nicht meine Schuld«, bringe ich vor.

»Ja, das höre ich ständig und ich habe es schon beim ersten Mal nicht geglaubt.«

KAPITEL 5

Die nächsten Stunden verlaufen ereignislos. Ich bleibe bei Caleb und werde jedem, der sich nach uns erkundigt, als seine Verlobte vorgestellt. Aber ich befürchte, dass ihm das kaum jemand abkauft, denn Caleb verzieht dabei das Gesicht, als hätte er in eine saure Frucht gebissen. Vielleicht liegt es auch an den mitleidigen Blicken, die ihm alle zuwerfen, schließlich haben sie gesehen, dass ich mit Ash getanzt habe, wohingegen ich mich mit Händen und Füßen gegen einen Tanz mit Caleb wehre. Nach dem dritten Versuch gibt er es auf und trollt sich.

Zwischendurch erhasche ich immer mal wieder einen Blick auf Ash und Ruby, die entweder auf der Tanzfläche anzutreffen sind oder sich mit mir unbekannten Gästen unterhalten. Hazel oder Payne befinden sich stets ein paar Schritte hinter den beiden, während ich mich in der Nähe der Königin aufhalte.

Ich gebe vor, Rubys hasserfüllte Blicke nicht zu bemerken, doch ich kann nicht leugnen, dass sie mich nervös machen. Es wird wohl nur eine Frage der Zeit sein, bis sie mich mit dem Tanz eben konfrontiert. Wahrscheinlich wäre es weniger auffällig, wenn Ash noch mit ein paar anderen Frauen tanzen würde. Ich verziehe allein beim Gedanken daran den Mund. Nein, es reicht mir schon, dass Ruby ständig bei ihm ist! Noch weitere Mädchen, die ihre Krallen in ihn schlagen wollen, würde ich nicht ertragen.

Ashs Gedanken sind ein leises Murmeln in meinem Kopf, aber nicht unangenehm oder störend. Es wirkt eher beruhigend auf mich. Langsam bekomme ich eine Ahnung davon, was er damit meinte, als er sagte, er wollte mich während der letzten fünf Jahre bei sich haben. Wenn ich mich nicht direkt darauf konzentriere und keine starken Gefühle im Spiel sind, nehme ich seine Gedanken nur leise wahr, aber dennoch weiß ich, dass er da ist.

***

Mehr als zwei Stunden müssen bereits vergangen sein, in denen ich nur sinnlos von einem Bein aufs andere getreten bin. Da sucht Tristan meine Nähe. Und schon schwillt das Gemurmel im Kopf zu einem immer lauter werdenden Gebrüll an. Um eine erneute Eskalation gleich im Keim zu ersticken, werfe ich nur einen warnenden Blick in Ashs Richtung, den er finster dreinschauend erwidert. Dennoch bemüht er sich seine Wut zu zügeln. Allerdings mit eher mäßigem Erfolg.

Tristan reicht mir einen der beiden Becher, die er in der Hand hält. Unbewusst schnuppere ich daran, bevor ich trinke.

»Wir wurden vorhin gestört«, sagt er.

Ich zögere, dann nicke ich. Die letzten Stunden über hatte ich genügend Zeit, um mir unser Gespräch mehrere Male durch den Kopf gehen zu lassen, und mir ist aufgefallen, dass ich nicht eine einzige Antwort von ihm erhalten habe. Weder wie er überleben konnte noch wie es ihn hierher nach Leerth verschlagen hat. Und ich brenne darauf, diese Antworten zu bekommen.

»Warum machen wir nicht ein kleines Spiel?«, schlägt er vor. »Du darfst mir eine Frage stellen und anschließend darf ich dir eine stellen. Vielleicht lerne ich so meine *Prinzessin* von damals besser kennen.«

Ich übergehe seine Anspielung auf meinen alten Spitznamen und zucke mit den Schultern. »Von mir aus. Ich fange an. Wie konntest du den Angriff überleben?«

»Ich habe keine Ahnung«, antwortet Tristan. »Nun meine Frage: Was ...?«

»Moment!«, unterbreche ich ihn. »Das ist doch keine Antwort!«

»Es ist die einzige, die ich dir im Moment geben kann«, sagt er. »Ich weiß nicht, wie viele Tage seit dem Angriff vergangen waren, aber als ich wieder zu mir kam, lag ich in einer Hütte mitten im Wald, ganz in der Nähe von Leerth. Ich weiß nicht, wie ich dorthin gekommen bin oder wie ich es geschafft habe, nicht dabei draufzugehen.«

»Und das soll ich dir glauben?«

»Tu es oder lass es, aber es ist die Wahrheit.« Er legt den Kopf schräg. »Soll ich dir die Hütte zeigen, in der ich aufgewacht bin? Sie ist ein paar Hundert Meter von den Stadtmauern entfernt auf einer Lichtung im Wald.«

»Ich kann hier nicht weg, Tristan«, erinnere ich ihn. »Ich bin eine Leibwächterin und darf nicht einfach so von diesem Empfang verschwinden, nur weil du ...«

»Ich regele das für dich.«

Ohne auf eine Reaktion von mir zu warten, schiebt er sich an mir vorbei, lässt mich einfach stehen und geht hinüber zur Königin. Ich verstehe nicht, was sie sagen, aber die Königin nickt mehrmals hintereinander. Tristan verbeugt sich vor ihr, bevor er zu mir zurückkommt.

»Sie sagt, du darfst für eine Stunde gehen, solange du in meiner Begleitung bleibst. Sie will eine der anderen Leibwächterinnen per Nexus zu sich rufen.«

Ich blinzele mehrmals hintereinander. »Aber ich ...«

Mein Blick huscht zu Ash, der noch immer mit Ruby tanzt. Fast glaube ich, ihr hohes Kichern bis zu mir hören zu können. Obwohl ich die Erlaubnis der Königin habe, zögere ich. Etwas in mir sperrt sich dagegen, mit Tristan allein zu verschwinden, und sei es auch nur, damit er mir diese Hütte zeigen kann, in der er angeblich zu sich kam. Doch ein anderer Teil in mir, der lauter ist als der zaudernde, fragt, wovor ich mich fürchten würde. Schließlich ist es Tristan! Von ihm habe ich nichts zu befürchten, immerhin ist er mein Freund aus Kindertagen. Ich bezweifele, dass uns in der Nähe der Stadtmauern Gefahr droht, aber für den Notfall habe ich die drei Dolche, die unter meinem Kleid verborgen sind, um uns verteidigen zu können. Ich will wissen, was mit ihm geschehen ist, nachdem ich ihn für tot hielt. Und da ich eh nichts Besseres zu tun habe ...

»Warum nicht?«, sage ich, nehme den Nexus ab und stecke ihn in eine der verborgenen Taschen meines Kleides, bevor ich die Hand auf Tristans dargebotenen Arm lege und mich von ihm aus dem Saal führen lasse.

**

Nur wenige Fackeln hatten den Innenhof der Burg erleuchtet, als wir uns auf den Weg zur Hütte machten. Tristan hatte einen schnellen Schritt angeschlagen und den beiden Wächtern am Burgtor zugenickt, die uns durchließen, ohne Fragen zu stellen.

Als ich nach oben in den Himmel schaue, leuchten ein weißer Vollmond und unzählige Sterne auf uns herab – und obwohl es Sommer ist, weht ein kühler Wind hier oben in den Bergen, sodass ich froh bin über die langen Ärmel am Kleid.

»Bei uns sind solche klaren Nächte selten geworden«, sage ich.

»Das liegt an der Höhe«, erklärt Tristan. »Hier in den Bergen ist die Luft zwar dünner, aber auch reiner. Und wir sind dem Himmel näher. Du mochtest schon immer den Sternenhimmel, nicht wahr?«

»Der Mond gefiel mir bereits als Kind besser als die Sonne«, sage ich.

»Du warst schon immer wie die Nacht«, murmelt er.

Ich löse den Blick vom Nachthimmel und schaue stattdessen Tristan an.

»Die Leute im Dorf haben oft gesagt, wir wären wie Tag und Nacht, und ich musste nie fragen, um zu wissen, wer von uns beiden was sein sollte«, sagt er. »Nicht nur äußerlich passte der Vergleich, sondern auch, weil wir unentwegt zusammen waren.« Er wendet den Blick ab. »Auf jeden noch so hellen Tag folgt eine finstere Nacht, doch selbst die finsterste Nacht muss dem ersten Leuchten des Tages weichen. So war es schon immer und so wird es immer sein.« Er bleibt stehen und legt eine Hand an meine Wange. Seine Haut fühlt sich kalt an und ich zucke beinahe zurück. »Es gibt Dinge, die vorherbestimmt sind und sich niemals ändern werden, ganz egal, wie widrig die Umstände auch sein mögen.«

Mein Herz legt ein paar Extraschläge ein, während ich verzweifelt versuche, die Stimme wiederzufinden. »Ganz schön tiefgründig, findest du nicht?«, bringe ich hervor, bemüht, mich zu einem Lächeln durchzuringen – in der Hoffnung, die Situation damit auflockern zu können.

Doch Tristans Blick bleibt ernst. »Ich erwarte nicht, dass du es jetzt schon verstehst«, sagt er, lässt die Hand sinken und läuft weiter. »Aber ich hoffe, dass du es bald verstehen wirst.«

Wir schweigen und ich grübele die ganze Zeit über seine seltsamen Bemerkungen nach. Tristan war bisher nie jemand, der viel auf das Gerede im Dorf gab, doch sein Vergleich mit dem Tag und der Nacht hinterlässt bei mir ein seltsames Gefühl.

Auch hatten uns die Wachen an der Stadtmauer einfach passieren lassen. Sie schienen Tristan zu kennen und stellten keine Fragen, warum er mitten in der Nacht mit einer Frau aus der Stadt verschwand.

Macht er das öfter? Sofort ärgere ich mich darüber, dass mir dieser Gedanke gekommen ist. Es geht mich nichts an, was Tristan sonst tut. Er ist mein Freund aus Kindertagen; alles andere hat mich nicht zu interessieren. Obwohl mir schon aufgefallen ist, dass zwischen ihm und seiner Verlobten eine seltsame Stimmung herrscht ... Aber auch das geht mich nichts an.

Es ist finster.

»Bist du sicher, dass wir hier richtig sind?«, frage ich, nachdem mich Tristan mehrere Hundert Meter hinein in die Dunkelheit geführt hat.

Ein ungutes Gefühl beginnt sich in mir festzusetzen. Das Gefühl, verfolgt zu werden. Ich höre nichts und sehe auch niemanden außer uns, aber das penetrante Kribbeln im Nacken sagt mir, dass wir nicht allein sind.

»Vielleicht sollten wir zurückgehen und morgen nach Tagesanbruch noch mal herkommen.«

»Hast du etwa Angst?«, fragt er. Ich höre die Belustigung in seiner Stimme. »Ich dachte, du wärst eine Leibwächterin. Und du hast unseren besten Kämpfer besiegt. Ich hätte dir mehr Mut zugetraut.«

»Natürlich habe ich keine Angst«, sage ich schnell. »Ich sehe nur nicht, wohin ich laufe. Und in dem langen Kleid ist es gar nicht so einfach, auf dem ausgetretenen Weg Halt zu finden.«

»Wir sind gleich da«, beruhigt er mich. »Nur noch ein paar Minuten.«

Er greift nach meiner Hand und zieht mich hinter sich her. Ich folge ihm, selbst als er mich abseits des Weges ins Unterholz zieht.

Es ist Tristan. Ich habe von ihm nichts zu befürchten. Zur Not habe ich drei Dolche bei mir, mit denen ich uns beide verteidigen kann.

Mehrmals hintereinander sage ich diese Worte in Gedanken auf, um mich davor zu bewahren, in Panik auszubrechen. Das Kribbeln im Nacken wird mit jedem Schritt, den wir zurücklegen, stärker und lässt mich fast wahnsinnig werden. Ich habe kein Problem damit, einem Gegner direkt gegenüberzutreten, aber von ihm verfolgt zu werden, ohne dass ich weiß, wann und wie er zuschlagen wird, zehrt an den Nerven.

Ich habe mittlerweile jegliches Zeit- und Ortsgefühl verloren, doch nach einer schieren Ewigkeit erreichen wir die Hütte, von der Tristan sprach. Dass sie nur wenige Hundert Meter außerhalb der Stadt liegen soll, war gelogen. Die Lichtung, auf der sich das halb verfallene Gemäuer befindet, ist hell mit Fackeln erleuchtet. Mitten im Wald. Mitten im Nirgendwo weit außerhalb der Stadt.

Abrupt bleibe ich stehen, als wären meine Füße von einer Sekunde auf die andere mit dem Waldboden verwachsen. Die Nackenhaare stellen sich auf, während ich verzweifelt darum kämpfe, meine Atmung unter Kontrolle zu halten.

»Wo sind wir hier?«, frage ich.

Tristan hält weiterhin meine Hand fest und bleibt ebenfalls stehen. »An dem Ort, wo sich alles für mich veränderte.«

Seine Stimme klingt auf einmal so merkwürdig ... so ernst.

»Was wollen wir hier?«

»Du wolltest ihn sehen«, sagt er und zieht mich zu sich. Plötzlich fühle ich mich in seiner direkten Nähe noch unwohler als zuvor, doch ich schaffe es nicht, vor ihm zurückzuweichen, weil er mich zu fest hält. »Du wolltest den Ort sehen, an dem ich zu mir kam, und ich wollte ihn dir zeigen. Das wollte ich schon so lange tun. Es verging kein Tag, an dem ich nicht an dich gedacht habe. Aber ich glaubte, du wärst tot.«

»Du hättest zurückkommen können«, sage ich. »Wir hätten ... weitermachen können.«

Er lächelt auf mich herab und ein eiskalter Schauer rinnt mir über den Rücken. »Das können wir auch jetzt noch. Du bist hier und ich bin hier. Das kann kein Zufall sein. Es muss einen Grund haben.«

»Tristan, bitte«, presse ich hervor. »Lass uns zurückgehen.«

»Du hast es selbst gesagt«, erwidert er, schlingt einen Arm um mich und drückt mich an sich. Ich stemme die Arme gegen seine Brust, um nicht direkt an ihn gepresst zu werden. »Wir können weitermachen. Und das werden wir. Ich werde dich nicht noch einmal verlieren. Diesmal wirst du bei mir bleiben. An meiner Seite. Als meine Gefährtin.«

Ich wehre mich gegen seine Umklammerung, komme jedoch nicht von ihm frei. »Ich sagte, dass wir damals hätten weitermachen können«, keuche ich. »Nicht jetzt! Du hast bereits eine Verlobte. Du bist ...«

»Diese Verlobung ist eine Verbindung, die ich eingehen musste«, sagt er. »Ich bin nicht mit Luisa verlobt, weil ich sie liebe. Niemand könnte diese Frau lieben. Aber dich ...«

Er lässt mich los und legt mir beide Hände an die Wangen, umschließt mein Gesicht und zwingt mich ihn anzusehen. Die violetten Augen, die ich einst so geliebt habe, funkeln kalt und berechnend. Ich schlucke geräuschvoll.

»... dich habe ich schon immer geliebt, Scarlet. Nichts hat sich daran geändert.«

Seine Worte versetzen mir einen Stich und es vergehen einige Sekunden, bis ich weiß, was ich darauf antworten soll.

»Du warst ... tot, Tristan«, wimmere ich. »Es gab eine Zeit, da habe auch ich dich geliebt, aber ...«

»Du wirst ihn vergessen«, sagt er mit eisiger Stimme. »Sobald du meine Gefährtin geworden bist, wirst du keinen Gedanken mehr an ihn verschwenden. Wenn ich dich beansprucht habe, wirst du ...«

»Beansprucht!« Denselben Ausdruck hat Ash bereits mir gegenüber benutzt.

Bevor ich mich weiter gegen Tristan zur Wehr setzen kann, erstarre ich, als ich ein Knurren aus mehreren Kehlen höre. Dann herrscht Stille, in der nichts außer meinem viel zu schnell schlagenden Herzen zu hören ist. Langsam und lautlos wie Schatten schälen sich Gestalten aus dem Unterholz rechts und links von uns. Als sie in den Schein der Fackeln treten, erkenne ich, was sie sind.

Ferals.

Fünf Stück von ihnen. Seltsam gebückt laufende Kreaturen mit gedrungenen Schnauzen, die meinen schlimmsten Albträumen entsprungen zu sein scheinen. Sie sehen anders aus als die Ferals, denen ich vor fünf Jahren begegnet bin. Kleiner und ... unfertig; anstatt dass ihr Körper mit Fell bedeckt ist, haben sie mehrere kahle Stellen, zwischen denen rosige Haut hervorblitzt. Sie umkreisen uns, beäugen mich aus gelben Augen und schnuppern in der Luft, woraufhin sie die nadelspitzen Zähne blecken.

»Hab keine Angst«, wispert Tristan. »Sie sind hier, um es zu bezeugen.«

Für den Bruchteil einer Sekunde löse ich den Blick von den Bestien und starre Tristan an. Wie kann er so ruhig bleiben? Um uns herum stehen fünf Ferals, die jeden Moment über uns herfallen könnten. Wir müssen uns verteidigen, sonst ...

»Was hast du eben gesagt?«, bringe ich mit zitternder Stimme hervor.

Von einem Augenblick auf den anderen verschwindet das Violett aus Tristans Augen; seine Iriden werden gelb und die Pupillen wandeln sich zu Schlitzen. Mit einem Aufschrei weiche ich vor ihm zurück, doch er reagiert schnell. Zu schnell. Er hält mich gepackt, wirbelt mich herum und presst mich mit dem Rücken gegen die Brust, sodass ich die Ferals vor mir anschauen muss. Geifernd erwidern die Biester meinen Blick. Sie sind klein, reichen mir nicht einmal bis zur Hüfte. Wenn ich an meine Dolche kommen könnte ...

»Du brauchst dich nicht zu fürchten«, murmelt Tristan. »Sie werden dir nichts tun. Keiner von ihnen wird dir zu nahe treten oder dich bedrohen.«

Mein Verstand sperrt sich immer noch gegen jede Erklärung, warum wir hier sind – von Ferals umringt. Das muss ein Traum sein ... Ein Albtraum.

»Du wirst endlich mir gehören, Scarlet«, raunt mir Tristan ins Ohr. »Niemand wird sich je wieder zwischen uns drängen.«

Verzweifelt wehre ich mich gegen seinen Griff, doch mit jeder hastigen Bewegung handele ich mir das wütende Knurren eines Ferals ein. Meine Atmung geht so hektisch und flach, dass mir bereits dunkle Punkte vor den Augen tanzen. Ich muss die Arme frei bekommen, um mich im Ernstfall verteidigen zu können. Ich muss irgendwohin, wo sie mich nicht von hinten attackieren können.

»Bitte lass mich los«, hauche ich.

Aber Tristan reagiert nicht auf mein Flehen. »Es wird nicht wehtun«, verspricht er stattdessen. »Und es geht schnell.«

Ich wage nicht, nachzufragen, wovon er da faselt, sondern konzentriere mich voll und ganz auf die Ferals vor mir. Sie wirken unerfahren und ausgezehrt. Ihre Arme sind dünn, die Hände klein. Keine Spur von dem riesigen Monster, das ich mit einem Dolchstich ins Auge getötet habe und das mich dann unter seinem massigen Körper begraben hat. Was auch immer diese Viecher vor mir sind, ich könnte es schaffen, sie alle zu überwältigen, doch dazu muss ich an meine Dolche kommen. Aber solange Tristan mich fest umklammert hält, ist das unmöglich.

Plötzlich löst er seinen rechten Arm von mir und schiebt den Kragen meines Kleides zur Seite, um meinen Hals freizulegen. Eiskalte Panik schießt mir durch die Adern und ich reagiere instinktiv. Nur mit der Linken kann er mich nicht ruhig halten. Ich winde mich aus seinem Griff und ziehe in einer fließenden Bewegung die beiden Dolche, die an den Unterarmen befestigt sind, hervor, ziele und werfe sie auf die beiden äußeren Ferals, die etwas größer sind als die anderen drei. Einen erwische ich direkt an der Stirn, der andere zieht den Kopf zur Seite, sodass sich die Dolchklinge in seinen Hals gräbt. Beide gehen jaulend zu Boden.

So schnell wie möglich ziehe ich den letzten Dolch aus der Tasche in meinem Rock und schaffe es gerade noch, damit den Feral abzuwehren, der auf mich losgeht. Er setzt zum Sprung an, und kurz bevor er mich erreichen kann, ramme ich ihm die Klinge in den Rachen. Sofort ziehe ich den Dolch zurück und wappne mich für den nächsten Angriff, doch die beiden verbleibenden Ferals knurren mich nur an, unternehmen aber keinen Versuch, mich zu attackieren.

Stattdessen packt mich Tristan wieder von hinten und wirbelt mich zu sich herum. Für einen Moment hatte ich ihn völlig vergessen.

»Was hast du getan?«, zischt er. Sein Griff um meinen Arm ist so fest, dass ich aufschreie. »Sie wollten dir nicht schaden, sondern dich in ihren Reihen begrüßen!«

»Was?!«, keuche ich. Entgeistert starre ich in Tristans gelbe Augenschlitze, die ich nicht mit meinem Kindheitsfreund in Einklang bringen kann.

Er nutzt die Gelegenheit, um meine Hand, die den Dolch umklammert hält, so weit nach hinten zu biegen, dass mir gar nichts anderes übrig bleibt, als die Waffe fallen zu lassen.

»Was glaubst du wohl, wie ich einen Feral-Angriff überleben konnte?«, fragt Tristan, während er mich weiter zurückdrängt, bis ich mit dem Rücken gegen einen Baumstamm pralle. Die beiden verbleibenden Ferals folgen ihm auf dem Fuße, knurrend und geifernd. »Ich wurde zu einem von ihnen. Als ich mich von meinen Verletzungen erholt hatte, spürte ich, dass da plötzlich etwas anderes, etwas Neues in mir war, was ich nicht kannte.«

»Du ... was?«

Um mich herum dreht sich alles. Nichts von dem, was Tristan zu mir sagt, ergibt irgendeinen Sinn. Er ... Er ist ...

Als er mich angrinst, bemerke ich seine spitzen Zähne und presse mich so gut wie möglich gegen den Stamm, um von Tristan wegzukommen.

»Und dieses Neue in mir suchte nach etwas«, fährt er fort. »Es hungerte und sehnte sich nach etwas, und als ich dich sah, wusste ich, dass du es warst, wonach es sich verzehrte. Nicht nur das Neue, sondern auch ich wollte dich. Und ich werde dich bekommen.«

»Niemals!«, würge ich hervor. »Wage es ja nicht, mich anzurühren!«

Wo ist mein verdammter Dolch? Suchend huscht mein Blick über den unebenen Waldboden. Da drüben, gute zwei Meter von mir entfernt, blitzt die Klinge im Schein der Fackeln im Gras auf.

»Warum bist du auf einmal so abweisend?«, fragt er und packt mein Kinn.

Seine Stimme klingt plötzlich seltsam. Tiefer und bedrohlicher. Nichts erinnert mich mehr an den Jungen, mit dem ich aufgewachsen bin. Das ist nicht der Tristan von damals. Das, was vor mir steht, ist irgendwas anderes. Etwas, womit ich nichts zu tun haben will.

»Willst du gar nicht hören, was ich dir zu bieten habe?«

Ich spucke ihm ins Gesicht, doch er verzieht den Mund nur zu einem Grinsen. Dann legt er die Hand um meinen Hals und drückt zu.

»Wir werden dich schon noch zähmen, kleine Scarlet«, murmelt er. »Schließlich haben wir eine halbe Ewigkeit Zeit.«

Wir?, schießt es mir durch den Kopf. Von wem, verdammt noch mal, redet er da?

Ich bohre die Fingernägel in seinen Unterarm und der Griff lockert sich. Sofort nutze ich die Chance, ramme ihm die Faust in den Bauch und haste hinüber zu meinem Dolch. Ich bekomme ihn zu fassen, doch zeitgleich packt mich Tristan am Fuß, zerrt mich mit einem Ruck zurück und schleudert mich nach hinten gegen den Baumstamm. Der Aufprall presst mir sämtliche Luft aus den Lungen und für einen Moment sehe ich nichts als Sterne. Ich sacke zu Boden, kann mich aber schnell wieder aufrichten. Als ich halbwegs zu mir komme, spüre ich das vertraute Gewicht des Dolches in der Hand.

Gegen Tristan und zwei Ferals gleichzeitig, die mir schon so nah sind, dass ich ihren stinkenden Atem riechen kann, werde ich nichts ausrichten können. Meine Geschwindigkeit, auf die ich sonst so stolz bin, wird mir nicht helfen. Und ich habe nur noch einen einzigen Dolch ... Aber ich werde auf keinen Fall zulassen, dass Tristan mich in eine solche Bestie verwandelt! Eher sterbe ich!

Meine Hand zittert nicht, als ich den Dolch hebe und die Spitze der Klinge auf meinen Hals richte.

Für die Dauer eines Herzschlags zögert Tristan, doch dann spottet er: »Dazu fehlt dir der Mut.«

»Wie es aussieht, kennst du mich nicht mehr so gut wie damals«, entgegne ich. »Lieber sterbe ich, als an der Seite eines Monsters zu leben!«

Unsicherheit flackert in Tristans Blick auf, als er mir eine Hand entgegenstreckt. Trotz der Monster um mich herum, bin ich innerlich die Ruhe selbst. Ich habe mich in diese Lage gebracht, aber ich werde nicht zulassen, dass er mich zu einem Feral macht. Mein Herzschlag geht gleichmäßig, ebenso wie meine Atmung.

Ich umklammere den Dolchgriff fester, strecke die Arme aus, um genügend Schwung für einen sauberen Stoß zu haben – und ...

Ein tiefes Grollen hinter mir lässt mich im letzten Augenblick innehalten.

Tristans Augen weiten sich aufs Tiefste schockiert, als er etwas hinter mir fixiert. Langsam weichen er und die Ferals vor mir oder dem, was auch immer dort ist, zurück. Jeder Muskel in meinem Körper ist plötzlich wieder angespannt; von der Klarheit, die ich eben noch in mir spürte, als ich beschloss, mein Leben eigenhändig zu beenden, und der damit einhergehenden Ruhe ist nichts mehr übrig. Aus dem Augenwinkel sehe ich etwas Schwarzes, wage aber nicht, den Kopf zu drehen. Erneut vernehme ich das Grollen, näher diesmal, und es vibriert bis in mein Innerstes.

Tristans Gesicht verzieht sich zu einer Fratze. »Ich hätte es wissen müssen«, speit er hervor.

Er fällt vornüber und sein Körper beginnt, sich zu verwandeln. Gebannt und gleichzeitig angewidert verfolge ich dieses Schauspiel. Seine Arme und Beine werden länger und dicker, an Händen und Füßen wachsen ihm lange Krallen. Das Gesicht nimmt eine längliche Form an, wird zu einer Schnauze, besetzt mit nadelspitzen Zähnen, die hervorlugen. Auch der restliche Körper wird massiger, bulliger. Die weinrote Tunika hält diesem Wachstum nicht stand und zerreißt. Haut weicht sandfarbenem Fell. Spitze Ohren zucken auf dem Kopf und ein buschiger Schwanz peitscht hinter ihm hin und her.

Das Monster, das einst Tristan war, aber jetzt wie ein wilder Wolf aussieht, fletscht die Zähne.

Bittere Galle steigt in meinem Hals auf und Panik droht mich endgültig erneut zu übermannen. Die ganze Zeit über bete ich zur Göttin, dass ich endlich aus diesem Albtraum aufwachen möge. Ich klammere mich an die Möglichkeit, dass nichts von dem, was um mich herum geschieht, real ist. Dass ich während des Empfangs zu viel getrunken habe und morgen neben Hazel und Payne in unserem Zimmer aufwachen werde.

Was auch immer eben hinter mir aufgetaucht ist, lässt die beiden kleineren Ferals vor Angst mehrere Meter zurückweichen. Nur Tristans wütendes Kläffen hält sie davon ab, vollends im Gebüsch zu verschwinden und das Weite zu suchen.

Langsam, Zentimeter für Zentimeter, drehe ich den Kopf seitlich, doch ich wünschte, ich hätte es nicht getan. Neben mir, so nah, dass ich nur die Hand nach ihm ausstrecken müsste, steht ein weiterer Feral; größer als die anderen und mit kohlschwarzem Fell und Pfoten so groß wie mein Unterarm.

Ich bin so gut wie tot ...

Doch anstatt mich anzufallen und zu fressen, geht der Schwarze auf Tristan los. Mit den kräftigen Vorderbeinen, die entfernt an menschliche Arme erinnern, schlägt er mehrmals auf ihn ein und schickt ihn zu Boden. Doch Tristan rappelt sich wieder auf, springt dem anderen Feral an die Kehle und vergräbt die Zähne in ihm. Die beiden kleineren Ferals wittern ihre Chance und machen einen Satz auf den Rücken des schwarzen Ferals, wo sie sich ebenfalls verbeißen. Er jault auf; ein Schmerzenslaut, der mir fast das Blut in den Adern gefrieren lässt.

Doch er schafft es, die beiden kleineren von seinem Rücken abzuschütteln, aber Tristan lässt nicht los. Blut läuft ihm aus dem Maul und den Hals herunter, vermischt sich mit seinem sandfarbenen Fell und tropft zu Boden. Mit beiden Vorderpfoten umklammert der Schwarze Tristan und bohrt die Krallen in ihn. Erst nach mehreren Augenblicken lässt Tristan jaulend von ihm ab. Der Schwarze schleudert ihn davon und Tristan kracht gegen einen Baum. Benommen und blutend bleibt er liegen.

Aus einem Impuls heraus will ich zu ihm rennen und mich davon überzeugen, dass er noch lebt, doch ich halte inne. Er ist nicht mehr der Tristan, den ich kannte. Nicht mehr mein Prinz. Also bleibe ich sitzen, den Rücken fest gegen den Baumstamm hinter mir gepresst, und versuche das Zittern, das meinen ganzen Körper erfasst hat, unter Kontrolle zu bekommen.

Tristan rappelt sich auf. Sein Fell ist blutverschmiert, ebenso wie die Schnauze. Er bleckt die Zähne und knurrt den Schwarzen an, humpelt jedoch von ihm weg auf das Gebüsch zu, in dem auch schon die beiden kleineren verschwunden sind.

Begleitet von einem drohenden Grollen des Schwarzen, aber nicht, ohne mir noch einmal einen durchdringenden Blick zuzuwerfen, der mir vor Angst den Atem stocken lässt, verschwindet Tristan im Dickicht.

Ich stehe nun keiner Übermacht mehr gegenüber. Mit einem Feral, der noch dazu verletzt ist, kann ich es aufnehmen. Oder ebenfalls mein Heil in der Flucht suchen, denn ich habe nichts anderes als einen einzigen verdammten Dolch! Hätte ich meine Klingen, sähe die Sache anders aus. Aber nur mit einem Dolch bewaffnet ...

Suchend huscht mein Blick über die Lichtung. Ausgeschlossen, dass ich in dieselbe Richtung verschwinde wie Tristan. Die Chance, ihm direkt in die Arme zu laufen, wäre viel zu groß. Doch ich habe keine Ahnung, woher wir kamen ... Ich würde mich verlaufen und bei meinem Glück im tiefen Wald auf noch mehr Ferals treffen. Hier scheint irgendwo ein Nest zu sein.

Meine Gedanken werden jäh unterbrochen, als der schwarze Feral sich zu mir umdreht. Ich springe auf die Füße, den Dolch angriffsbereit vor mich haltend. Alles in mir schreit, dass ich sofort verschwinden soll, dass ich unmöglich eine Chance gegen das riesige schwarze Vieh habe, das mir selbst hockend bis zu den Schultern reicht. So einen großen Feral habe ich noch nie gesehen ...

Ich schlucke gegen die Enge im Hals an, doch ich habe weiterhin das Gefühl, ersticken zu müssen. Ich werde sterben, das ist gewiss. Die Frage ist nur, wie ich abtreten werde. Mit Sicherheit nicht kampflos. Obwohl meine Hand zittert, hebe ich den Dolch, bereit mich gegen jeden Angriff zu verteidigen.

Ich starre dem Schwarzen in die Augen ... und der Dolch entgleitet meinen Fingern.

Nein, das ... das ist unmöglich!

Der Feral bricht zusammen und bleibt schwer atmend liegen, während Blut aus der klaffenden Wunde am Hals sickert.

Es wäre meine Chance, zu verschwinden, aber die Beine gehorchen mir nicht mehr. Nichts gehorcht mir mehr. Meine Gedanken schreien mir zu, dass es nicht wahr ist, nicht wahr sein *kann*, aber ich habe es gesehen ... Für einen Moment, als unsere Blicke sich trafen, habe ich es gesehen! Zitternd sinke ich auf die Knie, während die Welt um mich herum zum Stillstand gekommen zu sein scheint.

Seine Augen ... Ich würde diese Augen unter Hunderten erkennen. Das rechte grün, das linke blau.

Aber das bedeutet …
Er ist … einer von *denen* …
Ash ist ein Feral.

KAPITEL 6

Auf allen vieren krieche ich mehrere Meter von der Lichtung weg und übergebe mich. Ich würge und würge, bis meine Augen tränen und ich nicht mehr atmen kann. Der Magen zieht sich krampfhaft zusammen und eiskalter Schweiß läuft mir den Nacken hinunter.

Kraftlos lehne ich mich gegen einen Baum. Die Geschehnisse der letzten Stunde kommen mir wie ein schlechter Traum vor und ich wünschte, es wäre nur ein Traum. Doch die Schmerzen im Rücken, die Kratzer an den Händen und die Blutstropfen auf dem Kleid beweisen mir, dass alles tatsächlich passiert ist. Dass Tristan und Ash ...

Sofort spüre ich wieder die Enge im Hals, die mich fast erneut würgen lässt. Was soll ich jetzt nur machen? Tristan ist verschwunden, aber er könnte jederzeit wiederauftauchen, und diesmal hätte ich nichts, womit ich mich gegen ihn zur Wehr setzen könnte. Und Ash ... Er liegt noch immer auf der Lichtung, verletzt und blutend. Vielleicht ist er sogar ...

Ich wische mir mit der Hand über den Mund. Nein! Daran darf ich nicht mal denken. Ich kann ihn unmöglich dort zurücklassen ... Außerdem finde ich bei der Dunkelheit niemals den Weg zurück nach Leerth, ohne mich noch weiter zu verlaufen und mich dadurch noch mehr in Gefahr zu begeben.

Meine Hände zittern, als ich zurück auf die Lichtung gehe. Die brennenden Fackeln weisen mir den Weg. Der schwarze Feral liegt jetzt bäuchlings im Schlamm, aber ich sehe, dass sich seine Brust hebt und senkt. Zumindest atmet er noch! Langsam und mit weichen Knien schleiche ich mich näher an ihn heran. Zwar hat er mir vorhin auch nichts getan, doch kurz darauf ist er zusammengebrochen. Ich habe keine Ahnung, ob er mich in seiner jetzigen Form erkennt oder beschließt, dass ich sein Mitternachtssnack werden soll.

Aus mehreren Metern Entfernung sehe ich schon die Wunden an seinem Rücken. Trotz des dichten schwarzen Fells sind sie deutlich zu erkennen. Sie bluten, sehen aber nicht lebensbedrohlich aus. Mehr Sorgen bereitet mir die klaffende Wunde am Hals. Da hat Tristan wirklich ganze Arbeit geleistet ... Mein Herz scheint ohrenbetäubend laut zu klopfen, als ich mich neben den Feral knie, um die Verletzung genauer betrachten zu können. Sie ist tief; so tief, dass ich bis auf die Muskelstränge schauen kann. Durch das schlechte Licht erkenne ich aber nicht, wie schlimm es wirklich ist oder wie tief Tristans Fangzähne eingedrungen sind.

Verdammter Mist! Ich kann ihn nicht so daliegen lassen ... Gut möglich, dass er es bis zum Morgen nicht schafft. Aber was soll ich hier draußen tun?

Mein Blick fällt auf die kleine Hütte und ich verdrehe die Augen, weil die Idee so abwegig ist. Doch sie ist immerhin besser als gar nichts. Zwar wird es ganz sicher damit enden, dass ich zu einer Feral-Mahlzeit werde, aber das ist mir lieber, als Ash beim Sterben zuzusehen und nichts dagegen zu unternehmen.

Ich suche nach dem Dolch, der noch hier irgendwo herumliegt, und schnappe mir anschließend eine der Fackeln, ehe ich die Tür der Hütte öffne. Knarrend schwingt sie nach innen auf. Da ich nicht weiß, zu welchem Ort mich Tristan führen wollte, bin ich auf alles vorbereitet. Den Dolch vor mich haltend schiebe ich mich ins Innere.

Die Hütte besteht nur aus einem Zimmer. Alles sieht heruntergekommen und verlassen aus. Eine dicke Staubschicht bedeckt die wenigen Möbeln, die noch hier sind: ein niedriger Tisch in der Mitte des Raumes, ein Bett in der hinteren Ecke und zwei umgekippte Schemel, die verteilt im Raum liegen.

Nachdem ich mich vergewissert habe, dass außer ein paar Ratten und Spinnen keine ungebetenen Gäste hier sind, die mir gefährlich werden könnten, werfe ich die Fackel in den Kamin und lege sofort ein paar Holzscheite nach, die ich aufgereiht neben dem Feuer finde. Anschließend eile ich hinüber zum Bett und zerre eines der Laken hervor. Es ist nicht wirklich sauber, aber immerhin besser als der vor Staub und Schmutz starrende Tisch. Schnell breite ich es darüber aus und renne dann zurück zur Tür. Vorsichtig spitze ich hinaus auf die Lichtung, immer darauf bedacht, dass Tristan und seine Ferals jederzeit wiederkommen können, doch zum Glück sehe ich keinen von ihnen.

Wieder nähere ich mich dem schwarzen Feral und strecke die Hände nach ihm aus.

»Komm schon, Ash«, presse ich zwischen zusammengebissenen Zähnen hervor, nachdem ich ihn unter den Vorderpfoten gepackt habe und Richtung Hütte ziehen will. »Hilf ein bisschen mit!«

Er ist mindestens genauso schwer wie der Feral, der mich damals unter sich begraben hat. Ein Berg aus Muskeln und Fell und Klauen und Zähnen. Ich weiß nicht, ob er mich verstanden hat – oder ob er mich überhaupt verstehen kann, jetzt, nachdem er ein Feral geworden ist –, aber er bewegt die Hinterläufe und schleppt sich Stück für Stück näher zur Hütte, während ich weiter an seinen Vorderpfoten zerre. Mehrmals rutsche ich im weichen Untergrund aus und brauche eine halbe Ewigkeit, bis es mir gelungen ist, die Hütte mit ihm zu erreichen. Ich könnte schwören, dass meine Arme gute zwanzig Zentimeter länger geworden sind, nachdem ich endlich die Tür hinter uns schließen und den Riegel vorschieben kann.

Zum Glück ist der Tisch nur kniehoch, sodass ich es nach wenigen Anläufen und etwas Unterstützung von ihm schaffe, seinen massigen Körper hinaufzuwuchten. Sobald er auf der Tischplatte liegt, rührt er jedoch keinen Muskel mehr. Mit dem Zeigefinger tippe ich gegen seine geschlossenen Lider. Keine Reaktion. Er scheint bewusstlos geworden zu sein. Ich lege ihn auf die Seite, damit ich mir in Ruhe Hals und Rücken ansehen kann.

Beim Anblick der Halswunde ziehe ich scharf die Luft ein. Bei Licht betrachtet sieht sie noch schlimmer aus, als ich befürchtet habe. Schwallweise tritt Blut hervor. Einen Fluch murmelnd gehe ich meine Möglichkeiten durch. Im Grunde habe ich nur eine einzige, wenn ich nicht will, dass er mir innerhalb weniger Stunden jämmerlich verblutet. Ich kann lediglich hoffen, dass er bewusstlos bleibt, bis ich zurückkomme.

Ich schnappe mir den Dolch und draußen eine weitere Fackel, um mich auf die Suche nach Nachtkraut zu machen.

Zum Glück finde ich die Pflanze mit den dunkelblauen gezackten Blättern schnell. Wie oft habe ich Großmutter in Gedanken dafür verflucht, dass ich pausenlos herunterleiern musste, wozu die Pflanze verwendet wird! Heute bin ich ihr unendlich dankbar dafür. Schnell pflücke ich etliche der Pflanzen und stopfe sie in die Taschen meines Kleides. Über die Höhe der Dosierung muss ich mir später Gedanken machen. Ash ist in dieser Gestalt größer und schwerer als jeder normale Mensch und ich weiß nicht, wie schnell sein Feral-Körper die Wirkung des Nachtkrauts verarbeitet. Die Dosierung ist selbst bei kleineren Verletzungen heikel: Zu viel könnte ihn töten, zu wenig keine Wirkung haben. Doch ich habe nicht die Zeit, mir jetzt Gedanken darüber zu machen.

Ich haste zurück zur Hütte. Ash liegt noch genauso da, wie ich ihn zurückgelassen habe. Da ich keine Möglichkeit habe, die Blätter als Tee aufzubrühen, und auch kein Fett habe, um es zu einer Paste zu zerreiben, bleibt mir nur, die Blätter vorzukauen. Eines nach dem anderen stecke ich mir in den Mund. Sie schmecken widerlich – bitter und scharf –, doch ich zwinge mich weiterzukauen, während ich darauf achte, nichts davon selbst zu schlucken. Anschließend spucke ich den Brei auf meine Handfläche, öffne mit der anderen Ashs Maul und lege den Nachtkrautbrei hinten auf seine Zunge. Die langen spitzen Zähne funkeln im Schein des Kaminfeuers. Ich will mir gar nicht vorstellen, mit welcher Leichtigkeit sie meine Hand zertrümmern könnten ...

»Runter damit«, sage ich und halte seine Schnauze so lange zu, bis ich ihn schlucken höre.

Ich beobachte jede seiner Regungen und bete zur Göttin, dass er nicht aufwacht. Vorsichtshalber schlitze ich mit dem Dolch den Rock meines Kleides auf, schneide einen Streifen heraus und wickele ihn um sein Maul.

Anschließend wiederhole ich die Prozedur mit den Nachtkrautblättern, doch diesmal schmiere ich den Brei direkt auf die Wunde am Hals. Grollend windet er sich, als ich mit den Fingern das Mittel so tief wie möglich in der offenen Wunde verteile, wacht dabei aber nicht auf. Eine Pranke greift nach mir, doch ich bringe mich mit einem kleinen Sprung zur Seite in Sicherheit.

»Untersteh dich!«, zische ich. »Sonst binde ich dich an dem verdammten

Tisch fest, wie es diese Wissenschaftler auf den Bildern gemacht haben, die du mir gezeigt hast!«

Noch einmal kaue ich mehrere Blätter zu Brei und schmiere ihn auf die äußeren Ränder der Verletzung. Bereits jetzt sehe ich, dass weit weniger Blut hervorsickert als noch vor ein paar Minuten. Ein riesiger Stein fällt mir vom Herzen und gleichzeitig mit ihm verschwindet auch die schwere Last von den Schultern. Mein Körper fühlt sich mit einem Mal kraftlos und müde an, als wäre sämtliche Energie verbraucht, doch ich raffe mich auf. Die Wunden an seinem Rücken müssen ebenfalls versorgt werden, auch wenn sie längst nicht so schlimm sind wie die Halswunde. Wenn sie morgen früh immer noch blutet, werde ich nicht umhinkommen, sie auszubrennen ... Allein beim Gedanken daran muss ich fast schon wieder würgen. Das würde ich ihm und mir gerne ersparen, deshalb schicke ich ein weiteres Stoßgebet zur Göttin.

Für die Rückenverletzungen, die nicht tief, aber weit verteilt und großflächig sind, verbrauche ich den letzten Rest des Nachtkrauts. Über jeden Biss, über jeden Kratzer trage ich den Brei auf.

Als ich ein letztes Mal in meine Taschen greife, fällt mir etwas in die Hände, was ich bis eben völlig vergessen habe. Ashs Nexus! Ich hatte ihn abgenommen, bevor ich mit Tristan vom Empfang verschwunden bin. Aber wie hat Ash mich dann gefunden? Ich gehe um den Tisch herum und ziehe mir einen der umgefallenen Schemel heran. Müde und kraftlos lasse ich mich darauf nieder. Meine Beine hätten mich keine Sekunde länger getragen und ich fühle mich so ausgelaugt, als hätte ich mehrere Tage nicht geschlafen.

Ich stütze den Kopf in eine Hand und starre auf den Feral, der vor mir liegt. Bis auf die Augen erinnert nichts an den Mann, der er einst war. Eine lange Schnauze, spitze Ohren und rabenschwarzes Fell sind alles, was von dem markanten Gesicht übrig geblieben ist. Tränen brennen in meinen Augen, als mir in den Sinn kommt, dass ich nie wieder sein schelmisches Lächeln sehen werde. Wahrscheinlich wird er mich töten, sobald er aufwacht, aber ich konnte ihn nicht da draußen liegen lassen ...

Doch was soll jetzt mit ihm geschehen?

Ich fahre mit der Hand über seine Schnauze, bevor ich mir die Tränen von der Wange wische. Anschließend setze ich mir den Nexus auf und stelle eine Verbindung zu Caleb her.

»Endlich, Mann!«, bekomme ich sofort zur Antwort. »Ich hatte schon Angst, dass du wieder etwas ganz, ganz Dummes anstellen würdest. Sag mir das nächste Mal Bescheid, bevor du verschwindest!«

»Caleb?« Selbst in Gedanken klingt meine Stimme weinerlich und schwach. Doch ich bin zu müde, um mich selbst dafür zu ohrfeigen. »Hier ist Scarlet.«

Mehrere Sekunden lang herrscht absolute Stille, doch ich kann seine Angst und Verwirrung in meinen Gedanken spüren.

»Was hat er diesmal angestellt?«, fragt er, nachdem er sich gefangen hat.

»Wusstest du es?«, frage ich.

»Hör mal, Prinzessin, ich habe keine Ahnung, wovon ...«

»Hast du es gewusst?«, wiederhole ich schärfer und sende ihm per Gedankenübertragung das, was ich gerade vor mir sehe.

»Heilige Scheiße«, murmelt Caleb. »Wo ist er jetzt?«

»Du wusstest es ... Und hast es mir nicht gesagt ...«

»Natürlich wusste ich es! Wo ist er? Und was hat er da ums Maul?«

»Wie kannst du so ruhig bleiben? Er ist ein verdammter Feral!«

Caleb stößt genervt den Atem aus. »Und genau das ist der Grund, warum wir dir nichts gesagt haben.«

Ich blinzele mehrmals. »Wie bitte?«, knurre ich dann.

»Du hast mich schon verstanden«, erhalte ich zur Antwort. »Und jetzt sag mir, wo er ist. Ich komme vorbei und kümmere mich um ihn. Bleib lieber nicht in seiner Nähe, wenn er in der Gestalt ist. Dann ist er nämlich unberechenbar.«

Ich brauche einen Augenblick, um das, was er gerade gesagt hat, verarbeiten zu können. »Was meinst du damit? War er ... etwa schon öfter in dieser Gestalt?«

»Natürlich«, antwortet Caleb. »Er verwandelt sich einmal im Monat. Normalerweise sperren wir ihn dann im Labor in einen der Käfige, weil er sonst für sich und alle anderen eine Gefahr darstellt.« Caleb seufzt. »Ich hab ihm gesagt, er soll nicht mit auf diese verdammte Reise gehen. Das Serum ist kein Wundermittel und nicht für den Dauergebrauch gedacht. Aber natürlich wollte er wieder nicht auf mich hören. Jetzt haben wir den Salat.«

»Du ... du meinst, er bleibt nicht für immer in dieser Gestalt?«

»Was? Nein, natürlich nicht. Nur für ein paar Tage. Meistens zwei, manchmal auch drei, wenn er die Verwandlung zu lange mit dem Serum unterdrückt hat. Diesmal könnten es auch vier werden, so viel wie er sich von dem Zeug gespritzt hat ... Ich muss ihn irgendwohin schaffen, wo ihn niemand sieht und wo er keinen Schaden anrichten kann. Sag mir also endlich, wo er ist!«

»Ich ... weiß es nicht«, bringe ich hervor und zeige ihm die Lichtung und die Hütte. »Ich habe mir den Weg hierher nicht gemerkt. Es war dunkel und ich ...« Ich breche ab und reibe mir mit der Hand über die Stirn. »Es gibt noch ein Problem. Tristan weiß es. Und Tristan ist ebenfalls ein Feral.«

Caleb stößt einen weiteren Fluch aus, bei dem mir die Ohren klingeln. »Ich wusste, dass Ash hätte zu Hause bleiben sollen! Ich wusste, dass es nur Ärger geben würde, wenn er mitkommt. Was gibt es sonst noch, was ich wissen müsste?«

Zähneknirschend berichte ich ihm von dem Kampf und den Verletzungen, die Ash davongetragen hat. Die Flüche, die Caleb dabei von sich gibt, werden immer abstruser, sodass ich am liebsten den Nexus abnehmen würde. Es dauert lange, bis er sich beruhigt hat und wieder normal mit mir reden kann.

»Du hast dich gut um ihn gekümmert und musst dir keine Sorgen mehr um ihn machen. Als Feral verheilen seine Wunden sehr viel schneller und effektiver als normalerweise, sogar hier in Leerth außerhalb seines Gebietes. Aber nun sieh zu, dass du dort verschwindest«, rät Caleb. »Ash ist nicht er selbst, wenn er in dieser Gestalt ist. Gut möglich, dass er dich nicht erkennt. Er ist gefährlich!«

»Aber ich weiß doch gar nicht, wohin ich soll«, entgegne ich. »Da draußen könnten noch immer andere Ferals sein.«

»Und da ziehst du es lieber vor, mit einem Feral eingesperrt in einer Hütte zu bleiben?«

»Na ja, dieser Feral hier ist verletzt und bewusstlos. Das ist mir lieber als ein gesunder und wacher draußen im Wald, wo ich mich ohne Waffen nicht verteidigen kann.«

Caleb schweigt und ich habe endlich die Möglichkeit, die Gedanken zu ordnen. Ash kann sich zurückverwandeln! Seine Feral-Gestalt ist nicht endgültig. Erleichtert stoße ich den Atem aus. Bisher dachte ich, dass eine Verwandlung in einen Feral ein nicht umkehrbarer Prozess wäre. Dass die, die einmal zu einem Feral wurden, für immer ein Feral sein müssen. Aber wenn ich Caleb glauben kann, dann …

Ja, was dann? Ash ist und bleibt immer noch ein Feral, auch wenn seine Feral-Gestalt nicht dauerhaft ist, und das macht ihn zu meinem Erzfeind. Genau wie Tristan. Der Feind, den ich geschworen habe zu töten. Und nun sitze ich hier und habe einen von meinen Feinden vor dem sicheren Tod bewahrt.

Ganz toll gemacht, Scarlet …

Abgesehen davon stehe ich aber noch vor anderen Problemen. Caleb meinte, dass es mehrere Tage dauern wird, bis Ash sich zurückverwandelt. So lange kann ich nicht hierbleiben ohne Wasser und Nahrung. Andere Kleidungsstücke, die nicht vor Blut und Schmutz starren oder zerfetzt sind, wären auch von Vorteil, ebenso wie Waffen, wenn Ash wirklich gefährlich sein sollte. Spätestens morgen früh muss ich die Hütte verlassen. Bei Tageslicht finde ich bestimmt den Weg zurück nach Leerth, schließlich kann eine so große Stadt nicht zu übersehen sein. Es muss Wege dorthin geben, breite Straßen, vielleicht auch reisende Händler, die ich zur Not nach dem Weg fragen könnte.

»Wohin würdest du ihn bringen, wenn er gefährlich ist?«, frage ich Caleb.

Er zögert mit einer Antwort. »Ich weiß es nicht. In Leerth kenne ich mich nicht aus. In die Stadt kann ich ihn nicht bringen. Die Gefahr, dass er dort für Chaos sorgt, ist viel zu groß. Er müsste außerhalb bleiben. Vielleicht ist diese Hütte, wo ihr gerade seid, nicht der schlechteste Ort. Außer dass du in seiner unmittelbaren Nähe bist, natürlich.«

Ich werfe einen Blick zur Tür und runzele die Stirn. »Die Hütte ist so alt und heruntergekommen, dass ich froh bin, wenn sie uns nicht gleich über dem Kopf zusammenfällt. Ich denke nicht, dass die Tür oder die Wände ihm lange standhalten würden … Seine Arme sehen sehr kräftig aus.«

»Sobald es hell wird, mache ich mich auf die Suche nach euch«, verspricht Caleb. »Sieh zu, dass er so lange bewusstlos bleibt. Zur Not werde ich ihn dort festbinden müssen.«

Allein der Gedanke daran bereitet mir Übelkeit, auch wenn ich vorhin selbst noch mit ihm gespielt habe.

»*Glaub mir*«, sagt Caleb, »*es ist nicht Ash, den du vor dir hast. Es ist etwas anderes. In dieser Gestalt erkennt er manchmal weder mich noch seine Mutter.*«

»*Die Königin weiß ebenfalls davon?*«

Caleb seufzt erneut. »*Geh einfach davon aus, dass du bis heute Nacht so ziemlich die Einzige des inneren Kreises warst, die es nicht wusste, in Ordnung? Also, wenn du ...*«

»*Aber warum?*«, unterbreche ich ihn.

»*Was hätten wir dir denn sagen sollen?*«, entgegnet Caleb barsch. »*Du kamst am ersten Tag mit deiner Ich-lösche-alle-Ferals-aus-Einstellung im Schloss an und wolltest sogar an die Front versetzt werden! Dachtest du wirklich, dass Ash zu dir kommt und sagt: ›Toll, dass du da bist! Ich habe die letzten fünf Jahre an niemanden außer dich gedacht. Oh, und übrigens: Ich bin ein Feral!‹ Ich glaube nicht, dass du das gut aufgenommen hättest.*«

»*Aber ihr habt ...*« Ich balle die Hände zu Fäusten. »*Er wusste von meinem Hass auf die Ferals, genau wie du es wusstest. Und trotzdem habt ihr ... hat er zugelassen, dass ...*«

»*Dass was?*«

Ich springe vom Schemel auf, laufe unruhig auf und ab und grabe die Fingernägel in die Handfläche.

»Dass ich mich in ihn verliebe, verdammt noch mal!«, schreie ich durch die Hütte. Das Knistern des Feuers und das Blut, das mir durch die Ohren rauscht, ist meine einzige Antwort.

Lange Zeit schweigt Caleb und ich befürchte schon fast, dass die Verbindung unterbrochen wurde. Doch dann murmelt er: »*Ich sage Hazel, sie soll dir ein paar Sachen zum Wechseln einpacken, und ich bringe dir auch etwas zu trinken mit. Wenn ich euch gefunden habe, klopfe ich dreimal schnell hintereinander. Mach niemand anderem auf und sieh zu, dass er bis dahin nicht aufwacht. Um deinetwillen. Glaub mir, du willst ihn nicht so sehen.*«

Ich traue mich nicht, nachzufragen, was er mit *so* meint. Also murmele ich nur eine vage Zustimmung, unterbreche die Verbindung und nehme den Nexus ab.

Anschließend sacke ich zurück auf den Schemel, lege die Arme auf die Tischkante und bette den Kopf darauf. Verbissen versuche ich die Tränen zurückzudrängen, die schon wieder in den Augen brennen. Wann bin ich denn so eine Heulsuse geworden? Ich weine nicht. Ich erlaube mir keine Schwäche. Alles lief prächtig, als ich mich noch an feste Vorsätze gehalten habe. Als mein Herz aus Eis bestand und ich eine Waffe war, die nur dafür lebte, Rache zu bekommen. Doch nachdem ich dieser blöden Einladung ins Schloss gefolgt bin, ging alles den Bach runter.

Außerdem habe ich erfahren, dass eine Verwandlung in einen Feral nicht dauerhaft sein muss. Aber wozu gibt es dann die Wächter in meinem Dorf, die Nacht für Nacht losziehen, um Ferals zu töten? Und wie vielen Menschen bin ich schon begegnet, die ebenfalls zu Ferals werden können, ohne dass ich es bemerkt habe? Wie viele sind davon überhaupt betroffen?

Doch diese Fragen sind müßig und wahrscheinlich wird sie mir niemand beantworten können. Viel schlimmer jedoch ist die Erkenntnis, dass ich innerhalb einer einzigen Nacht alles verloren habe. Die beiden Männer, die mir je etwas bedeutet haben, sind nun das, was ich am meisten verabscheue.

Der Schmerz in der Brust lässt mich kaum noch atmen. Keuchend schnappe ich nach Luft, habe aber immer noch das Gefühl, ersticken zu müssen. Ich brauche dringend etwas, um mich abzulenken! Ich stehe wieder auf und reibe mir trotzig mit den Fäusten über die Wangen, um die dummen Tränen verschwinden zu lassen. Danach umklammere ich für eine Weile mit beiden Händen die Tischkante, bis ich mich wieder etwas beruhigt habe, und mache mich daran, mir erneut Ashs Wunden anzusehen. Wenn mein Kopf und die Hände beschäftigt sind, kann ich nicht zu viel nachdenken und in Selbstmitleid ertrinken. Und ich bewahre mich davor, vollends in Panik zu geraten.

Mit gewohnter Routine inspiziere ich jetzt die Rückenverletzung. Caleb meinte zwar, dass Ashs Feral-Körper besser mit Verletzungen umgehen kann, aber ich bin trotzdem überrascht darüber, dass die kleineren Kratzer bereits kaum noch zu sehen sind. Selbst über den Bisswunden, die die beiden kleineren Ferals verursacht haben, hat sich bereits ein Schorf gebildet.

Saubere Wundränder, keinerlei nässende Stellen. Das ist …

»Wahnsinn«, murmele ich, als ich einen der schlimmsten Kratzer mit dem Finger nachfahre. »Was würde Großmutter dafür geben, das sehen zu können!«

Wenn das bei allen Ferals der Fall ist, ist es kein Wunder, dass Soldaten freiwillig dieses Mittel haben wollten. Wenn ich wüsste, dass ich in eine Schlacht ziehen und keine Angst vor Verletzungen haben müsste, könnte ich ganz anders kämpfen. Furchtloser. Und rücksichtsloser.

Ich umrunde den Tisch, um mir die Halswunde anzusehen. Hier bildet sich bereits gesundes Fleisch, das das herausgerissene ersetzt. Beim Menschen wäre dies eine wochenlange Prozedur – und bei einem Feral dauert es nicht einmal Stunden! Bestimmt kommt es auch darauf an, wo sich die Wunde befindet und wie lebensbedrohlich sie ist, aber dennoch ist es erstaunlich! Rein aus der Sicht einer Heilerin betrachtet.

So toll dieser Genesungsprozess auch sein mag, so wenig habe ich nun zu tun. Seufzend lege ich ein paar weitere Holzscheite auf, um die restliche Nacht nicht zu erfrieren. Nach einem Blick auf das schäbige Bett, entscheide ich mich dazu, lieber mit dem Kopf auf dem Tisch zu schlafen. Bevor ich mich wieder auf den Schemel setze, überprüfe ich noch einmal, ob die Schlinge um Ashs Maul fest genug ist, und bette dann wieder den Kopf auf den Armen.

Obwohl ich dachte, nach diesem Abend garantiert keinen Schlaf finden zu können, merke ich schon nach wenigen Sekunden, dass sich mein Körper immer schwerer anfühlt und mein Geist abdriftet ...

KAPITEL 7

Zu meiner Verwunderung ist der Schlaf tief und traumlos. Nur am Aufwachen würde ich gerne noch etwas länger arbeiten.

Von einem Augenblick auf den anderen bin ich nämlich hellwach, weil etwas an mir schnuppert. Darauf bedacht, keinen Muskel zu rühren, reiße ich die Augen auf und halte den Atem an. Ein paar meiner Haarsträhnen werden nach vorn gepustet. Mein hämmernder Herzschlag dröhnt in den Ohren, als ich den Blick auf der Suche nach dem Dolch umherhuschen lasse. Wohin habe ich das verdammte Ding gestern gelegt?

Keine hektischen Bewegungen machen. Caleb hat mir mehrfach eingeschärft, dass Ash, der Feral, gefährlich ist. Nur langsam drehe ich den Kopf, der noch immer auf meinen Armen ruht, auf der Suche nach dem Dolch in die andere Richtung. Mich aufzusetzen, wage ich nicht.

Als ich eine feuchte Nase am Nacken spüre, springe ich mit einem Schrei auf und mache einen Satz. Dabei stolpere ich beinahe über den umgeworfenen Schemel.

Immer noch ohne Waffe versuche ich so viel Abstand wie möglich zwischen den Feral und mich zu bringen. Allerdings gelange ich schon nach zwei Schritten ans andere Ende der Hütte. Ich presse mich mit dem Rücken gegen die Wand und lasse Ash keine Sekunde aus den Augen.

Er befindet sich auf dem Tisch, stemmt sich aber mit den Pranken nach oben. Benommen schüttelt er den Kopf und blinzelt mehrmals hintereinander. Anscheinend hat er noch eine ziemlich hohe Dosis Nachtkraut im Blut, doch das wird ihn nicht davon abhalten, aufzustehen. Als er das Maul aufmachen will, bemerkt er die Schlinge darum. Erstaunlich geschickt für jemanden mit solch riesigen Pranken öffnet er den doppelten Knoten, den ich gestern Nacht extra noch einmal überprüft habe. Die langen Glieder an den Pfoten funktionieren wie Finger und sind ähnlich beweglich.

Kein Wunder, dass Caleb mir empfohlen hat, ihn komplett festzubinden ... Es wäre gut gewesen, solche Details vorher zu wissen!

Nachdem er die Schlinge gelöst hat, öffnet und schließt er ein paarmal das Maul und ich erhasche einen guten Blick auf die scharfen Zähne. Gestern Abend, als ich ihm den Nachtkrautbrei eingeflößt habe, wirkten sie irgendwie weniger bedrohlich ... Möglichst unauffällig versuche ich mich näher an den Kamin zu bewegen, wo ich gestern meinen Dolch zurückgelassen habe.

Doch die kleinste Regung von mir wird bemerkt. Sofort richtet sich sein Blick auf mich und ich erstarre. Bis auf die vertraute Farbe erkenne ich nichts Menschliches in den Augen. Geschlitzte Pupillen, kein Funkeln, keine Wärme. Nur die kühle Berechnung eines Raubtiers, das die Witterung seiner Beute aufgenommen hat.

Die spitzen Ohren zucken. Er schnüffelt, bevor er die Lefzen kräuselt. Dann springt er vom Tisch. Ich schlucke hart, als er auf zwei Beinen stehen bleibt. Leicht geduckt zwar, aber dennoch kein Vergleich zu den kleineren Ferals, die Tristan bei sich hatte. Auf allen vieren und hockend reichte Ash mir schon bis zu den Schultern. Nun überragt er mich um mindestens zwei Kopflängen. Gerade so kann er in der Hütte stehen, ohne mit dem Kopf gegen die Decke zu stoßen.

Unmöglich, dass ich lebend hier rauskomme ...

Als er einen Schritt auf mich zu macht, nehme ich all meinen Mut zusammen und hechte hinüber zu dem Dolch. Er ist meine einzige Möglichkeit zu überleben; eine verschwindend geringe zwar, denn ich bezweifle, dass die kurze Klinge ausreicht, um durch das Fell und die massigen Muskeln hindurch irgendetwas Lebenswichtiges zu treffen, aber ich fühle mich immerhin mit Dolch besser, als völlig unbewaffnet zu sterben.

Gerade als ich die Hand um das Heft schließe, packt Ash mich am Bein und reißt mich zurück. Ich drehe mich halb um und zücke die Klinge, halte sie direkt an seinen Hals, als er sich über mich beugt und zu mir herunterlehnt. Sein Maul mit den gebleckten Zähnen schwebt nur wenige Zentimeter über meinem Gesicht. Ein tiefes Grollen dringt aus der Kehle. Gut möglich, dass ich gleich draufgehe, weil ich vergesse zu atmen. Er hockt auf mir, beide Vorderpfoten auf meine Schultern gestemmt, und drückt mich so zu Boden.

Ich müsste die Klinge nur ein Stück drehen und ihm in den Hals jagen. Die Chancen stehen gut, dass ich ihn dadurch sofort töten könnte. Aber ich bringe es einfach nicht über mich ... Ich schaffe es nicht mal, ihn zu verletzen, damit ich mich unter ihm hervorwinden kann. Es ist ... Es ist Ash! Ich *kann* ihn nicht verletzen!

Er packt den Arm, der den Dolch hält, und zerrt ihn zur Seite, wobei er mir fast die Schulter auskugelt. Ich beiße mir auf die Zunge, um nicht zu schreien, und ziehe scharf die Luft ein. Ash kommentiert den Laut mit einem Knurren. Dennoch halte ich seinem eiskalten Raubtierblick stand, trotzig und ohne zu blinzeln. Ich bettele nicht, ich flehe nicht, denn er würde sowieso kein Mitleid mit mir haben. Der Blick, mit dem er mich bedenkt, hat nichts mit dem warmen Funkeln gemein, das normalerweise in seinen farblich unterschiedlichen Augen tanzt. Caleb hatte recht: Das, was ich vor mir habe, ist nicht *der* Ash. Ich weiß zwar, dass er da ist – irgendwo verborgen unter schwarzem Fell und massigen Muskeln –, aber in seinen Augen entdecke ich kein Fünkchen Erkennen. Im Moment ist er nicht der Mann mit dem schelmischen Grinsen eines kleinen Jungen, sondern eine Bestie. Und diese will mich tot sehen. Sie zögert nicht wie ich, vergleicht nicht wie ich, sondern handelt. Mein Lehrmeister Jyde wäre maßlos enttäuscht von mir, wenn er erfahren würde, dass ich mich – ohne Gegenwehr zu leisten – fressen lasse.

Langsam, so unendlich langsam, senkt er das Maul zu meinem Hals. Dabei hält sein Blick meinen unbeirrt weiter gefangen, und obwohl ich mittlerweile am ganzen Körper zittere, versuche ich nicht mich zu wehren. Es hätte keinen Sinn. Ich kann nur hoffen, dass es schnell geht und nicht allzu sehr wehtut.

Doch es sind nicht seine Zähne, die ich an meinem Hals spüre und die mich zusammenzucken lassen.

Sondern es ist seine Zunge.

Nass und kühl.

Er leckt seitlich am Hals entlang, Zentimeter für Zentimeter. Ich habe keine Ahnung, warum ich es tue, aber ohne jetzt den Blick von seinem zu lösen, lehne ich den Kopf so weit zurück in den Nacken, wie es mir in dieser Position möglich ist, und biete ihm die Kehle dar.

Ungeschützt, aber nicht unterwürfig. Es ist eine Herausforderung, ein Vertrauensvorschuss. Und vielleicht wird mich dieser Vertrauensvorschuss das Leben kosten. Sehr wahrscheinlich sogar ... Aber die Erinnerung an den Kuss nach unserem Showkampf vor der Königin lässt mich hoffen, dass es auch schon damals der Feral war, der ihn handeln ließ – und genau wie damals vibriert seine Brust unter einem Grollen. Doch es klingt nicht bedrohlich oder Angst einflößend. Eher ... zufrieden – fast wie das Schnurren einer Katze.

Anscheinend habe ich meinen Test bestanden, denn er klettert von mir herunter. Über mich gebeugt hält er mir eine Pfote hin, als wolle er mir aufhelfen. Ich widerstehe dem Drang, den Sabber von meinem Hals zu wischen, und starre auf seine Pranke. Schwarz, wie der Rest von ihm, mit Krallen, die so lang sind wie meine Handfläche. Er hätte mich jederzeit töten können, aber er hat es nicht getan. Und da ich ihn auch nicht töten kann, wäre es nicht die dümmste Option, einen Waffenstillstand zu schließen. Und sei es nur für die Dauer seiner Verwandlung.

Danach, wenn er wieder ein Mensch ist, werde ich ihn allerdings umbringen ...

Ich lege die Hand in seine Pfote und er zieht mich so schwungvoll auf die Füße, dass ich das Gleichgewicht verliere und gegen ihn pralle. Schnell rücke ich von ihm ab. Die ganze Zeit über hält er die Arme schützend erhoben, falls ich erneut taumeln könnte, aber er berührt mich nicht. Er scheint zu merken, dass ich das nicht will, denn er beobachtet mich. Langsam streckt er eine Pranke nach mir aus und berührt mit einer Kralle die Kette an meinem Hals. Ich habe ganz vergessen, dass ich sie noch trage.

»Die ...« Meine Stimme klingt rau und kratzig und ich räuspere mich kurz. »Die Kette hast du mir geschenkt. Erinnerst du dich daran?«

Er legt den Kopf schief und sieht mich an. Bei jedem Ton, den ich von mir gebe, zucken seine Ohren.

»Kannst du mich überhaupt verstehen?«

Plötzlich klopft es an der Tür. Dreimal schnell hintereinander. Ich zucke erschrocken zusammen und wirbele zur Tür herum, doch Ash ist schneller. Er hält die Nase in die Höhe und schnuppert, dann bleckt er die Zähne.

»Caleb!«, rufe ich. »Leg alles nur hin und verschwinde!«

Er antwortet etwas, doch ich kann es dank Ashs Knurren nicht hören. Er hat die Tür erreicht und reißt an der Klinke. Selbst in seiner Feral-Gestalt weiß er also, wie man Türen öffnet. Kein Wunder, dass sie ihn in einen verschlossenen Käfig sperren mussten ... Auch wenn er mir bisher nicht so vorkam, als sei er gefährlich.

Ohne Vorwarnung holt er mit der rechten Pranke aus und rammt die Krallen ins Holz der Tür. Innerhalb von Sekunden hat er das morsche Holz zerfetzt; Splitter fliegen umher. Durch das Loch kann ich Calebs panischen Gesichtsausdruck sehen.

»Ash, hör auf!«, schreie ich, doch es ist sinnlos.

Caleb reagiert und wirft sich zu Boden. Den Kopf gesenkt, die Arme ausgestreckt vor dem Körper mit den Handflächen nach oben kauert er da. Augenblicklich wird Ash ruhiger. Er grollt zwar immer noch und reißt die restlichen Splitter heraus, aber in ihm scheint nicht mehr diese plötzliche Wut zu toben wie eben. Mein Herz bleibt beinahe stehen, als Ash zu Caleb stapft und an seinem Kopf schnuppert. Wieder bleckt er die Zähne und knurrt bedrohlich, während sein Schwanz wild hin und her peitscht, doch Caleb bewegt sich nicht. Ich will zu ihm rennen; er hält mich mit einer knappen Handbewegung davon ab.

Es scheint eine halbe Ewigkeit zu dauern, bis er endlich von ihm ablässt. Nachdem sich Ash ein paar Meter entfernt hat, richtet Caleb sich auf und holt tief Luft.

»Mann«, schnauft er. »Jedes Mal, wenn er das macht, bleibt mir das Herz fast stehen. Ist nicht gut für meine Gesundheit.«

Erleichtert atme ich aus und mache einen Schritt auf ihn zu.

»Komm mir nicht zu nahe«, sagt Caleb sofort und sieht zur Seite.

»Warum?«, frage ich.

»Ich wäre dir sehr dankbar, wenn wir alles vermeiden könnten, was ihn nur unnötig aufregt. Dazu zählt auch, dass ich dich nicht direkt anschaue, solange er da drüben steht und nur darum bettelt, dass ich ihm einen Grund dafür gebe, um mir den Kopf abreißen zu können.«

»Ich verstehe nicht …«

»Tu einfach, was ich dir sage. Bleib am besten da stehen und schau nicht zu mir. Die Details kann ich dir gerne später per Nexus erklären, aber ich glaube, du begreifst, dass ich so schnell wie möglich hier wegwill. Es freut mich aber zu sehen, dass du noch am Leben bist, obwohl er hier frei herumläuft.« Sein Blick gleitet zu meinem Hals und verweilt dort einen Moment, bevor er die Augenbrauen in die Höhe zieht und ein wissendes Grinsen zur Schau stellt. Dann schaut er zur zertrümmerten Tür. »Ich hatte ja gehofft, dass du bei der Beschreibung eurer Unterkunft übertrieben hättest.«

»Leider nicht«, murmele ich. »Aber ich lasse mir was einfallen. Hier schleichen noch andere Ferals herum.«

»Um die musst du dir keine Sorgen machen«, sagt Caleb und deutet mit einem leichten Kopfnicken in Ashs Richtung. »Solange er in deiner Nähe ist, traut sich keiner von denen an dich ran, nicht mal, wenn du blutend und wehrlos vor ihnen auf dem Boden liegen würdest.«

Ich folge seinem Blick. Ash hockt am anderen Ende der Lichtung im Schatten eines Baumes, aber ich spüre, dass er uns beobachtet.

»Hast du eine Idee, wohin wir ihn schaffen können, bis er wieder … normal wird?«

Caleb steht auf und klopft sich Gras und Dreck von der Hose. »Am besten bleibt ihr hier.«

»*Ihr?*«, wiederhole ich ungläubig. »Seit wann bin ich Teil dieser Sache?«

»Du bist seit fünf verdammten Jahren Teil der Sache«, entgegnet er ungerührt. »Außerdem ist er hier am besten aufgehoben. Und solange du auch da bist, wird er brav bei dir bleiben.«

»Aber … meine Aufgaben in der Leibwache …«

»Hazel und Payne schicken Grüße.« Er zeigt auf einen Rucksack und zwei Bündel, die neben der Tür liegen. »Die beiden packen das ein paar Tage auch ohne dich.«

»Was soll ich denn die ganze Zeit machen?«

Ein Grinsen huscht über seine Lippen. »Oh, ich denke, da werdet ihr schon was finden. Du hast da übrigens Feral-Sabber am Hals.«

Ich presse fest die Zähne zusammen, versuche die Hitze, die meine Wangen hinaufkriecht, zu ignorieren und wische mir mit der Hand die feuchten Reste von Hals und Nacken ab.

»Manchmal frage ich mich, warum dich noch keiner erwürgt hat, Caleb«, zische ich.

»Muss an meiner überwältigenden Persönlichkeit liegen«, gibt er zurück.

»Und was soll ich essen? Oder trinken? Wenn es wirklich noch mindestens drei Tage dauert, bis er sich wieder zurückverwandelt ...«

»Da drüben an der Hüttenwand lehnen deine Halbmond-Klingen«, sagt Caleb. »Damit solltest du etwas jagen können. Leider verfüge ich über keine so guten Beziehungen zum Küchenpersonal wie in Daarth. Es hätte zu viele Fragen aufgeworfen, wenn ich um Vorräte für mehrere Tage gebeten hätte. Aber ich habe keine Zweifel, dass du euch versorgen kannst. Ich meine, du kommst aus einem Dorf und bist keines dieser verwöhnten Stadtpüppchen. Du findest schon einen Weg, um hier draußen nicht draufzugehen.«

»Dein Vertrauen in meine Fähigkeiten ist wirklich überwältigend«, knurre ich. »Aber was soll ich so lange mit ihm machen, wenn ich auf der Jagd bin?«

»Ihn mitnehmen, was denn sonst? Vielleicht tut es ihm gut, wenn er mal rauskommt. Ich hatte immer ein schlechtes Gewissen, wenn ich ihn in den Käfig sperren musste.«

»Und wenn er mir davonläuft?«

Caleb rollt mit den Augen. »Ash ist kein entlaufener Hund, den du irgendwo aufgelesen hast. Er ist ein Feral! Und er wird nicht wegrennen. Schon gar nicht vor dir. Du packst das schon.«

»Mir ist nicht wohl bei der Sache«, murmele ich.

»Ich würde ihn keinem anderen als dir anvertrauen«, sagt Caleb und merkwürdigerweise glaube ich ihm. »Ach, und übrigens: Tristan geht es so weit gut. Er ist wieder im Schloss.«

Ich versteife mich, als die Sprache auf ihn kommt. »Aber wie ...?«

»Er hat nur ein paar fiese Kratzer an der Seite, aber sonst geht es ihm blendend. Ein Schnuckelchen wie eh und je. Meistens ignoriert er uns zum Glück ja.«

»Wieso kann er sich schon zurückverwandeln?«, frage ich.

»Tristan ist nicht dasselbe wie Ash. Für dich mögen sie beide Ferals sein, aber es gibt gewaltige Unterschiede. Ash wird dir das irgendwann erklären, er hat da mehr Durchblick als ich. Ich kenne nur die Grundprinzipien. So, ich muss wieder zurück. Die Königin macht sich Sorgen um euch, aber ihr seid ja beide wohlauf und jetzt auch mit dem Nötigsten versorgt.«

Ich seufze, als ich mich an das Gespräch mit Neera im Burghof erinnere. »Sag ihr, dass es mir leidtut.«

»Das weiß sie«, entgegnet er. »Also, bis die Tage dann.«

Er verbeugt sich vor mir und verschwindet so schnell wie möglich von der Lichtung. Ich sehe ihm noch nach, als er bereits ins Dickicht eingetaucht ist. Wie gerne würde ich ihm folgen, diesen ganzen Irrsinn hinter mir lassen und einfach fortgehen. Aber Caleb vertraut mir. Die Königin vertraut mir. Irgendwie werde ich diese paar Tage schon überstehen.

Was danach kommt, weiß ich jedoch nicht. Nach all den Lügen und Halbwahrheiten bin ich mir nicht mehr sicher, wie ich Ash je wieder vertrauen soll. Noch dazu ist er ein Feral! Das ist nichts, worüber ich einfach hinwegsehen kann. Dass ich nun auch noch den Aufpasser für ihn spielen muss, setzt alldem die Krone auf.

So darf es nicht weitergehen! Sobald das hier vorbei ist, muss ich mein Leben neu ordnen. Ohne ein Auskommen in der Stadt. Ohne Leibwache. Und vor allem ohne Ash. Ich kann ihn nicht töten, obwohl er ein Feral ist, aber ich kann auch nicht so tun, als wüsste ich von nichts. Ich darf mein Lebensziel nicht verraten.

Als ob er meine Gedanken gehört hätte, kommt Ash herüber und stupst mir mit der Schnauze gegen die Schulter. Seufzend lasse ich ihn stehen und gehe stattdessen zu den Bündeln, die Caleb mitgebracht hat. Wie versprochen lehnen die Klingen an der Hüttenwand. Nachdem ich zwei Kämpfe ohne meine geliebten Klingen bestehen musste, bin ich heilfroh, sie endlich wieder in Händen halten zu können.

Anschließend durchwühle ich den Rucksack. Darin finde ich ein paar Flaschen Wasser, die mich die ersten zwei Tage versorgen sollten. Keine Ahnung, wie hoch Ashs Wasserverbrauch ist ... Bei seiner Größe und Statur sicherlich mehrere Liter. Sofort schüttele ich den Kopf. Ich bin nur dafür verantwortlich, dass ihn niemand findet und er nichts anstellt. Ich werde ihn nicht versorgen wie einen Hund.

Im ersten Bündel finde ich meinen Lederanzug, einen Kamm und eine kurze Notiz von Hazel, die hofft, dass ich ihre Haarspangen nicht verloren habe. Und damit meine schönen Haare nicht abgeschnitten werden müssen, hat sie mir ihren Lieblingskamm gespendet. Ich verdrehe die Augen, muss aber dennoch schmunzeln.

Das zweite Bündel ist von Payne und beinhaltet meine Stiefel und den roten Umhang, zwei Dolche, eine lange Schnur, einen Feuerstein und allerlei Kleinkram für das Leben draußen. Caleb scheint ihnen erzählt zu haben, wo wir uns befinden. Paynes Notiz ist kurz und prägnant, genau wie ich es von ihr erwartet habe. Ich soll mich auf meine Aufgabe konzentrieren und den Rest ihnen überlassen.

Ich stoße den Atem aus und trage dann alles in die Hütte, wobei ich einen großen Schritt über die vielen Holzsplitter hinweg mache. Wenigstens habe ich für heute Nacht genügend Feuerholz. Ohne Tür fühle ich mich nicht wohl, daran ändert der schwarze, über zwei Meter große Feral, der mir auf Schritt und Tritt folgt, nichts. Auch jetzt tapst er mir wieder nach.

»Ich will mich umziehen«, sage ich. »Warte draußen!«

Ich hätte Caleb fragen sollen, ob Ash mich zumindest ein bisschen verstehen kann. Das wäre hilfreich. Wie soll ich sonst mit ihm kommunizieren? Und wie viel weiß er nach seiner Rückverwandlung noch von seiner Zeit als Feral?

Bevor ich ihn vergesse, fische ich den Nexus aus der Tasche meines Kleides und lege ihn auf den Tisch. Das Kleid starrt vor Blut und Dreck und ist am Saum zerfetzt. Leider ist es nicht mehr zu retten, weshalb ich mir beim Aufschnüren auch keine Mühe gebe.

Hinter mir höre ich ein Fiepen.

»Du sollst nach draußen verschwinden, habe ich gesagt!«, knurre ich und wirbele zu ihm herum. Den Kopf gesenkt und die Ohren angelegt, erwidert er den Blick und sieht dabei irgendwie ... schuldbewusst aus. Ich rolle mit den Augen. »Was ist?«

Wieder gibt er ein lang gezogenes Fiepen von sich und schaut dabei von mir zur Tür und wieder zurück. Der hohe Ton zehrt an meinen Nerven. Ich bin mir nicht sicher, was er mir damit sagen will, aber anscheinend will er nicht nach draußen geschickt werden.

Seufzend kneife ich die Augen fest zusammen und sage dann: »Na schön. Bewach von mir aus die nicht mehr vorhandene Tür, aber dreh dich nicht zu mir um!«

Er tut wie geheißen und setzt sich mit dem Rücken zu mir in den Türrahmen, den er fast vollständig mit seiner massigen Gestalt ausfüllt. Wenigstens weiß ich jetzt, dass er zumindest einfache Befehle verstehen und befolgen kann. Schnell werfe ich noch einen Blick über die Schulter und vergewissere mich, dass er weiterhin nach draußen schaut. Dann streife ich das Kleid ab. Da es sowieso hinüber ist, werfe ich es achtlos zu Boden.

Ich schnappe mir meine Lederrüstung und steige hinein. Bis zur Hüfte habe ich sie hochgezogen, als ich plötzlich warmen Atem im Nacken spüre. Hastig verschränke ich die Arme vor der Brust. Wie kann sich ein so riesiges Vieh so leise bewegen?

»Ich hab dir doch gesagt, dass du ...«

Ich verstumme abrupt, als ich seine Pfote auf dem nackten Rücken spüre. Beinahe zärtlich fährt er mit ihr über jede meiner Narben. Ich erschaudere unter den Berührungen und schließe die Augen. Als Ash die Narben zum ersten Mal sah, fragte er, ob unser Clan-Führer noch leben würde. Und das Grollen, dass Ashs Feral-Ich jetzt ausstößt, sagt mir, dass er dieselben Gedanken hat wie sein menschliches Ich.

»Irgendwann wird Boldur dafür büßen«, sage ich heiser. »Aber erst mal müssen wir beide die nächsten Tage überstehen, ohne dass ich aus dir einen Bettvorleger mache. Geh und bewach die Hütte!«

Er drückt mir seine feuchte Schnauze in den Nacken und trollt sich. Ich rubbele mit der flachen Hand über die nasse Stelle.

»Und hör auf, mich ständig anzusabbern!«, grolle ich ihm hinterher. »Das ist ekelig!«

Ich ziehe mich fertig an, wobei er mich unablässig beobachtet. Auch als ich die Waffengurte anlege und meine Haare entwirre und neu flechte, folgt mir sein Blick ununterbrochen. Zwar bleibt er brav in der Nähe der Tür, jedoch macht es mich wahnsinnig, ständig angegafft zu werden. Irgendwie muss ich ihm klarmachen, dass er das sein lassen muss.

In meiner Rüstung und mit den Waffen fühle ich mich gleich viel wohler als in dem Kleid. Schnell überprüfe ich noch einmal die Taschen, finde aber nichts, was ich noch brauchen könnte. Die Kette lege ich zu Hazels Haarspangen auf den Tisch. Dann mache ich mich daran, die herumliegenden Überreste der Tür aufzusammeln. Wenn ich sparsam mit dem Holz umgehe, wird es uns zwei Nächte lang wärmen. Hoffentlich windet es nicht zu stark, wenn es dunkel wird.

Als ich das Holz vor dem Kamin fallen lasse, steht plötzlich Ash neben mir und streckt mir die Pfote entgegen. Darauf liegt die Kette. Ich schaue zum Tisch und dann wieder zu seiner Pranke.

»Leg sie zurück«, sage ich.

Ich ernte wieder dieses nervige Fiepen als Antwort und ein Muskel zuckt unter meinem Auge. Um Ruhe zu haben und mich davon abzuhalten, meine Entscheidung, ihm das Leben zu retten, zu bereuen, greife ich nach der Kette und lege sie wieder um.

»So, nun zufrieden?«, grummele ich.

Er blinzelt zweimal und wedelt mit dem Schwanz.

Und in diesem Moment bin ich mir sicher, dass wir beide unmöglich die nächsten Tage überleben werden. Schon jetzt kribbeln meine Finger vor Verlangen, nach einem der Dolche zu greifen, die ich trage. Seufzend gehe ich an ihm vorbei und schnalle die Klingen um.

»Ich weiß nicht, wie es dir geht«, sage ich dann, »aber ich habe Hunger. Komm, Großer, lass uns was zu essen jagen.« Auf allen vieren läuft er mir hinterher, die Ohren aufmerksam gespitzt. Zu mir selbst murmele ich: »Und wenn ich Glück habe, läufst du mir doch davon und bist dann nicht mehr mein Problem.«

Aber wem will ich etwas vormachen? Ash war schon von Anfang an *mein* Problem, lange bevor ich wusste, welche Geheimnisse sich um ihn rankten.

KAPITEL 8

Natürlich habe ich nicht das Glück, dass Ash mir davonläuft. Nein, es ist sogar viel schlimmer. Er hält sich so nah bei mir auf, dass er mir mehrmals in die Hacken läuft oder gegen mich rempelt, weil er beim Laufen in eine andere Richtung schaut.

Bei jedem Schritt verursacht er so viel Lärm, dass jeder einzelne Waldbewohner wissen muss, wo wir uns gerade befinden. Jeder knackende Zweig hinter mir, jedes raschelnde Laub und zu laute Wittern senkt meine Laune dem Nullpunkt entgegen. Entweder ignoriert er die giftigen Blicke, die ich ihm zuwerfe, oder er versteht es tatsächlich nicht. Fakt ist jedoch, dass meine Geduld mit ihm nur noch an einem seidenen Faden hängt.

Stundenlang laufen wir durch den Wald, während ich mit einem Dolch den Weg markiere, damit wir auch wieder zurück zur Hütte finden. Stunden vergehen, in denen wir nicht mal einen Hasen zu Gesicht bekommen.

Doch als die Sonne bereits zu sinken beginnt, entdecke ich frische Wildspuren im schlammigen Boden. Ich lege den Zeigefinger an die Lippen und deute dann auf den Boden. Ash blinzelt ein paarmal. Ich verkneife mir einen Kommentar, drehe mich um und klettere auf den nächsten Baum, um mir einen Überblick zu verschaffen. Als ich auf gut drei Metern Höhe bin, entdecke ich zwei Rehe, die in der Nähe die Rinde von einem Baum fressen. Sofort kauere ich mich hin und verberge mich – so gut es geht – zwischen den Zweigen. Bisher scheinen sie mich nicht bemerkt zu haben. Da ich weder Pfeil noch Bogen habe, muss ich sehr nah an die Rehe herankommen. Wenn ich zu diesem Baum dort drüben klettern würde und dann …

Ein Fiepen von weiter unten lässt mich zusammenzucken. Auch die Rehe heben erschrocken die Köpfe und spähen nach links und rechts. Schnell lege ich wieder den Finger an die Lippen und schaue nach unten. Als Ash bemerkt, dass ich ihm Aufmerksamkeit schenke, wedelt er mit dem Schwanz, wodurch er die herumliegenden Blätter aufwirbelt und einen Heidenlärm verursacht. Ich beiße die Zähne zusammen, um ihn nicht anzuschreien.

Dummerweise haben die Rehe nun auch bemerkt, dass etwas nicht stimmt, und rennen panisch davon. Eines von ihnen kommt in unsere Richtung. Es geschieht so schnell, dass ich nicht einmal Zeit habe, meine Klingen zu ziehen. Das Reh prescht an Ash vorbei und verschwindet im Unterholz, doch anstatt die Beute zu verfolgen, glotzt der Feral dem Reh nur hinterher und schaut anschließend zu mir nach oben. Dabei wedelt er wieder mit dem Schwanz.

Ich reibe mir mit beiden Händen übers Gesicht und lehne den Kopf nach hinten gegen den Baumstamm.

»Es gibt bestimmt Tausende Ferals auf dieser Welt«, murmele ich, »und ich erwische den einzigen ohne jeglichen Jagdinstinkt. Womit habe ich das nur verdient?«

Da die Sonne bereits untergeht, hat es keinen Sinn mehr, weiter auf gut Glück in den Wald zu stapfen. Ich spiele mit dem Gedanken, so lange hier oben im Baum zu bleiben, bis Ash verschwindet. Oder sich in Luft auflöst. Oder spontan explodiert. Hauptsache, er ist weg. Im Moment fällt es mir schwer, ihn zu ertragen, und ich will ihn nur noch loswerden – auf die eine oder andere Weise.

Mein Magen knurrt ohrenbetäubend und ich kann mich schon gar nicht mehr daran erinnern, wann ich zuletzt etwas gegessen habe. Gestern Abend auf dem Empfang hatte ich nicht die Zeit dazu und davor ... andere Probleme, als an das Essen zu denken.

Probleme, die plötzlich anders aussehen, gerade drei Meter weiter unten sitzen und herzzerreißend fiepen.

Ich klettere vom Baum und werde mit einem freudigen Schwanzwedeln begrüßt, das jedoch immer langsamer wird, je näher ich Ash komme. Als ich mich mit in die Hüften gestemmten Armen vor ihm aufbaue, legt er die Ohren an, senkt den Kopf und weicht meinem Blick aus.

»Du hast gerade unser Abendessen aufgescheucht«, knurre ich, »und dann hast du es auch noch entkommen lassen! Bist du eigentlich zu überhaupt etwas nütze?«

Er hebt den Blick und stößt einen lang gezogenen Laut aus.

»Das kannst du dir sparen!«, fahre ich ihn an. »Du bist ein verdammter Feral und kein verzogener Schoßhund! Also verhalte dich gefälligst nicht wie einer und hör auf, mir auf die Nerven zu gehen!«

Es fühlt sich gut an, meiner Wut und Verzweiflung Luft zu machen, und da gerade niemand anderes da ist, muss Ash alles abbekommen. Die letzten Tage gehören zu den stressigsten und schlimmsten meines Lebens und ich würde vieles dafür geben, sie einfach aus dem Gedächtnis löschen zu können. Dass ich nun auch noch gemeinsam mit einem Feral – meinem Erzfeind! – hungrig im Nirgendwo festsitze, trägt nicht gerade zur Besserung meiner Laune bei.

Wieder knurrt mein Magen und ich presse eine Hand dagegen, doch das hilft nicht gegen das nagende Loch, das sich darin ausbreitet. Wenn das so weitergeht, verdaue ich mich bald selbst …

Ash folgt meiner Bewegung mit dem Blick und legt den Kopf schief. Mittlerweile verirren sich kaum noch Sonnenstrahlen durch das Blätterdach, sodass es fast schon dunkel ist. So kann ich auch keine essbaren Pflanzen von nicht essbaren unterscheiden und auf mein Glück will ich mich nach allem, was in den letzten Tagen geschehen ist, nicht verlassen.

Seufzend wende ich mich um. »Lass uns zurückgehen. Ich will nicht riskieren, bei Nacht noch durch den Wald zu irren und den wirklich gefährlichen Ferals in die Pfoten zu fallen.«

Doch Ash rührt sich nicht, sondern bleibt an Ort und Stelle sitzen.

Ich stoße den Atem aus. »Mach doch, was du willst.«

Ich habe nicht die Nerven, mich jetzt noch mit diesem sturen Feral zu befassen. Wahrscheinlich ist es das Beste, wenn er hierbleibt und mir nicht folgt. Dann könnte ich meine Sachen schnappen und einfach morgen bei Tagesanbruch verschwinden. Ich schaue nur schnell bei der Königin vorbei, entschuldige mich bei ihr und gebe Hazel die Haarspangen zurück. Und dann bin ich weg, einfach weg, und lasse all das Chaos hinter mir.

Ohne mich noch einmal umzudrehen, folge ich meinen Markierungen zurück zur Hütte.

***

Es ist längst dunkel. Außerdem ist es hier oben in den Bergen nachts kälter, als ich es gewohnt bin, weshalb ich mich als Erstes darum kümmere, das Kaminfeuer in Gang zu bringen. Dank Ash habe ich zwar keine Tür mehr, die den eisigen Wind abhält, dafür aber genug Feuerholz. Bleibt nur zu hoffen, dass es über die Nacht reicht, um mich warm zu halten, und nicht irgendwann ausgeht.

Das Bett steht in der Nähe des Kamins und ich werde mich nachher in meinen Umhang einwickeln. An erholsamen Schlaf wird nicht zu denken sein, wenn das ohrenbetäubende Knurren, das mein Magen von sich gibt, jeden Feral im Umkreis von mindestens zwei Kilometern auf mich aufmerksam macht. Aber ich klammere mich an den Gedanken, dass ich nur noch die heutige Nacht überstehen muss. Was ich dann mit meiner neu gewonnenen Freiheit anfangen werde, weiß ich zwar nicht, doch da wird mir schon was einfallen.

Als das Feuer im Kamin brennt, werfe ich einen Blick nach draußen. Von Ash ist nichts zu sehen ... Hoffentlich ist ihm nichts ... Schnell beiße ich mir auf die Unterlippe. Er ist ein Feral, verdammt noch mal! Er ist das größte und gefährlichste Raubtier, das da draußen herumläuft. Was soll ihm schon passieren? Und warum mache ich mir überhaupt Sorgen um ihn? Er ist immerhin freiwillig zurückgeblieben.

Nachdem ich ihn angeschrien und als nutzlos bezeichnet habe ...

Ich reibe mir mit der Hand über die Stirn. Vielleicht war ich zu hart zu ihm ... Für ihn ist all das sicher auch nicht einfach. Aber was soll ich jetzt tun? Bei Nacht in den Wald zu gehen ist keine gute Idee. Ich wäre in größerer Gefahr als Ash bei den zahllosen anderen Ferals, die da draußen herumstreunen, und bis ich in der Dunkelheit die Stelle gefunden habe, wo wir uns getrennt haben, wird es mitten in der Nacht sein. Sofern er überhaupt noch dort ist. Er könnte mittlerweile überall sein.

Hoffentlich macht er keine Dummheiten ... Caleb meinte, er sei gefährlich. Das ist er zwar nicht mir gegenüber, aber vielleicht gegenüber anderen. Wenn er den Weg in die Stadt findet ... Ein eisiger Schauer beschert mir eine Gänsehaut am ganzen Körper. Wenn er den Weg in die Stadt findet, werden sie ihn töten, egal ob er gefährlich ist oder nicht. Niemand stellt Fragen, wenn sich ein riesiger schwarzer Feral einer befestigten Siedlung oder Stadt nähert.

Verdammter Mist! Ich war für ihn verantwortlich. Und nur, weil mir Stolz und Egoismus im Weg standen, habe ich bei dieser Aufgabe versagt. Ich hätte dafür sorgen müssen, dass er mir folgt.

Hastig greife ich nach den Klingen und befestige sie am Rücken. Ich muss ihn finden! So tapsig, wie er sich vorhin angestellt hat, wird er sich da draußen nicht zurechtfinden. Kein Wunder, wenn er während seiner vorherigen Verwandlungen immer im Labor in den Kellergängen von Daarth eingesperrt war ... Woher soll er es denn besser wissen?

Gerade als ich nach draußen eilen will, huscht ein Schatten über die Lichtung und kommt direkt auf die Hütte zu. Sofort hebe ich die Arme, um nach den Klingen zu greifen. Ein einzelner Feral wird mir nicht gefährlich, aber ich habe es eilig. Mit gezückten Waffen presche ich auf den Angreifer zu, hole aus und ... stoppe die Attacke im letzten Moment, als ich in mir vertraute Augen schaue.

»Erschreck mich doch nicht so!«, keuche ich und stecke die Klingen zurück in ihre Scheiden. »Geht es dir gut?«

Ich weiß, dass er mir nicht antworten kann, aber ich habe mit irgendeiner Reaktion gerechnet. Einem Schwanzwedeln, einer Neigung des Kopfes, irgendwas. Stattdessen umrundet er mich und läuft zur Hütte. Verwirrt schaue ich ihm nach, bevor ich ihm folge.

»Hör mal, es ... es tut mir leid, in Ordnung?«, sage ich, als ich die Hütte hinter ihm betrete. »Ich hätte dich nicht anschreien dürfen. Ich war nur ... frustriert und müde und hungrig und ... Wenn ich hungrig bin, sage ich Dinge, die ich nicht wirklich so meine. Und du warst so ...« Seufzend fahre ich mir mit beiden Händen übers Gesicht. »Ja, was ich eigentlich sagen will ... Es tut mir leid.«

Ash sitzt vor dem Kamin, dreht sich aber zu mir um, nachdem ich mit meiner kleinen Ansprache fertig bin, und spuckt mir etwas vor die Füße. Erschrocken mache ich einen Satz nach hinten. Erst bei näherem Hinsehen erkenne ich, was er da ausgespuckt hat.

»Ein Kaninchen«, murmele ich. Er mustert mich mit einem unergründlichen Blick. Abwartend. Angespannt. Doch da ist noch mehr. »Hast ... du das gefangen?«

Ash beugt sich nach unten, stupst das tote Kaninchen mit der Schnauze an und schiebt es so ein Stück weiter zu mir. Dann schaut er mich wieder an.

»Für mich?«

Auf einmal habe ich einen Kloß im Hals, der mich kaum noch atmen lässt. Obwohl ich ihn angeschrien und beleidigt habe, ist er zurückgeblieben, um für mich etwas zu essen zu jagen. Dabei kann er nicht mal jagen ... Aber irgendwie hat er es geschafft, das Kaninchen zu erlegen, und anstatt es selbst zu fressen, hat er es den ganzen Weg zu mir gebracht.

Und nun sitzt er da und schaut zu mir auf, mit einem so traurigen Blick, als erwarte er, gleich wieder von mir angeschrien zu werden. Seit er in seiner Feral-Gestalt ist, habe ich kaum etwas anderes getan, als gemein zu ihm zu sein. Ich habe ihm barsche Befehle erteilt, ihn verspottet und mich nur über ihn geärgert. Dabei hat er die ganze Zeit eigentlich nichts falsch gemacht.

Ich mache einen Schritt über das Kaninchen hinweg und stelle mich direkt vor Ash. Verunsicherung huscht durch seinen Blick und er legt die Ohren an. Mein Herz verkrampft sich bei diesem Anblick. Langsam, um ihn nicht zu erschrecken, strecke ich die Hand nach ihm aus und nach kurzem Zögern kommt er mir mit der Schnauze entgegen. Ich lasse die Finger darübergleiten, fahre durch das Fell an seinem Kopf und kraule ihn kurz hinter den Ohren. Ash schließt genüsslich die Augen und lässt die Zunge seitlich aus dem Maul hängen.

»Danke«, flüstere ich. »Für alles.«

Er schmiegt den Kopf gegen meine Handfläche und deutet dann mit der

Schnauze auf das erlegte Kaninchen. Ich bücke mich danach und bringe es nach draußen, wo ich mich sofort daranmache, es auszunehmen und ihm, so wie ich es unzählige Male vorher getan habe, das Fell abzuziehen. Kaninchen, Feldhasen, Eichhörnchen und andere Kleintiere standen im Dorf stets auf unserem Speiseplan, daher ist es für mich kein Problem, eines zuzubereiten.

»Willst du die Innereien haben?«, frage ich Ash, der mich die ganze Zeit über aufmerksam beobachtet, doch er zieht nur angewidert die Lefzen hoch. Ich muss schmunzeln. »Hätte mich auch gewundert. Bei einem verwöhnten Prinzchen wie dir kann ich wohl froh sein, dass du mir nicht beim Anblick von Blut in Ohnmacht fällst.«

Schnell presse ich die Lippen zusammen, als ich bemerke, dass ich das P-Wort gesagt habe. Dabei habe ich mir doch geschworen, ihm gegenüber nie seinen Titel zu erwähnen! Vielleicht hat er es nicht verstanden. Aber ein Seitenblick auf sein wölfisches Grinsen verrät mir, dass er es sehr wohl gehört hat. Und er wird es mir vorhalten – in welcher Form auch immer –, sobald er wieder dazu in der Lage ist. Ich verdrehe seufzend die Augen.

Nachdem ich das Kaninchen kopfüber an einen niedrigen Ast zum Ausbluten gebunden habe, gehe ich wieder zur Hütte, schnappe mir den Nexus und setze ihn auf dem Weg zurück nach draußen auf. Während ich mit dem Dolch ein Loch buddele, um die nicht essbaren Innereien darin zu verscharren, damit ihr Geruch keine Raubtiere anlockt, stelle ich eine Verbindung zu Caleb her.

»Alles in Ordnung bei euch?«, fragt er sofort. »Oder fehlen einem von euch schon Gliedmaßen?«

Ich schüttele schmunzelnd den Kopf. »Nein, noch alles dran.«

»Bei dir bin ich mir nie so sicher. Sobald du eine scharfe Waffe in die Hand nimmst, komme ich dir lieber nicht zu nahe. Und ich weiß, dass Ash mit dem, was er sagt oder tut, gerne mal einen Nerv trifft. Egal, in welcher Gestalt.«

»Es geht ihm gut. Er ist ... ganz umgänglich.«

»Höre ich da gewisse Sympathien heraus?«

»Klappe, Caleb!«, zische ich. »Gib mir lieber ein paar Antworten.«

»*Sicher, aber nur, weil du mich so nett darum bittest. Was möchte Mylady denn wissen?*«

Ich bedecke das Loch mit den Innereien wieder mit Erde und laufe anschließend zum Kaninchen, um es vom Ast zu nehmen. »*Fangen wir damit an, was ich ihm zu essen geben soll. Wir waren vorhin auf der Jagd oder vielmehr haben wir es versucht. Verlief leider nicht erfolgreich, da ich den einzigen Feral ohne Jagdtrieb erwischen musste. Allerdings hat er irgendwann ein Kaninchen erlegt und mir gebracht. Keine Ahnung, wie er das angestellt hat.*«

»*Gib ihm einfach davon was ab, wenn es für euch beide reicht. Und falls er überhaupt etwas davon annimmt.*«

»*Was meinst du damit? Soll ich ihn etwa verhungern lassen?*«

»*So schnell verhungert ein Feral nicht*«, antwortet Caleb. »*Aber du hattest Hunger, oder?*«

»*Ich sterbe fast vor Hunger. Es fehlt nicht viel und ich beiße in das rohe Kaninchenfleisch.*«

»*Solange du noch hungrig bist, wird er keinen Bissen anrühren.*«

Ich binde die Beine des Kaninchens um einen Stock. »*Will ich wissen, was du mir damit sagen willst?*«

Calebs Lachen rumpelt durch meinen Kopf. »*Nein, ich denke nicht. Unwissenheit ist manchmal ein Segen. Ash hat es mir erklärt, aber so wirklich verstanden habe ich es nicht. Und bevor ich dir Halbwissen weitergebe, du es dann an ihm auslässt und er anschließend an mir, halte ich lieber den Mund.*«

»*Ich weiß nicht, wie ich mit ihm umgehen soll. Er ist so anders, als ich mir einen Feral vorgestellt habe.*«

»*Behandle ihn wie immer, das wäre das Beste. Aber überspringt bitte den Wir-fallen-übereinander-her-wenn-wir-glauben-dass-uns-keiner-sieht-Teil. Halt, warte, wenn ich länger darüber nachdenke, behandle ihn lieber nicht wie immer, denn irgendwie führte es stets zu Letzterem, wenn man euch irgendwo unbeaufsichtigt gelassen hat.*«

Ich knirsche mit den Zähnen. Sofort wirft mir Ash einen besorgten Blick zu und die spitzen Ohren zucken. Im Vorbeigehen streichele ich ihm kurz über den Kopf und er beruhigt sich wieder.

»*Bist du mir jetzt böse?*«, fragt Caleb, als ich nicht antworte.

»*Du verstehst das ganz falsch*«, erwidere ich. »*Das war nicht so zwischen uns. Wir haben nicht ... Wir sind nicht ...*«

»*Prinzessin*«, unterbricht er mein Gebrabbel, »*ich habe Augen im Kopf. Ihr glaubt vielleicht, dass es superunauffällig ist, wenn ihr mit zwei Minuten Unterschied aus eurem Versteck hinter dem Stall kommt, aber dem ist nicht so. Vor allem nicht, wenn deine Wangen glühen und seine Haare in alle Richtungen abstehen. Von den Blicken, die ihr euch ständig zuwerft, ganz zu schweigen. Also hör auf, dir selbst etwas vormachen zu wollen. Ich weiß es, Hazel und Payne wissen es, die Königin weiß es und Jyde auch. Im Grunde weiß es jeder. Und niemand verurteilt euch, sonst hättet ihr das schon bemerkt.*«

»*Es ist trotzdem nicht so, wie du denkst*«, beharre ich trotzig und ärgere mich über die Hitze, die meine Wangen hinaufkriecht.

Um mich abzulenken, befestige ich das Kaninchen über dem Kaminfeuer und setze mich im Schneidersitz davor, damit ich regelmäßig den Stock drehen kann. Es dauert nur ein paar Sekunden, bis Ash ebenfalls zu mir getrottet kommt und sich neben mich legt. Den Blick hält er auf den Eingang zur Hütte gerichtet; sein massiger Körper scheint eine Barriere zwischen all den Gefahren, die draußen in der Nacht lauern, zu sein.

»*An wie viel kann er sich erinnern, wenn er sich zurückverwandelt?*«, frage ich Caleb.

»*Das ist unterschiedlich*«, bekomme ich als Antwort. »*Manchmal wusste er alles. Manchmal meinte er, dass er sich an gar nichts erinnern könnte. Das waren die paar Male, während denen er weder seine Mutter noch mich erkannt hat.*«

»*Diesmal hat er dich doch auch nicht erkannt.*«

»*Doch, das hat er*«, entgegnet Caleb. »*Sonst wäre ich jetzt tot.*«

Ich blinzele. »*Aber er hat dich angegriffen und bedroht! Für mich sah es nicht so aus, als würde er dich erkennen.*«

»*Ach, das bisschen! Nichts weiter als Geplänkel. Ich bin es nicht anders von ihm gewohnt. Ist wohl so eine Feral-Rangordnungssache. Aber stimmt schon, diesmal war es ausgeprägter als sonst; zum Glück weiß ich ja, wie ich mich verhalten muss. Mittlerweile macht er das auch schon, wenn er gerade kein Feral ist. Erinnerst du dich noch an den Maskenball, als wir zusammen getanzt haben?*«

»Du meinst, als wir versucht haben zu tanzen und ich dir pausenlos auf die Füße getreten bin?«

»Ja, genau. Seine Reaktion darauf war im Grunde die gleiche, nur eben ohne Zähnefletschen und Knurren. Wobei er wohl beides gemacht hätte, wenn nicht so viele Leute um uns herum gewesen wären.«

»Und was soll das bedeuten?«

»Dass du ihm gehörst«, antwortet Caleb. »Ihm ganz allein. Wie Tristan lebend aus der Nummer rausgekommen ist, nachdem er dich am Abend des Empfangs in den Wald gelockt hat, bleibt mir jedoch ein Rätsel. Er kann froh sein, dass Ash ihn nicht in der Luft zerfetzt hat. Hätte nicht gedacht, dass er so nachsichtig sein kann.«

»Wie bitte?«, hake ich nach. »Ich stecke in diesem Irrsinn, weil ein Feral glaubt, irgendeinen Anspruch auf mich zu haben?«

»Nicht nur ein Feral glaubt das«, murmelt Caleb. »Aber lassen wir Tristan mal außen vor. Ash ist kein gewöhnlicher Feral. Er ist ein Alpha. Frag mich jetzt aber nicht, welche Unterschiede es da genau gibt. Wie gesagt, das war mir zu hoch, als er es mir erklärt hat. Deshalb überlasse ich es ihm, dir das im Detail zu erklären. Jedenfalls ist sein Feral-Ich der Meinung, dass du zu ihm gehörst. Ich hatte ein wenig Angst, dass Ashs Feral-Ich dich nicht erkennen würde, aber nachdem ich dich vorhin lebend und vollgesabbert gesehen habe, wurden meine Bedenken zerstreut. Dein Wohlergehen und Schutz stehen für ihn an erster Stelle. Deshalb mache ich mir auch keine Gedanken um deine Sicherheit. Er wird dafür sorgen, dass du zu essen hast und von nichts und niemandem bedroht wirst. Und er lässt sich von dir alles gefallen. Hab ich recht?«

Ich werfe einen schnellen Seitenblick auf die schwarze Kreatur neben mir. »Was ist, wenn ich das nicht will? Wenn ich seine Sorge, seinen Schutz und den verdammten Besitzanspruch nicht haben will?«

»Da bin ich überfragt«, meint Caleb. »Wie ich schon sagte, bin ich nicht der richtige Ansprechpartner, wenn du Details wissen willst. Für diese Antworten musst du warten, bis sich unser werter Herr Prinz wieder zurückverwandelt hat.«

Seufzend drehe ich das Kaninchen über dem Feuer. »Kannst du mir einen Gefallen tun?«

»Immer doch, Prinzessin.«

»Besorg mir einen neuen Nexus. Und ich warne dich: Wenn Ash wieder irgendwie Zugriff darauf hat, wird es keinen Ort auf dieser Welt geben, an dem ich dich nicht finde und dafür büßen lasse.«

»Dein Wunsch sei mir Befehl«, antwortet er lachend. *»Allerdings musst du dich dann mit einem älteren Modell zufriedengeben.«*

»Damit komme ich klar.«

Caleb schweigt einen Moment, bevor er fragt: *»Du willst uns verlassen, nicht wahr?«*

Ich schließe die Augen und lasse den Kopf hängen. *»Ist das so offensichtlich?«*

»Du hast schon mehrmals damit gedroht, aber diesmal kann ich deine Entscheidung sogar verstehen«, sagt Caleb zu meiner Überraschung. *»Ich weiß nicht, wie ich an deiner Stelle reagieren würde. Das bedeutet aber nicht, dass ich deine Entscheidung gutheiße! Und Ash wird das ebenfalls nicht. Vielleicht solltest du alles erst mal sacken lassen und in Ruhe darüber nachdenken.«*

»Es gibt Dinge, über die ich nicht mehr hinwegsehen kann.«

Caleb seufzt. *»Ich mische mich da nicht länger ein. Hab ihm von Anfang an gesagt, dass er den Mist mit dem Nexus lassen soll, nachdem du im Schloss warst. Und auch, dass er dir die Wahrheit sagen soll. Aber er hatte viel zu große Angst vor deiner Reaktion. Wenn du ihn selbst jetzt noch von dir stoßen willst, hättest du es zu Beginn erst recht getan. Du wärst auf der Hacke umgedreht und hättest das Weite gesucht, wenn du ihn nicht gar gleich getötet hättest. Ich verstehe ihn. Aber ich verstehe auch dich. Und deshalb halte ich mich raus.«*

»Danke, Caleb«, sage ich.

»Du hast ja noch ein paar Tage, um dir über alles klar zu werden«, meint er. *»Vielleicht fängst du doch noch an, den Feral zu mögen.«*

Ich schaue zur Seite und lege Ash vorsichtig eine Hand auf die Flanke. Er klopft mit dem Schwanz auf den Boden.

»Das ist es, wovor ich mich am meisten fürchte«, murmele ich.

»Ich lass euch für heute in Ruhe«, erwidert Caleb. Ich bin ihm dankbar dafür, dass er nicht auf meine letzte Äußerung eingeht. *»Du kannst dich ja morgen wieder melden oder wenn irgendwas vorgefallen ist.«*

Ich wünsche ihm noch einen schönen Abend und unterbreche die Verbindung. Eine Weile starre ich einfach nur ins Feuer und hänge den Gedanken nach, wobei ich hin und wieder das Kaninchen drehe, um es von allen Seiten durchzubraten. Als ich mit einem Seufzen die Luft ausstoße, hebt Ash den Kopf und legt ihn auf mein Bein.

»He, was wird das?«, frage ich und ziehe spielerisch an seinem spitzen Ohr. »Ich bin kein Kissen.«

Er gibt ein Grummeln von sich und kuschelt sich noch enger an mich. Ich könnte ihm befehlen, dass er den Kopf von meinem Schoß nehmen soll, aber ich bringe es nicht über mich. Seine Nähe hat etwas ungemein Beruhigendes an sich und ich ertappe mich dabei, dass ich gedankenversunken mit den Fingern durch sein schwarzes Fell fahre. Es ist erstaunlich weich, nicht so verfilzt und buschig wie das des Ferals, der nun teilweise meinen Umhang ziert. Wenn ich den Aspekt, dass er ein Feral und somit mein natürlicher Feind ist, außer Acht lasse, komme ich nicht umhin, ihn zu bewundern. Wenn ich für einen Moment so tue, als wäre er ein gewöhnliches Tier, wäre er das schönste, das ich je gesehen hätte. Kraftvoll und dennoch geschmeidig.

Mein Magen gibt ein wütendes Knurren von sich, woraufhin Ash sofort den Kopf hebt und mich sorgenvoll anschaut. Das Kaninchen riecht mittlerweile so gut, dass mir das Wasser im Mund zusammenläuft. Aber noch ist es nicht durch und ich will kein Risiko eingehen. Also muss ich mich eine Weile in Geduld üben.

»Alles in Ordnung«, versichere ich Ash und zwinge mich zu einem Lächeln.

Sichtlich nicht beruhigt – wahrscheinlich durchschaut er mein aufgesetztes Lächeln genauso gut wie als Mensch – lässt er sich fiepend wieder neben mir nieder. Nach ein paar Minuten hole ich das Kaninchen aus dem Kamin und zücke den Dolch. Zuerst schneide ich etwas Fleisch aus dem Rücken. Prompt verbrenne ich mir die Zunge, aber es schmeckt so gut, dass ich nicht aufhören kann zu essen. Die ganze Zeit über beobachtet Ash mich und ich glaube, ein zufriedenes Grinsen in seinem Feral-Gesicht sehen zu können. Ich verdrücke das Fleisch an den beiden Vorderbeinen, dann das am Rücken und an einem Hinterbein, bevor ich mich zufrieden und pappsatt zurücklehne.

»Du kannst gerne den Rest haben«, sage ich und deute mit einer Kopfbewegung auf das Kaninchen. »Ich bekomme keinen Bissen mehr runter.«

Anstatt mein Angebot anzunehmen, greift er nach meiner Hand. Ganz vorsichtig und darauf bedacht, mich nicht mit den Krallen zu verletzen, führt er sie zu seinem Maul und leckt das Fett und den Fleischsaft von meinen Fingern. Ich wage nicht zu atmen und bleibe nur stocksteif sitzen, während er sich mit halb geschlossenen Augen erst der einen und dann der anderen Hand widmet.

Als er mich danach ansieht, krächze ich: »W...was haben wir übers Ansabbern gesagt?«

Kurz glaube ich, das mir bekannte Funkeln in den Augen aufblitzen zu sehen, und ich schäme mich für das Kribbeln, das es bei mir auslöst. Schnell wische ich die Hände trocken und stehe auf.

»Nur damit es klar ist«, sage ich mit festerer Stimme als eben, »wenn das hier vorbei ist, wenn du wieder ein Mensch bist, sind wir beide Feinde. *Du* bist mein Feind und es gibt nichts, was daran etwas ändern könnte. Ich begleiche meine Schuld bei dir, weil du mich vor Tristan gerettet hast, aber danach ...« Er legt die Ohren an, als ich ihm einen Blick zuwerfe. »Danach gibt es nichts mehr, was ich dir schulde.«

Ich wende mich ab, platziere den Nexus zurück auf den Tisch und greife nach dem Umhang, in den ich mich einwickele. Anschließend lege ich mich aufs Bett. Es ist hart und riecht muffig und einzelne Strohhalme piksen mir in die Seite. Ein eisiger Wind weht durch die Hütte und ich bekomme trotz Umhang und Kaminfeuer eine Gänsehaut. Um mich zu wärmen, ziehe ich die Beine nah an den Körper, doch es bringt nicht viel. Ich hätte nicht für möglich gehalten, dass die Nächte hier oben im Gebirge so kalt sein können ... Um die gleiche Jahreszeit habe ich im Dorf manchmal unter freiem Himmel geschlafen und jetzt merke ich die Zehen kaum noch, obwohl ich Stiefel trage.

Auf einmal spüre ich die Wärme eines Körpers hinter mir und setze mich sofort auf.

»Was soll das?«, fahre ich Ash an, dessen massiger Leib fast das ganze Bett einnimmt und mich zum äußeren Rand an die Wand drängt. »Wer hat gesagt, dass du mit im Bett schlafen darfst?«

Er hat mir den Rücken zugedreht und hält den Blick starr auf den Hütteneingang gerichtet.

Als ich ihn erneut anschreien will, fällt mir auf, dass ich nicht mehr so sehr friere wie eben. Nicht nur dank seiner Körperwärme, sondern auch, weil er durch seine Größe den Wind abschirmt. Ich knirsche mit den Zähnen, ziehe den Umhang fester um die Schultern und rutsche wieder an den äußeren Rand des Bettes, bis ich fast an der Wand liege. Zwischen uns ist nicht mehr als eine Handbreit Platz, und obwohl ich ihn nirgends direkt berühre, spüre ich ihn. Seine Nähe, seine Wärme, seine Präsenz. Meine Sinne scheinen sich auf ihn auszurichten – und ich hasse sie dafür.

»Du stinkst nach nassem Hund«, grummele ich der Wand zu, ehe ich die Augen schließe.

KAPITEL 9

Tag zwei in meiner persönlichen Hölle beginnt nicht besser als der erste. Eigentlich sogar noch schlimmer. Ich erwache, weil ich das Gefühl habe, ersticken zu müssen. Ein riesiger behaarter Arm ist um mich geschlungen und nimmt mir die Luft zum Atmen. Ich versuche mich darunter vorzukämpfen, jedoch erfolglos. Anstatt mich freizugeben, zieht er mich nur noch näher an sich.

»Ash«, zische ich. »Lass mich los!«

Er blinzelt träge und fährt mir dann einmal quer mit der Zunge übers Gesicht.

Ich erstarre für einen Augenblick, völlig überrumpelt von dem, was er gerade getan hat. Das ist ja so was von ekelig! Dafür werde ich ihn garantiert in einen Bettvorleger verwandeln!

Ich schnappe mir einen Zipfel meines Umhangs und beseitige damit die gröbsten Sabberspuren, doch trotz meines Gezappels und Gezeters wacht Ash nicht auf. Ein toller Beschützer! Er hätte nicht mal bemerkt, wenn in der Nacht jemand in die Hütte gekommen wäre und uns bedroht hätte. Wenn ich hier nicht alles selber mache …

Er vergräbt die Schnauze in meinen Haaren, atmet tief ein und gibt ein zufriedenes Brummen von sich.

»Schluss jetzt!«, knurre ich.

Ich versetze ihm einen heftigen Stoß gegen die Brust, woraufhin er rückwärts aus dem Bett fällt und mich mitzieht. Die muffige Strohmatratze ist nicht hoch, aber der Aufprall ist hart genug, um Ash endlich aufzuwecken. Mit weit aufgerissenen Augen, die geschlitzten Pupillen so schmal, dass sie fast völlig vom Grün und Blau seiner Iriden verschluckt werden, schaut er zu mir auf, während ich rittlings auf ihm sitze und ihn wütend anfunkele.

»Du treibst mich in den Wahnsinn!«, murre ich. »Egal, in welcher Gestalt. Kannst du dich nicht einfach so weit wie möglich von mir fernhalten?« Ich klettere von ihm herunter und nehme den Umhang ab. »Du bleibst hier. Ich suche einen Fluss oder See, um mich zu waschen. Keine Ahnung, ob ich deine Sabberflecken noch aus den Klamotten rauskriege, wenn sie erst mal eingetrocknet sind.«

Im Vorbeigehen schnappe ich mir eine meiner Klingen und lege sie um. Den aufgerollten Umhang klemme ich unter den Arm.

Ich habe es nicht bis zur Tür geschafft, als er mich von hinten packt und zurückhält. Fiepend stupst er mit der Schnauze gegen meine Schulter.

»Bleib einfach hier«, sage ich, ohne mich zu ihm umzudrehen. »Ich kann dich gerade nicht ertragen, aber ich will dich nicht schon wieder anschreien müssen. Gib mir ... einfach etwas Freiraum. Es ist helllichter Tag. Nichts wird mir geschehen. Aber ich brauche Zeit für mich.«

Sein Griff lockert sich und ich schiebe die Pranke, die auf meinem Bauch liegt, beiseite.

»Geh nicht aus der Hütte«, sage ich. »Ich weiß nicht, wie nah wir an den Straßen sind, die nach Leerth führen.«

Bevor ich meine Meinung noch ändern kann, flüchte ich. Und ich schaue nicht zurück. Ich weiß auch so, dass er im Eingang steht und nur darauf wartet, dass ich ihn rufe. Aber das wird nicht passieren. Ich habe nicht gelogen, als ich sagte, dass ich Zeit für mich brauche. Schon nach einem Tag fühle ich mich fix und fertig und würde am liebsten das Weite suchen. Störte mich Ashs Art, mich mit seiner Aufmerksamkeit zu überhäufen, schon als Mensch, so raubt sie mir den letzten Nerv, wenn er ein Feral ist. Er scheint keinen Freiraum zu kennen und ignoriert meinen Wunsch nach Abstand, überschüttet mich geradezu mit Zuneigung, um die ich ihn nicht gebeten habe. Ich will sie nicht, schon gar nicht von einem Feral.

Aber mit jeder kleinen Geste fällt es mir schwerer und schwerer, ihn zu hassen.

Und genau das ist der springende Punkt. Ich darf nicht zulassen, dass er meine sorgsam errichteten Mauern einreißt. Ihn nicht noch näher an mich heranlassen, denn sobald er wieder ein Mensch ist, werde ich gehen. Schon jetzt wird es mir das Herz brechen, ihn zu verlassen, aber es ist der einzige Weg für mich, ohne dass ich mich selbst verraten muss.

Diesmal schlage ich eine andere Richtung ein als gestern und halte mich von den befestigten Straßen fern. In regelmäßigen Abständen hinterlasse ich an Baumstämmen kleine Markierungen, damit ich den Weg zurück wiederfinde.

**

Ich hänge den Gedanken nach – wohl stundenlang, während ich durchs Dickicht pirsche –, als ich in der Ferne das Plätschern von Wasser höre. Ich marschiere weiter in die Richtung, aus der das Geräusch kommt, und stehe kurz danach an einem See. Er glitzert im Schein der Sonne, doch ich bin mir sicher, dass das Wasser selbst eisig sein wird. Dennoch will ich mich waschen. Die Haut juckt bereits. Keine Ahnung, welche ungebetenen Gäste sich neben einem übergroßen Feral noch im Bett tummeln. Und meine Haare sind auch fettig. Hazel würde mit mir schimpfen, wenn sie sehen könnte, wie heruntergekommen ich herumlaufe. Wildnis hin oder her.

Der See ist nicht groß, vielleicht sechs Meter im Durchmesser. Also dürfte das Wasser auch nicht tief sein. Zum Waschen wird es jedoch genügen. Ich lasse mir Zeit und inspiziere die Umgebung, um sicherzugehen, nicht in einen Hinterhalt zu geraten. Doch abgesehen von den gewöhnlichen Tierspuren finde ich keine Hinweise darauf, dass jemand vor Kurzem hier war. Ich warte noch ungefähr eine halbe Stunde und lege dann Waffen und Rüstung ab. Die Haare entwirre ich – so gut es geht – mit den Fingern, bevor ich vorsichtig mit einem Fuß die Temperatur des Wassers teste. Wie erwartet ist es eiskalt, aber so klar, dass ich die Zähne zusammenbeiße und hineinwate. An der tiefsten Stelle reicht es mir bis knapp zum Bauchnabel, also hocke ich mich hin, um unterzutauchen. Lange halte ich es jedoch nicht in der Kälte aus und komme schon nach wenigen Sekunden wieder prustend an die Oberfläche.

Als ich zurück ans Ufer waten will, bleibe ich wie erstarrt stehen und verschränke die Arme vor der Brust.

»Sieh an, was wir da haben«, grölt ein Mann, der sich gerade an meinen Sachen zu schaffen gemacht hat. Ein weiterer Mann, der sich die Klinge von allen Seiten besieht, hebt den Kopf und schaut in meine Richtung. »Eine kleine Wassernymphe. Welch schöner Anblick!«

Auch aus gut vier Metern Entfernung erkenne ich, dass sie die lüsternen Blicke über meinen Körper wandern lassen. Ich blecke die Zähne, während ich im Kopf meine Möglichkeiten durchgehe. Die einzigen Waffen liegen bei den beiden Männern. Ich könnte in die entgegengesetzte Richtung fliehen, wäre dann aber schutzlos, wenn sie mich verfolgen. Ganz davon abgesehen, dass ich diese Mistkerle bestimmt nicht mit meiner Halbmond-Klinge davonspazieren lassen werde!

»Komm doch raus zu uns, kleine Nymphe, und versüße uns den Tag noch weiter!«, ruft mir der eine zu und streckt die Hand nach mir aus. Ich mache im Wasser einen Schritt zurück. »Oder wir kommen zu dir hinein.«

»So oder so«, sagt der andere und steckt sich meine Klinge in den Gürtel. »Du wirst uns nicht entkommen. Hier draußen eine Frau zu treffen grenzt an ein Wunder. Und das werden wir uns nicht entgehen lassen.«

Um an meine Waffen zu kommen, muss ich näher an die beiden heruntergekommenen Gestalten heran, als mir lieb ist. Aber ohne Waffen kann ich mich nicht verteidigen. Im Nahkampf bin ich eine Niete, vor allem gegen zwei Gegner, die größer und wahrscheinlich auch stärker sind als ich. Jetzt auf sie loszugehen wird nur damit enden, dass sie mich überwältigen. Und was dann mit mir geschieht, will ich mir lieber nicht vorstellen.

Vor Kälte klappere ich mittlerweile mit den Zähnen und schlinge die Arme fester um den Oberkörper. Ich bin schon zu lange in diesem eisigen Nass ... Als einer der Männer die Lust zu warten verliert und einen Fuß ins Wasser setzt, mache ich einen Schritt zurück. Alles in mir sträubt sich dagegen zu fliehen, anstatt zu kämpfen, aber mir bleibt keine Wahl. Der Wald hinter mir ist jedoch nicht so dicht wie der um die Hütte, sodass er mir kaum Möglichkeiten zum Verstecken bieten wird. Und ohne Kleidung und klitschnass werde ich da draußen erfrieren, wenn ich darauf warten muss, bis die Männer die Lust verlieren, nach mir zu suchen.

Während ich noch das Für und Wider abwäge, erhebt sich hinter dem zweiten Mann, der am Ufer bei meinen Sachen wartet, ein riesiger Schatten aus dem Gebüsch. Ich halte die Luft an, doch als ich das vertraute Grollen vernehme, das selbst noch tief in mir nachvibriert, schaue ich zu dem Mann im Wasser. Und ich grinse ihn an. Verwunderung huscht über sein Gesicht, bevor er sich ganz langsam umdreht. Aufrecht und mit gefletschten Zähnen überragt Ash die beiden Männer um Längen.

»An eurer Stelle würde ich jetzt ganz schnell wegrennen«, schlage ich vor.

Ein wohliger Schauer kriecht meinen Rücken hinauf, als ich Ashs Knurren erneut höre, und lässt mich die Kälte des Wassers vergessen. Nacheinander starrt Ash erst den einen und dann den anderen Mann an, die noch nicht einen Muskel gerührt haben, seitdem sie die Bestie hinter ihnen erblickten.

Doch dann kommt Bewegung in den Mann am Ufer. Er zieht meine Halbmond-Klinge aus der Scheide und lässt sie um ein Haar fallen, wahrscheinlich verwundert über die ungewöhnliche Form der Waffe. Im letzten Moment umklammert er sie mit beiden Händen und richtet sie auf Ash.

»Pass auf!«, rufe ich, wodurch sich der andere Mann wieder mir zuwendet. Ich recke das Kinn und funkele ihn an.

Ash lässt sich auf die Vorderpfoten nieder und pirscht sich knurrend an den Mann mit der Waffe heran. Der andere kommt derweil auf mich zu. Davon abgelenkt, dreht Ash den Kopf in meine Richtung. Sein Gegner wittert die Chance und holt mit der Waffe aus.

»Nein!«, kreische ich.

Ich will auf ihn zurennen, doch der andere Mann packt mich am Arm und reißt mich zurück. Wasser spritzt um mich herum auf und ich hätte um ein Haar im schlammigen Untergrund den Halt verloren. Zeitgleich höre ich Ashs Jaulen, das mir das Blut in den Adern gefrieren lässt. Mein Blick fliegt zurück zu dem schwarzen Feral, der mit einer Vorderpfote die Schulter des anderen Armes umklammert hält.

»Was bist du?«, zischt der Mann, der mich gepackt hält. »Bist du eine von diesen Feral-Schlampen?«

Ich habe keine Ahnung, wovon er redet, und es interessiert mich auch nicht im Geringsten. Meine ganze Aufmerksamkeit ist auf Ash gerichtet, der sein Gegenüber noch immer knurrend umkreist. Selbst aus dieser Entfernung kann ich das Blut sehen, das aus der Wunde an seiner Schulter sickert. Ich weiß, dass die Verletzung wahrscheinlich nicht gefährlich ist, aber es fühlt sich dennoch so an, als könnte ich seine Schmerzen spüren. Meine Klingen sind scharf und präzise; auch oberflächlich klein aussehende Schnitte können tief gehen. Und er hat erst vor zwei Tagen sehr viel Blut verloren …

Die Finger des Mannes graben sich in meinen Arm, als er mich näher zu sich zieht und mir einen Dolch an den Hals hält. Ich recke das Kinn, blecke die Zähne und schaue ihn an. Angst flackert in seinem Blick.

»D…du wirst dafür sorgen, dass uns dieses Biest nichts tut«, verlangt er. »Ansonsten bist du tot.«

»Nein«, erwidere ich kalt. »*Ihr* seid tot.«

Ohne eine Warnung, ohne ihm die Möglichkeit zu geben, sein Handeln zu überdenken, hole ich zum Gegenschlag aus. Da der Mann neben mir vor Angst schlottert und mich nur noch mit einem Arm festhält, schaffe ich es endlich, mich aus seinem Griff zu befreien. Ich drehe mich, versetze ihm einen Hieb gegen den Ellenbogen und drücke ihn so nach innen. Jaulend vor Schmerz geht er in die Knie, wodurch es mir spielend gelingt, ihm den Dolch zu entwenden. Seine Augen sind weit aufgerissen; offenbar hat er nicht mit meiner Gegenwehr gerechnet. Sicher hielt er mich für ein hilfloses Mädchen. Aber das bin ich nicht. Erst recht nicht, wenn ich eine Waffe in der Hand habe.

Ich zögere nicht, als ich den Dolchgriff fest umklammere und die Klinge bis zum Heft in seinen Hals jage. Ungerührt sehe ich dabei zu, wie er röchelnd in die Knie geht und das Wasser um uns herum rot färbt. Als sich seine Augen nach hinten verdrehen, reiße ich den Dolch wieder heraus und wende mich dem anderen Mann zu. Der ist so sehr mit dem schwarzen Feral beschäftigt, dass er den Tod seines Kumpans noch gar nicht bemerkt hat.

Aber Ash hat es! Ich glaube, den gleichen Stolz in seinen Augen aufflammen zu sehen wie schon mehrere Male zuvor. Doch dann verändert sich etwas in seinem Blick. Er blinzelt hektisch, bevor er sich schnell wieder auf den Mann vor sich konzentriert. In einer anderen Situation würde ich über sein Verhalten lachen, doch jetzt ist nicht die Zeit, um mich zu schämen, dass er mich gerade nackt sieht. So leise, wie es das Wasser zulässt, schleiche ich mich an den Mann heran, der versucht, Ash mit meiner Klinge auf Abstand zu halten. Kurz bevor ich ihn erreiche, bemerkt er mich doch und wirbelt zu mir herum. Ich mache einen Satz zur Seite, sodass er mich mit der Halbmond-Klinge verfehlt, aber Ash nutzt die Chance, stellt sich auf die Hinterbeine und versenkt die Zähne in der Schulter des Mannes. Ich bin mir sicher, dass er den Hals treffen wollte, doch der Mann schaffte es, in letzter Sekunde auszuweichen. Schreiend lässt er meine Waffe fallen und schlägt um sich, trifft dabei Ashs Wunde an der Schulter, woraufhin er kurz zurückschreckt. Eine Hand auf die Bisswunde gepresst stürzt der Mann davon. Ich hole aus und werfe ihm den Dolch hinterher, treffe aber nur einen Baumstamm.

»Mist«, zische ich.

Mit jedem Atemzug fällt die Anspannung der letzten Minuten von mir ab und die Hitze des Kampfes verschwindet aus meinem Körper. Ich spüre die Kälte, die sich bis in die Knochen zu fressen scheint, und beginne zu zittern, während ich mich kraftlos und ausgelaugt fühle. Mit klappernden Zähnen drehe ich mich zu Ash um.

»D...deine Schulter«, murmele ich undeutlich, darauf bedacht, mir nicht auf die Zunge zu beißen.

Ich knie mich neben ihn, um mir den Schnitt genauer anzusehen. Meine Finger zittern so sehr, dass ich die Hände mehrmals hintereinander zur Faust balle und wieder öffne, doch es hilft nichts. Ash hat den Blick nach oben gewandt, weg von mir, und die Ohren angelegt. Er scheint in den Baumwipfeln etwas ganz Spannendes gefunden zu haben, was nur er sehen kann.

»W...was?«, frage ich. »W...wirst d...du etwa v...verlegen?«

Ich hasse es zu stottern, doch durch das Zähneklappern und Zittern bekomme ich kaum einen klaren Satz heraus. Immer wieder zucke ich zusammen. Jeder kleine Windhauch, der über meine nasse Haut streicht, fühlt sich an wie tausend Nadelstiche.

Ash streckt die Tatze aus, greift nach meinem Umhang, der neben der durchwühlten Habe liegt, und legt ihn mir um die Schultern. Dabei schaut er die ganze Zeit über geflissentlich an mir vorbei. Ich verdrehe die Augen, murmele aber ein Danke. Nebenbei inspiziere ich die Wunde. Ein klarer, sauberer Schnitt – und auch nicht tief. Zum Glück wusste der Mann nicht mit meiner Klinge umzugehen, sonst wäre es zu schlimmeren Verletzungen gekommen. Zu sehr viel schlimmeren! Trotzdem werde ich den Schnitt wieder mit Nachtkraut säubern, sobald wir wieder in der Hütte sind. Sicher ist sicher.

Ich grummele aus Wut über meine krampfenden Finger, die mir nicht gehorchen wollen. Ehe ich mich's versehe, werde ich hochgehoben und finde mich an einer pelzigen, aber angenehm warmen Feral-Brust wieder. Beide Arme um mich geschlungen setzt Ash sich hin und presst mich so nah wie möglich an sich. Seufzend schmiege ich mich an ihn, nehme gierig die Wärme, die er abstrahlt, in mich auf. Er brummt vor sich hin; wahrscheinlich schimpft er mit mir, weil ich allein losgezogen bin und ihn zurückgelassen habe. Dass er gewusst hätte, es wäre besser gewesen, ihn mitzunehmen. Und er hat recht. Irgendwie zumindest. Ohne seine Hilfe hätte ich nichts ausrichten können – und die Männer hätten mich dann sicherlich nicht mit einer Waffe bedroht, sondern sich einfach auf ihre Überzahl und körperliche Überlegenheit verlassen. Und ohne Waffen bin ich nahezu aufgeschmissen.

Ich lege die Hand an Ashs Schnauze und ziehe sie ein Stück zu mir herunter, um einen schnellen Kuss auf seine Nasenspitze zu hauchen. »Danke«, murmele ich noch einmal. Er gibt wieder dieses sanfte Grollen von sich, das mich an eine schnurrende Katze erinnert.

Ich müsste froh darüber sein, dass wir beide mit oberflächlichen Verletzungen und dem Schrecken davongekommen sind.

Dennoch ...

Mein Blick huscht hinüber zum See, in dessen Mitte nun eine Leiche schwimmt. Ein eisiger Knoten bildet sich in meinem Magen und jetzt, nachdem die Hitze des Kampfes aus meinem Körper verschwunden ist, realisiere ich, was ich getan habe.

Ich habe einen Menschen getötet. Und ich habe dabei keine Sekunde gezögert. Ich könnte mich noch damit herausreden, dass ich es getan habe, um meine Unversehrtheit zu wahren, aber das ist nur die halbe Wahrheit. Auch den zweiten Mann, der mich nicht direkt bedroht hat und geflohen ist, wollte ich töten. Ich habe den Dolch nach ihm geworfen – in der Absicht, ihn umzubringen.

Ich habe einen Menschen getötet und würde es wieder tun. Um einen Feral zu retten ...

Gequält schließe ich die Augen. Was, um alles in der Welt, stimmt denn nur mit mir nicht? Wie kann ich meinesgleichen töten, um das zu retten, was ich zu vernichten geschworen habe?

Ehe ich weiter darüber nachdenken und mich selbst verfluchen kann, winde ich mich aus Ashs Umklammerung und klaube meine Kleidung vom Boden auf, um mich anzuziehen. Alles liegt weit verstreut, doch etwas ist nicht mehr da.

»Die Kette«, sage ich, nachdem ich das Ufer noch einmal gründlich abgesucht habe. »Die Kette ist verschwunden.«

Bestimmt hat der zweite Mann, der fliehen konnte, sie an sich genommen. Ash scheint das Gleiche zu denken, denn auch sein finsterer Blick huscht in die Richtung, in die der Dieb getürmt ist. Ob es Sinn macht, ihn zu verfolgen? Er ist verletzt und wird sich nicht schnell fortbewegen können. Aber wenn er die Stadt vor uns erreicht ...

Ashs Fiepen reißt mich aus den Gedanken. Mit der Schnauze deutet er auf meine Rüstung, die ich umklammert halte. Taktvoll dreht er mir den Rücken zu. Als ob es da etwas gäbe, was er nicht eben schon gesehen hätte ... Schnell schlüpfe ich in meine Rüstung. Das Leder ist eisig und es dauert eine Weile, bis es sich auf meine Körpertemperatur erwärmt hat. Die Kälte sitzt mir noch immer in den Gliedern, deshalb reibe ich mit beiden Händen über die Arme. Ash legt mir den Umhang zurück über die Schultern, nachdem ich fertig angezogen bin, und reicht mir meine Klinge.

»Willst du ihn verfolgen?«, frage ich, doch Ash schüttelt den Kopf.

Stattdessen streckt er die Pfote nach mir aus. Seine Lefzen kräuseln sich, als er bemerkt, wie eiskalt meine Hände sind.

»Wie hast du mich eigentlich gefunden?«

Sein Blick hält meinen gefangen, während er meine Rechte an seine Schnauze hebt, am Handgelenk schnuppert und dabei die Augen schließt.

»Du bist meinem Geruch gefolgt«, murmele ich und er nickt. »Hast du mich auch am Abend des Empfangs auf diese Weise gefunden?« Ein erneutes Nicken. In der Erinnerung blitzen einige weitere Begebenheiten auf, in denen Ash scheinbar zufällig in der Nähe war. »Kannst du das auch als Mensch?«

Er wiegt den Kopf hin und her, nickt dann aber. Wahrscheinlich kann er es schon, nur nicht so gut wie als Feral.

»Wie zuverlässig ist dieses Geruch-Folge-Ding?«, frage ich dann.

Ash scheint sofort zu wissen, worauf ich hinauswill. Seine Augen verengen sich leicht und er legt den Kopf schief, als wolle er mich fragen, warum ich das plötzlich wissen will. Ich zucke schnell mit den Schultern, um das Thema abzutun. Wenn er selbst als Mensch meinem Geruch folgen kann, muss ich irgendwohin, wo er mich nicht finden kann, wohin er mir nicht folgen kann.

Super, da bleiben mir ja kaum Möglichkeiten …

Denn dass ich ihn verlasse, steht nach wie vor außer Frage. Mein Entschluss wurde durch den getöteten Mann nur noch verstärkt. Vor ein paar Monaten wäre ich nicht mal auf die Idee gekommen, einen Menschen umzubringen. Ich hätte ihn unschädlich gemacht, ihn vielleicht so sehr verletzt, dass er sich bis an sein Lebensende zweimal überlegt hätte, ob er offenbar wehrlose Frauen angreifen will – aber ich hätte ihn nicht getötet, diese Grenze niemals überschritten. Doch heute habe ich es getan, ohne einen zweiten Gedanken daran zu verschwenden. Ich hänge in dieser Sache mittlerweile zu tief drin und nur ein klarer Schnitt wird mich wieder zu der Scarlet machen, die ich war, bevor ich einen Fuß in das Schloss von Daarth setzte.

»Lass uns zurückgehen«, sage ich und lege mir meine Klingen an. »Ich muss mir deine Wunden ansehen und die neue Verletzung behandeln.«

Ash gibt einen Laut von sich, der wie eine Mischung aus Lachen und

Schnauben klingt – nur eben auf Feral-Art. Dann stellt er sich auf allen vieren vor mich und beugt sich ein Stück herab. Als ich ihn nur verdutzt anschaue, deutet er mit einem Kopfnicken auf seinen Rücken.

»Ich kann allein ...«

Er unterbricht mich mit einem Knurren und deutet erneut auf seinen Rücken, ungeduldiger diesmal. Seufzend klettere ich auf ihn und halte mich an seinem Nackenfell fest. Es ist anders, als in einem Sattel auf einem Pferd zu sitzen. Ich spüre seine Muskeln zwischen meinen Beinen und sein Gang ist viel geschmeidiger als der eines Pferdes. Leichtfüßig und doch kraftvoll prescht er durch den Wald zurück zur Hütte. Den Weg, für den ich wohl mehrere Stunden zu Fuß gebraucht habe, bewältigt er in Kürze. Der Stand der Sonne hat sich kaum verändert, als ich bereits auf der Lichtung von seinem Rücken gleite.

**

Nachdem ich bei den Büschen vor der Hütte ein paar Blätter Nachtkraut gepflückt habe, schüre ich das Feuer im Kamin. Vielleicht vertreibt es die Kälte aus den Gliedern. Zwar zittere ich nicht mehr so unkontrolliert wie vorhin, friere aber dennoch erbärmlich.

Nachdem ich meine Waffe und den Umhang abgelegt habe, winke ich Ash heran.

»Setz dich vor den Kamin«, sage ich. »Ich will mir deine Verletzungen ansehen.«

Ohne zu murren, kommt er meiner Aufforderung nach. Ich beginne mit den kleineren Wunden am Rücken, die schon fast verheilt sind. Nur die kahlen Stellen im Fell zeugen noch davon, dass er dort verletzt war. Unglaublich, wie schnell Verletzungen bei ihm verheilen! Die am Rücken waren zwar nie bedrohlich, hätten bei einem Menschen aber locker eine Woche Heilungszeit benötigt. Wenn nicht sogar länger. Ich hebe seine Schnauze ein Stück an, um mir den Hals ansehen zu können. Auch diese Wunde ist fast völlig verheilt. Die Haut ist noch ein wenig gerötet, aber trocken. Keine offenen Stellen.

Ungläubig schüttele ich den Kopf, als ich mich seitlich von ihm hinknie, um die neue Schnittwunde zu behandeln. Falls sie sich zwischenzeitlich geschlossen hatte, ist sie durch den Lauf hierher wieder aufgegangen, denn einige Blutstropfen quellen hervor, doch auch hier entdecke ich nichts, was mir Sorgen bereiten müsste. Dennoch zerkaue ich einige Nachtkrautblätter und schmiere den Brei auf den Schnitt. Ash bleckt die Zähne.

»Stell dich nicht so an«, murmele ich und spucke den Rest ins Feuer. Der bittere Nachgeschmack bleibt trotzdem bestehen und ich greife nach einer der Wasserflaschen, um mir den Mund auszuspülen.

Anschließend setze ich mich vor den Kamin und knabbere an den Resten des Kaninchens vom Vortag herum. Wirklich Hunger habe ich nicht, aber ich weiß, dass ich etwas zu mir nehmen muss. Vielleicht hilft das auch gegen das Frieren. Hoffentlich fange ich mir nichts ein ... Eine Erkältung oder gar eine Lungenentzündung könnten hier draußen böse für mich enden.

Wie immer scheint Ash zu merken, wie ich mich fühle und was ich brauche. Er setzt sich hinter mich und zieht mich mit dem Rücken an seine Brust. Die Wärme des Kamins von vorn und die Körperwärme des Ferals hinter mir lassen mich wohlig aufseufzen, auch wenn ich es nicht will.

Ich schäme mich für das Kribbeln im Bauch, als Ash die Schnauze auf meine Schulter legt. Wie von selbst bewegen sich meine Hände und füttern ihn mit kleinen Häppchen Kaninchenfleisch, die er vorsichtig aus meinen Fingern nimmt.

Ich muss damit aufhören ...

Nach dem, was heute geschehen ist, sollte doch klar sein, dass mir seine Nähe nicht guttut. Dass ich mich selbst zerstöre, je länger er bei mir ist, egal in welcher Gestalt. Ich habe schließlich gerade einen Menschen getötet, verdammt noch mal!

Aber jetzt zu gehen ist unmöglich. Nicht nur, weil ich mich für ihn verantwortlich fühle. Da ist noch mehr, was ich mir seit Wochen nicht eingestehen will. Nur gegenüber Caleb habe ich es ein einziges Mal angesprochen und dann wieder so gut wie möglich verdrängt. Selbst als Ash mir sagte, was er empfindet, habe ich nicht darauf geantwortet. Ich konnte es nicht, denn ich bin nicht gut in solchen Dingen. Das ändert aber nichts daran, dass ich die gleichen Gefühle habe wie er.

Ich lehne den Kopf gegen seinen und der Griff um meine Mitte verstärkt sich. Ein seltsames Gefühl schnürt mir den Hals zu. Es gab eine Zeit, in der ich wusste, was dieses Gefühl ist. Heute kenne ich nur noch den Namen. *Geborgenheit.* Doch hier, mit seinen Armen um mich und dem Wissen seiner Stärke hinter mir, bekomme ich wieder eine Ahnung davon, was es bedeutet, sich geborgen zu fühlen.

Und das ausgerechnet dank eines Ferals ... Mein Leben war schon immer geprägt von Verlusten und unerwarteten Wendungen, aber dieses jetzige Dilemma setzt dem Ganzen die Krone auf. Ich will nicht hier sein, doch ich könnte mir gleichzeitig keinen schöneren Ort vorstellen.

Irgendwann muss ich eingeschlafen sein, denn ich erwache, als Ash mich hochhebt und zum Bett trägt. Behutsam und ohne mich loszulassen, lässt er sich auf der Strohmatratze nieder. Kurz spüre ich seine Zunge an der Stirn und ein zufriedenes Lächeln zupft an meinen Lippen, bevor ich in den Armen eines Ferals in einen tiefen Schlaf falle.

KAPITEL 10

Noch bevor ich die Augen öffne, fühle ich mich so ausgeruht wie schon lange nicht mehr. Die Kälte ist aus den Gliedern gewichen. Mit der Hand taste ich suchend nach meiner Wärmequelle, die mich die Nacht über festgehalten hat. Als meine Finger jedoch warme Haut anstatt Fell ertasten, bin ich mit einem Schlag hellwach und rücke mit einem Aufschrei an die Wand.

Der belustigte Blick aus Ashs farblich ungleichen Augen lässt mein Herz schneller schlagen, ebenso wie das schiefe Grinsen um den rechten Mundwinkel.

»Was ...?«, presse ich hervor und starre ihn an.

Kein Fell, keine spitzen Ohren, keine Schnauze. Selbst seine Pupillen sind wieder normal rund.

»Hallo, Scar«, raunt er.

Der bloße Klang seiner Stimme schickt einen wohligen Schauer durch meinen Körper. Ich wollte etwas sagen, doch ich kann mich beim besten Willen nicht mehr erinnern, was es war, also schließe ich schnell den Mund, bevor noch irgendein Blödsinn herauskommt.

»Hast du mich vermisst?«, fragt er.

»Du warst doch die ganze Zeit da«, erwidere ich etwas atemlos.

Sein Grinsen wird breiter. »In gewisser Weise.«

Er legt die Finger um meine Hand und zieht mich wieder zu sich. Ich schlucke krampfhaft. Der Geruch nach nassem Hund ist verflogen, als wäre er nie da gewesen. Stattdessen riecht er wieder nach Regen und Wald.

»Wahrscheinlich sollte ich dankbar dafür sein, dass du mich nicht getötet hast«, sagt er. Mit dem Daumen streichelt er mir den Handrücken, während sein Blick über mein Gesicht huscht, als fände er dort alle Antworten, nach denen er sucht.

»Wie viel weißt du noch?«, krächze ich.

Caleb meinte, es wäre gut möglich, dass er sich an gar nichts mehr von seiner Zeit als Feral erinnern würde.

Ash lässt meine Hand los und legt mir seine auf die Taille. Von dort zieht er eine Spur bis hinab zu meiner Hüfte. Mir wird abwechselnd heiß und kalt. Durch die Rüstung hindurch spüre ich die Wärme seiner Berührungen, und wenn das nicht schon ausreichen würde, um mir die Hitze in die Wangen zu treiben, wäre da noch sein Blick, der seiner Handbewegung folgt. Und die Zähne, die sich genießerisch in die Unterlippe graben. Ich schlucke angestrengt.

»Vieles«, antwortet er leise, bevor er mich ansieht. »Du warst nicht sehr nett zu mir.«

Ich hebe eine Augenbraue. »Und wessen Schuld ist das?«

»Ich will nicht mit dir streiten«, murmelt er.

»Ach nein?«

Er legt eine Hand an meine Wange und ist mir mit einem Mal so nahe, dass sich unsere Nasenspitzen fast berühren. »Nein«, flüstert er. »Ich wüsste da ein paar andere Dinge, die ich sehr viel lieber täte.«

Das kurze Aufblitzen in den Augen hätte mir Warnung genug sein sollen, doch ich bin trotzdem überrascht, als er mich auf den Rücken dreht und plötzlich über mir ist – den Oberkörper nur auf die Arme gestützt. Ich spüre ihn überall und schnappe nach Luft, als er die Hüften an meine drückt. Er senkt den Kopf und knabbert mit dem Mund an meiner Wange entlang.

»W...was wird das?«

»Wonach sieht es denn aus?«, erwidert er mit einem belustigten Glucksen in der Stimme.

Das kann nicht sein Ernst sein! Jetzt?! Viel zu überrumpelt davon, dass er plötzlich wieder in Menschengestalt ist und auf so vertraute Weise meine Nähe sucht, schaltet sich mein logisches Denken aus. Ich müsste mich dagegen wehren oder zumindest protestieren. Immerhin ist er zum Teil mein

Feind! Aber ist er das wirklich noch nach gestern Abend – nachdem ich durch ihn wieder wusste, was Geborgenheit bedeutet?

»Du hast mich ein verwöhntes Prinzchen genannt«, raunt er und hebt den Kopf. »Ich dachte, du wolltest niemals meinen Titel aussprechen. Wie gut stehen meine Chancen, dass du das noch einmal zu mir sagst?«

Ich presse die Lippen zusammen und recke das Kinn. Er scheint sich an alles erinnern zu können. Alles, was ich gesagt und getan habe und er gesehen hat. Ich muss hier verschwinden ... Ich muss gehen, bevor das Verlangen, ihn endlich wieder zu küssen, noch größer wird, als es jetzt schon ist. Wann war unser letzter Kuss? Ich kann mich schon kaum noch daran erinnern, wie er schmeckt oder wie sich seine Lippen auf meinen anfühlen ... Das Sehnen nach seinen Berührungen lässt mein Blut kochen und am liebsten würde ich die Hände heben und sie über seine nackten Schultern und die Brust gleiten lassen, um seine Haut auf meiner zu spüren.

Aber dazu darf ich es nicht kommen lassen, denn dann würde ich nicht gehen können. Wenn wir diesen letzten Schritt machten, würde ich nie wieder von ihm wegkommen. Das Wissen, dass er völlig nackt auf mir liegt, verdränge ich aus dem Kopf.

Ich habe einen Mann getötet. Und ich wollte einen zweiten töten, um einen Feral zu retten.

Die Grenze zwischen Freund und Feind, zwischen Verbündetem und Gegner hat sich verschoben und ist beinahe verblichen. Ich weiß nicht mehr, was ich fühlen, wie ich handeln soll. Ich kann so nicht weitermachen! Nicht, nachdem ich Ashs Geheimnis kenne. Damit komme ich nicht zurecht, denn es stellt mein ganzes Leben, mein ganzes Sein auf den Kopf. Ich brauche Zeit, um mir über alles klar zu werden, doch in seiner Gegenwart kann ich nicht klar denken.

Er runzelt die Stirn. »Was ist los, Scar?« Sorge huscht durch seinen Blick, vielleicht auch Angst. »Hast du ... Fragen, die ich dir beantworten kann?«

Nur wenige Male habe ich so viel Unsicherheit in seiner Stimme gehört wie jetzt gerade. Er weiß, was in mir vorgeht, hofft aber, dass ich mich für ihn entscheide, wenn ich ihn nur besser verstehen kann. Ich bin mir sicher, dass er sich dieses Leben nicht freiwillig ausgesucht hat, aber es ist gleichgültig, weshalb er zu einem Feral wird. Er *wird* zu einem – immer wieder – und nur das zählt für mich. Er wird zu meinem Feind, einem Monster, das ich zu töten geschworen habe.

»Geh von mir runter«, sage ich. Meine Stimme klingt flach, aber fest.

Ashs Augen weiten sich, aber er kommt dem Befehl zögerlich nach. Er setzt sich zurück, ohne auch nur eine Sekunde den Blick von mir abzuwenden. Umständlich schiebe ich mich unter ihm hervor und stehe auf. Meine Knie zittern, als ich auf den Tisch zustake. Dann werfe ich Ash meinen Umhang und den Nexus zu.

»Sag Caleb, dass du wieder normal bist«, murmele ich. »Er weiß, wo wir sind, und wird dich abholen.«

»Scar.«

Das gebrochene Flehen in seiner Stimme lässt mich beinahe innehalten. Allein dieses eine Wort schneidet sich tief in mein Herz, doch ich zwinge mich dazu, nach meinen Waffen zu greifen. So schnell wie möglich stopfe ich alles Weitere, was mir gehört, in den Rucksack. Den Rest lasse ich auf dem Tisch liegen.

»Scar, bitte.«

Ich mache den Fehler, mich zu ihm umzudrehen. Noch immer kniet er auf dem Bett, aber seine ganze Haltung wirkt in sich gesunken. Mein Umhang hängt halb über ihm, genauso wie ich ihn hingeworfen habe. Doch am schlimmsten trifft mich die Verzweiflung in seiner Miene. Etwas in meiner Brust zieht sich zusammen und ich habe Mühe, gleichmäßig weiterzuatmen.

»Bitte geh nicht.«

Ich schließe die Augen und schlucke krampfhaft. Mein Vorhaben, sofort zu verschwinden, sobald er wieder normal ist, gerät gefährlich ins Wanken, und alles nur wegen des Klangs in seiner Stimme. Das allein reicht aus, um alles in mir nach ihm schreien zu lassen. Für den Moment sind die Ängste und die Wut und der Hass vergessen, die mich die letzten Tage plagten. Jetzt ist er wieder hier ... Aber für wie lange? Wann wird er sich erneut in ein Monster verwandeln? Noch mal werde ich das nicht überstehen ...

Deshalb würge ich die Worte hervor, die ich sagen muss, um von ihm loszukommen. »Wie lange dachtest du, dass ich bei dir bleibe, nachdem ich die Wahrheit kenne?«

Eine Weile ist es still, doch als ich ihn wieder ansehe, flüstert er: »Für immer. Ich wollte nie etwas anderes. Nur dich. Für immer.«

Ich greife nach dem Rucksack und schultere ihn. »Da muss ich dich enttäuschen. Du hast dich geirrt.«

Ohne ein weiteres Wort und ohne zurückzublicken, flüchte ich aus der Hütte in eine ungewisse Zukunft.

ASH

KAPITEL 11

Ich starre auf die Stelle, an der eine Tür war. Der Ausgang, durch den sie verschwunden ist. Es müssen Stunden sein, in denen ich mich nicht bewege und nur hin und wieder blinzele, wenn es sich nicht vermeiden lässt. Ich hoffe, bete, dass sie im nächsten Augenblick wieder an der Türschwelle erscheint und sagt, dass es ihr leidtut, wie auch die letzten Male. Ich weiß, dass Scar keine Frau ist, die sich zu etwas drängen lässt.

Deshalb warte ich.

Und warte. Und warte.

Die ganze Zeit über habe ich ihren Geruch in der Nase, der am Umhang und an dem Bett haftet, in dem wir aufgewacht sind. Es versetzt mir einen Stich, sie riechen zu können, aber nicht um mich zu haben. Deshalb atme ich nur noch durch den Mund. Doch das macht es nicht besser. Jeder Atemzug fällt mir schwerer als der vorherige. Ich könnte aufstehen und ihr nachrennen. Es ist mir gleichgültig, dass ich keinen Fetzen Stoff am Leib trage. Ich bleibe nur hier, weil es noch schlimmer werden würde, wenn ich ihr folge. Sie war deutlich. Sehr deutlich. Und wenn ich sie jetzt überrumpele oder erneut zu einer Entscheidung zwinge, die sie nicht treffen will, werde ich sie erst recht verlieren.

Deshalb bleibe ich, auch wenn sich jede Faser meines Körpers dagegen sträubt, und klammere mich an die Hoffnung, dass sie von allein zur Vernunft kommt und zu mir zurückkehrt.

Mit jeder verstreichenden Sekunde fühlt es sich an, als würde ich mehr und mehr meinen verdammten Verstand verlieren.

Als es zu dämmern beginnt und der Wind, der durch die Hütte weht, immer kälter wird, greife ich nach dem Nexus. Er fühlt sich so schwer wie ein Felsbrocken in meiner Hand an und es kostet mich mehrere Anläufe, um ihn aufzusetzen. Ich tippe dagegen und baue eine Verbindung zu Caleb auf. Er antwortet sofort.

»*Alles in Ordnung, Prinzessin?*«, fragt er. »*Du hast dich gestern nicht gemeldet und ich hatte schon Angst, dass es Tote gegeben hätte.*«

»*Caleb.*« Mehr denke ich nicht. Nur seinen Namen. Und das reicht aus.

»*Bleib in der Hütte! Ich komme sofort*«, erwidert er und unterbricht die Verbindung.

Ich weiß nicht, wie lange es dauert, bis ich Calebs Gesicht vor mir sehe. Seit ich heute Morgen aufgewacht bin, habe ich jegliches Zeitgefühl verloren. Es kommt mir wie eine Ewigkeit vor, seit sie gegangen ist.

Caleb seufzt. »Zieh dir was an, Mann! Und mach nicht so ein Gesicht. Das kann man sich ja nicht mit ansehen.«

Ich lasse den Kopf hängen. Ich bin sogar zu müde dazu, ihm Kontra zu bieten, doch ich komme seiner Aufforderung nach und ziehe die mitgebrachte Kleidung an.

»Du wusstest, dass sie geht, nicht wahr?«, frage ich, nachdem ich fertig bin.

Caleb nickt. »Sie hat es mir gesagt, aber ich habe gehofft, dass sie ihre Meinung noch ändert.« Kurz huscht sein Blick durch die Hütte. »Offenbar lag ich damit falsch.«

Ich gebe ein freudloses Lachen von mir. »Genauso falsch wie ich.«

»Sie wird zurückkehren, du wirst sehen«, sagt Caleb und schlägt mir auf die Schulter. »Und wenn nicht, weißt du, wo du sie finden wirst. So viele Orte, an die sie gehen kann, gibt es nicht.«

»Sie wird nicht wiederkommen«, murmele ich. »Sie sagte, ich sei ihr Feind – und ihre Schuld mir gegenüber wäre beglichen.«

Eine Weile schweigt Caleb, dann erwidert er: »Lass ihr Zeit, um sich zu beruhigen. Das war ein ziemlicher Schock für sie, als sich herausstellte, dass nicht nur Tristan ein Feral ist. Auch du bist schließlich einer. Das hat ihre Welt ganz schön auf den Kopf gestellt.«

Als ich Tristans Namen höre, verziehe ich den Mund. »Ich wusste, was Tristan ist, seit ich ihn im Burghof von Leerth sah. Seine Reaktion auf mich war eindeutig.«

Ich hätte schon zu der Zeit dafür sorgen sollen, dass Scar sich von ihm fernhält. Nun hat sie ihn zum zweiten Mal verloren. Ich kann mir gar nicht vorstellen, was in ihr vorgegangen sein muss, als sie uns beide sah ... Unsere ... anderen Körper. Die anderen Persönlichkeiten, die in uns leben. Dennoch hat sie sich dazu entschieden, mir zu helfen. Sie hat mich gerettet, obwohl ich ein Feral bin. Sie ist bei mir geblieben, obwohl sie hätte verschwinden können.

»Komm, lass uns zurück nach Leerth gehen«, sagt Caleb. »Deine Mutter macht sich Sorgen um dich.«

Ich will ablehnen, will hierbleiben für den Fall, dass sie doch zurückkommt, aber tief in mir weiß ich, dass das nicht passieren wird. Sie ist fort, wahrscheinlich schon auf dem Weg zurück in ihr Dorf, denn einen anderen Ort gibt es nicht für sie. Nicht ohne Mann an ihrer Seite. Ich kann nur hoffen, dass sie sich keinen anderen suchen wird ... Oder nicht doch den Platz ihrer Großmutter einnimmt. Viele Alternativen hat sie nicht.

»Schluss mit der Grübelei!«, ruft Caleb und versetzt mir einen Stoß gegen den Rücken. »Du wirst sehen, sobald wir wieder zu Hause sind, wird Scarlet zurückkommen.«

Ich teile seine Zuversicht nicht, nicke aber, um einer weiteren Diskussion aus dem Weg zu gehen. Er will nach Scars rotem Umhang greifen, doch ich bin schneller. Ich rolle ihn zusammen und klemme ihn unter den Arm. Wie in Trance folge ich Caleb hinaus auf die Lichtung, wo bereits zwei Pferde warten.

***

Im Nachhinein weiß ich nicht mehr, wie wir nach Leerth gekommen sind. Zum Glück folgte der Gaul, auf dem ich saß, Calebs Pferd ohne mein Zutun, sodass ich nur noch aus dem Sattel gleiten muss, als wir das Schloss erreichen.

Mutter erwartet mich bereits und seufzt, als sie mein Gesicht sieht. Anschließend eilt sie zu mir herüber, legt mir beide Hände an die Wangen und zieht meinen Kopf zu sich hinunter, um mir einen Kuss auf die Stirn zu hauchen.

»Es tut mir leid«, murmelt sie.

Ich drücke die Hand auf ihre und nicke.

»Du hast dir wahrlich die unpassendste Gefährtin ausgesucht«, sagt sie.

»Du weißt genau, dass das so nicht funktioniert«, widerspreche ich. »Wir suchen sie nicht einfach aus.«

»Ich weiß«, murmelt sie und lässt mich los. »Weder dein Vater noch du hattet ein glückliches Händchen mit euren Frauen.« Sie zuckt mit den Schultern und ich muss gegen meinen Willen über ihre Aussage lächeln. »Aber lass den Kopf nicht hängen! Es stimmt, dass wir es nicht so leicht haben wie gewöhnliche Paare. Aber das, was wir empfinden, ist auch keine gewöhnliche Liebe.«

Ich schaue zu ihr hinab. Sie sieht mich an. Ein Teil der Zuversicht, die ich in ihrem Blick erkenne, springt auf mich über und ich beruhige mich etwas. Mutter hat recht und ich vertraue ihrem Urteil. Nicht viele Frauen halten es an der Seite eines Alphas aus, ohne sich selbst dabei zu verlieren, und wäre mein Vater nicht tot, würde sie immer noch an seiner Seite stehen. Als seine Königin, seine Frau und Gefährtin. Sie hat alles geopfert, jede Sicherheit aufgegeben, um mit ihm zusammen sein zu können. Und als er starb, hat sie sich mit Händen und Füßen gegen einen anderen Mann gewehrt. Unsere Chroniken reichen viele Jahrhunderte zurück, aber noch nie gab es eine regierende Königin. Jedenfalls nicht für so lange Zeit.

»Lass uns hineingehen«, sagt sie und legt eine Hand auf meinen Arm.

Unter dem anderen halte ich Scars Umhang. »Wir brechen morgen früh auf.«

»Sind die Gespräche der drei Herrscher schon vorüber?«

»Nein«, antwortet Mutter und führt mich ins Schloss. »Aber sie wurden fürs Erste ausgesetzt.« Sie wirft mir einen Seitenblick zu, der mich frösteln lässt, wäre da nicht das kleine Lächeln auf ihren Lippen. »Es gab einen Angriff auf den Verlobten von Prinzessin Luisa. Du weißt nicht zufällig etwas darüber, oder?«

Ich erwidere ihr Lächeln. »Nein, wie kommst du nur darauf? Ist er ernsthaft verletzt?«

»Er wird durchkommen.«

»Wie schade«, murmele ich.

Mutter versetzt mir einen Stoß mit dem Ellenbogen. »Sei das nächste Mal vorsichtiger. Er kann dich nicht beschuldigen, ohne sich selbst zu verraten, aber trotzdem solltest du es besser wissen.«

»Ja, na klar. Das nächste Mal versuche ich ihn durch ein nettes Gespräch davon abzuhalten, Scarlet für sich zu beanspruchen«, erwidere ich. »Klappt bestimmt super.«

»Als ob Scarlet sich darauf eingelassen hätte.«

Ich zucke mit den Schultern. »Ich kann sie nicht einschätzen, wenn er im Spiel ist. Wenn du wie ich die letzten fünf Jahre pausenlos gehört hättest, dass er ihre große Liebe sei und sie nie wieder dasselbe für jemand anderen empfinden könnte, würdest du auch vorsichtig sein. Ich hätte mir nie träumen lassen, dass er noch am Leben ist, schließlich habe ich seine Wunden oft genug in Scars Gedanken gesehen.«

Mutter bleibt stehen und runzelt die Stirn, als sie nachdenkt. »Eine vorsätzliche Verwandlung?«

Ich nicke. »Wahrscheinlich.«

Sie kaut einen Moment auf der Unterlippe. »Bei allen Ferals, denen ich schon begegnet bin, kann ich mich nicht erinnern, dass ein gemachter Feral unter ihnen war. Sie alle wurden als Ferals geboren.«

»Kein Wunder«, sage ich. »Da es so gut wie keine weiblichen Ferals gibt, kommen vorsätzliche Verwandlungen eher nicht vor. Selbst in den Unterlagen im Labor fand ich nur wenige Hinweise darüber, dass es zu Zeiten der alten Zivilisation bereits weibliche Ferals gab. Vielleicht sind sie eine Anomalie, die erst in unserem Zeitalter entstand, nachdem sich das Feral-Virus immer weiter veränderte.« Ich zucke mit den Schultern. »Mich würde nur interessieren, was mit derjenigen passiert ist, die ihn haben wollte.«

»Ich habe sie getötet«, sagt jemand hinter uns.

Augenblicklich wirbele ich herum und schiebe meine Mutter hinter mich. Tristan lehnt an der gegenüberliegenden Wand, die Arme vor der Brust verschränkt, und bedenkt mich mit einem finsteren Blick. Am Hals lugt ein weißer Verband unter dem Hemd hervor und er nimmt eine seltsam gebückte Haltung ein, als würde es ihm Schmerzen bereiten, aufrecht zu stehen.

»So, da bist du also wieder«, sagt er und schaut anschließend nach links und rechts. »Wo ist Scarlet?«

»Das geht dich nichts an«, knurre ich und mache einen Schritt auf ihn zu, doch meine Mutter hält mich zurück.

Eiskalt und ohne eine Miene zu verziehen, erwidert sie Tristans stechenden Blick. »Was meinst du damit, dass du sie getötet hast?«, hakt sie nach.

Tristan legt den Kopf schief. »Das, was ich gesagt habe. Als ich aufwachte und merkte, was sie mir angetan hat, habe ich mir gar nicht angehört, was sie zu sagen hatte. Ich habe sie getötet. Sie war ein hässliches Monster, das dachte, in mir ihren Partner gefunden zu haben.« Er gibt ein Schnauben von sich. »Und deshalb hat sie mich beinahe getötet und teilweise zu einem von ihnen gemacht.«

Ich werfe meiner Mutter einen Blick zu. »Siehst du? Mit Reden wäre ich da nicht weit gekommen. Der Typ ist krank im Kopf.«

»Nein«, erwidert Tristan und besitzt tatsächlich die Frechheit, mich anzugrinsen. »Ich weiß sehr wohl, was ich tue. Und ich weiß auch, dass sich Scarlet niemals für dich entscheiden wird. Nicht, nachdem sie nun weiß, was du bist.«

Ich fletsche die Zähne. »Dann bist du aber ebenfalls aus dem Rennen, wenn es nur danach geht.«

Sein Grinsen wird breiter und am liebsten möchte ich meine Faust Bekanntschaft mit seinem Gesicht machen lassen. »Wir werden sehen.« Er stößt sich von der Wand ab und macht ein paar humpelnde Schritte den Gang entlang, bevor er stehen bleibt und sich erneut zu uns umdreht. »Ich bin nicht wie du. Ich bin nicht als Feral geboren worden und demnach nicht dazu verdammt, mich einmal im Monat verwandeln zu müssen. Wenn ich es will, kann ich dieser widerlichen Form für den Rest meines Lebens entsagen. Aber du, mein Bester, kannst das nicht. Und Scarlet wird darüber nicht auf Dauer hinwegsehen können. Sie wird keinen Mann nehmen, der sich in ein Monster verwandelt, selbst wenn dieser ein Prinz ist.«

»Sie wird auch keinen nehmen, der sie fünf Jahre in dem Glauben gelassen hat, er wäre tot«, halte ich dagegen.

»Wir werden sehen«, sagt er erneut und wendet sich um.

»Ich hätte ihn töten sollen, als ich die Möglichkeit dazu hatte«, knurre ich, als er verschwunden ist.

Mutter gibt ein Schnauben von sich. »Das hättest du. Er ist wirklich ein Sonnenschein.«

Ich verabschiede mich von ihr. Mit den Fingerknöcheln hebt sie mein Kinn an und schenkt mir ein aufmunterndes Lächeln, das ich nach kurzem Zögern erwidere. Ich danke ihr für diese kleine Geste und die Zuversicht, die sie mir damit schenken will, deshalb gebe ich mein Bestes, die Verzweiflung in mir einzusperren. Sie hat die Augenbrauen sorgenvoll zusammengezogen, als sie sich umwendet, um sich auf den Weg zu ihrem Zimmer zu machen. Vor Mutter konnte ich noch nie etwas geheim halten. Wir sind uns sehr ähnlich und geraten deswegen ständig aneinander. Ich bin mir nicht sicher, wer von uns beiden der schlimmste Dickkopf ist.

***

Im Zimmer lege ich meinen Nexus auf die Kommode. Ich weiß nicht, wohin Scarlets verschwunden ist. Ich hatte ihn ja eingesteckt, als ich ihr und Tristan gefolgt bin. Hoffentlich ist er nicht wie der Rest meiner Kleidung der Verwandlung zum Opfer gefallen. Ich werde ihn morgen suchen, wenn wir uns auf den Rückweg machen. Er bedeutet mir zu viel, als dass ich ihn hier einfach zurücklassen kann. Bestimmt haftet noch genug von ihrem Geruch an ihm, dass ich ihn aufspüren kann.

Es hat mich Jahre gekostet, einen neuen Nexus auf Grundlage des alten Modells zu entwickeln, aber die Entdeckung, dass einer von ihnen bis zu einem gewissen Grad abhörbar ist, war eher ein Zufall. Ich wusste lange nicht, was ich mit diesem in meinen Augen defekten Nexus anstellen sollte. Bis das mit Scarlet geschah. Wenn es nach mir gegangen wäre, hätte ich sie sofort ans Schloss geholt, nachdem sie sich von ihren Verletzungen erholt hatte, aber dann hätte ich sie für immer verloren. Mir fiel der defekte Nexus wieder ein und ich nutzte ihn dazu, um wenigstens eine kleine Verbindung über all die Jahre aufrechterhalten zu können.

Scarlets Umhang breite ich auf dem Bett aus. Als ich ihn ansehe, überkommen mich wieder die Gedanken an sie. Ganz allein da draußen ... Wird sie sicher ihr Dorf erreichen? Es macht mich wahnsinnig, nicht zu wissen, wie es ihr geht. Dieses Gefühl kenne ich nicht. Ich hatte sie immer irgendwie bei mir – und sei es nur im Kopf. Ich wusste, wie sie sich fühlte, und hin und wieder sah ich Bilder vor mir aufblitzen. Ihre Umgebung, das Training mit Jyde, Berge an Büchern mit Wissen über Kräuter.

Jedes Bild, ganz gleich wie banal oder alltäglich es war, beruhigte und beflügelte mich, und als mit der Zeit die schlimmsten Albträume weniger wurden, freute ich mich nach dem Aufstehen auf ihre ersten Gedanken. Ich musste mich sehr konzentrieren, um über die Entfernung Genaues von ihr zu hören oder zu sehen, doch wenn ich dann etwas über den Nexus empfing – ganz egal, was es war –, fühlte ich das nicht enden wollende Lächeln auf dem Gesicht für den Rest des Tages. Sie war da und es ging ihr den Umständen entsprechend gut. Mehr und mehr machte sie Fortschritte. Um alles andere und vor allem um ihr gebrochenes vernarbtes Herz würde ich mich kümmern, wenn die Zeit dafür reif war.

Doch jetzt ist da nichts in meinem Kopf, ganz gleich, wie sehr ich mich konzentriere – nur ihr Geruch, der mich umgibt, mir zumindest die Illusion gibt, dass sie bei mir ist, wenn ich die Augen schließe.

SCARLET

KAPITEL 12

Allein und ohne die beiden Kutschen, auf die ich Rücksicht nehmen muss, komme ich zügig voran. In der Stadt habe ich mir schnell ein Pferd besorgt, das ich gegen einen meiner Dolche eingetauscht habe. Zum Glück bin ich niemandem begegnet, der mich kannte. Ich bin so überstürzt aufgebrochen, dass ich sogar den Umhang bei Ash zurückgelassen habe. Doch wahrscheinlich ist das mein Glück: Ohne den leuchtend roten Umhang mit dem Feral-Fell falle ich inmitten der Menschenmassen nicht auf. Hin und wieder beäugt jemand die beiden Schwerter an meinem Rücken, doch niemand kommt mir zu nahe. Deshalb schaffe ich es in weniger als einer halben Stunde, meine Geschäfte in der Stadt abzuschließen und mich Hals über Kopf davonzumachen. Die erste Zeit schone ich das Pferd nicht. Die Angst, dass Ash, Caleb oder gar Tristan mit seinen Feral-Freunden mir auf den Fersen sind, sitzt mir im Nacken. Erst als der nächste Morgen graut, lasse ich das Pferd in einen langsamen Trab fallen.

***

Bereits am dritten Tag habe ich das Tal, in dem das Dorf der Roten liegt, erreicht. Auf dem Weg hierher habe ich mir mehrmals Gedanken darüber gemacht, was ich sagen soll, wenn ich zurückkomme, doch wirklich etwas eingefallen ist mir nicht. Ich kann niemandem die Wahrheit mitteilen, weder über Ash noch über Tristan. Ich muss lügen. Das Einfachste wäre zu behaupten, dass ich meinen Posten als Leibwächterin verloren hätte. Dass ich nicht gut genug war. Die Männer würden es mir glauben. *Alle* würden es glauben, bis auf Großmutter und Jyde. Aber auch ihnen kann ich nicht die Wahrheit erzählen.

Also werde ich wohl oder übel bei der Lügenversion bleiben müssen, auch wenn ich dadurch meinen Lehrmeister enttäuschen werde. Aber immerhin habe ich so einen Platz, wo ich bleiben kann, zumindest vorübergehend. Ewig werden sie mich nicht im Dorf dulden und ich werde mich entscheiden müssen, was ich tun will.

Doch daran mag ich jetzt noch nicht denken. Ich brauche dringend Schlaf und Ruhe und irgendwas, um meine Gedanken zu beschäftigen. Ich werde Jyde bitten mit mir zu trainieren, bis ich keinen Muskel mehr rühren kann, und Großmutter soll mich weiter in Sachen Heilkräuter unterrichten, bis sich selbst meine Träume um das richtige Verhältnis zwischen den verschiedenen Pflanzen für eine Tinktur drehen.

Alles ist mir recht, solange ich nicht mehr Ashs Lächeln vor mir sehe, wann immer ich die Augen schließe.

Ich reite durch das Palisadentor und grüße die beiden Wachen. Sie kennen mich und lassen mich passieren, aber mir entgehen die abschätzenden Blicke nicht, mit denen sie mich mustern. Es ist früh am Tag und zum Glück sind erst wenige Dorfbewohner auf den Beinen. Ich beeile mich, um Großmutters Hütte zu erreichen, bevor mich irgendwer ansprechen kann.

Das Pferd binde ich am Baum vor unserer Hütte fest und tätschele ihm den Hals. Es beginnt sogleich zu grasen. Ich werde mich nachher um es kümmern, doch jetzt muss ich zu Großmutter. Ich kann mich kaum noch auf den Beinen halten und auch die mühsam aufrechterhaltene Fassade beginnt bereits jetzt zu bröckeln. Es ist erst ein paar Tage her, seit ich mit Ash hier war. Damals wusste ich noch nicht, was er alles vor mir geheim gehalten hat, und ich habe die Zeit mit ihm genossen. Nun treibt mir die Erinnerung daran fast die Tränen in die Augen.

Ich stoße die Tür auf und halte den Kopf oben. Die Muskeln im Nacken schmerzen bereits. Wie gewöhnlich steht Großmutter über ihren Kessel gebeugt und sie braucht mir nur einen einzigen Blick zuzuwerfen, um mich ins Wanken geraten zu lassen. Sie zieht eine Augenbraue nach oben, legt den großen Löffel, mit dem sie ihre Tinkturen umrührt, beiseite und breitet die Arme aus. Ohne zu zögern, trete ich die Tür hinter mir zu und werfe mich in ihre Arme. Das Gesicht an ihre Schulter gedrückt, fange ich sofort an zu schluchzen. Großmutter streicht mir mit einer Hand über den Rücken und murmelt hin und wieder ein paar beruhigende Worte, die ich jedoch nicht verstehe. Aber der Klang ihrer Stimme beruhigt mich und irgendwann geht mein Schluchzen in ein Schniefen über.

Als ich mich wieder halbwegs gefangen habe, führt Großmutter mich hinüber zum Tisch und drückt mich auf einen Stuhl.

»Also«, sagt sie, während sie sich mir gegenübersetzt. »Was ist passiert?«

Ich schlucke angestrengt.

»Keine Lügen, Scarlet«, sagt sie, noch ehe ich den Mund aufmachen kann. »Es muss etwas Gravierendes geschehen sein, dass du allein hier auftauchst und weinst, sobald du die Tür hinter dir geschlossen hast. Das machst du nicht nur, weil ihr einen kleinen Streit hattet. Es steckt mehr dahinter. Und da du hier bist, wirst du es mir berichten.«

Ich schließe gequält die Augen und nicke. Dann beginne ich zu erzählen. Alles. Über Ash, über Tristan. Über den Nexus, den ich von Ash bekam und den er über Jahre hinweg abgehört hat. Über meine beiden Prinzen, die sich in Ferals verwandeln. Großmutter sagt nichts, unterbricht mich nicht einmal, sondern reicht mir ein Taschentuch, als die Tränen wieder fließen. Ich kann mich nicht daran erinnern, wann ich je so viel geheult habe. Selbst nach Tristans »Tod« nicht, denn da fühlte ich mich innerlich nur leer. Doch jetzt wütet ein dunkler Schmerz in mir, der mich heimsucht, wann immer ich glaube, einen Moment der Ruhe gefunden zu haben.

Dennoch habe ich das Gefühl, dass Großmutter vieles von dem, was ich ihr erzählt habe, schon wusste. Sie kennt Ash seit seiner Geburt und dessen Mutter noch viel länger. Wenn der ganze innere Kreis im Bilde war, hat bestimmt auch Großmutter gewusst, dass Ash ein Feral ist. Doch ich bin zu fertig und zu niedergeschlagen, um sie danach zu fragen. Was sollte sie mir auch antworten? Niemand sagte mir etwas. Weder sie noch Jyde oder Caleb. Sie alle hielten es geheim in der Hoffnung, dass ich von allein meine Meinung gegenüber den Ferals ändern würde. Sie hofften, dass es so kommen würde, vor allem Ash zuliebe.

»Was willst du jetzt tun?«, fragt Großmutter, nachdem ich zum Ende gekommen bin.

Ich zucke mit den Schultern. »Wenn ich das wüsste ...«

»Fürs Erste bleibst du hier, solange Boldur es duldet«, entscheidet sie und ich nicke. »Ich werde mit Neera sprechen, wenn sie zurück ist. Sie hat bestimmt Verwendung für dich, einen Posten, bei dem du ihrem Sohn nicht ständig über den Weg läufst. Wenn es überhaupt dazu kommt.«

Ich will erneut nicken, werde aber plötzlich wegen ihres letzten Satzes hellhörig. »Was meinst du damit?«

Sie wiegt den Kopf hin und her. »Ich glaube nicht, dass Ash lange auf sich warten lässt. Er weiß, dass du hier bist. Wohin solltest du auch sonst? Er wird kommen, um dich zu sehen.«

Ich verschränke die Arme vor der Brust. »Ich hoffe doch, dass du ihn abweisen wirst. *Ich* will ihn nämlich nicht sehen.«

Doch Großmutter zwinkert mir nur zu. »Wir sprechen uns in ein paar Wochen noch mal. Jetzt bist du wütend auf ihn, weil er Geheimnisse vor dir hatte, aber ich kenne dich, Scarlet. Du bist kein Mensch, der einem anderen lange böse sein kann.«

»Aber Ash ist kein Mensch«, murmele ich undeutlich. »Entschuldige, ich bin müde. Ich lege mich ein paar Stunden hin. Könntest du nach meinem Pferd sehen, das draußen steht?«

Sie nickt und ich klettere die Leiter in mein Zimmer hinauf. Todmüde falle ich aufs Bett und merke kaum noch, dass mein Kopf das Kissen berührt.

***

Die nächsten Tage über stellen Großmutter und Jyde sicher, dass ich ständig beschäftigt bin. Boldur kommt am zweiten Tag vorbei und würde mich am liebsten sofort aus dem Dorf werfen, doch Großmutter presst ihm das Versprechen ab, dass ich ein paar Wochen bleiben darf. Wie sie es geschafft hat, weiß ich nicht und ich frage auch nicht nach.

Das Training mit Jyde verläuft problemlos. Ich bin gut in Form und es gibt nicht mehr viel, was er mir beibringen kann. Ihm erzähle ich nicht die ganze

Wahrheit und ich bin ihm dankbar dafür, dass er mich nicht schont, sondern mir die Ablenkung bietet, die ich brauche. Sobald ich die Klingen in Händen halte und einen Trainingsring betrete, ist mein Kopf herrlich leer und ich konzentriere mich nur auf den Gegner oder die Übung, die ich ausführen soll. Wenn mein Körper mitmachen würde, könnte ich den ganzen Tag im Ring verbringen, aber nach ein paar Stunden schickt Jyde mich zurück zu Großmutter. Erst nachdem ich in der Hütte sitze, spüre ich jeden schmerzenden Knochen und Muskel.

***

Drei Wochen fordernder Ablenkung und geregelter Abläufe sind vergangen, da bricht das Chaos los, denn ohne jegliche Vorwarnung erscheint Tristan im Dorf.

Den Clan-Mitgliedern fallen beinahe die Augen aus den Köpfen, als sie den tot geglaubten Häuptlingssohn vor sich sehen, an dessen Arm die blonde Schönheit Luisa hängt. Mit Tränen in den Augen schließt Boldur seinen Jungen in die Arme und auch die anderen Dörfler glauben es erst, nachdem sie Tristan selbst berührt haben. Ich stehe nur vor unserer Hütte und beobachte das Schauspiel kopfschüttelnd. Die Freude, die den beiden von allen Seiten entgegenschlägt, ist mir gerade zu viel und löst ein beklemmendes Gefühl im Hals aus.

»Er lebt also tatsächlich«, murmelt Großmutter, die neben mir steht.

Ich gebe nur ein Schnaufen von mir. Meine ruhigen Tage hier im Dorf sind nun offiziell vorbei. Es wird nicht lange dauern, bis ich ihm über den Weg laufe und mit ihm reden muss. Und dazu habe ich so gar keine Lust, denn dann sehe ich sofort wieder seine veränderte Gestalt vor mir.

»Wer ist das Mädchen, das bei ihm ist?«, fragt Jyde, der ebenfalls an unserer Hütte steht.

»Seine Verlobte«, antworte ich. »Die Prinzessin von Leerth.«

Jyde pfeift durch die Zähne. »Da hat er sich aber ganz schön gemacht, der kleine Tristan. Ich hätte nicht gedacht, dass er so hoch hinauswill.«

Ich bin mir nicht sicher, worauf er damit anspielt. Dass Luisa eine Verbesserung im Vergleich zu mir ist? Oder dass es beinahe bei mir ähnlich verlaufen wäre, denn auch mein Partner wäre ein Prinz gewesen. Wenn er sich nicht als kontrollsüchtiger Feral entpuppt hätte. Seine Kontrollsucht hätte ich in den Griff bekommen, aber nicht das Monster, zu dem er werden kann.

Seit ich im Dorf angekommen bin und zumindest eine vage Erklärung darüber abgegeben habe, warum ich zurück bin, haben weder Großmutter noch Jyde Ash mit einem einzigen Wort erwähnt. Doch jetzt Tristan vor mir zu sehen, wie er lächelt und geduldig die Fragen der Dorfbewohner beantwortet und so tut, als hätte er nur eine längere Reise gemacht, bringt die Erinnerungen an die Nacht des Empfangs zurück. Und mit der Erinnerung kommt die Wut. Auf ihn, auf Ash, auf mich. Auf alles und jeden.

Als Tristans Blick auf mich fällt, drehe ich demonstrativ den Kopf zur Seite. Es gibt nichts, was ich mit ihm zu besprechen hätte. Warum ist er überhaupt hier? Und noch dazu mit seiner Verlobten ... Er hätte seinem Vater auch in einem Brief mitteilen können, dass er wie durch ein Wunder doch noch am Leben ist. Wahrscheinlich hätte das zwar niemand geglaubt, aber für mich wäre es besser gewesen, als ihn hier zu haben. Das Dorf ist der einzige Ort, an den ich gehen konnte. Hätte er nicht weiter in Leerth bleiben und dort nett neben seiner Prinzessin herumstehen können?

Ich wirbele herum und stampfe in die Hütte. Eine treibende Ruhelosigkeit hat von mir Besitz ergriffen und ich ertrage den Anblick der lächelnden Dorfbewohner keine Sekunde länger.

»Was hast du vor?«, fragt Großmutter, nachdem ich mit meinen Klingen wieder nach draußen komme.

»Auf irgendwas Wehrloses einschlagen, bis ich die Arme nicht mehr heben kann«, antworte ich und husche so unauffällig wie möglich an der Menschentraube vorbei zum Tor.

»Lass sie«, höre ich Jyde noch murmeln.

***

Es gibt nur zwei Trainingsgebiete außerhalb des Dorfes. Ich habe das ausgewählt, was am weitesten entfernt liegt. Dennoch brauchte ich nur zehn Minuten, um das umzäunte Gebiet zu erreichen. Wie erwartet bin ich allein und das ist auch gut so. Jyde wird mit mir schimpfen, wenn ich all seine Trainingsattrappen zerlege, aber das ist mir gerade egal. Alles, woran ich denken kann, ist, diese Wut, die in mir tobt, endlich loszuwerden, bevor ich im Kopf nicht mehr klarkomme.

Beinahe sehne ich mich nach der Zeit zurück, in der in mir nichts weiter existierte als der brennende Wunsch nach Rache. Es war einfacher und ich war konzentrierter. Ich hatte ein Ziel, doch jetzt habe ich ... nichts. Mir bleibt nichts anderes übrig, als mich treiben und alles auf mich zukommen zu lassen. Die Ungewissheit raubt mir fast den Verstand. Und mit der Ungewissheit tauchen die Zweifel auf, die mich zusätzlich wahnsinnig machen.

Ich funktioniere nur noch, wenn ich Waffen in Händen halte und trainiere. Jede andere Tätigkeit wird zur Tortur, denn dann denke ich zu viel nach. Ich habe mich sogar schon dabei ertappt, wie ich morgens nach dem Aufwachen nach meinem Nexus greifen wollte, der sonst immer auf dem kleinen Tisch neben dem Bett lag. Es ist nicht so, dass ich dringend einen Nexus brauche, aber ohne sein gewohntes Gewicht fühlt sich mein Ohr seltsam leicht an – und dieses Gefühl verschwindet einfach nicht. Es hat natürlich nichts damit zu tun, dass ich wissen will, wie es den anderen geht! Die sind mir egal! Sie kommen schon irgendwie klar, auch ohne mich. Das taten sie schon lange, bevor ich ins Schloss kam, und sie werden es auch zukünftig schaffen.

Ehe ich weiter grübeln oder mich länger selbst belügen kann, ziehe ich die Klingen und zerlege die Attrappen in kleine Holzsplitter. Jeder Hieb fühlt sich besser und befreiender an als der vorherige. Die Arme scheinen mit den Waffen zu verschmelzen und bilden eine Einheit. Ich habe keine Zeit nachzudenken, sondern bewege mich nur instinktiv.

Als ich an der letzten Attrappe angelangt bin, halte ich keuchend inne und beuge den Oberkörper ein Stück vor, um besser atmen zu können. Plötzlich höre ich jemanden hinter mir klatschen und ich wirbele herum. Ich knirsche mit den Zähnen, als ich meinen Zuschauer erkenne.

»Beeindruckende Vorstellung«, sagt Tristan grinsend. »Ich hätte nicht gedacht, dass du so gut bist. Nun, ich habe dich bisher auch nur mit Stöcken kämpfen sehen. Gegen Angur, unseren Champion.«

Ich stoße ein Schnauben aus. »Euer sogenannter Champion ist nichts weiter als ein großer langsamer Klotz.«

Tristan nickt. »Im Vergleich zu dir muss er so wirken. Deine Kampfkunst ist wirklich eindrucksvoll. Und noch dazu mit solch außergewöhnlichen Waffen! Woher hast du sie?«

Ich versteife mich bei der Frage. »Das geht dich nichts an. Wenn du nicht selbst herausfinden willst, wie scharf meine Klingen wirklich sind, solltest du jetzt verschwinden.«

Er zieht eine Augenbraue nach oben. »Warum? Darf ich dir nicht zusehen, wie du auf leblose Objekte einprügelst?«

»Möchtest du dich stattdessen zur Verfügung stellen?«, schnappe ich.

»Du würdest tatsächlich deine Waffen gegen mich richten? Fühlst du dich dann besser?«

Ich recke das Kinn und begegne seinem Blick ungerührt. »Du bist ein Feral, Tristan. Also bist du mein Feind.«

»Ah, daher weht der Wind«, sagt er und grinst immer noch. »Ich hatte mich schon gefragt, warum dein schwarzer Prinz die ganze Zeit über mit langem Gesicht durch Leerth geschlichen ist.«

»Er ist nicht mein ...« Ich beiße mir auf die Zunge und schlucke die nächste Bemerkung hinunter.

»Ich habe schon gehört, dass du dich dem Kampf gegen die Ferals verschworen hast«, fährt Tristan fort. »Das muss ein ziemlicher Schock für dich gewesen sein.«

Ach, was du nicht sagst ...!

»Was willst du, Tristan?«, zische ich genervt.

»Mit dir reden«, antwortet er und macht einen Schritt auf mich zu.

Ich hebe meine Klinge und halte die Spitze an seinen Hals. »Kommt es dir so vor, als wolle ich mit dir reden?«

»Dafür, dass du dich der Auslöschung der Ferals verschrieben hast, erfreuen sich dein Prinz und ich noch bester Gesundheit.«

»Ein Umstand, den wir gerne ändern können«, knurre ich. »Und jetzt verschwinde! Sonst hat Boldur wirklich den Tod seines Sohnes zu betrauern.«

»Du wirst mir nichts tun, Scarlet«, sagt Tristan und schiebt mit dem Handrücken meine Waffe zur Seite. »Ansonsten hättest du es schon längst getan. Ich bin hier, um mich zu entschuldigen. Für alles, was während der Nacht im Wald vorgefallen ist. Ich war ... nicht ich selbst.« Er reibt sich mit der Hand über die Brust. »Das Monster, das in mir wohnt, hat für eine kurze Zeit meine Gedanken und mein Handeln übernommen. Ich würde dir nie ... könnte dir nie etwas antun, das weißt du!«

»Ich glaube dir kein Wort«, grolle ich, lasse meine Waffen aber sinken. »Was kann ich tun, um es dir zu beweisen?«

»Da gibt es nichts zu beweisen! Du wolltest mich ebenfalls zu einem Monster machen. Lieber hätte ich mich selbst umgebracht, als von dir gebissen zu werden.«

Tristans Grinsen wird plötzlich breiter und ein eisiger Schauer rauscht mir den Rücken hinunter. »Du glaubst, dass ein Biss dich verwandeln würde?«

Ich runzele die Stirn. »Was denn sonst?«

Er gibt ein unterdrücktes Lachen von sich. »Ich kann es nicht fassen! Er hat es tatsächlich nicht getan. Was für ein Idiot!«

»Wovon redest du?«

»Ist nicht so wichtig. Aber ein Biss macht dich noch lange nicht zu einem Feral. Glaub mir, ich spreche da aus Erfahrung.« Für einen Moment verdunkelt sich sein Blick und seine Miene wird ernst. »Aber zurück zum Thema: Es tut mir unendlich leid, was geschehen ist. Ich weiß, dass du mich allein schon dafür hasst, was ich nun bin, aber ich habe mir das nicht freiwillig ausgesucht. Ich kann es kontrollieren – sehr viel besser als dein schwarzer Prinz, der sich jeden Monat verwandeln muss. Fast vier Jahre lang konnte ich es unterdrücken und werde es auch in Zukunft schaffen. Ich war nur ... überrascht, dich wiederzusehen.«

Ich stecke die Klingen zurück in ihre Scheiden und verschränke die Arme. »Du willst mir also sagen, dass es *meine* Schuld war, was da passiert ist?«

»Nein, nicht direkt«, murmelt er. »Ich war nur nicht darauf vorbereitet.

Immerhin ...«, er streckt zögerlich die Hand nach mir aus, »... bist du doch meine Prinzessin.«

Seine Worte versetzen mir einen Stich und der Schmerz lässt mich nach Luft schnappen. Sekundenlang starre ich nur auf die ausgestreckte Hand. *Er ist ein Feral!*, schreit eine Stimme im Kopf. *Nein, er ist Tristan!*, brüllt eine andere. Ich kann nicht sagen, welche von beiden lauter ist.

Tristan neigt den Kopf, während er mich beobachtet. »Oder gibt es mittlerweile einen anderen Prinzen in deinem Leben?«

Ich schließe die Augen und kämpfe die Übelkeit, die im Hals aufsteigt, nieder. Ich will dieses Gespräch nicht führen, denn ich bin dazu noch nicht bereit.

»Du hast bereits eine neue Prinzessin, oder nicht?«, frage ich, als ich ihn wieder anschaue.

»Es geht hier weder um Luisa noch um Ash.«

»Du hast doch damit angefangen!«, kontere ich.

Er reibt sich mit der Hand über die Stirn. »Ich möchte das, was ich getan habe, wiedergutmachen. Ich verstehe, wenn du nichts mehr mit mir zu tun haben willst, aber ich wäre sehr glücklich, wenn wir ... einfach Freunde sein könnten. So wie früher, bevor alles aus dem Ruder lief ... Du hast nicht viele Freunde im Dorf und ich könnte dabei helfen, dass du länger bleiben darfst.«

Ich kaue auf der Unterlippe. Etwas Hilfe wäre nicht schlecht, denn sobald Boldur mich aus dem Dorf wirft, weiß ich nicht, was ich machen soll. Aber kann ich Tristan vertrauen? Oder muss ich damit rechnen, wieder von ihm verraten zu werden?

Erneut hält er mir die Hand entgegen und nach kurzem Zögern schlage ich ein.

»Freunde«, sage ich mit Nachdruck. »Um der alten Zeiten willen. Aber wenn du mir den kleinsten Grund lieferst, an dir und deinen Worten, dass du das Monster in dir unter Kontrolle hättest, zu zweifeln, wird dich nichts retten können. War das deutlich genug?«

Seine Lippen verziehen sich zu einem triumphierenden Grinsen und ein seltsames Leuchten stiehlt sich in seine Augen. »Du hast dich wirklich verändert. Die neue Scarlet gefällt mir.«

Ich verdrehe die Augen. »Schön für dich. Und nun geh zu deiner Verlobten. Ich muss das Chaos beseitigen, das ich hier angerichtet habe.«

Er nickt und verabschiedet sich. Seufzend sehe ich ihm nach, bis er verschwunden ist. Ich sollte es besser wissen, dennoch fühle ich mich innerlich befreit. Es macht mich glücklich, Tristan wieder als meinen Freund zu haben. Vielleicht bekomme ich ein paar Antworten von ihm, denn mir brennen noch unzählige Fragen auf der Seele. Außerdem kann ich mir nicht vorstellen, dass Tristan sich hier, inmitten eines Dorfes voller Wächter, in einen Feral verwandeln würde. Das wäre sein sicheres Todesurteil, Häuptlingssohn hin oder her.

Und vielleicht, nur vielleicht, bekomme ich irgendwann den alten Tristan zurück. Den einzigen Freund, den ich je hatte und auf den ich mich stets verlassen konnte.

KAPITEL 13

Am nächsten Morgen erwartet mich Tristan unten. Er spricht mit Großmutter, die bereits seit mehreren Stunden auf den Beinen ist, und lächelt mich an, als ich die Leiter herunterklettere. Verschlafen reibe ich mir über die Augen und setze mich an den Tisch.

»Was machst du so früh schon hier?«, frage ich.

»Du bist ja immer noch so ein Morgenmuffel«, zieht er mich auf und nimmt auf dem Stuhl neben mir Platz. »Mein Vater zeigt Luisa gerade das Dorf und unsere umliegenden Gebiete, aber ich habe mich weggeschlichen. Den ganzen Kram kenne ich schon und ich kann mir nicht vorstellen, dass sich in den letzten Jahren etwas verändert hat.«

Ich brummle eine Zustimmung und greife nach dem heißen Tee, den Großmutter für mich bereitgestellt hat und der mir dabei hilft, morgens richtig wach zu werden.

»Was hast du heute vor?«, fragt Tristan.

Verwirrt runzele ich die Stirn. Ich mag es nicht, wenn man mich kurz nach dem Aufstehen schon mit so vielen Fragen bedrängt. »Das Gleiche wie jeden Tag, würde ich sagen. Training mit Jyde und danach gehe ich Großmutter ein wenig zur Hand.«

»Unsere Vorräte an Silberblatt müssen aufgestockt werden«, ruft sie vom Kessel aus.

Ich zucke mit den Schultern. »Da hörst du es. Ich werde den Großteil des Tages damit zubringen, in irgendwelchen Höhlen und unter Baumstämmen nach Silberblatt zu suchen.«

»Darf ich dich begleiten?«

Ich verschlucke mich an meinem Tee und starre ihn an. Sogar Großmutter hört auf, in ihrem Kessel zu rühren, und schaut zu uns herüber. Ohne das ständige *Klonk!* ihres Löffels, der gegen die Kesselwand schlägt, ist es gespenstisch ruhig in der Hütte.

»Warum?«, frage ich.

»Warum nicht?«, entgegnet Tristan und beugt sich ein Stück zu mir vor. »Wenn du so misstrauisch bist, kannst du ja deine Klingen mitnehmen.«

»Ohne die gehe ich sowieso nicht aus dem Dorf«, murmele ich. Kurz tausche ich einen Blick mit Großmutter, doch die zuckt nur mit den Schultern und rührt weiter in ihrem Kessel. »Von mir aus«, sage ich dann. »In zehn Minuten brechen wir auf.«

Tristan grinst zufrieden und erhebt sich. »Dann bis gleich!«

Als er aus der Hütte verschwunden ist, fragt Großmutter: »Hältst du das für eine gute Idee?«

Stöhnend schiebe ich den Rest Tee zur Seite, lege die Arme auf den Tisch und bette den Kopf darauf. »Es ist kurz nach Sonnenaufgang«, murre ich. »Erwarte zu dieser Tageszeit nicht von mir, dass ich gute Ideen habe. Tristan kann den Korb tragen, dann hat er wenigstens was zu tun und ich muss ihn nicht schleppen.«

»Davon rede ich nicht.«

»Ich weiß«, zische ich. »Ich versuche nur irgendwie mit ihm auszukommen.«

»Obwohl er ein Feral ist?«

Ihre Fragen nerven mich so früh am Morgen noch mehr als sonst und ich muss ein Knurren unterdrücken. »Er sagte, er hätte es unter Kontrolle.«

»Warum ist es bei ihm etwas anderes als bei Prinz Ash?«

Ashs Namen zu hören trifft einen Nerv bei mir. Ich balle die Hände zu Fäusten und habe Mühe, ruhig sitzen zu bleiben. Unwillkürlich frage ich mich, ob er noch immer in Leerth ist und es ihm gut geht. Bestimmt besser als mir. Er musste schließlich nicht so viele Geheimnisse innerhalb kurzer Zeit verarbeiten wie ich. Trotzdem würde ich gerne mit Caleb, Hazel oder Payne reden und sie fragen, ob alles in Ordnung ist.

»Hier«, sagt Großmutter und stellt ein Päckchen vor mich hin. »Das kam vor ein paar Tagen für dich an.«

Mein Blick huscht zwischen dem Päckchen und ihr hin und her. »Warum gibst du es mir erst jetzt?«

»Weil du bisher noch nicht so weit warst. Und weil du gestern Abend quasi auf dem Zahnfleisch zur Tür reingekrochen kamst. Du hast es beim Training wieder übertrieben.«

»Du weißt, warum ich das mache«, murmele ich.

»Ja, weil du zu feige bist, um mit ihm zu reden.«

Mein Kopf schießt zu ihr herum, doch noch bevor ich den Mund aufmachen und widersprechen kann, schüttelt Großmutter den Kopf.

»Versuch gar nicht erst, es abzustreiten«, sagt sie ungerührt. »Aber ich mische mich da nicht ein. Mach dich lieber nützlich, als ständig Trübsal zu blasen.«

»Ich blase keine Trübsal ...«

Doch sie bringt mich mit einem einzigen Blick zum Schweigen. Natürlich blase ich Trübsal. Bei mir sieht es nur nicht aus wie bei anderen Frauen meines Alters. Ich weine nicht – oder nur sehr selten – und starre keine Löcher in die Luft. Meine Art, damit fertigzuwerden, besteht darin, bis zur Besinnungslosigkeit zu trainieren. Und Großmutter weiß das. Sie kennt mich besser als jeder andere Mensch auf dieser Welt. Sogar besser, als ich mich selbst kenne. Deshalb hat es keinen Sinn, ihr etwas vormachen zu wollen.

Mein dummes Herz klopft wie verrückt, als ich nach dem Päckchen greife. Ob es von Ash ist? Vielleicht ist wieder ein Zettel von ihm dabei. Mit schweißfeuchten Fingern öffne ich den Deckel der kleinen Schachtel und schaue auf den Inhalt. Darin befindet sich nicht *ein* Nexus, sondern zwei sind enthalten. Und den zweiten erkenne ich sofort. Ich hätte ihn wohl unter Tausenden erkannt. Der erste ist größer, klobiger. *Ein älteres Modell*, schießt es mir durch den Kopf. Caleb meinte, dass ich mich mit einem älteren Modell zufriedengeben muss, wenn er mir einen neuen Nexus besorgen soll. Das Päckchen ist also von Caleb.

Ich greife nach dem Zettel, der sich am Deckel befindet.

Hallo Prinzessin,

wie Du siehst, halte ich meine Versprechen. Dein neuer Nexus ist zwar nicht so modern wie der andere, aber er verfügt über keinerlei Abhörfunktionen. Ich habe nur Hazel, Payne und mich als Gesprächspartner eingestellt, falls Du doch irgendwann reden willst und uns nicht ganz vergessen hast.

Den zweiten Nexus, der im Paket liegt, solltest Du kennen. Ash hat mehrere Stunden gebraucht, um ihn zu finden. Er hofft, dass Du ihn nicht sofort ins Feuer wirfst und ihn zumindest als Andenken behältst. Ich hingegen hoffe, dass Du das verdammte Ding so bald wie möglich aufsetzt. Viel länger kann ich mir seine Trauermiene nicht mehr antun …

Komm bald zur Vernunft!

Caleb

Ich schüttele den Kopf über das, was er geschrieben hat. *Ich* soll zur Vernunft kommen? Ich habe das einzig Richtige getan! Und ich würde es wieder tun, wenn ich vor der gleichen Wahl stünde. Dennoch fühle ich mich, als bekäme ich keine Luft mehr.

Ich nehme den neuen Nexus und setze ihn auf. Er fühlt sich ungewohnt schwer und *falsch* an und drückt gegen meine Wange. Ich bin drauf und dran, ihn sofort wieder abzunehmen. Ich zögere kurz, dann strecke ich die Hand nach meinem Nexus aus. Ich weiß, dass er viel besser passt und ich ihn gar nicht spüren würde. Doch anstatt ihn aufzusetzen, wiege ich ihn nur in der Handfläche. Wenn ich ihn aufsetze, wird er mich wieder hören können. Und das will ich nicht. Nie wieder. Oder zumindest jetzt noch nicht. Vielleicht … Nein! Ach, es wäre das Beste, wenn ich ihn ins Kaminfeuer werfen würde. Aber das schaffe ich nicht. Je länger ich das kleine dreieckige Gerät in der Hand anstarre, desto unsicherer werde ich.

Wenn ich Tristan verzeihen kann – oder es zumindest versuchen will –, warum kann ich das nicht bei Ash? Doch die Antwort gebe ich mir bereits selbst: weil es zwischen mir und Ash anders war, als es je zwischen Tristan und mir hätte sein können. Weil ich für ihn weiter gehen würde als für irgendwen sonst. Ich habe für ihn getötet, ohne einen zweiten Gedanken daran zu verschwenden.

Ich stecke den Nexus in die Tasche und klettere die Leiter zu meinem Zimmer nach oben.

»Sag Tristan, dass es ein bisschen später bei mir wird!«, rufe ich nach unten.

Als Antwort höre ich Großmutter nur lachen.

Meine Hände sind schweißnass, als ich mich aufs Bett setze und gegen den neuen Nexus tippe. Kurz wäge ich ab, wen der drei ich kontaktieren sollte, entscheide mich dann aber für Caleb. Ich habe keine Ahnung, wie viel Hazel und Payne von der Zeit in der Hütte wissen, und ich will nur ein paar Antworten.

Zu meiner Überraschung antwortet Caleb sofort.

»*Na endlich!*«, höre ich ihn in meinem Kopf und muss lächeln. »*Ich hatte schon Angst, dass du dich gar nicht mehr melden würdest.*«

»*Großmutter hat mir dein Päckchen eben erst gegeben*«, verteidige ich mich und hole tief Luft. »*Wie geht es dir? Seid ihr schon wieder in Daarth angekommen?*«

»*Wie es mir geht?*«, wiederholt Caleb. »*Mir geht es so weit ganz gut. Und ja, wir sind wohlbehalten und ohne Zwischenfälle wieder daheim angekommen. Aber das ist nicht das, was du wirklich wissen willst, oder, Prinzessin?*«

Ich ziehe die Beine an den Körper, schlinge die Arme darum und hole tief Luft. »Nein«, denke ich. »*Wie geht es ihm?*«

Anstatt einer Antwort zeigt mir Caleb das, was er gerade sieht. Anscheinend befindet er sich gerade in Ashs Gemächern. Ash selbst sitzt am Schreibtisch, den Kopf auf eine Hand gestützt, und unterzeichnet irgendwelche Papiere, die sich vor ihm stapeln. Mein Hals schnürt sich beim Anblick der dunklen Schatten unter seinen Augen und der Leere im Blick zusammen. Wo sonst der Schalk durchblitzte, wann immer er mich ansah, ist jetzt nichts.

»*Und so geht das schon, seit wir hier angekommen sind*«, sagt Caleb. »*Er schläft so gut wie nicht und arbeitet die ganze Zeit. Das Schlimmste ist aber, dass er nicht* mit mir redet. Oder mit sonst wem. Selbst wenn man ihn etwas fragt, sind seine Antworten einsilbig. Beinahe vermisse ich die Sprüche, die mich früher aufgeregt haben.«

Ich weiß nicht, was ich dazu sagen soll, und bin dankbar, als Caleb das Bild von Ash verschwinden lässt.

»Wie sieht es bei dir aus, Prinzessin?«

»Ich trainiere viel und gehe meiner Großmutter zur Hand«, antworte ich. »Ich muss auch gleich los, um Kräuter für sie zu besorgen. Eigentlich wollte ich mich nur bei dir für den neuen Nexus bedanken. Den Zettel von dir habe ich auch gelesen ...«

»Aber du dachtest, dass ich übertreibe«, beendet er meine Gedanken.

Ich seufze. »Er hat sich das selbst eingebrockt, Caleb. Ich habe das Richtige getan.«

»Wie kann es das Richtige sein, wenn ihr beide leidet?«, fragt er. »Du redest dir da was ein, um dein Gewissen zu beruhigen, aber so läuft das nicht. Ihr macht euch dadurch kaputt. Rede mit ihm! Und sei es nur kurz.«

»So einfach ist das nicht ...«

»Doch, du musst nur deinen verdammten Nexus dazu aufsetzen. Siehst du? Ganz einfach!«

»Caleb ...« Seufzend massiere ich mir mit zwei Fingern die Schläfe. »Ich kann das nicht. Ich ... ich muss jetzt los. Tristan wartet bestimmt schon auf mich.«

»Tristan?«, wiederholt Caleb. Seine Stimme klingt alarmiert.

Bevor er noch mehr Fragen stellen oder mich weiter verwirren kann, unterbreche ich die Verbindung und nehme den neuen Nexus ab. Mist, so habe ich mir das nicht vorgestellt ... Ich wollte doch nur kurz hören, ob es allen gut geht, aber nun bekomme ich Ashs leeren Blick nicht mehr aus dem Kopf. Er erinnert mich an meinen, wenn ich morgens in den Spiegel schaue. Doch den alten Nexus aufzusetzen kommt nicht infrage. Nicht, solange ich selbst noch nicht weiß, was ich fühlen soll. Ich will nicht, dass Ash erneut Einblicke in mein Gefühlschaos erhält, und ich habe mich nicht gut genug unter Kontrolle, um das Chaos zu bändigen.

Mit den Fingern fahre ich die Kanten meines Nexus nach und ringe noch ein paar Augenblicke mit mir. Dann setze ich ihn doch auf. *Nur ganz kurz!*, sage ich mir und unterdrücke alles, was ich gerade fühle.

Ich klammere mich an einen einzigen Gedanken, den ich durch den Nexus schicke: *Es geht mir gut.*

Dann nehme ich ihn sofort wieder ab, lege ihn auf den kleinen Tisch neben dem Bett und atme tief aus und ein. Meine Hände zittern, wollen wieder nach dem Nexus greifen, damit ich nur einmal kurz seine Stimme hören kann, aber ich beherrsche mich. Um nicht doch noch in Versuchung zu geraten, wende ich mich um und klettere die Leiter nach unten.

Tristan sitzt bereits am Tisch und lächelt mich an. Ich erwidere die Geste zögerlich, bevor ich nach dem großen Korb greife und ihn Tristan reiche.

»Brauchst du noch etwas außer Silberblatt?«, frage ich Großmutter.

»Nein«, sagt sie und wirft dabei Tristan einen Blick zu, den ich nicht deuten kann. Als ich ihm nach draußen folgen will, hält sie mich am Arm fest. »Hast du deine Waffen dabei?«

Ich hebe meinen Umhang ein Stück an, damit sie den Waffengürtel sehen kann, an dem zwei Dolche hängen. »Ich kann auf mich aufpassen.«

»Daran zweifele ich nicht«, murmelt sie und lässt meinen Arm los. »Bleibt nicht zu lange weg. Es sieht nach Regen aus.«

Ich nicke und rolle mit den Augen, nachdem ich ihr den Rücken zugedreht habe. Als ob mir ein bisschen Wasser von oben etwas ausmachen würde …!

Ich habe überlegt meine Klingen mitzunehmen, aber die großen Waffen würden mich nur behindern, wenn ich in schmalen Felsspalten und Höhlen nach dem gewünschten Kraut suchen muss. Außerdem ist es Tag; die meisten Ferals streifen nur bei Nacht umher. Wobei das wahrscheinlich auch nur ein Aberglaube ist, immerhin war Ash auch tagsüber ein Feral.

Genauso wie die Sache mit dem Biss. Tristan meinte, dass ein Biss nicht ausreichen würde, um einen Menschen zu verwandeln. Aber was könnte es dann sein? Als ich mit Ash in der Hütte war, habe ich mir keine Gedanken darüber gemacht. Ich fand sein Gesabber ekelig, aber es hätte auch sein können, dass ich dadurch ebenfalls zu einem Feral werde. Warum mir das gerade jetzt in den Sinn kommt, weiß ich nicht, deshalb schiebe ich den Gedanken schnell wieder beiseite.

***

»Laufen wir die übliche Route ab?«, fragt Tristan auf dem Weg durch das Dorf.

Bevor sich alles änderte, waren er und ich oft tagsüber im Wald unterwegs. Offiziell nur, um Kräuter für Großmutter zu suchen, was wir auch taten, aber wir nutzten die gemeinsame Zeit darüber hinaus zum Trainieren oder um einfach zusammen zu sein.

Vielleicht war es doch keine so gute Idee, ihn mitzunehmen ...

»Ja, wir versuchen es zuerst an den gewohnten Orten«, sage ich. »Wenn wir dort nicht genug finden, gehen wir tiefer in den Wald hinein.«

Tristan schaut nach oben in den Himmel. Dunkle Wolken haben sich vor die Sonne geschoben und die Luft ist drückend. »Wir sollten uns beeilen, wenn wir trocken wieder hier ankommen wollen.«

»Seit wann macht dir denn ein bisschen Regen etwas aus?«, frage ich und ziehe eine Augenbraue nach oben. »Hat dich die Zeit in Leerth schon so verweichlicht?«

Er wirft mir einen finsteren Blick zu, grinst aber. »Ich bin nicht verweichlicht!«

Ich zucke mit den Schultern und laufe an ihm vorbei. »Ja, ist klar.«

Schnell schließt er zu mir auf und versetzt mir einen Stoß mit dem Ellenbogen. »Sei nicht so fies zu mir.«

Ich antworte nicht darauf, sondern lache nur. Nach ein paar Sekunden fällt Tristan mit ein. Wir lachen so sehr, dass mir Tränen in die Augen treten und wir von den anderen Dorfbewohnern seltsam angeschaut werden, als wir gemeinsam das Dorf verlassen. Es fühlt sich gut an, mit meinem alten Freund scherzen und etwas unternehmen zu können. Die schwermütigen Schatten, die mir die letzten Tage auf Schritt und Tritt gefolgt sind, scheinen mit einem Mal verschwunden zu sein. Stattdessen kann ich die Scarlet sein, die ich schon lange nicht mehr war. Unbeschwert und ohne Zukunftsängste, wenigstens für ein paar Stunden.

Und für ein paar Stunden kann ich sogar Ash vergessen. Und Luisa. Ich fürchte nichts, mache mir keine Gedanken darüber, falsche Hoffnungen zu schüren, sondern genieße die Zeit mit Tristan. Fast fühlt es sich an wie früher, als wir Kinder waren. Als wir dachten, dass wir alles schaffen könnten, wenn wir nur zusammenhalten. Es ist nicht so, dass ich mir diese Zeit zurückwünsche, denn mittlerweile weiß ich, dass Wünsche und Hoffnungen nicht genügen, um etwas zu erreichen, aber ich erfreue mich an der Leichtigkeit, die von mir Besitz ergriffen hat, seitdem wir das Dorf verlassen haben. Ich stehe nicht mehr unter Beobachtung, weder von Großmutter noch von Jyde oder dem Rest des Dorfes.

Ich genieße es, Tristan zu ärgern und aufzuziehen. Keiner von uns spricht die Vergangenheit oder das, was in Leerth geschehen ist, an.

Als ich aus einer Felsspalte herauskrieche und das Silberblatt, das ich darin gefunden habe, an Tristan reiche, streifen seine Finger meine. Ich zucke zusammen, nicht erschrocken, aber überrascht, und schaue zu ihm auf. Nachdem er das Kraut in den Korb gelegt hat, greift er nach meiner Hand und hilft mir heraus. Doch auch danach lässt er sie nicht los und ich entziehe sie ihm nicht. Ich mag die Wärme, die ausgehend von dieser Berührung meinen Arm hinaufkriecht, aber irgendwas fehlt. Da ist nichts weiter, nur die beruhigende Wärme. Kein Kribbeln, kein aufgeregtes Herzklopfen. Dennoch tut es mir gut, nach den Tagen, die ich nur meine Waffen in Händen gehalten habe, die Nähe eines anderen Menschen zu spüren.

Auch wenn dieser Mensch nicht Ash ist.

Der Korb ist bereits gut gefüllt und wir beschließen zurückzugehen, werden aber von einem Regenschauer überrascht. Obwohl wir bereits bis auf die Haut durchnässt sind, zieht mich Tristan unter einen großen Baum. Wir sind nur ein paar Kilometer vom Dorf entfernt und könnten in einer guten halben Stunde dort sein, doch er scheint gar nicht daran zu denken, weiterzugehen.

Er mustert mich mit einem seltsamen Blick, unter dem ich mich am liebsten winden würde. Mit den Fingerknöcheln streicht er mir einige Regentropfen von der Stirn und schiebt anschließend eine klamme Haarsträhne hinter mein Ohr.

Und ich denke die ganze verdammte Zeit über nur daran, dass gerade die Welt um mich herum so riecht wie Ash. Nach Regen und Wald.

»Wir sollten weitergehen«, sage ich, weil mir Tristans Nähe plötzlich unangenehm ist. »Ich denke nicht, dass es so bald aufhören wird zu regnen.«

»Wahrscheinlich nicht«, murmelt er und legt eine Hand an meine Wange. »Aber ich will nicht zurück.«

Ich schaue in seine violetten Augen und schlucke angestrengt. Ich hätte nicht damit gerechnet, dass die gelöste Stimmung der letzten Stunden so schnell kippen könnte. Hastig senke ich den Blick und drehe den Kopf zur Seite.

»Großmutter macht sich Sorgen, wenn wir zu lange draußen bleiben«, sage ich.

Als seine Lippen plötzlich meine Wange streifen, scheint sich jeder einzelne Muskel in meinem Körper zu verspannen. Die Stelle, die er berührt hat, ist warm, doch zum Glück zieht Tristan sich schnell wieder zurück, bevor ich reagieren kann.

»Danke für den schönen Tag«, sagt er leise und greift nach meiner Hand. »Ich hoffe, dass wir das bald wiederholen können.«

»Bestimmt«, murmele ich. »Schließlich braucht Großmutter ständig irgendwelche Kräuter.«

Ich gebe mir die größte Mühe, unbeschwert zu klingen, aber ich schaffe es nicht. Dabei hat er nichts falsch gemacht. Es war nur ein kleiner Kuss auf die Wange, nichts, was wir nicht schon Hunderte Male gemacht hätten. Eine Geste der Freundschaft. Zumindest rede ich mir das ein. Mit mäßigem Erfolg.

Wir rennen den restlichen Weg zurück ins Dorf. Als wir endlich bei der Hütte ankommen, sind wir nass bis auf die Knochen und unsere Kleidung ist bis zu den Schenkeln mit Schlammspritzern übersät. Bevor ich die Tür öffne, lässt Tristan meine Hand los und ich bin ihm dankbar dafür. Großmutters stechenden Blick und ihre anschließenden Fragen hätte ich gerade nicht ertragen können.

Ich drücke die Klinke nach unten.

»Meldest du dich, wenn du wieder in den Wald gehst?«, fragt er.

Ich nicke. »Mache ich. Aber jetzt sollten wir zusehen, dass wir aus den nassen Klamotten rauskommen.«

Tristan nickt grinsend und ich wende mich ab, um hineinzugehen. Ich spüre bereits die Wärme des Kamins, die mich lockt. Doch als ich die Tür aufstoße, erstarre ich. Um ein Haar wäre mir der Korb aus den Händen geglitten. Das Kribbeln und der wummernde Herzschlag, die ich den ganzen Tag über vermisst habe, sind mit einem Schlag da.

»Was machst *du* hier?«, presse ich hervor, als ich den Besucher an unserem Tisch aus weit aufgerissenen Augen anstarre.

KAPITEL 14

Ashs Blick huscht von mir zu Tristan, der noch immer hinter mir steht, und dann wieder zu mir zurück. Die unausgesprochene Frage und die stumme Wut, die in seinen Augen funkeln, ignoriere ich, doch der Schmerz, der sich sorgsam hinter der Wut verbirgt, lässt mich nach Luft schnappen.

»Keine Blutflecken auf meinem Boden!«, warnt Großmutter aus dem hinteren Bereich der Hütte. Ihre Warnung genügt, um mich aus der Starre erwachen zu lassen.

Schnell wende ich mich zu Tristan um. »Es ist besser, wenn du jetzt gehst«, sage ich eindringlich, lege ihm eine Hand auf die Brust und versuche ihn aus der Hütte zu schieben.

»Besser, hmm?«, murmelt er.

Bevor ich es verhindern kann, beugt er sich zu mir herunter und streift mit dem Mund meine Wange. Mit angehaltenem Atem schließe ich die Augen und wappne mich gegen den Sturm, der zweifellos gleich losbrechen wird. Mein Herzschlag dröhnt mir in den Ohren, doch ich zwinge mich dazu, ruhig zu atmen.

Als ich die Augen wieder öffne, sehe ich das kleine Grinsen, das Tristans Mund umspielt, während er Ash über meine Schulter hinweg anstarrt. Herausfordernd. Siegessicher. Ich presse die Lippen zu einem schmalen Strich zusammen. Er legt es wirklich drauf an ... Das wird nicht gut ausgehen.

Ich höre das Quietschen des Stuhles, der zu schnell über den Holzboden geschoben wird, und wirbele herum, gerade als Ash auf Tristan losgehen will. Seine Pupillen haben sich zu Schlitzen gewandelt und der ganze Körper bebt.

»Hinsetzen!«, donnere ich.

Ash erstarrt mitten in der Bewegung und bleckt die Zähne, die länger und spitzer sind als normalerweise.

»Wag es ja nicht, mich anzuknurren!«, warne ich ihn.

Dann wende ich mich Tristan zu, der scheinbar ungerührt gegen den Türrahmen gelehnt dasteht.

»Och, wie süß!«, murmelt er. »Lässt sich der mächtige Alpha von einer Frau herumkommandieren?«

Bevor Ash endgültig der Geduldsfaden reißen kann, stelle ich mich zwischen die beiden. »Ich will von keinem von euch auch nur noch ein Wort hören!« Nachdem ich beiden einen bösen Blick zugeworfen habe, sage ich an Tristan gewandt: »Geh nach Hause und ärgere deine Verlobte, aber fang hier keinen Streit an!« Er nickt leicht, grinst aber weiterhin. »Und du«, wende ich mich an Ash, »setzt dich hin oder verschwindest!«

Zögernd kommt er meiner Aufforderung nach und nimmt wieder Platz, ohne auch nur eine Sekunde den Blick von mir zu nehmen. Er mustert mich von Kopf bis Fuß und runzelt dann die Stirn. Ich erwidere seinen Blick und mustere ihn ebenfalls. Noch immer liegen dunkle Schatten unter seinen Augen, doch das Funkeln ist zurückgekehrt. Ich weiß nicht, warum ich darüber so erleichtert bin.

»Was ist?«, ertönt es aus Großmutters Richtung. »Bringst du mir nun den Korb voller Silberblatt oder nicht? Dein Prinz sitzt nachher auch noch an unserem Tisch.«

Ich verziehe den Mund und bin drauf und dran, ihr zuzurufen, dass er nicht *mein* Prinz ist, doch ich bringe es nicht über mich. Ashs Blick auf mir lässt es überall in meinem Körper kribbeln. Ich könnte ewig so dastehen und ihn einfach nur anschauen. Seine Haare sind viel zu ordentlich und die Tunika trägt er hochgeschlossen. Mir gefällt es besser, wenn …

»Scarlet, ich brauche das Silberblatt *jetzt*!«

Ich blinzele mehrmals hintereinander, um wieder im Hier und Jetzt anzukommen, und löse mich dann widerwillig von Ashs Anblick. Schnell schaue ich Tristan warnend an, der noch immer am Eingang lehnt, und bete, dass die beiden sich ein paar Minuten beherrschen können. Dann husche ich in den hinteren Bereich der Hütte und stelle den Korb auf die Anrichte.

»Was macht er hier?«, flüstere ich Großmutter zu.

Sie schaut mich an und zieht eine Augenbraue nach oben. »Was glaubst du wohl?«

»Aber ich … wollte nicht, dass er hierherkommt.«

»Hmm-hmm«, macht sie und sucht mit spitzen Fingern die größten Kräuter aus dem Korb. »Das war eben nicht zu übersehen, dass du ihn nicht hier haben wolltest.«

Ich will zu einer Erwiderung ansetzen, doch sie hebt nur kurz die Hand. »Ihr braucht mich nicht anzulügen oder mir irgendwelche Geschichten aufzutischen. Ich mag eine alte Frau sein, aber man muss nur in eure Augen sehen, um alles zu wissen. Sowohl seine als auch deine haben mir alles gesagt, als ihr euch zum ersten Mal gesehen habt.«

»Ich … bin noch nicht so weit.«

Großmutter seufzt. »Das ist die dümmste Ausrede, die ich je gehört habe. Jetzt geh wieder zu ihm. Ich tue für den Rest des Tages so, als würde ich nichts sehen oder hören.« Sie zwinkert mir zu und Hitze kriecht meine Wangen hinauf. »Aber vorher solltest du noch Tristan loswerden.«

»Das sagst du so einfach …«, murmele ich.

»Ich habe bis heute immer noch nicht verstanden, warum du dich so gegen Ash sträubst«, meint Großmutter, die sich bereits wieder ihren Tinkturen zugewandt hat. »Als Kind warst du ganz besessen von den Märchen, die ich dir jeden Abend vorlesen musste. Und nun hast du einen Prinzen und willst ihn nicht.«

»Ash ist nicht der strahlende Prinz aus den Geschichten«, entgegne ich. »Er ist … der böse Wolf!«

Großmutter dreht sich zu mir um und zwinkert mir zu. »Ich kann mich gut daran erinnern, dass du für die Gegner und Monster gewisse Sympathien hattest.«

Das ist wahr. Ich habe als Kind nie protestiert, wenn der Wolf in den Geschichten jemanden gefressen hat. Hätte er verhungern sollen? Regelmäßig geriet ich mit Tristan deswegen in Wortgefechte, weil er einfach nicht verstehen konnte, warum ich mich auf die Seite des offensichtlich Bösen schlug. Aber schon als Kind sah ich alles von beiden Seiten. Leider scheine ich diese Fähigkeit im Laufe der Jahre etwas verlernt zu haben.

Laute Stimmen ziehen meine Aufmerksamkeit wieder auf den vorderen Bereich der Hütte. Ich stolpere fast über die eigenen Füße, als ich zu den beiden Männern renne, und ziehe scharf die Luft ein, als ich sie sehe. Ash hat Tristan am Hemd gepackt und gegen die Tür gedrängt. Doch anstatt sich zu verteidigen, grinst Tristan ihn nur an.

»Dir ist schon klar, wo du dich befindest, oder?«, fragt Tristan. »Du bist hier auf *meinem* Gebiet. Ein Feral inmitten von Wächtern. Was glaubst du wohl, was passiert, wenn du dich hier verwandelst?«

Ein eisiger Knoten bildet sich in meinem Magen und ich vergesse zu atmen.

»Und in *meinem* Gebiet zählt es nicht, dass du ein Prinz bist«, fährt Tristan fort. »Mein Vater ist sowieso nicht gut auf dich zu sprechen. Also, nur zu! Schlag mich!«

Ich stolpere nach vorn. »Halt den Mund, Tristan!«, zische ich und klammere mich an Ashs Arm.

Seine Muskeln zucken unter der Berührung zusammen, doch er schaut mich nicht an. Seine wutverzerrte Miene ist starr auf Tristan gerichtet, aber das Schlimmste ist, dass seine Augen sich wieder gewandelt haben. Mir muss schleunigst etwas einfallen, wie ich ihn beruhigen kann, sonst wird er zu einem Feral werden. Und das ganze Dorf wird ihn jagen und töten. Mein Atem geht flach; ich bin selbst kurz davor, in Panik zu geraten.

»Lass ihn los, bitte«, flehe ich, doch ich dringe nicht zu ihm durch.

Ashs Mund verzieht sich und ein Grollen entsteigt seiner Kehle. Tristans Grinsen wird breiter und es ist genau dieses Grinsen, was auch bei mir das Fass zum Überlaufen bringt. Mit der Schulter stoße ich Ash zur Seite. Ich bin nicht stark genug, um ihn wirklich von Tristan wegbekommen zu können, aber es reicht aus, um Ash das Gleichgewicht verlieren zu lassen. Gleichzeitig ziehe ich einen meiner Dolche und halte ihn an Tristans Kehle. Geschockt weiten sich seine Augen, als er auf mich herabblickt.

»Du wirst jetzt verschwinden«, presse ich zwischen zusammengebissenen Zähnen hervor. »Und wenn ich dich heute noch einmal hier sehe, garantiere ich für nichts.«

»Du stellst dich auf seine Seite?«, fragt er ungläubig und wirft Ash einen hasserfüllten Blick zu.

»Du verhältst dich gerade wie der größte Idiot, also rechne nicht mit Verständnis von mir«, zische ich. »Und jetzt raus hier!«

Um meine Forderung zu unterstreichen, presse ich ihm die Klinge fester gegen den Hals. Ein Muskel zuckt unter seinem Auge, doch hinter dem Rücken sucht er mit der Hand bereits nach dem Türgriff.

»Du wirst das noch bereuen«, prophezeit er. Dabei klingt er jedoch eher resigniert als wütend. »Er wird dich unglücklich machen.«

»Das braucht dich nicht zu interessieren«, sage ich so ruhig wie möglich.

Ich lasse ihn nicht aus den Augen, bis er verschwunden ist. Doch auch nachdem sich die Tür hinter ihm geschlossen hat, kann ich nicht aufatmen. Schnell stecke ich den Dolch zurück in die Scheide und wende mich Ash zu. Sein Blick huscht wild umher, ohne mich wahrzunehmen, und seine Pupillen sind weiterhin zu Schlitzen geformt. Ich lege beide Hände um sein Gesicht und zwinge ihn so, mich endlich anzusehen, aber in seinem Blick liegt kein Erkennen. Nur ungezähmte Wut. Er schaut an mir vorbei zur Tür, durch die Tristan eben verschwunden ist.

»Ash?«, frage ich vorsichtig. »Kannst du mich hören?«

Wenn er sich hier verwandelt, wird es jemand aus dem Dorf bemerken. Sie werden keine Fragen stellen. Mir nicht einmal die Chance geben, etwas erklären zu können, sondern ihn töten. Aber was kann ich tun? Ich schaffe es nicht, zu ihm durchzudringen, doch wie soll ich ihn hier wegschaffen? Und selbst wenn mir das gelingen sollte, wohin dann? Ich kann ihn nicht ins Labor unterhalb von Daarth bringen, denn dazu müssten wir durch die Stadt. Und sie ist viel zu weit weg.

Mein Blick huscht zu der Leiter, die zu meinem Zimmer hinaufführt. Kein gutes Versteck, aber immer noch besser als der untere Bereich der Hütte, wo täglich unzählige Dorfbewohner ein- und ausgehen, um von Großmutter behandelt zu werden. Und für den Fall, dass er sich tatsächlich verwandeln sollte, kann er mein Zimmer nicht verlassen, weil sein massiger Feral-Körper nicht durch die Deckenluke passen würde.

Ich packe sein Kinn, hole tief Luft und sage – so streng es mir möglich ist: »Du wirst jetzt nach oben gehen. Hast du mich verstanden?«

Sein Blick flackert, als er mich endlich wahrnimmt. Ich nutze die Chance und packe seinen Arm, um ihn zur Leiter zu ziehen. Langsam erklimmt er Sprosse für Sprosse und dreht sich ständig nach mir um.

»Rauf mit dir!«, kommandiere ich. Und er gehorcht.

Meine Hände zittern, als ich ihm nachklettere und ihn weiter antreibe. Wenn er wieder für mehrere Tage ein Feral wird ... Ich kann mir nicht vorstellen, dass er das inmitten eines Wächterdorfes überleben wird. Mir muss etwas einfallen! Ich muss alles daransetzen, die Verwandlung zu verhindern. Doch wie soll ich das schaffen? Der Monat ist schon fast wieder vorbei, also wird er sich unweigerlich bald wandeln müssen. Aber doch nicht hier! Warum ist er nicht im Schloss geblieben, wo zumindest Caleb ein Auge auf ihn hätte haben können?

In meinem Zimmer angekommen schließe ich die Luke und verriegele das Fenster. Als ich mich wieder zu Ash umdrehe, hat er beide Arme um sich geschlungen und die Augen fest zusammengekniffen. Ich schlucke krampfhaft. Mir bleibt keine Zeit mehr, um mir etwas auszudenken. Ich muss handeln – jetzt!

Ich versetze ihm einen Stoß gegen die Brust, sodass er nach hinten taumelt und auf mein Bett fällt. Verwirrung und Überraschung blitzen in seinen Augen auf, doch ansonsten erkenne ich nichts Menschliches darin. Er zittert am ganzen Körper unkontrolliert, als sei er kurz davor, seine Form zu ändern.

Ohne weiter darüber nachzudenken, klettere ich ihm auf den Schoß und umschließe sein Gesicht mit den Händen. Ich warte, bis er mich wieder ansieht.

»Hallo, Feral«, sage ich sanft und zwinge mich zu einem Lächeln. »Erinnerst du dich an mich?«

Seine Nasenflügel beben, als würde er schnuppern. Ich lehne den Kopf ein

Stück zurück, damit er an meinen Hals gelangen kann. Augenblicklich ebbt das Zittern ab; nicht gänzlich, aber doch so weit, dass ich nicht jederzeit eine Verwandlung befürchten muss. Seine Atmung geht schwer und abgehackt und auf der Stirn glänzen Schweißperlen. Mit dem Daumen streiche ich ihm über die Wange.

»Es ist alles in Ordnung«, murmele ich und er gibt das Feral-Grollen von sich. Es klingt seltsam aus seinem menschlichen Mund. »Es geht mir gut. Du wirst noch nicht gebraucht.« Ich neige den Kopf zurück und schaue ihm ihn die Augen. »Schlaf eine Weile. Ich werde da sein, wenn du wiederkommst. Aber bis dahin hätte ich gerne Ash zurück. Ist das möglich?«

Er blinzelt ein paarmal hintereinander, und als er mich dann erneut anschaut, sind die Pupillen wieder normal. Ich stoße erleichtert den Atem aus und lehne die Stirn gegen seine Schulter. Verdammt, das war knapp! Aber es hat funktioniert! Was auch immer ich da gerade gemacht habe, es hat geklappt!

»Scar«, flüstert Ash und ich schließe die Augen, als ein wohliger Schauer meinen Rücken hinunterläuft. »Wie hast du es geschafft? Ich war ... Ich hatte keine Kontrolle mehr. Eigentlich müsste ich jetzt ...«

Ich hebe den Kopf und ein Lächeln zupft an meinen Mundwinkeln. »Scheint, als hört dein Feral besser auf mich als auf dich.«

Ein vorsichtiges Lächeln umspielt jetzt auch seine Lippen. »Ja, scheint wohl so. Aber du weißt schon, dass das immer noch ich bin? Auch wenn ich nicht so aussehe.« Er legt die Hand auf meine. »Du bist eiskalt. Und warum bist du klatschnass?«

Als er es anspricht, spüre ich die Kälte und die nasse Kleidung, die auf meiner eisigen Haut liegt, und ich beginne zu zittern. Bis eben stand ich so unter Anspannung, dass ich keine Zeit dazu hatte, doch jetzt friere ich bis auf die Knochen.

»Weil es draußen in Strömen regnet und ich für meine Großmutter Silberblatt besorgen musste«, antworte ich.

Ich will von seinem Schoß klettern, um endlich die nassen Klamotten loszuwerden, aber er hält mich zurück. Mit den Fingern zieht er den Saum meiner Tunika nach und wartet auf Protest, der jedoch nicht kommt. Ich bin viel zu sehr damit beschäftigt, mich zu entscheiden, in welchem seiner Augen ich das Funkeln faszinierender finde, als ganze Sätze zu bilden. Auch als er langsam eine wundervoll warme Hand unter meine Tunika schiebt und sie mir an den Rücken legt, gibt er mir genügend Zeit, ihn zurückzuhalten.

»Es war bedeutend einfacher, als du deinen Nexus getragen hast«, murmelt er. »Da wusste ich immer, was du willst und wie weit ich gehen konnte, ohne Gefahr zu laufen, von dir aufgeschlitzt zu werden.«

Ich beuge mich nach vorn und stupse seine Nasenspitze mit meiner an. »So was nennt man mogeln.«

»Aber wie soll ich jetzt wissen, was ich machen soll?«

Ich neige den Kopf. »Du könntest mich fragen.«

Er schluckt krampfhaft und ich muss ein Kichern unterdrücken.

»Ich gebe dir einen kleinen Hinweis«, schnurre ich. »Fürs Erste würde ich wirklich gern aus diesen nassen Klamotten raus und mich aufwärmen.«

Seine Hand an meinem Rücken zittert leicht und die Wangen verfärben sich rot. Ich beiße mir auf die Unterlippe, um nicht laut loszulachen. Nie hätte ich gedacht, dass er so ... schüchtern sein könnte. Nicht nach den ganzen Sprüchen, die ich immer wieder von ihm zu hören bekam. Aber wahrscheinlich war es wirklich der Nexus und die Verbindung, die wir dadurch hatten, die ihm die Sicherheit dazu gab. Doch jetzt, ohne diese Sicherheit, ist er völlig hilflos. Und ich kann nicht leugnen, dass ich das süß finde.

Da er auch nach einigen Augenblicken weiterhin in einer Schockstarre gefangen zu sein scheint, greife ich selbst nach dem Bund meiner Tunika und ziehe sie mir über den Kopf. Ash saugt scharf die Luft ein, stößt sie dann aber wieder aus und verzieht den Mund.

»Hatten wir nicht mal geklärt, dass diese Brustbandage ganz großer Blödsinn ist?«, murrt er, während er meinen bandagierten Oberkörper mit zusammengezogenen Augenbrauen mustert.

»Nein, wir hatten nichts geklärt«, entgegne ich. »Du hast beschlossen, dass das ganz großer Blödsinn wäre. Aber hier in einem Dorf voller Männer, die entweder noch keine Frau haben oder ihre schon lange nicht mehr gesehen haben, versuche ich alles, um nicht aufzufallen.«

Sein Blick verfinstert sich. »Daran habe ich nicht gedacht.«

»Schon gut«, sage ich und klettere von seinem Schoß, um aus den restlichen Klamotten rauszukommen.

Zuerst schlüpfe ich aus den Stiefeln, in denen noch das Wasser steht, dann löse ich den Gürtel und ziehe die Hose aus. Nur noch mit Unterhose bekleidet, die mir bis über die Oberschenkel reicht, gehe ich zu dem kleinen Frisiertisch und öffne meinen Zopf, damit auch die Haare trocknen können. Im Spiegel beobachte ich ihn und schmunzele über die verkrampfte Haltung und die Röte in seinem Gesicht.

»Du hast mich schon weniger bekleidet gesehen. Bereits vergessen?«, frage ich, als ich mich wieder zu ihm umdrehe.

»Hmm?«, macht er und blinzelt mehrmals hintereinander. »Ich ... Da war ich aber ein Feral.«

»Ich dachte, das wärst immer noch du. Und du konntest dich daran erinnern.«

»Ja. Nein. In gewisser Weise.« Er reibt sich mit beiden Händen übers Gesicht. »Wie war die Frage noch mal?«

Ich schüttele den Kopf. Dann mache ich einen Schritt auf ihn zu, beuge mich so weit zu ihm hinunter, dass unsere Gesichter auf einer Höhe sind, und hebe sein Kinn mit dem Zeigefinger an. »Mache ich dich etwa nervös?«

Das schiefe Grinsen, das ich so liebe, umspielt seine Lippen. »*Noch* geht es.«

Dieses »Noch« werden wir gleich auf die Probe stellen. »Rutsch mal zur Seite. Wenn du mit unter die Decke willst, musst du deine Schuhe ausziehen.«

In Windeseile schnürt er die Stiefel auf und streift sie ab. Ich laufe um ihn herum und krabble ins Bett, wo ich mich sofort in die Decke wickele. Dann klopfe ich auf die freie Seite neben mir. Ash braucht keine weitere Einladung.

Zögerlich legt er eine Hand auf meine Taille. »Du bist immer noch eiskalt«, murmelt er. »Dreh dich mal um.«

Ich komme seiner Aufforderung nach. Sogleich schlingt er beide Arme um mich und zieht mich an seine Brust. Wohlig seufzend schmiege ich mich mit dem Rücken zu ihm noch enger an.

»Besser?«, wispert er mir ins Ohr.

»Viel besser«, antworte ich.

Meine Stimme klingt heiser und am liebsten würde ich gar nicht reden, sondern einfach die Augen schließen und seine Wärme genießen. Doch nach dem, was eben passiert ist, bin ich noch viel zu aufgekratzt, um schlafen zu können. Ich spüre jeden seiner Atemzüge an Nacken und Schultern und seinen festen Körper überall an mir.

Ein fast vergessener Gedanke rauscht durch meinen Kopf, als wir so eng umschlungen im Bett liegen.

Mir. Er gehört mir.

Egal, was bisher geschehen ist, daran hat sich nichts geändert. Ich hatte gehofft, dass ich mit der Zeit über ihn hinwegkäme und vergessen könnte, was ich seinetwegen getan habe. Aber als ich ihn vorhin unten sitzen saß, wusste ich, dass das niemals passieren würde.

Ein Blick in seine Augen genügte, um die Zweifel verschwinden zu lassen. Ich würde mich wieder vor ihn stellen, wenn er angegriffen wird. Ich würde wieder töten, um seine und meine Sicherheit zu gewährleisten. Ich würde jeden umbringen, der es wagt, ihm schaden zu wollen. Selbst wenn das bedeutet, dass ich das halbe Dorf auslöschen müsste. Ich würde nicht zögern, nicht einen einzigen Augenblick.

Und das macht mir Angst. Was ist nur aus mir geworden, dass ich das Wohl eines Ferals über das Leben von Menschen stelle, die ich mein ganzes Leben lang kenne?

»Ist dir noch kalt?«, fragt Ash. »Du zitterst wieder.«

Ich presse die Lippen zusammen und drehe mich in seinen Armen um, damit ich ihn ansehen kann. Die Augenbrauen hat er fragend zusammengezogen.

»Warum bist du hergekommen?«, will ich wissen. Diese Frage brennt mir schon die ganze Zeit unter den Nägeln. Warum jetzt? Ich hatte ihm doch extra über den Nexus gesagt, dass es mir gut ginge.

»Weil ich es nicht mehr länger ausgehalten habe«, sagt er und senkt den Blick. »Ich wäre schon viel früher gekommen, aber Caleb hat die ganze Zeit irgendeinen Blödsinn von wegen ›Zeit geben‹ und ›Abstand halten‹ gebrabbelt. Und irgendwann habe ich ihm das geglaubt und gedacht, dass es besser wäre, wenn ich dich erst mal in Ruhe lasse.« Sein Blick huscht zu mir zurück. »Aber es wurde nicht besser. Eher schlimmer.«

Ich nicke, denn ich weiß genau, was er meint. »Ich habe die Tage auch nur überstanden, weil ich Jyde angefleht habe, mich so lange zu trainieren, bis ich auf allen vieren nach Hause kriechen musste. Und Großmutter hat meinen Kopf beschäftigt, indem sie versucht hat mir ihr ganzes Kräuterwissen einzubläuen.«

»Ich hatte leider nicht so viel Ablenkung. Ständig musste ich zu Treffen und Zusammenkünften, von denen ich im Nachhinein nicht sagen konnte, worüber sie handelten, denn die ganze Zeit habe ich nur an dich gedacht. Habe dich vor mir gesehen und mich gefragt, was du wohl gerade machst. Ich habe gewartet und gehofft, dass du dich meldest, aber immer, wenn ich kurz davor war, alles stehen und liegen zu lassen, um zu dir zu kommen, hielt Caleb mich mit seinem Zeit-geben-Gequatsche zurück.« Er greift nach meiner Hand und verflicht seine Finger mit meinen. »Aber heute hat er einen Fehler begangen. Er hat sich verplappert, dass er mit dir gesprochen hätte. Und als dann auch noch Tristans Name fiel, gab es nichts und niemanden, der mich hätte zurückhalten können.« Sein Blick wird weich. »Außer dir. Wenn du mir gesagt hättest, dass ich verschwinden soll, wäre ich gegangen.«

»Habe ich das nicht gesagt?«

Er grinst. »Vorher hast du mich angebrüllt, dass ich mich wieder hinsetzen soll, also habe ich den Rest, den du danach gesagt hast, gekonnt überhört und bin geblieben.« Als ich nicht antworte, fügt er hinzu: »Ich hoffe, das war richtig ...?«

Seine Unsicherheit versetzt mir einen Stich. Ich möchte nicht, dass er denkt, ich wolle ihn nicht hier haben, doch es ist viel zu gefährlich für ihn. Und auch für mich, denn ich gerate unweigerlich zwischen die Fronten.

»Es ist nicht so, dass ich dich nicht hier haben will, aber ... das Dorf ist kein

Ort für dich. Boldur hasst dich, ebenso wie Tristan, und wenn du dich hier verwandelst ...«

»Aber für Tristan ist es ungefährlicher?«

»Tristan ist der Sohn unseres Clan-Führers.«

»Ich bin der verdammte Prinz dieses Landes«, hält er dagegen und ich muss über seine Wortwahl schmunzeln. »Soweit ich informiert bin, stehe ich über jedem Clan-Chef.«

»In der Theorie vielleicht, aber hier im Dorf gelten andere Gesetze.«

Mit den Fingern der freien Hand gleitet er über die Narben an meinem Rücken und ich schließe für einen Moment die Augen. Jedes Stück Haut, das er berührt, kribbelt, nachdem seine Finger immer weiterwandern.

»Ja, das habe ich schon bemerkt«, murmelt er dann. »Ich würde gerne das Gesicht eures Clan-Führers sehen, wenn er erfährt, dass sein Sohn ein Feral ist.«

»Tristan meinte, dass er seine Verwandlungen unter Kontrolle hat. Und Luisa ist bei ihm. Vielleicht kann sie ähnlich auf ihn einwirken wie ich auf dich.«

Ash bricht in schallendes Gelächter aus. »Entschuldige«, japst er. »Aber allein die Vorstellung ...« Er schüttelt den Kopf. »Ich bezweifele, dass Luisa auch nur die leiseste Ahnung davon hat, was Tristan ist. Außerdem habe ich nicht vergessen, dass er dich wollte und nicht sie.« Er lehnt die Stirn gegen meine. »Aber dich bekommt er nicht. Weil du zu mir gehörst.«

Das Kribbeln wird von einem warmen Gefühl abgelöst, das sich im ganzen Körper ausbreitet. Ich gehöre ihm und er gehört mir. Das Wissen, dass er mich genauso sieht, wie ich ihn sehe, trotz Fehler und Makel, trotz der Dunkelheit, die uns beide umgibt, trotz der Geheimnisse, die wir beide teilen, beschleunigt meinen Herzschlag. Seine Nähe ist mir plötzlich nicht mehr nah genug.

»Scar«, raunt er in dem Tonfall, der mir die Sinne schwinden lässt, »darf ich dich küssen?«

»Glaubst du ernsthaft, dass ich dich davon abhalten würde?«, flüstere ich und lehne mich nach vorn.

Ich seufze, als unsere Münder nach einer gefühlten Ewigkeit endlich wieder zueinanderfinden. Mehrere Wochen ist es bereits her, dass ich ihn schmecken und fühlen durfte, und es ist noch genauso berauschend wie damals. Langsam tasten wir uns vor, erkunden den anderen erneut, der uns fremd und gleichzeitig vertraut ist, und es scheint, als wären wir nicht einen Tag getrennt gewesen. Als hätte es nie etwas zwischen uns gegeben, was uns beinahe zerstört hätte. Ich verschwende keinen Gedanken daran, was vor uns liegt, oder daran, wie es mit uns weitergehen soll. All das wird nebensächlich, wenn ich ihn küsse.

Sanft knabbert er an meiner Unterlippe, während er mit den Fingern der rechten Hand die Haut an meinem Rücken liebkost. Jede Berührung vertreibt die Kälte mehr und mehr, bis mein Körper in Flammen zu stehen scheint. Ich kralle mich mit den Fingern in seine Tunika – warum hat er überhaupt noch so viel an? – und dränge mich ihm entgegen. Ich will ihn an mir spüren. Überall. Das Ziehen im Unterleib lässt mich nach Luft schnappen.

Ash unterbricht unseren Kuss, reißt die Augen auf und schiebt mich auf Armlänge von sich. Beinahe fällt er dabei aus dem Bett. Völlig vor den Kopf gestoßen starre ich ihn an. Dann fallen mir die Pupillen auf, die sich wieder zu Schlitzen gewandelt haben.

Er beißt die Zähne zusammen und wendet den Kopf ab. »Es ... geht gleich wieder«, presst er hervor.

»Was ist passiert?«, frage ich mit zitternder Stimme. Ich konnte doch eben seinen Feral besänftigen. Warum ist er jetzt schon wieder da?

»Gib mir ... eine Minute.«

Ich runzele die Stirn, als ich ihn dabei beobachte, wie er schwer durch den Mund ein- und ausatmet. Zögernd strecke ich eine Hand aus und lege sie an seine Wange. Er lässt es zu und scheint sich ein wenig zu beruhigen.

»Erklärst du mir, was gerade geschehen ist?«, frage ich nach einer Weile.

Seine Augen sind wieder normal, als er mich ansieht. »Es ist dein Duft«, murmelt er und schlägt den Blick nieder. »Er verändert sich, wenn du ... erregt bist. Und das weckt sofort den Feral in mir auf. Vor allem, wenn er sich sowieso schon nah an der Oberfläche meines Bewusstseins befindet wie jetzt.

Kurz nach einer Verwandlung ist es einfacher, ihn im Zaum zu halten, aber jetzt ... Jetzt ist es fast unmöglich.«

»Ich rieche anders, wenn ich ...?« Ich verstumme.

»Auch, wenn du Angst hast. So habe ich dich das erste Mal in der Stadt gefunden, als du diesem Kerl in den äußeren Distrikt gefolgt bist. Ich konnte deine Angst in der ganzen Stadt wittern und es war ein Leichtes, dem Geruch zu folgen. Ich selbst bemerke kaum einen Unterschied, aber der Feral nimmt sogar die kleinsten Veränderungen wahr und übernimmt dann mein Handeln, auch wenn er äußerlich nicht zu sehen ist.«

»Ich dachte, ihr wärt ein und dasselbe.«

Er zögert mit einer Antwort. »Es ist schwierig zu erklären. In gewisser Weise sind wir ein und dasselbe, aber unsere Persönlichkeiten sind anders. Der Feral ist ursprünglicher und voller Instinkte, die ich als Mensch gar nicht kenne. Und teilweise auch nicht kennen will. Während einer Wandlung ist mein Bewusstsein immer noch da, aber ich habe kaum noch Kontrolle über mein Handeln. Er ist ich und ich bin er. Nur unsere Denkweise ist anders.«

»Inwiefern?«

»Als Feral kenne ich keine Zurückhaltung oder Gesetze oder Manieren. Das hat aber auch manchmal seine Vorteile. Als Mensch könnte ich nicht einfach zu Tristan gehen und ihm den Kopf abreißen. Als Feral schon. Ihn schert es nicht, dass ich mich dadurch unbeliebt machen dürfte. Für ihn ist Tristan eine Bedrohung, die er lieber gestern als heute loswerden wollen würde.«

Wie wir gerade auf Tristan gekommen sind, habe ich zwar nicht verstanden, aber der Rest klingt logisch. Auch wenn ich es mir nur schwer vorstellen kann, wie es sich anfühlt, ein zweites Bewusstsein in sich zu haben, über das man nicht die volle Kontrolle hat.

»Wie heißt er? Dein Feral«, frage ich.

Ash schmunzelt. »Er hat keinen eigenen Namen.«

»Es kommt mir aber falsch vor, ihn Ash zu nennen, wenn ich ihn das nächste Mal sehe.«

Er zieht mich wieder näher zu sich und ich lehne den Kopf an seine Schulter. »Darüber habe ich mir noch nie Gedanken gemacht«, murmelt er, während er mit den Fingern meinen Rücken entlangfährt. »Wenn du ihm einen Namen geben musst, dann nenne ihn Tenebrae.«

»Tenebrae«, wiederhole ich. »Das habe ich schon mal irgendwo gehört.«

Ash haucht mir einen Kuss auf die Stirn. »Die alte Zivilisation hatte diese Operation zur Vernichtung der Ferals«, hilft er mir auf die Sprünge. »Sie hieß Tenebrae et Cinis.«

»Dunkelheit und Asche«, sage ich, als es mir wieder einfällt.

»Mein Vater war, wie sein Vater vor ihm, ganz besessen von allem, was mit der alten Zivilisation zu tun hatte. Er sammelte alles, was er in den Katakomben finden konnte, und studierte die alten Sprachen noch umfassender als ich. Er benannte mich sogar nach dieser schiefgegangenen Operation. Meine Mutter fand das nicht lustig, beugte sich aber schlussendlich seinem Wunsch.«

»Tenebrae ist also dein richtiger Name?«

»Ja, doch niemand benutzt ihn, nicht mal meine Mutter.« Er stößt ein Schnauben aus. »Und ich hasse ihn. Deshalb habe ich mir einen neuen gegeben. Aber ich wollte mich auch nicht völlig über den Willen meines verstorbenen Vaters hinwegsetzen. Deshalb nahm ich den zweiten Teil des Operationsnamens und übersetzte ihn in die alte Sprache, die ich beherrsche.«

»Woher stammt diese Besessenheit von der alten Zivilisation? Ich meine, die werden damals schon was falsch gemacht haben, sonst wären sie noch hier.«

»Das erkläre ich dir am besten, wenn wir wieder im Labor sind«, antwortet Ash. »Da habe ich Anschauungsmaterial.«

Obwohl er es einfach nur so dahinsagt, versetzt mir seine Antwort einen Stich. Wieder ins Labor zu gehen würde bedeuten, dass ich zurück in die Stadt muss. Darüber habe ich noch nicht nachgedacht und es bis vorhin, als er plötzlich unten saß, auch nicht in Erwägung gezogen. Ich wusste zwar nicht, was aus mir werden soll, aber zurück in die Stadt, ins Schloss, zu gehen, stand für mich nicht zur Diskussion. Ich bin gegangen und ich glaube nicht, dass mich die Königin wieder in ihren Dienst aufnehmen oder mich gar an der Seite ihres Sohnes dulden wird. Ich habe sie enttäuscht, ebenso wie alle anderen auch.

»Hab ich was Falsches gesagt?«, fragt Ash, als er mein Schweigen bemerkt.

Ich setze mich auf und klemme mir die Decke unter die Arme.

»Du ... willst nicht mit zurück«, murmelt er nach einer schier endlos scheinenden Ewigkeit.

Ich stoße den Atem aus, den ich die ganze Zeit über angehalten habe. »Ich weiß es nicht.«

»Aber warum nicht? Was willst du denn hier?«

»Im Schloss fühle ich mich fehl am Platz«, sage ich. »Bei sämtlichen Empfängen steche ich heraus. Ich werde mich nie so unauffällig zwischen all den Adeligen bewegen können wie Hazel oder Payne.«

»Dir fehlt nur die Übung«, hält er dagegen. »Die beiden waren anfangs noch viel tollpatschiger als du.«

Ich teile seine Meinung nicht. Mit Übung werde ich nicht weit kommen und ich kann nicht jedes Mal darauf hoffen, dass Ash da ist und mir hilft. Solange ich keine Waffen in der Hand habe, bin ich zu nichts nütze.

Aber da ist noch mehr, was mich umtreibt. Ich habe die Königin und die anderen enttäuscht, indem ich sie einfach verlassen habe. Ich kann mir nicht vorstellen, dass sie mich einfach so wieder mit offenen Armen empfangen werden.

Und dann wäre da noch Ash. Ich habe mir bis heute jeden Gedanken an ihn verboten, seit ich zurückgekommen bin, doch jetzt lässt mich die Frage, was aus uns werden soll, nicht los. Ich möchte bei ihm sein, ihm nahe sein, aber selbst, wenn ich außer Acht lasse, dass er zu einem Feral werden kann, ist er ...

»Du bist ein Prinz«, flüstere ich.

Sofort setzt er sich ebenfalls auf. »Scar, jetzt machst du mir Angst. Wenn du meinen Titel aussprichst, muss etwas Schlimmes dahinterstecken. Bitte, rede mit mir! Sag mir, was dich zögern lässt.« Er rückt ein Stück nach vorn, sodass er mich ansehen kann, und greift nach meiner Hand. »Empfindest du nicht das Gleiche für mich wie ich für dich?«

Gegen meinen Willen muss ich lächeln. »Nein, das ist es nicht. Ich habe mich gegen dich und meine Gefühle gewehrt, aber du tratest ohne Vorwarnung in mein Leben. Und du hast mein Herz erobert, bevor ich Nein sagen konnte. Als ich zum ersten Mal ins Schloss kam, warst du mit Caleb draußen im Ring, weißt du noch?« Ash nickt. »Ich habe mich dagegen gesträubt, dich anzusehen, aber als ich es dann tat und du mich angegrinst hast, war alles, was ich noch denken konnte: *Oh, verdammt!*« Ich schüttele den Kopf. »Entschuldige, ich rede Blödsinn. Ich bin nicht gut darin, über Gefühle zu sprechen, aber daran liegt es nicht, glaub mir.«

»Was ist es dann?«, bohrt er weiter. »Ist es, weil ich nicht mit dir schlafen kann?«

Ich spüre, dass ich rot werde. Doch noch ehe ich etwas dazu sagen kann, redet er bereits weiter.

»Denk bitte nicht, dass ich nicht will, denn glaub mir, ich *will*, aber ... Ich hätte es nicht unter Kontrolle. Ich könnte ... nicht sanft sein. Vielleicht schaffe ich es, die Verwandlung zu unterdrücken, aber ...« Er schaut auf unsere Hände. »Selbst wenn ich dich nur im Arm halte, spüre ich bereits Tenebraes Klauen, die an meinem Bewusstsein kratzen. Das will ich dir nicht antun.«

Ich seufze. »Wenn es mir nur darum ginge, fände ich hier genügend Männer. Ich bin sicher, dass Tristan trotz seiner Verlobten ganz vorn in der Reihe stehen würde.«

Ash verzieht den Mund und rollt mit den Augen. »Du weißt wirklich, wie du mich ärgern kannst ...«

»Das wollte ich nicht«, murmele ich. »Es ist dein Titel, der mir Angst macht. Wärst du ein einfacher Junge aus dem Dorf, der sich nicht noch zusätzlich in einen Feral verwandeln müsste, wäre alles leichter. Aber so ...« Ich zucke hilflos mit den Schultern. »Wenn ich es nicht einmal schaffe, einen einzigen Ball ohne Zwischenfälle zu überstehen, wie könnte ich dann je an deiner Seite sein? Du brauchst ein Mädchen, das herrschen kann und vom Volk akzeptiert wird. Ich kann nichts außer kämpfen.«

Zwischen seinen Augenbrauen bildet sich eine Falte, als er mich so eindringlich mustert, dass ich den Blick abwenden muss. Ich ertrage es nicht, wenn er mich so ansieht.

»Meine Mutter war eine Unberührbare«, sagt er dann in einem Tonfall, der mir eine Gänsehaut beschert. »Ich war froh, als deine Großmutter dir die Geschichte erzählte, weil ich hoffte, dass du dich darin wiedererkennen würdest. Dass du sehen könntest, dass es immer einen Weg gibt. Wenn zwei Menschen füreinander bestimmt sind, finden sie einen Weg. Egal, wie schwer es auch sein mag.«

Ich schlucke hektisch, habe aber das Gefühl, keine Luft mehr zu bekommen.

»Ich kann nicht in Worte fassen, was ich für dich empfinde«, flüstere ich, »denn ich habe noch nie für jemanden das Gleiche empfunden wie für dich. Aber ich ...«

»Caleb hat mal zu mir gesagt, dass alles, was vor dem Wörtchen ›aber‹ kommt, nicht zählt«, murmelt Ash und lässt meine Hand los. »Was kann ich tun, um dir deine Angst zu nehmen?«

»Ich weiß es nicht«, hauche ich und senke den Kopf.

Der Schmerz in der Brust raubt mir fast die Sinne und ich habe keine Ahnung, wie ich ihn lindern kann. Ich selbst werde es gar nicht können. Nur Ash vermag das zu schaffen. Aber ihn kann ich nicht darum bitten.

Königin Neera hatte recht: Ganz egal, wie ähnlich wir uns sind, ich könnte niemals ihren Platz einnehmen. Ich verfüge nicht über die Weitsicht oder Gabe, mich nach außen hin ruhig zu geben. Und ich bezweifele, dass ich es je lernen könnte. Als Königin wäre ich eine genauso große Enttäuschung wie als Leibwächterin. Aber dann würde es auf Ash zurückfallen und das will ich auf keinen Fall. Er hat schon genug Sorgen und Probleme, da darf er sich nicht auch noch mit meinen befassen. So schwer es mir auch fällt, aber er braucht eine Frau, die selbstständig handeln und herrschen kann, vor allem während der Zeit, in der er ein Feral ist. Das Königreich würde im Chaos versinken, wenn ich nur für ein paar Stunden allein an der Macht wäre ...

»Du bist ein Prinz, Ash«, sage ich erneut, nachdem ich mich wieder gefangen habe. Seine Augen sind weit aufgerissen, als er mich ansieht, und ich muss mich zum Weiterreden zwingen. »Du musst ein Mädchen aus einem vornehmen Hause heiraten. Eine, die ihr ganzes Leben auf das, was sie erwartet, vorbereitet wurde. Aber dieses Mädchen bin nicht ich.«

Mein Herz bricht in tausend Splitter, als ich die Worte ausspreche. Tränen brennen in meinen Augen, doch ich schaffe es, sie zurückzublinzeln. Ein Mädchen wie Ruby, schön und weltgewandt, ist die Art von Person, die an der Seite eines Prinzen stehen muss. Kein titelloses Dorfmädchen wie ich.

»Ich brauche kein Mädchen«, widerspricht Ash. »Ich brauche eine *Frau*. Keine gackernde Gans, die in schicken Kleidern neben mir sitzt und zum richtigen Zeitpunkt über den schlechten Witz eines der Anwesenden lacht. Ich will eine Frau, die mich dann anschaut und gleichzeitig mit mir die Augen verdreht. Eine, die alles an mir akzeptieren kann, ohne einen Teil von mir zu fürchten. Ich will eine Frau, an deren Seite ich ohne Angst in den Krieg ziehen könnte, weil ich wüsste, dass ich mir um sie keine Sorgen machen muss.« Er umschließt mein Gesicht mit den Händen. »Und diese Frau habe ich gefunden.«

Ich schaffe es nicht mehr, die Tränen zurückzuhalten. Sobald sie meine Augen verlassen, wischt Ash sie mit den Daumen weg.

»Sag bitte etwas dazu«, fleht er. Furcht spiegelt sich in seinem Blick.

»Ich würde so gern Ja sagen ...«

»Wehe, da kommt jetzt ein Aber!«, warnt er mich, ringt sich jedoch zu einem kleinen Lächeln durch.

Als ich versuche es ihm gleichzutun, lehnt er sich vor und küsst mich. Seine Lippen streifen meine nur sanft, beinahe vorsichtig, als befürchte er, dass ich sofort meine Meinung ändern könnte, wenn er mich zu sehr berührte.

»Ich will nicht, dass du dich änderst«, murmelt er an meinem Mund, »oder meinetwegen zu jemandem wirst, der du nicht bist oder sein willst. Ich werde dich nie zwingen, an irgendwelchen Empfängen teilzunehmen, wenn du das nicht möchtest. Ich will nur, dass du bei mir bist. Wenn ich mich umdrehe, will ich dich hinter mir sehen und deine Kraft spüren können. Ich will deine Meinung hören, wenn ich Entscheidungen treffen muss. Ich will, dass dein Gesicht das Letzte ist, was ich abends sehe, und das Erste, wenn ich morgens wieder die Augen öffne.«

Ich habe vergessen, wie man atmet. Mein Herz, das eben noch gebrochen war, wummert wie verrückt in der Brust, doch alles, was ich tun kann, ist, in Ashs Augen zu schauen. Das Funkeln, das in ihnen tanzt, ist schöner als alles, was ich bisher gesehen habe. Hoffentlich erwartet er nicht von mir, dass ich etwas darauf erwidere. Selbst in hundert Jahren würde mir nichts einfallen, was auch nur halb so schön wäre wie die Worte, die er zu mir gesagt hat. Ich werde keines davon vergessen und mich an sie erinnern, wenn mich erneut Zweifel überkommen. Das wird irgendwann geschehen, da mache ich mir nichts vor. Der Weg, der vor mir liegt, wird steinig sein, und ich werde oft über den eigenen Schatten springen müssen. Ich kann nur hoffen, dass ich es mir mit Königin Neera, Hazel und Payne nicht völlig verdorben habe, denn ich werde ihre Hilfe brauchen. Auch wenn Ash sagt, dass ich mich nicht ändern muss, werde ich dennoch Unterricht benötigen. Das Letzte, was ich will, ist, einen von ihnen erneut zu enttäuschen, und vor allem nicht Ash.

»Ich bin nicht gut in so was«, wispere ich, lege die Hände auf seine und nehme sie ihm von meinem Gesicht.

Für einen Moment sieht Ash verwirrt und fast ein wenig ängstlich aus, doch als er erkennt, dass ich nach meinem Nexus greife, der neben dem Bett liegt, beruhigt er sich. Ich setze ihn auf, atme tief ein und lasse all die Gedanken und Gefühle, die gerade in mir toben, frei. Ich weiß, dass er sie hören kann, denn das Funkeln in seinen Augen wird noch strahlender und die letzten Zweifel schwinden aus seiner Miene.

»Ich kann nicht so gut mit Worten umgehen wie du. Deshalb hoffe ich, dass dir meine Gedanken genügen.«

Er lehnt die Stirn an meine. »Sie sind mehr, als ich zu hoffen gewagt habe.«

Wir küssen uns erneut, inniger diesmal – und es fällt mir schwer, meine Gedanken nicht abdriften zu lassen. Vor allem, als er mich auf den Schoß zieht und mit den Händen nahezu jeden Zentimeter meiner Haut erkundet.

»Beschwere dich nicht, wenn ich wieder anders rieche«, warne ich ihn.

Er grinst frech. »Beschwerden wirst du von mir nicht hören. Nur Gejammer, weil ich mich zurückhalten muss.«

Ich beiße ihn spielerisch in die Unterlippe, bevor wir einige Minuten lang eng umschlungen einfach nur die Nähe des anderen genießen. »Bleibst du heute Nacht hier?«, frage ich dann.

Sein Blick findet meinen. »Wenn es dir nichts ausmacht, dass ich dich nur im Arm halten kann, würde ich gerne bleiben.«

Nun ist es an mir zu grinsen. »Ich bin gespannt, ob du auch so warm und anschmiegsam bist wie Tenebrae.«

Ash verdreht die Augen und stößt ein Schnauben aus. »Es wurmt mich, dass der Feral vor mir mit dir in einem Bett schlafen durfte.«

Ich streichele über seine Wange und er schmiegt sich sofort gegen meine Handfläche. »Aber du bist neben mir aufgewacht. Und du wirst auch morgen neben mir aufwachen.«

»Ich kann es kaum erwarten«, murmelt er und presst den Mund auf meinen.

KAPITEL 15

Bereits einige Stunden vor Sonnenaufgang werden wir durch Großmutters Poltern geweckt. Sie klopft mit irgendwas gegen die geschlossene Luke zu meinem Zimmer, so laut, dass ich beinahe aus dem Bett falle.

»Du solltest unseren werten Prinzen aus deinen Fängen lassen«, ruft sie von unten, »sonst wird er sich nicht mehr unbemerkt aus dem Dorf schleichen können.«

Grummelnd hebe ich den Kopf und reibe mir über die Augen. Für mich gibt es fast nichts Schlimmeres, als so früh geweckt zu werden. Und vor allem so unsanft. Allein der Griff seiner Arme, die mich zu ihm ziehen, und Ashs Hand, die dann beruhigend meinen Nacken krault, hält mich davon ab, etwas Unpassendes nach unten zu rufen oder mich noch mal umzudrehen und die Augen zu schließen. Ich weiß, dass Großmutter recht hat. Keine Ahnung, wie Ash es gestern geschafft hat, zu unserer Hütte zu gelangen, ohne entdeckt zu werden, aber ich möchte kein Risiko eingehen. Tristan weiß, dass Ash hier ist, und ich habe keine Lust, ihn oder gar Boldur nach Sonnenaufgang hier zu haben.

»Wäre es ein Problem, wenn sie mich sehen?«, fragt Ash leise.

Seine Stimme klingt belegt vom Schlaf und ich wünschte, er würde noch mehr sagen. Ich befürchte, dass ich nie genug davon bekommen werde, jeden Morgen seine ersten Worte zu hören.

Ich schmiege mich an seine Brust und genieße für ein paar letzte Augenblicke die Nähe. »Es ist schon ein Problem, dass *ich* hier bin. Deine Anwesenheit bei mir würde für Boldur das Fass zum Überlaufen bringen. Laut ihm hast du nichts in seinem Dorf zu suchen und er wartet nur darauf, dass ich ihm einen Grund liefere, mich zu verbannen.« Als er nichts darauf erwidert, lege ich das Kinn auf seine Brust und schaue zu ihm auf. »Keine Einwände? Kein ›Ist doch egal, weil du sowieso mit mir kommst!‹? Ich bin schon fast enttäuscht.«

Ein unterdrücktes Lachen rumpelt in seiner Brust. »Ich kann das gerne sagen, wenn du es hören möchtest«, murmelt er, während er mit einer Hand durch mein Haar fährt. »Aber dieses Dorf ist dein Zuhause. Ich verstehe zwar nicht, wie du noch immer daran hängen kannst nach allem, was dir Boldur angetan hat, aber ich respektiere deine Entscheidung. Du hast mal gesagt, dass ich ein Problem für dich wäre. Das möchte ich nie wieder sein.«

Ich schmunzele. »Habe ich damit etwa einen Nerv getroffen?«

»Nicht nur damit«, brummt er.

Erneut klopft Großmutter gegen das Brett über der Luke.

»Wir sind doch schon wach!«, rufe ich ihr zu.

»Dann werdet endlich fertig und zieht euch was an«, kommt es von unten. »Euch rennt die Zeit weg.«

Ich verdrehe die Augen und grummele: »Was denkt sie eigentlich von uns?«

»Das Gleiche, was alle denken«, antwortet Ash. »Und ich wünschte, sie hätten recht.«

Ich strecke mich, um ihn küssen zu können. »Alles zu seiner Zeit. Jetzt musst du erst mal aus dem Dorf raus.«

Ash nickt und drückt mich ein letztes Mal an sich, bevor er mit sichtlichem Widerwillen die Beine aus dem Bett schwingt. Seine Klamotten sind zerknittert, die Haare stehen wild in alle Richtungen ab und im Gesicht prangt noch der Abdruck des Kissens. In meinen Augen hat er nie schöner ausgesehen als in diesem Moment und ich könnte Stunden damit zubringen, ihn einfach nur anzuschauen.

Sein Blick huscht zu mir, als er sich nach den Stiefeln bückt, und das Lächeln auf seinen Lippen beschleunigt meinen Herzschlag. Mit dem Zeigefinger tippt er gegen seinen Nexus. Ich habe ganz vergessen, dass ich meinen noch – oder wieder – trage und er dadurch meine Gedanken hören kann. Aber das ist mir mittlerweile egal, also zucke ich nur mit den Schultern und lächele ebenfalls.

Nachdem er sich fertig angezogen hat, krame ich ein weites Hemd aus der Kleiderkiste, das mir bis zur Mitte der Oberschenkel reicht, und schlüpfe hinein. Meine Rüstung anzuziehen würde zu lange dauern. Das kann ich später noch machen, doch jetzt will ich mich nicht mit solchen Nebensächlichkeiten aufhalten. Wenn ich Großmutters missbilligenden Blick nicht fürchten würde, wäre ich auch nur in Unterwäsche bekleidet nach unten gegangen.

Bevor ich die Luke öffnen kann, greift Ash nach meiner Hand.

»Wann kommst du nach?«, fragt er. Erneut blitzt Unsicherheit in seinem Blick auf, die mir vorher noch nie bei ihm aufgefallen ist.

»In ein paar Tagen«, antworte ich. »Großmutter braucht meine Hilfe und ich muss noch ein paar Dinge klären.«

Ich sehe ihm an, dass ihm meine Antwort nicht gefällt, aber er drängt mich nicht weiter, sondern nimmt meine Entscheidung hin. Und dafür liebe ich ihn noch mehr, falls das möglich ist.

Ohne meine Hand loszulassen, bückt er sich nach dem Hemd, das ich gestern getragen habe. »Darf ich das mitnehmen?«, fragt er.

Ich runzele die Stirn. »Warum?« Mittlerweile ist es zwar trocken, aber voller Schlammspritzer.

»Ich habe deinen roten Umhang in meinem Zimmer, aber der riecht nach den vielen Wochen nicht mehr nach dir«, erzählt er grinsend.

»Du hast wirklich einen Geruchstick«, murmele ich, nicke aber.

»Es gibt schlimmere Laster«, sagt er und steckt mein Hemd unter seinen Gürtel.

Dann zieht er mich an sich und küsst mich so leidenschaftlich, dass meine Knie anfangen zu zittern und ich mich an ihm festhalten muss. Der Vorsatz, noch ein paar Tage hierzubleiben, gerät in diesem Moment gefährlich ins Wanken. Wie soll ich nur einen Tag – ach was, nur eine einzige Stunde! – überstehen, ohne ihn bei mir zu haben? Wie soll ich in einem Bett schlafen können, das nach ihm riecht, sich aber gleichzeitig so leer und kalt anfühlt?

Doch ich kann noch nicht mit ihm gehen. Großmutter ist dankbar für meine Hilfe und braucht sie jetzt dringend, bevor der Winter anbricht. Erst wenn ich sicher bin, dass sie zurechtkommt, werde ich mich aufmachen können.

Und wenn ich mir etwas überlegt habe, wie ich das verlorene Vertrauen der Königin und der beiden Leibwächterinnen zurückgewinnen kann. Ich nehme mir fest vor, mit Hazel und Payne per Nexus zu reden, sobald ich Ash verabschiedet habe. Vielleicht weiß ich dann schon, woran ich bin.

»Sie werden dich nicht verstoßen«, murmelt Ash an meinen Lippen. »Sie mögen dich.«

»Ich hab sie enttäuscht.«

»Das habe ich schon unzählige Male getan. Und ich lebe trotzdem noch«, sagt er augenzwinkernd. »Sie sind nicht nachtragend. Caleb wird sich wahrscheinlich ein paar Sprüche nicht verkneifen können, aber er ist derjenige, der von Anfang an zu dir gehalten hat.«

Ich nicke. Auch wenn mir Calebs Flatterhaftigkeit manchmal gehörig auf die Nerven geht, konnte ich mich bisher stets auf ihn verlassen. Und Ash ebenfalls, obwohl wir es Caleb nicht immer leicht gemacht haben. Nicht nur einmal musste er als Puffer zwischen uns dienen.

»Ich sollte jetzt gehen«, murmelt Ash, bevor er mir noch einen Kuss auf die Stirn haucht.

Widerwillig öffne ich die Luke, doch keiner von uns beiden kann sich dazu durchringen, die Leiter nach unten zu klettern. Aus dem unteren Stockwerk dringen bereits das Blubbern des Kessels und das Klimpern von unzähligen Fläschchen zu uns empor. Der neue Tag ist viel zu schnell angebrochen.

»Komm bald nach«, flüstert Ash.

»Nichts wird mich davon abhalten können«, sage ich.

Mit einem Ziehen in der Brust sehe ich dabei zu, wie er langsam die ersten Sprossen nach unten klettert. Ich will ihn zurückhalten, doch ich presse fest die Lippen zusammen, damit kein einziges Wort den Mund verlassen kann.

Als er schon fast verschwunden ist, knie ich mich hin, strecke die Hände nach seinem Gesicht aus und küsse ihn erneut.

»Bald«, verspreche ich.

»Ich warte auf dich«, flüstert er.

Kurz nach ihm klettere ich ebenfalls die Leiter nach unten. Ash verabschiedet sich von meiner Großmutter mit einem breiten Lächeln und einer Verbeugung, wirft mir noch einen letzten Blick zu und verschwindet dann im Zwielicht des anbrechenden Tages. Als die Tür hinter ihm zufällt, starre ich immer noch seufzend auf die Stelle, an der er eben noch gestanden hat.

»Komm her, du verliebtes Huhn!«, ruft Großmutter aus dem hinteren Teil der Hütte. »Dein Tee wird sonst kalt.«

***

Den restlichen Tag verbringe ich damit, Kräuter für Großmutter zu suchen oder bestellte Tinkturen an Dorfbewohner auszuliefern. Ich bin immer unterwegs und habe kaum Zeit, etwas zu essen oder über letzte Nacht nachzudenken. Letzteres ist wahrscheinlich ein Segen, weil ich sonst schon längst Richtung Schloss aufgebrochen wäre. Aber ich kann noch nicht weg. Mir ist nicht entgangen, wie schlecht Großmutter auf den kommenden Winter vorbereitet ist. Auch das Stehen scheint ihr mittlerweile Schwierigkeiten zu bereiten. Sie wird nicht ewig die Unberührbare des Dorfes sein können, aber bisher gibt es keinen Ersatz für sie. Mir wäre wohler zumute, wenn ich sie in einer anderen Umgebung als hier wüsste …

Als ich gerade mit mehreren Gläsern voller Tinkturen beladen über den Dorfplatz eile, werde ich von einer weiblichen Stimme gestoppt, die sich in meinen Ohren nur falsch an diesem Ort voller Männer anhört.

»Du bist Scarlet, nicht wahr?«

Ich bleibe wie angewurzelt stehen und drehe mich um. Luisa kommt auf mich zu. Ihr blondes Haar schimmert golden im Schein der Sonne, doch ihr Lächeln bereitet mir eine Gänsehaut. Ich bin niemand, der freiwillig vor etwas davonrennt; selbst wenn meine Chancen schlecht stehen, wähle ich den Kampf. Aber diese Frau lässt den Fluchtinstinkt so laut in meinem Kopf brüllen, dass ich fast auf der Stelle herumwirbele und wegrenne, so schnell mich meine Beine tragen. Dabei kenne ich sie überhaupt nicht. Ich kann mich nicht daran erinnern, auch nur einen Satz mit ihr gewechselt zu haben, als ich in Leerth war. Sie ist schmal und zierlich im Gegensatz zu mir und ich bezweifle, dass sie jemals eine Waffe in Händen hielt. Dennoch umgibt sie eine Furcht einflößende Aura, die mich erschauern lässt.

Ich straffe die Schultern, verbanne die Angst, die ihre bloße Nähe in mir auslöst, und nicke. Zu einer Verbeugung kann ich mich nicht durchringen, nicht nur wegen der Fläschchen, die ich umklammert halte. »Das bin ich, Prinzessin. Was kann ich für Euch tun?«

Direkt vor mir bleibt sie stehen und lässt den Blick über mich gleiten. Eisige Kälte lauert in ihren blauen Augen. Kälte und Unbarmherzigkeit. Ihr rechter Mundwinkel verzieht sich abschätzend nach unten, als sie damit fertig ist, mich zu begutachten.

»Wir hatten bisher noch keine Gelegenheit dazu, uns zu unterhalten«, sagt Luisa dann in einem so süßen Tonfall, dass sich die Härchen in meinem Nacken aufstellen. »Ich habe gehört, dass du Tristan gut kanntest, bevor er zu uns nach Leerth kam.«

Sie will mit mir über Tristan reden? Sofort werde ich noch misstrauischer – vor allem, nachdem wir den gestrigen Tag gemeinsam im Wald verbracht haben, während sie mit Boldur unterwegs war.

»Wir sind zusammen aufgewachsen«, sage ich ausweichend. »Jeder kennt jeden in einem kleinen Dorf wie diesem.«

»Aber das ist nicht alles, oder?«, fragt sie weiter. Die sowieso schon eisige Aura, die sie umgibt, hat sich noch mehr abgekühlt.

Ich lege den Kopf schief. »Was wollt Ihr von mir hören?«

»Er hat oft von dir gesprochen, nachdem wir ihn gefunden haben«, fährt sie fort. »Blutend und verletzt und anfangs mehr tot als lebendig irrte er durch den Wald. Wie er dorthin gelangte und wer ihm das angetan hatte, wusste er nicht. Aber dein Name fiel ununterbrochen. Deshalb frage ich mich, was zwischen euch vorgefallen ist. Und was da immer noch ist.«

»Wie ich schon sagte«, antworte ich so ruhig wie möglich, »er ist ein Freund aus Kindertagen. Ich wusste nicht, dass er überlebt hat, als wir eines Nachts von Ferals angegriffen wurden. Und er dachte, dass ich ebenfalls tot sei.«

Ihre vollen Lippen verziehen sich zu einem Grinsen, das wieder meinen Fluchtinstinkt auf den Plan ruft. »Denk ja nicht, mir wäre nicht aufgefallen, was in Leerth passiert ist. Als du ihn auf dem Burghof sahst ... Am Abend des

Empfangs, als ihr einfach verschwunden seid und er Stunden später verletzt wiederauftauchte. Ohne dich.«

»Wir haben uns nur unterhalten.«

Ihre Augen verengen sich zu Schlitzen. »Korrigiere mich, falls ich mich irre, aber soweit ich weiß, trägt man bei einer Unterhaltung keine Verletzungen davon.« Sie macht noch einen Schritt auf mich zu und steht nun so nah bei mir, dass sich unsere Nasen beinahe berühren. Es kostet mich Überwindung, nicht vor ihr zurückzuweichen. »Du scheinst Unglück magisch anzuziehen. Halte dich von Tristan fern!«

Ich funkele sie wütend an. »Das ist nicht meine Schuld! Wir sind nur Freunde.«

»Wirklich?«, säuselt sie. »Mir kommt es jedenfalls nicht so vor.«

Ich blecke die Zähne. »Soll ich Euch eine Schleife um ihn machen? Ich will ihn nicht auf diese Weise. Aber egal, was damals passiert ist, Tristan war mein bester und einziger Freund, seit ich denken kann.«

»Wir werden sehen«, murmelt sie und wendet sich um, wobei sie mit einer eleganten Armbewegung ihre Haare über die Schulter wirft. »Ich habe dich gewarnt.«

Ich würde ihr gern sagen, dass ich keine Angst vor ihr habe, aber das wäre gelogen. Sie sieht nicht aus, als würde sie mir körperlich schaden können, doch ich gehe jede Wette ein, dass sie mir auf andere Art gefährlich werden könnte, wenn ich es darauf anlegen würde. Am besten mache ich einen großen Bogen um sie, solange ich noch im Dorf bin.

Ich bin drauf und dran, sie einfach stehen zu lassen, als Tristan neben uns auftaucht. Nachdem ich ihn gestern Abend rausgeworfen habe, habe ich ihn nicht mehr gesehen. In seiner Miene versuche ich einen Anhaltspunkt darauf zu finden, dass er Ash verraten haben könnte, aber ich erkenne nichts als Überraschung darin.

Zumindest solange, bis er näher gekommen ist und zu schnüffeln beginnt. Sein Blick verdüstert sich und ich deute ein Kopfschütteln an. Doch natürlich tut er mir nicht den Gefallen und hält den Mund. Er beugt sich leicht zu mir herunter, während Luisa uns beide grimmig mustert.

»Du riechst nach ihm«, grollt er in mein Ohr.

Ich mache einen Schritt zur Seite. »Ja, gut möglich«, zische ich gedämpft. Etwas lauter füge ich hinzu: »Wenn ihr mich jetzt entschuldigen würdet, ich habe zu tun.«

Tristan packt mich am Ellenbogen und hält mich zurück. »Gehst du heute wieder in den Wald?«

»Was wird das?«, schaltet sich Luisa endlich ein. Ich an ihrer Stelle wäre nicht so lange ruhig geblieben.

Seufzend dreht Tristan sich zu ihr um. »Wir unterhalten uns.«

Mit einem Ruck befreie ich meinen Arm. Um ein Haar hätte ich die Fläschchen dabei fallen lassen. »Nein, tun wir nicht«, sage ich. »Ich habe Botengänge zu erledigen und was ihr macht, ist mir egal.«

So schnell wie möglich und ohne auf eine Erwiderung zu warten, mache ich mich davon. Mit langen Schritten haste ich über den Dorfplatz, doch ich spüre, dass Tristan mir auf den Fersen ist. Luisas Gezeter wird mit jedem Schritt leiser.

»Scarlet, warte!«, ruft er hinter mir, aber ich bleibe nicht stehen. Erst als er mich an der Schulter packt und zu sich herumwirbelt, habe ich keine andere Wahl. »Ich sagte, du sollst warten!«, wiederholt er.

»Und ich dachte, dass mein Weggehen ein eindeutiger Hinweis darauf war, dass ich nicht mit dir sprechen will«, zische ich.

»Warum bist du so abweisend?«

»Nach dem, wie du dich gestern Abend aufgeführt hast, verwundert dich das?«

Tristan presst die Lippen zu einem schmalen Strich zusammen. »Es tut mir leid. Ich habe mich wirklich aufgeführt wie der letzte Idiot. Aber er ...« Er reibt sich mit einer Hand über die Stirn. »Sobald ich ihn sehe, werde ich wütend. Wenn er dich nur anschaut, möchte ich ihm am liebsten die Kehle herausreißen. Und dass du nach ihm riechst, macht mich verrückt.«

Ich blinzele mehrmals. Zu geschockt über sein Geständnis schaffe ich es nicht, auch nur einen Ton herauszubringen. Wie kann er so etwas zu mir sagen? Wie davon ausgehen, dass er irgendeinen Anspruch auf mich hat?

»Wann wirst du endlich merken, dass er dir nicht guttut?«, fragt er, als ich nicht reagiere.

»Ich wüsste nicht, was dich das anginge«, erwidere ich.

Er stößt den Atem aus und schließt für einen Moment die Augen. »Was kann ich tun, damit du mich wieder so siehst wie früher?«

»Nichts, Tristan. Ich hätte dich gerne als Freund zurück, aber mehr kann ich dir nicht anbieten. Und daran würde sich auch nichts ändern, wenn es Ash nicht gäbe. Nicht nach dem, was du mir antun wolltest.«

»Es war ein Fehler, dass ich dich zur Lichtung gelockt habe und gegen deinen Willen zu meiner Gefährtin machen wollte, das weiß ich jetzt«, murmelt er. »Ich habe angenommen, dass du bereits alles über die Ferals wüsstest, weil du ... bei ihm warst. Ich dachte, ich müsste sofort handeln, solange er es noch nicht getan hatte.«

Ich runzele die Stirn, während sich bei seinen Worten ein eisiger Knoten in meinem Magen bildet. »Wovon redest du?«

Er senkt den Kopf zu mir herab und wispert: »Dich zu beanspruchen. Auch wenn du nach ihm riechst, hat er es noch nicht getan, und das verwundert mich. Wenn ihm so viel an dir liegt, warum zögert er? Worauf wartet er?« Er lehnt sich wieder zurück. »Deshalb dachte ich, dass ich noch eine Chance hätte. Ich hätte dich nicht leiden lassen.«

»Oh, das ist aber sehr nett von dir«, grolle ich.

»Vielleicht denkst du jetzt noch anders darüber, aber wir beide gehören zusammen«, fährt Tristan fort. »Das taten wir schon immer.«

Ich ziehe eine Augenbraue nach oben. »Ich wette, deine Verlobte ist da anderer Ansicht. Und ich bin es übrigens auch. Wenn wir keine Freunde sein können, sind wir gar nichts.«

Tristans Blick verdunkelt sich. »Luisa ist kein Hindernis. Ich wäre sie lieber heute als morgen los. Und du wirst noch einsehen, dass ich die bessere Wahl bin. Die Gefährtin eines Alphas zu sein, bringt nichts als Probleme mit sich. Aber an meiner Seite, in der Mitte des Rudels, hättest du ein ruhiges Leben.«

»Welches Rudel?«, frage ich. »Und was meinst du mit ›Gefährtin‹?«

Tristan schüttelt den Kopf. »Du bist wirklich unwissend. Ich verstehe nicht, wie er das zulassen kann, nachdem er alles daransetzt, dich beanspruchen zu wollen. Aber du weißt gar nichts. Weder das, was auf dich zukommt, noch, was dich danach erwartet. Aber bei mir müsstest du dich vor nichts fürchten. Es gäbe nur dich und mich. Niemanden, der uns unseren Rang streitig machen würde. Niemanden, der uns auseinanderbringen würde.«

Ich mache einen Schritt zurück. »Ich liebe Ash«, sage ich so ruhig wie möglich. »Und es gibt nichts, was daran etwas ändern könnte.«

Tristans Lippen umspielt ein trauriges Lächeln. »Das bezweifele ich. Aber bis dahin wünsche ich dir Glück. Du wirst es brauchen.« Dann zuckt er mit den Schultern. »Ich habe auch kein Problem damit, eine gefallene Gefährtin zu nehmen. Denn du wirst dich früher oder später erneut von ihm abwenden. Oder er wird dich verlassen. Und ich werde da sein und darauf warten.«

Ich schlucke angestrengt und muss mich zügeln, ihm nicht ins Gesicht zu spucken, als er sich mit einem Schmunzeln leicht vor mir verbeugt. Ohne ein weiteres Wort eilt er zurück zu Luisa, die ihn mit lautem Gezeter begrüßt. Sosehr ich auch versuche, das, was er gesagt hat, aus dem Kopf zu verdrängen, setzt es sich dennoch in den Gedanken fest. Und ohne Ash in meiner unmittelbaren Nähe, dessen Präsenz die Zweifel beruhigen kann, werde ich nervös.

So schnell wie möglich haste ich durchs Dorf und liefere die Fläschchen aus, bevor ich zurück zur Hütte renne.

***

In meinem Zimmer angekommen versuche ich sofort eine Verbindung zu Ash per Nexus herzustellen, doch ich erreiche ihn nicht. Wahrscheinlich ist er in einer dieser Besprechungen, von denen er berichtet hat. Ich versuche es erneut, scheitere jedoch wieder. Unruhig laufe ich im Zimmer auf und ab. Ich kann gar nicht benennen, warum ich plötzlich so nervös bin, aber Tristans Äußerungen haben Zweifel in mir gesät. Er weiß so viel mehr als ich – und Ash ebenfalls. Doch keiner sagt mir was.

Ich möchte mit Ash zusammen sein, das steht außer Frage, aber weiß ich wirklich, was auf mich zukommt? Abgesehen davon, dass er ein Prinz ist, ist da noch der Umstand, dass er sich in einen Feral verwandelt. Mittlerweile komme ich auch mit seiner anderen Gestalt zurecht und habe sie ein Stück weit unter Kontrolle, aber was ist, wenn das irgendwann nicht mehr der Fall sein sollte? Was meinte Tristan damit, als er sagte, ich wüsste nicht, was mich danach erwartet? Wonach? Und wieso reden die beiden ständig davon, mich zu beanspruchen?

Ich bin so verwirrt, dass ich noch nicht mal Zeit habe, mich über Tristans Benehmen weiter zu wundern. Ich wünschte, wir könnten Freunde sein, denn sein Rückhalt ist mir wichtig, doch nach dem, was er gesagt und wie er sich gegeben hat, bezweifele ich, dass es einen Weg für uns geben kann. Er will mehr als Freundschaft, ungeachtet dessen, was ich will – oder dass er bereits verlobt ist. Es ist zum Haareraufen! Warum kann er nicht einfach mein Freund sein?

Auch nach weiteren drei Versuchen habe ich kein Glück, Ash zu erreichen, und probiere es stattdessen bei Caleb. Er antwortet sofort.

»*Zum Glück meldest du dich endlich, Prinzessin*«, sagt er statt einer Begrüßung. »*Wir haben ein Problem.*«

Mein Magen schlägt vor Angst seltsame Kapriolen. »*Was ist los?*«

In meinem Kopf erscheint ein Bild des Labors. Ich sehe einen Käfig und darin ...

»*Lasst ihn da raus!*«, verlange ich.

Brüllend und knurrend versucht der schwarze Feral, der in einem viel zu engen Käfig gefangen gehalten wird, mit den Klauen an seine Häscher zu gelangen. Der Käfig ist so klein, dass er sich nicht einmal drehen oder hinlegen kann. Ich erkenne die Wut, aber auch die Panik in seinen weit aufgerissenen Augen.

»*Wir würden ihn gerne da rauslassen, aber wir können nicht riskieren, dass er uns anfällt*«, sagt Caleb und lässt das Bild verschwinden. »*Er ist völlig außer Kontrolle.*«

»*Ich komme sofort*«, sage ich. »*Ich bin in ein paar Stunden da und melde mich, sobald ich im Schloss bin.*«

Caleb verspricht, mich abzuholen und ins Labor zu bringen, und trennt dann die Verbindung. Ohne zu zögern, schlüpfe ich in die Rüstung und lege mir in Windeseile die Waffen an. Anschließend eile ich hinunter zu Großmutter und erkläre ihr mit knappen Worten, dass ich gehen muss. Sie nickt verständnisvoll, doch ich bemerke das Zögern in ihrem Blick.

»Er wird mir nichts tun«, sage ich mit mehr Zuversicht, als ich tatsächlich verspüre. »Ich komme zurück, sobald es ihm besser geht. Geh bis dahin Tristan und Luisa aus dem Weg.«

Großmutter nickt erneut, zieht mich in eine kurze Umarmung und scheucht mich dann aus der Hütte. In Windeseile sattele ich das Pferd, das ich aus Leerth mitgebracht habe, und presche aus dem Dorf.

KAPITEL 16

Ich schone das Pferd nicht und brauche dadurch nur zwei Stunden bis zur Stadt. Rücksichtslos galoppiere ich durch die Straßen, sodass die Menschen panisch aus dem Weg springen. Im Burghof gleite ich aus dem Sattel und pfeife einen der Stallburschen herbei, dem ich einschärfe, das Pferd bestmöglich zu versorgen. Ich stelle außerdem in Aussicht, dass ich mich später persönlich davon überzeugen werde. Die Bediensteten kennen mich; sie wissen, was ich kann und welche Stellung ich innehabe. Der Junge wird merklich blass, nickt aber eifrig und führt das Pferd dann in den Stall, während er ihm beruhigende Worte zumurmelt und den verschwitzten Hals tätschelt.

Hastig eile ich über den Hof und teile Caleb mit, dass ich angekommen bin. Er erwartet mich bereits am Durchgang zu den Wohneinheiten. Dahinter liegt der Eingang zum Labor, zu dem nur wenige Zugang haben. Wir halten uns nicht lang mit einer Begrüßung auf; ein ungelenker Hieb auf die Schulter ist alles, was ich erhalte. Aber das ist mir egal. Ich habe später noch genug Zeit, um mich mit ihm und den anderen zu unterhalten.

Er führt mich die schier endlosen Gänge hinunter ins Labor. Mein Herz klopft wie verrückt und die Hände sind schweißnass. Auf dem Weg hierher hatte ich die ganze Zeit über nur das Bild des schwarzen Ferals vor Augen und hörte im Kopf sein Brüllen. Doch jetzt wird mir bewusst, dass ich tatsächlich zurück im Schloss bin; etwas, was ich eigentlich noch weiter hinauszögern wollte. Hals über Kopf bin ich herbeigeeilt, dabei weiß ich gar nicht, ob Ash – nein, Tenebrae – mich überhaupt erkennen wird. Vielleicht stellt er für mich eine ebenso große Gefahr dar wie für die anderen ...

Als Caleb die letzte Schiebetür öffnet, warten bereits Hazel und Payne dahinter. Beide fallen mir um den Hals und schimpfen gleichzeitig mit mir, während sie immer wieder betonen, wie froh sie seien, dass ich endlich zurück bin. Ich erwidere ihre Umarmungen, mache mich dann aber von ihnen los. Caleb wartet bereits am Durchgang zum eigentlichen Labor. Tenebraes Brüllen hallt durch die leeren Räume und bringt die Glaskolben zum Klirren. Mein Herz zieht sich bei jedem seiner verzweifelten Schreie zusammen.

»Willst du da wirklich rein?«, fragt Hazel hinter mir mit dünner Stimme.

Ich wende mich halb zu ihr um und nicke. Meine Finger sind eiskalt. Tenebrae klingt so wütend, aber gleichzeitig auch so verzweifelt, dass ich nicht einschätzen kann, wie es ausgehen wird. Doch es steht außer Frage, dass ich hineingehen werde. Was dann passiert, werde ich sehen, wenn es so weit ist.

Hazel und Payne bleiben zurück. Im Raum, in dem die ersten Ferals erschaffen wurden, steht die Königin. Erhobenen Hauptes, aber in sicherer Entfernung, betrachtet sie das Geschöpf im Käfig, das ihr Sohn ist. Ihre sonst so stoische Fassade bröckelt, und als sie sich zu uns umdreht, meine ich, Tränen in ihren Augen glitzern zu sehen. Schnell wischt sie sich mit der Hand darüber, bevor sie mir zunickt. Ich verneige mich vor ihr.

»Danke, dass du gekommen bist«, sagt sie, nachdem sie zu mir getreten ist. Anschließend wendet sie den Blick wieder dem Käfig zu. »Es bricht mir das Herz, ihn so zu sehen.«

»Mir geht es ebenso«, sage ich. »Ich hoffe, dass ich ihn beruhigen kann. Wenn er so weitermacht, wird er noch sich selbst oder einen anderen verletzen.«

Und vor allem Letzteres wird er sich nicht verzeihen, sobald er wieder normal ist.

Ich raffe all meinen Mut zusammen und mache ein paar Schritte auf den Käfig zu. Als er mich bemerkt, hält Tenebrae in seinem Toben inne und reckt die Schnauze in die Luft. Nachdem er ein paarmal geschnuppert hat, spitzt er die Ohren und richtet sie auf mich aus.

»Hallo, Tenebrae«, murmele ich, als ich mich ihm langsam nähere.

Beim Klang meiner Stimme wedelt er mit dem Schwanz und gibt ein lang gezogenes Fiepen von sich. Augenblicklich entspanne ich mich.

»Es ist alles gut, ich bin hier. Und ich hole dich raus.« Mein Blick huscht am Käfig entlang, bis ich das riesige Vorhängeschloss erkenne. Ich strecke die Hand nach hinten aus. »Gib mir die Schlüssel, Caleb, und dann verschwindet von hier.«

»Du willst ihn da rauslassen?«, fragt er.

»Natürlich! Ich lasse ihn doch nicht in diesem winzigen Käfig. Wir bleiben hier unten, wo ihn niemand sehen und er keinen Schaden anrichten kann.«

Es dauert eine Weile, bis ich das Gewicht des Schlüsselbundes in der Handfläche spüre.

»Ich stelle sicher, dass euch jemand zu essen und trinken bringt«, sagt die Königin.

»Ein paar Decken wären auch nett«, erwidere ich.

Sie nickt und verschwindet dann gemeinsam mit Caleb aus dem Raum. Nachdem sich die Tür hinter ihnen geschlossen hat, wende ich mich wieder Tenebrae zu und strecke die Hand nach ihm aus. Sofort stupst er mit der Nasenspitze dagegen.

»Ich bin ja hier«, murmele ich und er wedelt wieder mit dem Schwanz.

Ich brauche mehrere Anläufe, bis ich den richtigen Schlüssel gefunden habe und die Käfigtür öffnen kann.

»Wie haben sie dich da nur reingekriegt?«, murre ich.

Zwar habe ich in Calebs Gedankenübertragung gesehen, dass Tenebrae außer Kontrolle war und jeden, der sich ihm nähern wollte, verletzt hätte, wenn er die Gelegenheit gehabt hätte, dennoch blutet mir das Herz, ihn eingesperrt zu sehen. Sie hätten mich früher rufen sollen. Ich wäre doch sofort gekommen ...

Ich öffne die Käfigtür und Tenebrae springt heraus. Er schüttelt den massigen Körper und streckt sich, bevor er sich zu mir umdreht. Kurz flackert ein Funke Angst in mir auf, als er sich vor mir auf die Hinterläufe aufrichtet und zu mir herabblickt, doch ich weiß, was ich zu tun habe. Ohne den Blick von seinem zu lösen, lege ich den Kopf in den Nacken. Mit der Nase fährt er meinen Hals entlang und gibt das Feral-Schnurren von sich.

»Nicht ansabbern«, warne ich ihn, als ich schon die Spitze seiner Zunge auf der Haut spüre, und er gehorcht augenblicklich. Er lässt sich wieder auf alle viere nieder und ich kraule ihm den Kopf. »Sieht so aus, als wären wir zwei irgendwo gefangen.«

Grummelnd wirft er einen Blick auf den Käfig, in dem er noch bis eben eingesperrt war.

»Ich will mir gar nicht vorstellen, wie oft und wie lange du schon darin zugebracht hast«, murmele ich mehr zu mir selbst.

Zeitgleich sehe ich mich nach etwas um, womit ich mich die nächsten Tage beschäftigen kann. Bis auf verblichene Bilder und Zettel, auf denen ich nicht ein Wort entziffere, ist hier nicht viel zu finden. Ich seufze. Das werden verdammt lange Tage, wenn ich nichts finde, um mir die Zeit zu vertreiben. Vielleicht kann ich ihn für ein paar Stunden allein lassen ... Nein, lieber nicht. Wenn er wieder die Kontrolle verliert und das Labor zertrümmert, werde ich Ärger mit Ash bekommen, sobald er wieder normal ist.

Ein Klopfen in meinem Kopf kündigt ein Gespräch mit Caleb an.

»*Alles in Ordnung bei euch?*«, fragt er.

»*Na klar*«, antworte ich und zeige ihm Tenebrae, der schwanzwedelnd zu mir aufblickt.

»*Unglaublich, dass das derselbe Feral sein soll, der mich vor ein paar Stunden noch in Stücke reißen wollte, nachdem er im Käfig zu sich kam.*«

»*Wie habt ihr ihn da überhaupt reingekriegt?*«

»*Ash geht freiwillig hinein, wenn er merkt, dass er die Verwandlung nicht länger unterdrücken kann*«, sagt Caleb. »*Fast sofort, als er wieder von dir zurückkam, rief er mich zu sich und ließ sich von mir hier herunterbringen.*«

»*Bei mir ging es ihm noch gut. Der Feral kam zwar mal kurz durch, aber das war eher Tristans Schuld.*«

»*Ich glaube, dass es damit zu tun hatte, dass er von dir wegmusste. Aber wie gesagt, ich bin kein Spezialist in Sachen Ferals und weiß nur das, was Ash mir erzählt hat – oder was wir gemeinsam unten im Labor in den alten Aufzeichnungen gefunden haben. Davon, wie er tickt, sobald er die Gestalt ändert, habe ich jedoch keine Ahnung. Ich muss mich nur um ihn kümmern, wenn er dazu selbst nicht mehr in der Lage ist. Doch ab jetzt kannst du das ja übernehmen. Du kommst besser mit ihm zurecht, als wir alle zusammen es tun.*«

Ich beiße mir auf die Unterlippe. Sofort richtet Tenebrae die Ohren auf mich aus und legt den Kopf schief, als wolle er ergründen, was mit mir nicht stimmt. *»Ihr habt euch doch wieder zusammengerauft, oder?«*, hakt Caleb nach, weil ich nicht antworte.

»Haben wir«, sage ich. *»Zwischen Ash und mir ist alles in Ordnung.«*

»Warum hast du ihn dann nicht hierher begleitet?«

»Das ist nicht so einfach ... Ich kann meine Großmutter nicht allein im Dorf lassen. Sie ist alt und braucht Unterstützung.«

»Dann hol sie hierher ins Schloss«, meint Caleb. *»Ich bezweifele, dass Ash oder die Königin ein Problem damit hätten.«*

Ich murmele in Gedanken eine Zustimmung und nehme mir fest vor, die Königin bei Gelegenheit danach zu fragen. Im Grunde kann es mir egal sein, was Boldur oder der Rest des Dorfes davon halten. Sie hätten sich schon vor Jahren um eine Nachfolgerin für Großmutter kümmern sollen, als klar war, dass ich nicht die nächste Unberührbare werden würde.

»Aber das ist noch nicht alles. Du hast noch mehr auf dem Herzen.«

Ich seufze, was Tenebrae erst recht dazu veranlasst, besorgt dreinzublicken und ein Fiepen von sich zu geben, doch ich ignoriere ihn. *»Tristan hat ein paar Dinge zu mir gesagt, die ich nicht verstanden habe und über die ich mit Ash reden wollte. Das kann ich jetzt erst mal nicht, aber die Zweifel, die Tristan in mir gesät hat, machen mich wahnsinnig.«*

»Was hat er gesagt?«, will Caleb wissen.

»Irgendwelches Feral-Zeug ... Über ein Rudel, über Gefährten und darüber, dass es nur Unglück mit sich bringt, sich auf einen Alpha einzulassen.«

»Und du glaubst ihm?«

»Ich weiß es nicht, wenn ich ehrlich bin. Bisher habe ich weder von dir noch von Ash Antworten bekommen. Zwischen uns standen ständig Geheimnisse und Halbwahrheiten, die mich auf die Probe gestellt haben. Ich habe das Gefühl, von einem Unglück ins nächste zu stolpern, solange ich bei ihm bin, doch wenn ich nicht bei ihm bin, ist es noch schlimmer.«

Caleb schweigt eine Weile, ehe er fragt: *»Bist du glücklich, wenn du bei ihm bist?«*

»Von wem reden wir jetzt? Von Ash oder Tenebrae?«

»Gibt es da Unterschiede?«

Ich zögere mit der Antwort. »Nicht wirklich. Mir wäre nur wohler, wenn ich endlich wüsste, was hier los ist. Warum sich Ash überhaupt verwandelt und warum sein Feral anders auf mich reagiert als auf euch. Und warum mich jeder davor warnt, mich mit ihm einzulassen.«

»Warum Tristan dich warnt, sollte dir klar sein«, sagt Caleb. »Er will dich für sich. Du scheinst durch deine Art Eindruck bei den Feral-Männern zu hinterlassen. Hochrangige Ferals suchen sich keine schwache Gefährtin. Sie suchen eine, die ihnen ebenbürtig ist und im Zweifel selbst ihre Position verteidigen könnte.«

»Welche Position?«

Caleb seufzt. »Grob gesagt, gibt es eine Art Feral-Hierarchie, ähnlich wie bei uns Menschen. Bei uns ist der Ranghöchste ein König oder eine Königin. Bei den Ferals heißt diese Position ›Alpha‹. Sie werden als solche geboren und sind die körperlich größten und stärksten Exemplare.«

»Was meinst du damit, dass sie so geboren werden?«

»Was glaubst du denn, woher die Ferals kommen?«

Ich blinzle mehrmals. »Sie ... Ash meinte, dass sie durch ein Experiment erschaffen wurden.«

»Das war vor mehreren Jahrhunderten. So lange leben Ferals nicht. Woher kommen also die, die heute durch unsere Wälder streifen?«

»Es sind Menschen, die von anderen Ferals gebissen werden«, sage ich. »So ist auch Tristan zu einem Feral geworden.«

»Das vergisst du am besten ganz schnell wieder«, sagt Caleb. »Dieser Irrglaube hält sich wirklich hartnäckig, aber durch einen Biss allein wird kein Mensch zu einem Feral. Sonst wäre ich auch einer, so oft wie Ash mich nach einer Verwandlung schon erwischt hat.«

Nun bin ich völlig verwirrt. Ich nehme die Waffen ab, lasse mich auf den Boden nieder und lehne mich mit dem Rücken gegen die Wand. Sofort kommt Tenebrae zu mir, legt sich neben mich und bettet den Kopf auf meinem Schoß. Ich ziehe ihn für diese Selbstverständlichkeit, mit der er mir nahe kommt, am Ohr, kraule ihn aber anschließend.

»*Da draußen laufen sicher Ferals herum, die mal Menschen waren*«, fährt Caleb fort. »*So wie Tristan. Aber sie machen garantiert nicht den Großteil aus. Ganz im Gegenteil: Sie sind sehr, sehr selten.*«

»*Woher kommen sie dann?*«

Caleb schweigt und mit jeder verstreichenden Sekunde werde ich noch nervöser. »*Du bist eine Frau. Normalerweise werden junge Mädchen ab einem gewissen Alter in die Städte gebracht oder – falls keine Stadt in der Nähe ist – unter besonderen Schutz gestellt. Warum, glaubst du, ist das so?*«

»*Weil ...*«

Mein Blick huscht unstet umher. Viele Jahre habe ich mit dem Schicksal gehadert, aber als Caleb mich direkt auf den Grund dafür anspricht, fällt mir keiner ein. Es kann nicht daran liegen, dass Frauen den Männern im Kampf nicht ebenbürtig sind. Hazel, Payne und ich selbst sind die besten Beispiele für das Gegenteil.

»*Sie werden versteckt, damit sie in Sicherheit sind*«, sagt Caleb. »*Hinter hohen Mauern, sodass kein Feral an sie herankommt.*«

»*Warum sollten die Ferals ...?*«

»*Weil sie sie brauchen*«, unterbricht mich Caleb. »*Die Ferals brauchen die Menschenfrauen, denn nur mit ihnen können sie sich fortpflanzen.*«

KAPITEL 17

Jeder Muskel im Körper scheint sich zu verspannen, als ich Calebs Erklärung lausche. Es klingt so abwegig, dass es einfach nicht stimmen kann. Warum sollten Ferals menschliche Frauen brauchen?

»Ash hat dir doch bestimmt schon von der alten Zivilisation erzählt, oder?«, fragt Caleb. *»Von der Operation zur Vernichtung der Ferals.«*

Ich erinnere mich vage an das letzte Mal, als ich hier unten im Labor war, gemeinsam mit Ash, der mir Aufzeichnungen und Bilder der damaligen Menschen zeigte.

»Das Mittel, das die Leistungsfähigkeit der Menschen steigern sollte, hat bei Frauen nicht gewirkt«, murmele ich.

»Richtig. Frauen konnten weder durch das Mittel noch einen bereits vorhandenen Feral in einen solchen verwandelt werden. Deshalb dachte sich das Militär von damals, dass es eine besonders kluge Idee wäre, ein Heer aus Frauen gegen die wachsende Übermacht der Ferals zu entsenden. Was sollte ihnen schon passieren, außer dass sie im Kampf fielen?«

Ich habe eine ganz, ganz böse Vorahnung, wohin dieses Gespräch führen wird, und am liebsten würde ich mir den Nexus vom Ohr reißen, um es nicht hören zu müssen.

»Wie du schon mitbekommen hast, können die meisten Ferals ihre Gestalt ändern. Alphas wie Ash verwandeln sich nach festen Zeiten. Die Menschen glaubten früher, dass es etwas mit den Mondphasen zu tun hätte, aber das ist Unsinn. Es handelt sich um Zeitintervalle, innerhalb denen die Macht des Ferals in den Alphas heranwächst und freigelassen werden muss, zumindest für eine Weile. Danach können sie wieder ihre menschliche Form annehmen. Geringere Ferals, so wie Tristan, können ihre andere Gestalt sehr viel länger unterdrücken, weil der Feral in ihnen nicht so stark ist.«

Ich schaue auf den Feral, der auf meinem Schoß liegt. Es ist fast einen Monat her, seit wir in Leerth waren. Gedankenverloren lasse ich die Hand durch sein rabenschwarzes Fell gleiten und er gibt ein zufriedenes Brummen von sich. Tristans Feral-Gestalt war sehr viel kleiner und weniger ... menschlich als die von Ash. Im direkten Vergleich sah Tristan fast so aus wie ein normaler Wolf. Seine Schergen, die an dem Abend bei ihm waren, sahen noch schlimmer aus. Ihr verfilztes Fell mit den vielen kahlen Stellen und die schmächtigen Körper ließen sie auf mich abgerissen wirken.

»Aber die Männer, die das gepanschte Mittel genommen hatten, waren anders. Sie konnten sich nicht mehr wandeln, sondern blieben nach einer Zeit, in der sich das Mittel in ihrem Körper ausgebreitet hatte, immer in ihrer Feral-Gestalt und sie ... verloren den Verstand.«

»Was ist damals geschehen?«, frage ich.

»Die alte Zivilisation war kurz davor, sich selbst auszulöschen. Ein gepanschtes Mittel rief nach einiger Zeit schreckliche Mutationen bei den männlichen Nutzern hervor und machte die weiblichen unfruchtbar. Es war ein schleichender Prozess, nichts trat sofort auf oder war auf den ersten Blick ersichtlich. Die Frauen, die sie gegen die mutierten Ferals kämpfen ließen, fielen im Kampf oder kamen unfruchtbar zurück. Nach und nach bemerkten die Menschen, dass etwas gewaltig schieflief. Um ihre Haut zu retten, erließen sie die letzte Operation zur Rettung der Menschheit.«

»Tenebrae et Cinis«, murmele ich.

»Dunkelheit und Asche, genau. Sie ließen die Frauen testen. Diejenigen, die noch fruchtbar waren, wurden in sogenannte Bunker gebracht, tief unter der Erde gelegene Tunnel, in denen sie in Sicherheit sein sollten. Ebenfalls schickten sie die Männer mit in die Bunker, die noch nicht von dem Feral-Virus befallen waren, ebenso wie die Soldaten, denen das ursprüngliche Feral-Mittel injiziert wurde. Sie waren die ersten Alphas, die erste Generation sozusagen. Ihre Körper unterlagen noch nicht dem Zwang, sich innerhalb eines bestimmten Zeitintervalls wandeln zu müssen, deshalb fiel es erst auf, als es bereits zu spät war.«

Ich schlucke krampfhaft, als Caleb in seiner Erklärung eine Pause macht. Es fällt mir schwer, mir all das vorstellen zu können. Die Bunker, die Menschen, die plötzlich auseinandergerissen werden. Was hätte ich gemacht, wenn ich in einen dieser Bunker geschickt worden wäre, aber die Menschen, die mir wichtig sind, nicht?

»*Was geschah mit denen, die nicht in die Bunker geschickt wurden?*«, frage ich.

Caleb schweigt einen Moment, ehe er sagt: »*Sie wurden alle vernichtet. Die alte Zivilisation besaß Waffen mit ungeheurer Zerstörungskraft. Sie nannten sie Atombomben. Mithilfe dieser Waffen zerstörten sie alles, was sich nicht in den Bunkern befand. Menschen, die mutierten Ferals, ganze Städte, Tiere, Bäume. Alles Leben wurde ausgelöscht, weil sie dem Feral-Virus nicht mehr Herr werden konnten.*«

»*Ausgelöscht ...*«, wiederhole ich.

»*Die gesamte Welt wurde unbewohnbar*«, fährt Caleb fort, »*und die Überlebenden mussten für eine sehr lange Zeit in den Bunkern bleiben.*«

»*Wie lange?*«

»*Genaue Zahlen habe ich nicht*«, sagt er. »*Aber Ash nimmt an, dass es wahrscheinlich Jahrhunderte waren. Wie die Menschen so lange in den Bunkern überlebten, wissen wir nicht. Wir glauben, dass die alte Zivilisation bereits länger auf einen solchen oder ähnlichen Vorfall vorbereitet war. Sie wussten, dass eine Zeit kommen würde, in der sie sich selbst vernichten würden, und trafen entsprechende Vorbereitungen.*«

Ich schüttele den Kopf. Vieles von dem, was Caleb mir erzählt, ist für mich unvorstellbar.

»*In den Bunkern übernahmen die Alphas nach wenigen Monaten das Kommando*«, sagt er. »*Das wissen wir aus den letzten Aufzeichnungen, die wir gefunden haben. Die Alphas stürzten die Würdenträger der alten Zivilisation und wählten sich unter den Frauen ihre Partnerinnen aus.*«

Caleb rattert diese Fakten völlig emotionslos herunter, doch in meinem Hals bildet sich ein riesiger Kloß, der mich kaum noch atmen lässt. Diese Frauen ... Gefangen in den Bunkern mit einer zerstörten Welt über ihnen ... Ohne Ausweg ... Und dann wurden sie von den Alphas ...

»*Es ist nicht überliefert, dass es gegen ihren Willen geschah*«, wirft Caleb ein.

»*Das kann ich mir nicht vorstellen!*«, sage ich. »*Sie hätten sich doch nicht freiwillig mit ihrem Feind eingelassen.*«

Denn die Alphas waren zweifellos ihre Feinde. Mit ihnen begann alles.

Ausgeschlossen, dass die in den Bunkern gefangenen Frauen einfach weitermachten, vor allem nachdem die Alphas die Macht an sich rissen.

»Ach nein?«, unterbricht er mich. »Wie war es denn bei dir?«

Erneut huscht mein Blick zu dem schwarzen Feral.

»Das ... ist etwas völlig anderes!«

Ich höre Calebs tiefes Lachen in meinem Kopf. »Nein, es ist genau dasselbe. Die Frauen damals sahen die Männer vor sich und nicht wenige werden sich ebenfalls verliebt haben. Alphas besitzen auch in ihrer menschlichen Gestalt eine Aura von Macht und Stärke. Das dürftest du sicherlich schon bemerkt haben.«

O ja, das habe ich durchaus schon bemerkt ... Und jedes Mal war ich begeistert davon, Ashs Präsenz hinter mir spüren zu können. Es war ... berauschend, als würde seine Stärke auf mich überspringen.

»Und einige Frauen reagierten auf diese Aura, so wie du es auch tust. Über das, was danach geschah, können wir nur spekulieren, denn die Aufzeichnungen der alten Zivilisation enden mit der Machtübernahme der Alphas.«

»Und wie lauten eure Spekulationen?«

»Da wir noch immer zwei Arten von Ferals haben – oder sogar drei, wenn wir die Menschen, die erst später in Ferals verwandelt werden, hinzuzählen –, werden die Alphas mit ihren gewählten Partnerinnen die neue Feral-Generation gezeugt haben. Nicht jede von ihnen gebar einen neuen Alpha, die meisten bekamen die Mischwesen, die wir heute kennen. Und die restlichen Frauen hielten sich an die wenigen nicht infizierten Männer.«

»Du meinst, dass die Alphas nicht einfach alle Frauen genommen haben?«

Fliehen konnten sie ja nicht ... Sie waren in den Bunkern den Alphas ausgeliefert.

Caleb lacht, leiser und nachsichtiger diesmal. »Du hast ein völlig falsches Bild von den Alphas. Sie sind nicht die verlausten Ferals, die durch unsere Wälder streifen und Angst und Schrecken verbreiten. Sie sind mächtige Anführer. Und sie wählen sich in ihrem Leben nur eine einzige Partnerin. Bei den rangniederen Ferals sieht das jedoch anders aus und noch schlimmer ist es bei den Streunern. Ich habe von ganzen Feral-Clans ohne einen Alpha gehört, die sich Frauen zur Zucht halten. Denen sollte dein Mitleid gelten, aber nicht der Partnerin eines Alphas.«

Ein eisiger Schauer rinnt meinen Rücken hinunter. »Moment, was meinst du mit ›zur Zucht‹?«

»Wie ich schon sagte, können die Ferals sich nicht untereinander fortpflanzen. Es gibt zwar auch weibliche Ferals, aber nur sehr wenige, und sie sind ebenfalls unfruchtbar. Die Ferals brauchen die Menschenfrauen, weshalb wir die Frauen in der Stadt in Sicherheit bringen.«

»Das habe ich verstanden, aber du hast von ganzen Feral-Clans gesprochen ...«

»Es gibt Ferals, die ihre Verwandlungen nicht im Griff haben«, erklärt Caleb. »Diese Ferals sind unberechenbar und die Monster, die uns in unseren Albträumen heimsuchen. Sie leben in den Wäldern, ohne einen Anführer, und rauben unsere Frauen. Wir nennen sie Ausgestoßene oder Streuner. Das sind die wirklich gefährlichen Ferals, gegen die die Soldaten an der Front kämpfen. Diesen Bestien muss Einhalt geboten werden, denn in ihnen schlummert kaum noch etwas Menschliches. Im Gegensatz dazu gibt es neben den Alphas noch die Ferals, die ihre Verwandlung kontrollieren können. Glaub mir, du willst lieber nicht wissen, wie viele der Menschen, denen du in deinem Leben bereits begegnet bist, im Grunde Ferals sind.«

Ich habe so was schon geahnt, als ich Tristan und Ash in ihren verwandelten Formen sah, aber Caleb hat recht: Ich will lieber nicht genauer darüber nachdenken müssen.

»Diese Ferals fallen kaum auf und führen ein fast menschliches Leben«, fährt Caleb fort. »Sie gehen einer Arbeit nach und haben oft eine Frau und eine Familie. Manchmal wissen die Frauen davon, manchmal nicht.«

»Aber wenn sie davon wissen, wie können die Frauen dann ...?«

»Weil sie ihre Männer lieben«, fällt Caleb mir ins Wort. »Ist das wirklich so schwer zu begreifen?«

Ja, einerseits schon. Doch andererseits ... Wenn diese Männer tatsächlich ihre Verwandlung unterdrücken können – vielleicht sogar über mehrere Monate oder Jahre – und sie ansonsten nicht gefährlich sind, warum sollten sich ihre Frauen vor ihnen fürchten? Bestimmt gibt es auch einige, die schreiend das Weite gesucht haben, als ihre Männer auf einmal eine andere Gestalt annahmen, aber ... letztendlich werden nicht wenige bei ihnen geblieben sein. Aus Liebe, aber auch aufgrund mangelnder Alternativen und Abhängigkeit.

Plötzlich kommt mir die Begegnung mit den beiden Landstreichern am See in Erinnerung. Einer von ihnen bezeichnete mich als Feral-Schlampe, bevor ...

Caleb reagiert auf meine Erinnerung. »So böse Worte ... Ich nehme an, Ash war darüber nicht begeistert?«

»Er hat es nicht gehört«, sage ich und zögere kurz. »Und bevor der Kerl das über mich wiederholen konnte, habe ich ihm einen Dolch in den Hals gerammt.«

»Wahrscheinlich der gnädigere Tod«, sagt Caleb.

Es überrascht mich, dass er mich für meine Tat nicht verurteilt, und ich bin auch ein bisschen erleichtert darüber. Bisher weiß davon noch niemand außer Ash und mir, nicht einmal Großmutter habe ich es gesagt – aus Angst vor ihrer Reaktion.

»Ash wäre nicht so nachsichtig mit ihm gewesen, wenn er gehört hätte, wie er seine Gefährtin nannte.«

Ich schnappe nach Luft. »Seine was?«

Ein lang gezogenes Seufzen hallt durch meinen Kopf. »Jetzt stell dich nicht dumm, Scarlet. Sogar du mit deinem kümmerlichen Wissen über Ferals solltest mittlerweile bemerkt haben, dass Ash und auch sein Feral einen Narren an dir gefressen haben. Du bist die einzige Frau, die beide an ihrer Seite dulden. Das ist es auch, wovon Tristan sprach. Seit Ashs kleiner Vorstellung, als wir in Leerth ankamen, weiß Tristan ganz genau, welche Stellung du innehast. Dafür hat Ash gesorgt. Trotzdem war er so dumm zu versuchen, dich Ash unter der Nase wegzustehlen. Zum Glück ohne Erfolg.«

»Er ... wollte irgendwas mit mir tun auf dieser Lichtung. Ich dachte, er wollte mich beißen und so ebenfalls in einen Feral verwandeln.«

»Wie gesagt, weibliche Ferals werden nur geboren, nicht gemacht. Nur als Mensch bist du einem Feral von Nutzen und du als Frau bist immun gegen das Feral-Virus. Nein, was er mit dir vorhatte, war etwas anderes. Etwas, was dir ganz und gar nicht gefallen hätte. Zumindest hoffe ich das. Aber vergiss, dass ich dir davon erzählt habe. Ash bringt mich um! Er weiß selbst noch nicht, wie er dir das schonend beibringen soll, und ich würde es nur noch schlimmer machen.«

Seufzend reibe ich mir über die Stirn. »Also gibt es noch ein Geheimnis, das ich nicht kenne. Einen weiteren riesigen Stein in meinem Weg.«

»Es wird leichter, wenn du endlich Ashs Partnerin, seine Gefährtin, bist. Du wirst es besser verstehen können, zumindest sagen das Ash und die Königin.«

»Was hat die Königin damit zu tun?«, frage ich.

»Sie war ebenfalls die Gefährtin eines Alphas. Ich kannte Ashs Vater nicht mehr. Er starb kurz nach der Geburt seines Sohnes und seitdem regiert Neera an seiner statt unser Land, bis Ash bereit ist, König zu werden. Wie ich schon sagte, wählen sich Alphas nur starke Partnerinnen aus, die neben ihnen herrschen können. Die Beziehung zwischen einem Alpha und seiner Gefährtin ist sehr speziell. Tiefer und verbundener als eine normale Partnerschaft. Obwohl sie oft dazu gedrängt wurde, hat sich Neera geweigert, erneut zu heiraten. Sie würde nie einen anderen als ihren verstorbenen Mann neben sich akzeptieren.«

In Leerth hat mir die Königin bereits einen kleinen Einblick in ihr Leben, bevor sie Königin wurde, gegeben. Aber sie erwähnte mit keinem Wort, dass Ashs Vater ebenfalls ein Feral war. Nach Calebs Erklärungen scheint es jedoch nur logisch zu sein, immerhin ist Ash ein Alpha. Königin Neera weiß wohl besser als jede andere, was auf mich zukommt, wenn ich Ashs Partnerin werden würde – und sie hat mich eindringlich davor gewarnt. Ich habe mich über ihre und alle anderen Warnungen hinweggesetzt, mich dagegen gewehrt – vor allem, nachdem ich erfahren habe, dass in Ash ein Feral schlummert, aber ich kann es nicht mehr verleugnen. Mein Herz gehört ihm und daran wird sich nichts ändern. Ich stecke bereits zu tief drin, um einen Rückzieher machen zu können. Egal, was dieses Geheimnis ist, über das Caleb nicht sprechen will – Ash und ich werden jedes Hindernis bewältigen, solange wir zusammenhalten!

»Er wird sich freuen, das zu hören«, sagt Caleb. »Dass du ihn in der Hütte verlassen hast, hat ihn schwer getroffen. Er dachte, er hätte dich endgültig verloren. Auch wenn du noch nicht gänzlich seine Gefährtin bist, hätte er deinen Verlust nicht überwunden. Sag ihm das, was du eben gedacht hast. Er wird dich auch jetzt verstehen.«

Ich kaue auf der Unterlippe herum. »Ich bin nicht gut darin, solche Dinge auszusprechen.«

»Du solltest es dennoch tun. Es bedeutet ihm viel.« Er schweigt kurz. »In einer Stunde bringe ich euch etwas Verpflegung und ein paar Decken. Am besten lege ich *sie vor die Tür, damit er nicht wieder meint, seine Überlegenheit demonstrieren zu müssen wie bei der Hütte. Das hört dann auch endlich auf, wenn du seine Gefährtin bist. Ich kann es kaum erwarten!«*

Er unterbricht die Verbindung. Nach all den Informationen schwirrt mir der Kopf, aber es war wichtig, dass ich sie gehört habe. Ein paar Fragen sind zwar weiterhin offengeblieben, doch ich habe nun ein grobes Verständnis davon, was damals geschehen ist.

Warum sich Ash ausgerechnet mich als Gefährtin ausgesucht hat, bleibt mir jedoch ein Rätsel. Ohne Waffen bin ich nicht stark – und ich wäre nicht in der Lage zu herrschen, wenn er es nicht mehr könnte. Ich bin keine Anführerin oder eine Persönlichkeit, zu der andere aufblicken. Und ich bezweifele, dass sich daran etwas ändern würde, wenn ich seine Partnerin wäre.

»Wenn du wieder ein Mensch bist«, murmele ich, woraufhin Tenebraes Ohren sofort zucken, »will ich alles wissen. Sei ehrlich zu mir, denn deine Geheimnisse machen mich echt fertig. Dabei sind sie bei mir sicher, genau wie du es bist, das verspreche ich dir. Und wenn du dich doch fürchtest – sieh mich an und halte mich fest. Denn ich habe nicht vor, wegzugehen. Das haben wir hinter uns. Jetzt gibt es für uns beide nur noch den Weg nach vorn.«

Tenebrae richtet sich auf. Ein warmer Glanz liegt in seinen Augen, der mich lächeln lässt. Mit leicht angelegten Ohren senkt er den Kopf, bis die Schnauze auf Höhe meines Gesichts ist. Ich lehne mich nach vorn und hauche einen Kuss auf seine Nase. Als ich mich wieder mit dem Rücken gegen die Wand lehne, leckt er mit der Zunge über seine Nasenspitze.

»Du bist seltsam, das weißt du, oder?«

Er legt den Kopf schräg und blinzelt zweimal schnell hintereinander. Wahrscheinlich ist er wieder der Meinung, dass ich schon Schlimmeres zu ihm gesagt habe. Ich fahre ihm durchs Fell und stehe dann auf. Meine Beine sind beinahe eingeschlafen und kribbeln. Nachdem ich die ganze Zeit gesessen habe, brauche ich dringend ein bisschen Bewegung. Ich schnappe mir meine Waffen und verlasse das Labor mit Tenebrae auf den Fersen. Im größeren Vorraum bleibe ich stehen und sehe mich um. Der meiste Platz wird von Tischen eingenommen, an denen in vergangenen Zeiten Forschungen durchgeführt wurden, von denen ich lieber keine Einzelheiten wissen will. Aber jetzt werden sie nicht mehr gebraucht.

»Kannst du die Tische für mich aus dem Weg schieben?«, frage ich Tenebrae.

Er gibt einen Laut von sich, der mich an ein Lachen erinnert, und macht sich an die Arbeit. Ich husche unterdessen in die kleine Waffenkammer und wühle mich durch die dort gelagerten Waffen. Es dauert ewig, bis ich etwas gefunden habe, was weder scharf noch spitz noch vollkommen nutzlos ist. Die beiden Stöcke sind aus Holz, werden aber nach vorn hin breiter. Die Spitze ist abgerundet. Das Gewicht stimmt nicht mit dem meiner Klingen überein, doch es ist das Beste, was ich hier finden konnte.

Als ich wieder nach draußen trete, hat Tenebrae alle Tische an die Wände geschoben, sodass wir mehr als fünf mal fünf Meter Platz haben.

Ich winke ihn zu mir. »Wir zwei werden jetzt trainieren. Du musst dich gegen Menschen besser behaupten können und ich will sehen, was ich im Ernstfall gegen einen Alpha ausrichten kann.«

Tristans Worte sitzen tief und die Verunsicherung, die sie verursacht haben, will nicht verschwinden. Wenn es wirklich etwas oder jemanden da draußen gibt, der Ash seine Position streitig machen kann – wie auch immer das aussehen mag –, bin ich lieber auf alles vorbereitet.

Tenebrae hingegen sieht alles andere als begeistert aus. Er hat den Kopf gesenkt und die Ohren angelegt.

»Was ist?«, frage ich.

Er deutet mit der Schnauze auf die Stöcke, die ich in Händen halte, dann auf mich und schüttelt anschließend den Kopf. Ich habe keine Ahnung, was er mir damit sagen will. Zweimal lasse ich die Stöcke in der Hand wirbeln, um mich an ihren ungewohnten Schwerpunkt zu gewöhnen.

»Komm schon!«

Erneut schüttelt er den Kopf und ich lasse mit einem genervten Stöhnen die Stöcke sinken.

»Was soll denn das? Willst du etwa nicht gegen mich kämpfen?«

Er nickt.

»Aber das ist doch nur Training ... Zum Zeitvertreib. Kein ernster Kampf. Und keinem von uns beiden wird etwas passieren.«

Er wendet den Blick ab und tut so, als könne er mich nicht hören oder verstehen.

»Tenebrae«, quengele ich. »Was soll ich denn sonst die ganze Zeit hier unten machen?«

Eines seiner Ohren dreht sich in meine Richtung, doch ansonsten prallt der Einwand an ihm ab.

Sturer verdammter Feral! Hier gibt es keine Trainingsattrappen und auch nichts, was ich dazu umfunktionieren könnte. Ich war noch nie gut darin, irgendwo herumzusitzen und Däumchen zu drehen. Dabei verliere ich den Verstand!

Als wir in der Hütte festsaßen, konnte ich auf die Jagd gehen oder zumindest die Umgebung erkunden oder mich um Tenebraes Verletzungen kümmern. Aber hier habe ich rein gar nichts zu tun und das lässt mich unruhig werden. Und wenn ich unruhig bin, denke ich über zu viel Blödsinn nach, was mich wiederum dazu verleitet, kurzsichtig zu handeln. Wenn ich also nicht will, dass erneut ein Unglück geschieht, brauche ich dringend eine Beschäftigung, doch der Einzige, der mir dabei behilflich sein könnte, weigert sich, auch nur in meine Richtung zu schauen.

Ich verstehe zum Teil, warum er nicht gegen mich kämpfen will. Er hat Angst, mich zu verletzen, denn im Gegensatz zu mir kann er nicht auf stumpfe Waffen zurückgreifen. Seine langen Krallen und die spitzen Zähne sind seine Waffen, und selbst wenn er diese nicht einsetzen sollte, bleibt noch seine unmenschliche Kraft. Ich habe nicht vergessen, mit welcher Leichtigkeit er die Holztür in der Hütte in ihre Einzelteile zerlegt hat. Meine Haut und meine Knochen sind da sicher auch kein Hindernis für ihn. Dennoch wird es ebenfalls für Tenebrae wichtig sein, dass er lernt, seine Kräfte in dieser Gestalt zu kontrollieren.

Es wird Zeit, meine Strategie zu ändern.

»Tenebrae«, schnurre ich gedehnt und sichere mir dadurch sofort seine Aufmerksamkeit. Die Ohren beginnen beim Klang meiner Stimme sofort zu zucken und sein Blick huscht zu mir. »Wenn du ein braver Feral bist, bekommst du auch etwas von mir.«

Die Muskeln spannen sich unter dem Fell. Ich weiß genau, was er haben will. Etwas, was ich vorhin nur kurz angedeutet habe. Bisher weiß ich noch nicht, warum ihm das so wichtig ist, aber mir ist klar, dass ich ihn damit in der Hand habe. Ohne den Blick von ihm zu lösen, lege ich den Kopf ein Stück in den Nacken. Ein kehliger Laut entsteigt seinem Maul und ein Schauer rauscht mir den Rücken hinunter.

»Was ist nun?«, frage ich, noch immer mit einem Schnurren in der Stimme. »Haben wir eine Abmachung?«

Ohne Vorwarnung prescht er auf mich zu und ich schaffe es erst im letzten Moment, ihm auszuweichen.

»Ich fasse das als Ja auf«, murmele ich und aktiviere meinen Nexus.

Das Gerät braucht einen Moment, um sich auf eine andere Lebensform als Gegner einzustellen, doch dann spuckt es überraschend genaue Daten aus. Fast auf den Zentimeter exakt berechnet mein Nexus, wohin Tenebrae als Nächstes zielt, und ich pariere seinen Hieb mit einem der Stöcke.

»Ich sehe schon, wir werden uns hier prächtig amüsieren«, raune ich und greife ihn an.

KAPITEL 18

Als Caleb einige Zeit später mit beladenen Armen ins Labor kommt, bleibt er wie angewurzelt stehen und starrt uns an. Ich hocke auf Tenebrae, die Knie auf seine Schultern gepresst, sodass er nicht aufstehen kann, und halte mit beiden Händen den einen Stock fest, der mir noch geblieben ist. Aber so, wie er die Zähne darum schließt, wird der auch bald splittern. Wir knurren uns gegenseitig an, wobei sein Knurren sehr viel beeindruckender klingt als meines, doch ich weiche keinen Zentimeter zurück.

»Ähm ...«

Erst als Caleb sich bemerkbar macht, schaue ich für den Bruchteil einer Sekunde zu ihm, um ihm zu sagen, dass er sich heraushalten soll. Tenebrae braucht nicht mehr als das, um mich zu überrumpeln. Er erkennt sofort, dass meine Aufmerksamkeit wankt, umschließt meine Taille mit den Pfoten und wirbelt mich herum, bevor er den Stock zur Seite ausspuckt. Anschließend bleckt er die Zähne und zeigt mir sein schauriges Feral-Grinsen, das ich schon die ganze letzte Stunde zu sehen bekam.

Seufzend lasse ich den Kopf zurücksinken und entblöße meinen Hals.

Mein Atem geht durch die Anstrengungen unregelmäßig, doch ich halte ihn trotzdem an, als ich Tenebraes Zunge auf der Haut spüre.

»Ja, ist ja gut«, murre ich und schiebe den schwarzen Feral von mir. »Du hast gewonnen. Schon wieder.« Mit der Hand wische ich mir den Feral-Sabber ab, bevor ich mich zu Caleb umwende.

Auch Tenebrae hat den Ankömmling mittlerweile bemerkt und nähert sich ihm knurrend. Caleb legt die mitgebrachten Sachen ab und kauert sich auf den Boden, wobei er die Handflächen nach oben dreht. Tenebrae umrundet ihn zweimal, stößt dann noch ein warnendes Knurren aus, bevor er sich trollt und Caleb dadurch erlaubt, wieder aufzustehen. Ich schlendere derweil zu den Mitbringseln und wühle darin, bis ich etwas Essbares gefunden habe. Anschließend setze ich mich auf einen der Tische.

»Was ... war das eben?«, fragt Caleb.

Ich zucke mit den Schultern und beiße in eine Scheibe Brot. Seit gestern habe ich nichts mehr gegessen und bis eben nicht bemerkt, wie hungrig ich tatsächlich bin.

»Training«, antworte ich mit vollem Mund.

»Ich war mir nicht sicher, ob ich eingreifen sollte oder nicht«, murmelt Caleb, während er aufsteht und seine Klamotten glatt streicht. »Es sah ... echt aus.«

»Wenn es echt gewesen wäre, hätte ich scharfe oder spitze Waffen in der Hand gehabt.«

»Und ... was war das danach?« Sein Blick huscht zu meinem Hals.

Ich seufze. »Der Preis des Siegers. Das war das Einzige, womit ich ihn überreden konnte, mit mir zu trainieren, damit ich hier unten nicht den Verstand verliere.«

Caleb schüttelt den Kopf. »Ich habe noch nie eine Frau wie dich getroffen. Anstatt dass du durch die unzähligen Bücher blätterst, die hier lagern, kämpfst du lieber mit einem Feral.«

Ich muss über seinen Kommentar schmunzeln, zucke aber mit den Schultern. »Ich fasse das einfach mal als Kompliment auf.«

Er grinst mich an. »Als solches war es auch gedacht.«

Mit einem drohenden Knurren drängt Tenebrae sich zwischen uns, den Blick starr auf Caleb gerichtet, der vorsichtshalber einen Schritt nach hinten macht. Ich ziehe den Feral am Ohr und sichere mir dadurch seine Aufmerksamkeit.

»Wir unterhalten uns nur«, sage ich streng.

Grummelnd lässt er sich direkt zu meinen Füßen nieder, zwischen mir und Caleb. Ich verdrehe die Augen.

»Beachte ihn einfach nicht«, sage ich.

Caleb wirft einen unsicheren Blick auf den riesigen Feral. »Das sagst du so einfach. Aber ich will sowieso nicht lange bleiben und euch ... stören.«

Das letzte Wort spricht er mit einem so seltsamen Unterton aus, dass ich die Augenbrauen nach oben ziehe. Wobei soll er uns denn stören?

»Ich habe eine Menge Decken und Kleidung für dich zum Wechseln mitgebracht. Und welche für ihn, wenn er wieder normal wird. Hier unten wird es nachts ziemlich kalt, aber ich habe keine Bedenken, dass ihr euch ... warm halten könnt.«

»Caleb ...«, presse ich zwischen zusammengebissenen Zähnen hervor. Mein warnender Tonfall lässt sofort den Feral zu meinen Füßen den Kopf heben. »Ich weiß nicht, worauf du hinauswillst, aber mit deinen Äußerungen solltest du vorsichtig sein.« Ich versuche ein betont breites Lächeln aufzusetzen. »Ich habe einen Feral und ich werde ihn benutzen.«

Tenebrae fletscht zur Antwort die Zähne.

»Ich meinte euer Training, was dachtest du denn?«, verteidigt er sich, wirft dabei aber Tenebrae einen unsicheren Blick zu. »Ich gehe dann mal lieber.«

Ich murmele eine Zustimmung und sehe ihm nach, als er durch die Tür verschwindet. Anschließend begutachte ich das, was er mitgebracht hat. Das meiste sind Decken. Die größte breite ich einfach mitten im Raum aus und werfe die zwei Kissen, die ich ebenfalls finde, darauf. Auf einer dieser Liegen, an die sie damals die Menschen festgeschnallt haben, werde ich garantiert nicht schlafen! Da liege ich lieber auf dem Boden.

Ich habe keine Ahnung, wie spät es ist, aber nach dem Training und nachdem ich etwas im Magen habe, werde ich schläfrig. Daher krame ich die Klamotten für mich hervor, von denen Caleb gesprochen hat, und gehe in einen Nebenraum, um mich umzuziehen. Ich liebe meine Lederrüstung, aber in ihr zu schlafen, ist unbequem.

Natürlich trottet mir Tenebrae hinterher, doch er dreht sich sofort um, als er bemerkt, weswegen ich hier bin.

Ein Feral mit Schamgefühl ... Was es nicht alles gibt!

Die mitgebrachten Klamotten sind einfach: ein weißes Hemd, das locker den Körper umspielt, und eine dunkle weite Hose.

Als ich zurück in den großen Raum gehe, hat es sich Tenebrae bereits auf der ausgebreiteten Decke bequem gemacht und klopft mit dem Schwanz auf den Boden, als er mich sieht. Ich seufze über diese Selbstverständlichkeit, laufe aber an ihm vorbei, um mir noch etwas zu essen und zu trinken zu holen. Neben dem Brot finde ich auch ein paar Scheiben gebratenes Fleisch und Flaschen mit roter Flüssigkeit. Hoffentlich ist es Saft und kein Wein ... Ich schnappe mir alles und trage es hinüber zu unserer improvisierten Bettstatt.

Ich zupfe ein Fleischstück auseinander und halte Tenebrae eine Hälfte hin. »Du hast bestimmt auch Hunger«, sage ich, als er zögert. Kurz huscht sein Blick zwischen meinem Gesicht und meiner Hand hin und her, bevor er das Stück vorsichtig zwischen die Zähne nimmt und es aus meinen Fingern zieht.

Nachdem ich auch meine Portion gegessen habe, schraube ich eine der Flaschen auf. Sofort werfe ich sie von mir. Tenebrae zuckt erschrocken zusammen und springt auf die Füße, doch ich halte ihn zurück.

»Nicht!«, sage ich, während ich eine Hand nach ihm ausstrecke und die Nase in die Luft halte.

Da ist er wieder! Der süßliche Geruch ... Genau wie am Abend des Maskenballs. Winterlilie! Ich nähere mich der Flasche. Der Inhalt hat sich mittlerweile über den Boden ergossen, also knie ich mich daneben und beuge mich hinunter. Ein weiterer Atemzug bestätigt meine Befürchtung. Jemand hat Winterlilie in unser Getränk gemischt und gehofft, dass der starke Eigengeruch des Saftes ausreichen würde, um die falsche süßliche Note des Gifts zu übertünchen.

Aber nicht mit mir! Tenebrae steht mit aufgestelltem Nackenfell neben mir, hält ebenfalls die Nase über die Saftlache und schnüffelt. Dann bleckt er die Zähne, bevor er mich anschaut. Die gleiche Wut, die auch in mir tobt, blitzt in seinen Augen auf. Jemand wollte uns vergiften! Meine Hände werden eiskalt, während ich in Gedanken durchgehe, wer zu so etwas fähig sein könnte. Und wer einen Nutzen davon hätte.

Ich haste zurück in das kleine Zimmer und schnappe mir meinen Nexus.

»*Wir haben ein Problem, Caleb*«, sage ich, als er unser Gespräch angenommen hat.

»Mir gefällt nicht, wie du klingst ... Was ist los?«

Ich zeige ihm die Saftlache per Gedankenübertragung. »*Jemand hat versucht uns zu vergiften. Dem Saft wurde Winterlilie untergemischt.*«

Caleb stößt einen Fluch aus. »*Wer könnte denn …?*«

»*Wer hat das Getränk zubereitet?*«

»*Ich … war in der Küche, um das Essen und die Flaschen zu holen. Eine der Küchenhilfen hat gefragt, für wen ich das brauche. Aber ich habe nur deinen Namen erwähnt.*«

Ich knirsche mit den Zähnen und schaue zu Tenebrae. »*Also galt das mir und nicht Ash. Aber warum sollte mich jemand vergiften wollen?*«

Caleb schweigt eine Weile, ehe er sagt: »*Wenn ich ehrlich bin, wüsste ich keinen besseren Weg, um dir beizukommen. Im Zweikampf würde ich nicht gegen dich antreten wollen. Du scheinst jemanden ziemlich verärgert zu haben.*«

»*Aber wen?*«

»*Die Liste ist lang, wenn wir es nüchtern betrachten*«, murmelt Caleb. »*Jeder, der während des Trainings gegen eine Frau verloren hat. Und die gesamte Entourage. Ruby wird herumgezählt haben, was in Leerth geschehen ist. Sie wissen, dass du Ashs Favoritin bist, und sehen ihre Chancen schwinden.*«

Die Entourage … An die Mädchen habe ich bis jetzt keinen Gedanken mehr verschwendet. Sie hätten einen Grund, mich aus dem Weg schaffen zu wollen, aber ist wirklich eine von ihnen so skrupellos, um mich umzubringen?

»*Winterlilie*«, sinniert Caleb in meinen Gedanken. »*War das nicht auch das Gift, das während des Anschlags auf die Königin verwendet wurde?*«

»*Ja. Aber was hat das zu bedeuten?*«

»*Ich habe in der Küche nicht erwähnt, dass Ash bei dir ist. Sie dachten, das Essen und die Getränke wären für dich allein. Wenn es wirklich darum ging, dich zu vergiften, weil du die nächste potenzielle Königin bist, sehe ich tatsächlich einen Zusammenhang. Vor den Vorkommnissen in Leerth warst du keine direkte Bedrohung. Wenn wir den jetzigen Anschlag kurz beiseitelassen, könnte der auf die Königin dazu gedient haben, Ash zu einer Entscheidung zu zwingen. Wäre Neera gestorben, wäre er König geworden und hätte sich für eines der Mädchen aus der Entourage entscheiden müssen. Doch jetzt bist du da. Mir erscheint es logisch, wenn sie sich nun auf* dich konzentrieren, denn wenn Neera jetzt sterben würde, könntest du die nächste Königin werden.«

»Glaubst du wirklich, eines der Mädchen aus der Entourage ist zu so etwas in der Lage?«

Caleb zögert mit einer Antwort. »Wie gesagt, anders könnten sie dir nicht beikommen. Sie müssen entweder dafür sorgen, dass ihr das Interesse aneinander verliert, was aber nicht geschehen wird. Hoffe ich zumindest. In einem fairen Kampf könnten sie dich nicht besiegen, also bleibt ihnen nur dieser hinterhältige Weg.«

Ich erwidere Tenebraes Blick, in dem ich noch immer Zorn erkennen kann. »Wie viele Küchenhilfen hatten Zugang zu dem Getränk, das du mir gebracht hast?«

»Ich war die ganze Zeit über in der Küche, als es zubereitet wurde. Nur eine von ihnen hat daran gearbeitet. Ihr Name ist Kyla.«

»Wird sie dir die Wahrheit sagen, wenn du sie befragst?«

»Schwer zu sagen. Wir haben sie und die anderen bereits nach dem Anschlag auf die Königin befragt und nichts herausbekommen.«

»Bring sie her«, verlange ich.

»Ins Labor? Und was ist mit dem schwarzen Feral, der gerade bei dir ist?«

Ich fühle ein Lächeln auch den Lippen, als ich besagten Feral ansehe, und er erwidert die Geste. Offenbar geht ihm genau das Gleiche durch den Kopf wie mir, auch wenn er das Gedankengespräch zwischen mir und Caleb nicht hören kann. »Wir werden sie schon zum Reden bringen.«

»Wenn sie erzählt, dass da unten ein Feral durch das Labor schleicht, haben wir ein noch größeres Problem«, wirft Caleb ein. »Außerdem ist das Labor kein Ort, an dem Außenstehende herumlaufen sollten.«

So ungern ich es auch zugeben muss, aber er hat recht. Ash hütet das Labor und das darin gelagerte Wissen wie einen Schatz und gewährt nur wenigen Außenstehenden Zugang. »Was schlägst du stattdessen vor?«

»Diese Winterlilien ... Sind das weitverbreitete Pflanzen?«

»Sie wachsen nur im Winter«, sage ich. »Um diese Jahreszeit findest du sie nirgends. Und selbst im Winter ist es schwierig, an sie heranzukommen, da sie fast ausschließlich in felsigem Gebiet gedeihen. Auf Berggipfeln hast du die besten Chancen, an welche zu gelangen.«

»Also müsste sich jemand schon vor Monaten einen Vorrat angelegt haben. Meinst du, du könntest diesen Vorrat aufspüren?«

Ich wiege den Kopf hin und her. »Ich weiß nicht. Aber wenn du die ganze Zeit über in der Küche warst, als diese Kyla alles zubereitet hat, müsste sich der Vorrat ebenfalls in der Küche befinden. Sonst hätte sie das Gift nicht unbemerkt untermischen können.« Erneut huscht mein Blick zu Tenebrae. »Wäre es möglich, dass du Tenebrae und mich heute Nacht in die Küche schmuggeln kannst? Seine Nase ist sensibler als meine. Er kennt den Geruch jetzt und vielleicht gelingt es uns gemeinsam, das Gift zu finden.«

»Das dürfte zu schaffen sein. Ich kann nur hoffen, dass uns niemand sieht und Ash keine Dummheiten macht.«

»Ich rede mit ihm. Hoffentlich versteht er es.«

»Gut. Ich bereite alles vor und bringe Hazel und Payne auf den neuesten Stand. Sie sollen sich ebenfalls bereithalten und heute Nacht jeden aus dem Küchentrakt fernhalten.«

Nachdem ich die Verbindung unterbrochen habe, knie ich mich vor Tenebrae und erkläre ihm, was wir vorhaben.

»Es ist wichtig, dass dich niemand sieht, sobald wir das Labor verlassen«, sage ich. »Verstehst du das? Du darfst dich da oben niemandem zeigen und niemanden anknurren. Und du musst leise sein.«

Er klopft mit dem Schwanz auf den Boden, doch sein Blick zuckt ständig hinüber zur Saftlache.

»Wir werden denjenigen finden, der das getan hat. Aber dazu benötige ich deine Hilfe. Ich brauche deine feine Nase, doch während der Zeit, die wir außerhalb des Labors sind, musst du deine anderen Instinkte unterdrücken.«

Wenn er da oben einen der Wachmänner anfällt, weil dieser mich grüßt, oder wenn er wieder Caleb dazu zwingt, vor ihm zu kriechen, wird unweigerlich jemand auf uns aufmerksam werden. Das müssen wir auf jeden Fall vermeiden. Doch derjenige, der vor mir sitzt, ist nicht Ash. Nicht ganz, zumindest. Tenebraes Instinkte sind sehr stark ausgeprägt und ich habe Angst, dass er sie nicht im Griff hat und sich nicht konzentrieren kann. Aber das Risiko müssen wir eingehen.

Wenn ich das Gift direkt vor mir habe, kann ich den Geruch identifizieren. Doch ich habe keine Ahnung, ob mir das auch gelingt, wenn die Winterlilien in einem Glas im hintersten Winkel eines Küchenschranks lagern.

**

Auch nach Stunden habe ich weder etwas zu essen noch die restlichen Getränke angerührt, ganz egal, wie ausgetrocknet sich mein Mund jetzt anfühlt. Das Magenknurren bringt mir einige besorgte Blicke von Tenebrae ein, aber ich habe das Gefühl, er versteht, warum ich nichts mehr essen will. Im Schneidersitz habe ich mich auf der ausgebreiteten Decke niedergelassen; Tenebrae drückt sich nah an meine Seite, den Blick unentwegt auf den Laboreingang gerichtet. Seine Anspannung springt auch auf mich über und lässt mich nervös werden. Ich verstecke die zitternden Hände unter den Achseln.

Würde eines der Mädchen aus der Entourage wirklich so weit gehen und mich vergiften? Aus Eifersucht? Ich wäre dazu nicht in der Lage. Gut, ich würde anderweitig mit einer Konkurrentin fertigwerden, die nicht einsehen will, wann sie verloren hat. Aber Caleb hat recht: So viele Möglichkeiten bleiben den Mädchen nicht. In einem Zweikampf können sie mich nicht besiegen. Dennoch fällt es mir schwer, einem von ihnen eine solche Tat zuzutrauen. Doch nachdem ich im Dorf Luisa näher kennengelernt habe, bin ich mir nicht mehr so sicher. Die eisige Zielstrebigkeit und Unnahbarkeit, die sie ausstrahlte, ist mir auch bei den Mädchen hier aufgefallen. Anscheinend braucht man das, um im Schloss weiterzukommen. Ich will gar nicht wissen, welche Kämpfe sie untereinander ausführen. Wie sie miteinander wetteifern und versuchen sich gegenseitig auszustechen. Da muss man sich wohl unweigerlich ein dickes Fell zulegen, das ich nicht habe. Ich besitze andere Schutzmechanismen, aber ob diese den Gemeinheiten und Intrigen am Hof standhalten, wird sich erst noch zeigen müssen. Schließlich kann ich nicht jeden, der mich beleidigt, mit einem Dolch bedrohen. Und Beleidigungen werden kommen – noch mehr, als ich schon erdulden musste. Und wahrscheinlich viel Schlimmeres als das ...

Bisher scheint es sich nur um ein Gerücht zu handeln, dass ich Ashs Favoritin bin, aber irgendwann wird es offiziell sein. Ich werde ins kalte Wasser gestoßen werden und nicht mehr wissen, wer Freund und wer Feind ist. Ich werde lächeln müssen, wenn ich am liebsten schreien will. Ich werde tanzen müssen, wenn ich nichts lieber täte, als mit den Klingen in den Händen im Ring zu stehen. Selbst wenn ich mich im Hintergrund halte und alles Ash überlasse, damit das Königreich nicht am ersten Tag vor die Hunde geht, werde ich es nicht vermeiden können, hin und wieder im Fokus zu stehen. Und das ist etwas, was ich weder kann noch will.

Aber ich habe es ihm versprochen ... Ich habe Ash versprochen, nicht mehr wegzulaufen. Ich habe ihm gesagt, dass es für uns nur noch den Weg nach vorn gibt. Und schon nach so kurzer Zeit bereue ich es, das gesagt zu haben ...

Seufzend lasse ich mich zur Seite kippen und lande an Tenebraes Flanke. Freudig wedelt er mit dem Schwanz und schaut auf mich herab.

Alles würde einfacher sein, wenn er kein verdammter Prinz wäre ... Selbst über sein Feral-Ich könnte ich mittlerweile hinwegsehen, aber als Prinz und zukünftiger König bewegt er sich sein Leben lang auf einer anderen Ebene als ich. Er kennt es nur so und weiß, was von ihm erwartet wird. Ich weiß nichts von alledem. Noch nicht mal, ob es überhaupt gestattet ist, dass er jemanden wie mich zur Frau nehmen darf. Königin Neera war zwar eine Unberührbare – und damit für jeden Mann ein Tabu –, aber ihre Stellung lag weit über meiner; Unberührbare sind so angesehen wie der Anführer eines Clans. Im Grunde bin ich nichts. Eine weibliche Wächterin, die gar nicht existieren dürfte, wenn es nach meinem Clan-Chef gehen würde. Ohne Vermögen. Ohne Stammbaum.

Ich vergrabe das Gesicht in Tenebraes Fell. Ich hasse es, nicht mit ihm reden zu können ... Bestimmt wüsste Ash Antworten auf fast all meine Fragen, doch ich kann nichts anderes tun, als hier herumzuliegen und zu grübeln. Jede Minute zermürbt mich weiter und wirbelt neue Zweifel und Fragen empor. Ich fühle mich, als würde ein unsichtbares Gewicht auf meiner Brust liegen und mir die Luft zum Atmen abdrücken. Keine Ahnung, wie lange ich das noch aushalte ... Hoffentlich kommen Caleb und die anderen bald und erlösen mich von diesem Elend.

Wie auf Kommando gleitet die Tür zum Labor auf und Hazel steckt vorsichtig den Kopf herein. Ängstlich huscht ihr Blick zu Tenebrae, dessen massiger Körper sich sofort versteift hat, als die Tür aufging. Ich wuschele ihm durchs Fell, bevor ich auf die Füße springe.

»Alles in Ordnung«, rufe ich Hazel zu. Zögerlich macht sie ein paar Schritte auf mich zu, den Blick weiterhin auf den schwarzen Feral gerichtet. »Er wird dir nichts tun.«

Just in diesem Moment gibt Tenebrae ein Knurren von sich, was Hazel dazu veranlasst, einen Satz nach hinten zu machen.

»Benimm dich!«, zische ich dem Feral zu.

»Bist du sicher, dass du ihn hier rauslassen willst?«, fragt Hazel mit piepsiger Stimme.

»Nur für einen kurzen Abstecher in die Küche.« Ich schnalle mir den Gürtel mit den Dolchen um. »Ich brauche seinen Geruchssinn, wenn ich das Gift finden will.«

Hazel scheint nicht überzeugt zu sein. »Aber wenn wir jemandem begegnen ... Um diese Zeit ist die Küche zwar leer, doch auf den Gängen laufen trotzdem ein paar Wachen herum.«

»Um die wirst du dich kümmern«, sage ich zu ihr. »Lenke sie ab! Wir werden uns beeilen.«

»Und wenn er dir wegläuft?«

Ich schmunzele. »Ich habe ihn schon in einem fremden Wald zurückgelassen und er kam trotzdem wieder.« Ich werfe Tenebrae einen Seitenblick zu. »So leicht werde ich ihn nicht los.«

Hazel murmelt etwas, aber es ist so undeutlich, dass ich es nicht verstehen kann. Ein wenig lauter sagt sie: »Caleb und Payne warten oben. Ich habe beim Stöckchenziehen verloren und musste euch holen. Aber unsere Zeit ist knapp.«

»Wir sind so weit«, sage ich zu ihr. Anschließend wende ich mich Tenebrae zu. »Denk dran, was ich dir vorhin gesagt habe. Kein Knurren, keine lauten Geräusche, keine Spielchen mit Caleb.«

Er legt die Ohren an und gibt ein Grollen von sich, bevor er sich ebenfalls erhebt und hinter mir her zur Tür trottet.

»Wie machst du das?«, wispert Hazel. »Heute Morgen wollte er uns alle töten und jetzt läuft er hinter dir her wie ein zahmer Hund. Er ist nur etwas größer. Na ja ... sehr viel größer. Ansonsten könnte man ihn für ein Haustier halten.«

Tenebrae wirft ihr einen vernichtenden Blick zu und Hazel huscht schnell an meine andere Seite, außerhalb seiner Reichweite. Anscheinend ist er wenig begeistert darüber, als Haustier bezeichnet zu werden.

Ich zucke mit den Schultern. »Ich hatte noch nicht die Zeit dazu, alles in Erfahrung zu bringen. Ich weiß nur, dass er mich bis zu einem gewissen Grad verstehen kann und ich eine beruhigende Wirkung auf ihn habe. Warum genau das so ist und er nicht auch etwas freundlicher auf seine Mutter oder Caleb reagiert, die er schon sehr viel länger kennt als mich, weiß ich nicht.«

»Ich könnte jemanden aus der Baracke fragen«, meint Hazel. »Ein paar der Männer sind auch Ferals.«

Ich bleibe so abrupt stehen, als sei ich gegen eine Wand gelaufen. »Wie bitte?«

»Ja, na ja, nicht alle, aber ein paar von ihnen werden zu Ferals.« Sie beugt sich näher zu mir. »Es kommen auch Frauen aus der Stadt in die Baracke, deshalb muss für alle etwas geboten werden. Ich habe gehört, dass es Besucherinnen gibt, die ... du weißt schon ... so was mögen.«

Ich starre sie an, bin zu keiner anderen Reaktion fähig.

»Ich habe mal einen von ihnen in der Baracke gesehen«, erzählt Hazel irgendwann, während wir bereits durch die endlos lang scheinenden Gänge nach oben laufen. »Er sah fast aus wie ein Mensch, nur etwas haariger und größer und muskulöser. Sein Gesicht war anders, er hatte eine Schnauze, aber der Körper glich doch mehr einem Menschen. Nicht so wie Ash.« Vorsichtig schaut sie auf den Feral neben mir. »Ash sieht eher aus wie ein Tier. Jedenfalls war bei dem Feral in der Baracke alles größer, auch sein ...«

»Hazel!«, zische ich warnend.

»Tschuldigung«, murmelt sie. »Ich vergesse immer, dass du in der Sache noch unerfahren bist. Was ich eigentlich nicht verstehen kann, denn wenn jemand wie Ash Interesse an mir hätte, dann würde ich ...«

»Bitte tu mir den Gefallen und sprich deinen Gedanken nicht zu Ende«, grummele ich.

Auch Tenebrae gibt ein unheilvolles Knurren von sich.

»Wie viel von dem, was wir sagen, versteht er, wenn er ein Feral ist?«, fragt Hazel.

»Schwierig zu sagen«, antworte ich. »Beim letzten Mal wusste er hinterher noch fast alles. Aber er reagiert anders, solange er ein Feral ist. Ich glaube nicht, dass er uns so versteht, wie es ein Mensch tun würde.«

»Hmm, vielleicht sollte ich dann doch weitere Details für mich behalten.«

Seufzend sage ich: »Ich wäre dir sehr dankbar dafür.«

»Du bist so was von verklemmt! Du musst dringend lockerer werden.«

Ich verdrehe die Augen. »Das ist nicht so einfach, wie du dir das vorstellst.«

Und das ist noch untertrieben. Ich bin zwar in einem Dorf voller Männer aufgewachsen, aber dank solcher Exemplare wie Cedric fiel es mir schon immer schwer, Vertrauen zu ihnen aufzubauen. Ihre Abneigung mir gegenüber tat ein Übriges. Als Tristan starb und ich eine Mauer aus Eis um mein Herz errichtete, wurde alles noch schlimmer. Nur Jyde ließ ich an mich heran, aber über unser Training und eine Freundschaft zwischen Ausbilder und Schüler ging auch das nicht hinaus. Ich war froh, als Hazel und Payne mich in die Baracke mitnehmen wollten, damit ich endlich auch diese Erfahrung machen konnte. Der Schutzschild, den ich um mich errichtete, machte mich nicht blind für meine eigenen Bedürfnisse. Daran hat sich auch heute nichts geändert.

»Eines Tages«, sagt Hazel und reißt mich dadurch aus den Gedanken, »wirst du die Königin sein, die wir mit unserem Leben beschützen.« Ich schaue zu ihr und sie grinst mich an. »Und ich würde mich sehr freuen, wenn du bis dahin den Stock aus deinem Hintern ziehen könntest. Seit du hier im Schloss bist, versuchst du krampfhaft allen Anforderungen gerecht zu werden, aber du vergisst dabei dich selbst und das, was du willst. Du musst damit aufhören! Das Letzte, was dieses Land braucht, ist eine Herrscherin, die keinen Funken Verständnis für ihr Volk hat. Königin Neera besitzt dieses Verständnis. Du besitzt es ebenfalls und du darfst es niemals verlieren. Und dich nicht verbiegen lassen.«

Ich schlucke angestrengt. »Woher willst du wissen, dass ich die nächste Königin sein werde?«

Hazels Grinsen wird breiter. »Abgesehen von den offensichtlichen Hinweisen?« Sie legt den Kopf schief. »Weißt du, warum Payne und ich Königin Neera dienen? Weil sie eine von uns ist. Sie hat nicht vergessen, woher sie kommt. Würde ein Gör wie Ruby allerdings Königin werden, würden Payne und ich sofort unseren Dienst quittieren. Wenn herauskommen sollte, dass sie tatsächlich einen Giftanschlag auf dich verüben wollte, wird auch ihre Abstammung sie nicht mehr retten können.« Ihr Blick huscht zu Tenebrae. »Nicht wahr?« Er grollt als Antwort. »Sehr schön. Wir sind auf jeden Fall dabei.«

»Wobei?«, frage ich.

»Bei ihrer Bestrafung«, antwortet Hazel.

»Niemand wird hier bestraft!«, sage ich streng. »Ich werde damit allein fertig.«

Stöhnend legt Hazel den Kopf in den Nacken. »Sag mal, hast du mir die ganze Zeit nicht zugehört? Wir stehen alle hinter dir! Du musst mit gar nichts allein fertigwerden. Weder mit Ruby noch mit einem der anderen Mädchen. Auch nicht mit deiner viel zu lang andauernden Jungfräulichkeit. Ich kann dich wieder mit in die Baracke nehmen, wenn ...«

Ihre Äußerung bringt ihr ein weiteres warnendes Knurren von Tenebrae ein.

»Das ist ein sehr sensibles Thema, Hazel«, murmele ich. »Lass es einfach gut sein.«

Sie zuckt mit den Schultern. »Falls du deine Meinung änderst oder unser Prinz nicht über seinen Schatten springen kann, weißt du, wo du mich findest.«

Und damit ist das Thema für sie erledigt, denn sie plappert anschließend über ihre Rückreise von Leerth. Ich wünschte, ich besäße ebenfalls ihr unbeschwertes Gemüt und die Gabe, ein Problem mit einem einfachen Schulterzucken abtun zu können. Mein Leben wäre um vieles einfacher. Doch ungeachtet dessen bedeutet mir Hazels und Paynes Rückhalt mehr, als ich es je in Worte fassen könnte. Ich habe sie verlassen und enttäuscht und dennoch stehen sie hinter mir. Sie glauben an mich. Außer Jyde hat noch nie jemand an mich geglaubt und selbst das bezog sich nur auf meine Fähigkeiten im Kampf. Aber Hazel und Payne glauben daran, dass ich eine gute Königin sein könnte …

Das Gewicht, das mir vorhin noch die Luft zum Atmen nahm, scheint mit einem Mal leichter geworden zu sein.

Hazel verstummt in ihrem unermüdlichen Geplapper erst, als wir nach den Geheimgängen zum Labor durch die Burggänge schleichen. Tenebrae hält sich dicht hinter mir. Lautlos und schnell huscht er durch die Schatten. Zwar zucken seine Ohren bei jedem kleinen Geräusch und er schnuppert pausenlos in der Luft, aber er ist ruhig.

Payne wartet an der nächsten Biegung auf uns und winkt uns durch. Auch sie hält einen großen Abstand zu dem Feral, der mir folgt.

»Caleb ist bereits im Küchentrakt«, flüstert sie. »Ich passe auf, dass niemand in eure Richtung geht.«

Ich drücke Paynes Hand und nicke ihr dankbar zu; sie erwidert die Geste.

***

Im Küchentrakt steht Caleb an der Tür zum eigentlichen Küchenraum. Ich werfe einen Seitenblick auf Tenebrae, dem es sichtlich schwerfällt, nicht in alte Muster zu verfallen. Sein bisher geschmeidiger Gang wirkt verkrampft und das Nackenfell ist gesträubt. Doch er gibt keinen Ton von sich, lässt aber Caleb nicht aus den Augen. Caleb selbst hält den Blick gesenkt und schaut mich nicht direkt an.

»Die Küche ist leer«, sagt er. »Beeilt euch trotzdem.«

»Das werden wir«, flüstere ich und öffne die Tür. Hazel bleibt bei Caleb zurück, um Wache zu stehen. Nach kurzem Zögern folgt mir Tenebrae hinein.

Obwohl es bestimmt schon mehrere Stunden her ist, seit hier gekocht wurde, steht die Luft im Raum. Heiß und stickig füllt sie meine Lungen. Unterschiedliche Gerüche verschiedener Speisen steigen mir in die Nase und ich schaffe es nicht, auch nur einen einzigen herauszufiltern. Ich knirsche mit den Zähnen. Das habe ich befürchtet ... Da hier regelmäßig alles Mögliche zubereitet wird, haben sich unzählige Gerüche an der Einrichtung, den Geräten und sogar in den Wänden und dem Boden festgesetzt. Im Saft oder dem Wein der Königin war es leichter, den falschen Geruch der Winterlilie zu erkennen, aber hier, in diesem Sammelsurium an Gerüchen, ist es ein Ding der Unmöglichkeit. Wenn die Winterlilie noch zusätzlich in einem geschlossenen Behälter gelagert ist, wird es erst recht aussichtslos.

Meine ganze Hoffnung liegt nun auf Tenebraes feinem Geruchssinn. Er hat bereits begonnen herumzuschnüffeln, also mache ich mich daran, mir Tiegel und Krüge vorzunehmen, die aufgereiht auf mehreren Regalen an den Wänden stehen. Der Reihe nach öffne ich sie und schnuppere. Oft weiß ich nicht, was sich darin befindet, aber ich halte mich damit nicht auf. Ich bin nur wegen der Winterlilie hier.

Schon nach wenigen Minuten habe ich das Gefühl, dass meine Nase verstopft ist. Die unterschiedlichen Gerüche haben sich darin festgesetzt, sodass es mir bei jedem neuen Krug schwererfällt, überhaupt etwas zu riechen.

Tenebrae ist unterdessen am anderen Ende der Küche angelangt. Vor dem großen Herd, der auch jetzt noch eine immense Wärme abstrahlt, bleibt er stehen.

»Beeilt euch«, ruft Hazel durch die halb geöffnete Tür. »Bald ist Wachablösung.«

Ich haste hinüber zu Tenebrae. Niemand wird so dumm sein und eine giftige Pflanze gut erreichbar auf einem Regal lagern, wo immer das Risiko besteht, dass sie versehentlich in eine Mahlzeit gelangen könnte. Wir müssen in den versteckten Bereichen der Küche suchen.

Und Tenebrae scheint etwas gefunden zu haben. Wieder und wieder schleicht er an derselben Stelle entlang, schnüffelt und kratzt schließlich. Ich knie mich neben ihn und taste zuerst unter dem Herd entlang. Der Spalt darunter ist groß genug, um dort etwas zu verstecken. Kleinere Personen wie Hazel könnten sogar ein Stück darunterkriechen. Ich drücke mich auf den Boden, mache mich so klein wie möglich und strecke den Arm aus.

Da! Ganz hinten, schon fast an der gegenüberliegenden Wand, ist etwas.

Ich kann es mit den Fingerspitzen berühren, aber ... ich komme nicht ran! Ich strecke mich weiter vor und schaffe es endlich, es zwischen die Finger zu nehmen. Es fühlt sich an wie ein Tonkrug. Als ich das Gefäß nach vorn ziehen will ...

»Ah!«, entfleucht es mir, bevor ich die Zähne zusammenbeißen kann. Ich muss mich dazu zwingen, den Krug nicht loszulassen, und ziehe so schnell wie möglich den Arm zurück.

Im Versuch, weiter unter den Herd zu kriechen, bin ich mit der Schulter und dem Oberarm an die heiße Unterseite gekommen. Auf dem dünnen Hemd sind schwarze Rußspuren zu sehen. Meine Haut hat garantiert auch was abbekommen, aber ich habe keine Zeit, um mich darum zu kümmern. Ich verziehe das Gesicht, als ich es endlich geschafft habe, den Krug hervorzuziehen. Sofort lege ich eine Hand über die Stelle, die am schlimmsten brennt. Nässe dringt durch den Stoff.

»Mist«, zische ich.

Tenebrae fixiert mich aus weit aufgerissenen Augen. Panik flackert in ihnen auf, als er mein schmerzverzerrtes Gesicht sieht und die verbrannte Haut wittert.

Nachdem ich zweimal tief ein- und ausgeatmet habe, setze ich eine entspannte Miene auf und sage: »Alles in Ordnung. Wird schon wieder.«

Natürlich beruhigt ihn das kein Stück. Ich nehme den Krug in die andere Hand, springe auf die Füße und stelle ihn auf eine der Anrichten. Dann öffne ich den Deckel. Augenblicklich schlägt mir der süßliche Duft der Winterlilie entgegen. Schnell schließe ich den Deckel wieder.

»Wir haben es!«, rufe ich nach draußen.

Hazel kommt hereingehuscht. Mit einem Blick erfasst sie, dass etwas mit mir nicht stimmt. Sie schnappt sich meinen Arm und rollt vorsichtig den Hemdärmel nach oben. Ab dem Ellenbogen zieht sie scharf die Luft ein.

»Das sieht übel aus«, murmelt sie.

»Fühlt sich auch so an.«

Ich schaffe es nicht, direkt hinzusehen. Ich war noch nie gut darin, offene Wunden anschauen zu können. Ein weiterer Grund, warum ich nicht zur

Unberührbaren getaugt hätte. Sicherlich hätte es keinen guten Eindruck gemacht, wenn ich mich bei jedem zweiten Patienten übergeben hätte.

»Das muss behandelt werden«, sagt Hazel gedämpft. »Ich bringe dich zur Unberührbaren.«

Ich hatte bisher noch nicht mit der Unberührbaren des Schlosses zu tun, aber etwas in mir sträubt sich dagegen, jetzt zu ihr zu gehen. Ich kenne sie nicht, also vertraue ich ihr auch nicht.

»Das geht nicht«, sage ich und deute mit einem Kopfnicken auf Tenebrae, der mich weiterhin besorgt mustert. »Ich kann ihn nicht allein lassen.«

Hazel zieht die Unterlippe zwischen die Zähne und wirft dem Feral einen abschätzenden Blick zu. »Dann komm kurz mit auf unser Zimmer. Payne hat eine Salbe, die bei den meisten Verletzungen hilft. Ich kann dir die Wunde verbinden und danach kannst du wieder hinunter ins Labor.«

Tenebrae wird mich keine Sekunde aus den Augen lassen und sich weigern, mit jemand anderem zurück ins Labor zu gehen. Selbst wenn ich es ihm befehle, wird er es nicht tun.

»Dazu haben wir jetzt keine Zeit«, sage ich. »Wir haben die Winterlilie gefunden.« Ich deute auf den Krug vor mir. »Jemand aus der Küche ist für den Anschlag auf die Königin und mich verantwortlich. Wir müssen nur noch herausbekommen, wer es ist.«

Doch Hazel scheint mir gar nicht zuzuhören. »Das muss gesäubert und verbunden werden«, beharrt sie. »Wie hast du das überhaupt angestellt?«

»Der Krug stand hinter dem Herd und man kam nur heran, wenn man unter dem Herd hindurchgegriffen hat«, sage ich. »Ich bin dummerweise an die Unterseite gekommen. Es ist nicht so schlimm, wie es aussieht.«

Es brennt höllisch. Und ich spüre die Nässe, die meinen Arm hinunterläuft. Es ist schlimm, das weiß ich auch, ohne es mir ansehen zu müssen. Aber ich war schon schlimmer verletzt. Eine kleine Verbrennung bringt mich nicht um.

»Ich schaffe die Sachen hinunter ins Labor«, bietet Hazel an.

Ich nicke. »Sag Caleb, dass wir das Gift gefunden haben. Er soll alles Weitere veranlassen.«

Wie genau er in Erfahrung bringen will, wer uns vergiften wollte, weiß ich nicht, aber ich bin sicher, dass er seine Methoden hat. Er kennt die Menschen, die hier arbeiten. Ich bin ihm da keine Hilfe.

»Ihr müsst jetzt verschwinden«, ruft Payne von draußen.

Ich schnappe mir den Krug und drücke ihn auf dem Korridor Caleb in die Hand. Calebs und Paynes Blick schnellen zu meinem Arm, doch ich winke ab. In der Ferne höre ich Schritte. Wir müssen zusehen, dass wir wieder hinunter ins Labor kommen, bevor die Wachablösung hier entlangläuft.

»Ich bin in ein paar Minuten da«, verspricht Hazel und huscht in die Richtung davon, in der unser Zimmer liegt. Payne folgt ihr.

Caleb führt uns zurück ins Labor. Ohne ihn könnte ich die Türen nach unten nicht öffnen. Bevor er Tenebrae und mich allein zurücklässt, verspricht er, sich darum zu kümmern und den Giftmischer zu fassen.

＊

Müde lasse ich mich auf die Decke sinken. Wir haben das Gift gefunden, aber keinen genauen Hinweis darauf, wer es benutzt hat und warum. Wie lange es wohl dauern wird, bis Caleb etwas herausfinden wird? Tage? Wochen? Gibt es vielleicht weitere Vorräte, die wir auf die Schnelle nicht gefunden haben? Die Erkenntnis lässt einen eisigen Knoten in meinem Magen entstehen. Wenn es noch mehr Gift gibt … Es könnte in jedem Essen, in jedem Getränk sein. Und beim nächsten Mal möglicherweise einen anderen treffen. Wenn der Täter bemerkt, dass wir ihm auf die Schliche gekommen sind, könnte er es auch auf Caleb und die anderen abgesehen haben … Wie kann ich sicherstellen, dass keiner von ihnen vergiftetes Essen zu sich nimmt? Im Dorf könnte ich alles selbst erlegen, was wir bräuchten, aber hier … Das Essen und die Getränke gehen oft durch so viele Hände, dass es schier unmöglich ist, alles genau zurückzuverfolgen. Und solange Ash noch ein Feral ist, kann ich nicht weg. Es ist eine Sache, durch dunkle und kaum benutzte Gänge zu huschen, aber eine ganz andere, einen Feral aus der Stadt zu schmuggeln. Also müssen wir hierbleiben und darauf hoffen, dass es zu keinen weiteren Giftanschlägen kommen wird, nachdem wir den Vorrat und den Verdächtigen gefunden haben. Trotzdem wäre mir wohler zumute, wenn ich genau wüsste, was meine Freunde oder ich zu uns nehmen. Gut möglich, dass auch mein Geruchssinn nicht jeden Anschlag verhindern kann.

Fiepend drückt Tenebrae die Schnauze an meine Wange. Ich zwinge mich zu einem Lächeln.

»Es wird schon wieder«, murmele ich. »Erinnerst du dich noch an die Narben auf meinem Rücken? Die waren viel schlimmer als das hier. Ein bisschen verbrannte Haut bringt mich nicht um.«

Vorsichtig schnuppert er an meinem Arm und stößt dann wieder ein Fiepen aus. Anschließend leckt er über die Verbrennung direkt über dem Ellenbogen, bevor ich ihn davon abhalten kann. Erschrocken zucke ich zurück.

»Lass das!«, sage ich. »Du kannst nicht ...«

Doch davon lässt er sich nicht beeindrucken. Mit einer Pfote packt er meinen Arm am Handgelenk und zieht ihn zu sich, um auch die höher gelegene Verbrennung knapp unter der Schulter erreichen zu können.

Ich will erneut protestieren, denn ich kann mir nicht vorstellen, dass es gesund ist, Feral-Sabber in einer offenen Wunde zu haben, doch als ich den Mund öffne, um Luft zu holen, halte ich inne. Verwirrt schaue ich auf meinen Arm. Die Verbrennungen sind immer noch da, aber ... Ich sehe versengte Haut und einige Blasen. Die Wunde glänzt feucht. Jedoch sind das Brennen und der Schmerz, die bis eben unaufhörlich an den beiden Stellen pochten, fast vollständig verschwunden. Aber wie kann das sein? Mit jeder verstreichenden Sekunde ebbt der Schmerz weiter ab, bis nichts weiter zurückbleibt, als ein leichtes Spannungsgefühl.

Ungläubig huscht mein Blick zwischen den Verbrennungen und Tenebrae hin und her. Wie hat er das gemacht? Ich erinnere mich daran, dass seine eigenen Wunden in atemberaubender Geschwindigkeit verheilten und fast keine Behandlung benötigten, aber wie schafft er es, diesen Heilungsprozess auch bei mir hervorzurufen? Ich kann förmlich dabei zusehen, wie die Rötung zurückgeht und die Blasen verschwinden, als wären sie nie da gewesen.

»Wie ...?«, stammele ich, sprachlos und überwältigt. Ich drehe den Arm vorsichtig. Das Spannungsgefühl ist noch da, aber der Schmerz ist verschwunden.

Tenebraes Augen funkeln, als er meine Bewegung beobachtet. Mit vor Stolz geschwellter Brust sitzt er vor mir und wedelt mit dem Schwanz.

»Danke«, hauche ich und strecke die Hand nach ihm aus. Er drückt die Schnauze dagegen. »Ich wusste nicht, dass du so was kannst. Anscheinend bist du doch nicht völlig nutzlos.«

Er hebt die Lefzen ein Stück und gibt ein Schnauben von sich. Ich schmunzele über dieses Verhalten.

Als Hazel ins Labor kommt, ist sie ebenso erstaunt wie ich. Dennoch trägt sie eine kühlende Salbe auf die Verbrennungen auf und wickelt einen Verband darum. Ich lasse sie gewähren. Die Inhaltsstoffe der Salbe habe ich mit einem Atemzug herausfiltern können und für unschädlich befunden. Und der Verband verhindert, dass etwas von dem Staub und Dreck, die hier unten allgegenwärtig sind, in die Verletzung gelangt. Anschließend verabschiedet sich Hazel, da sie noch eine Verabredung in der Baracke hat. Ihr Hinweis, dass sie Luke lieb von mir grüßen will, kommt bei Tenebrae leider weniger gut an.

Ich würde gerne wissen, wie viel von dem, was um ihn herum gesprochen wird, er tatsächlich verstehen kann. Meistens habe ich das Gefühl, dass er nur das mitbekommt, was für ihn wichtig ist, und er reagiert anders, als er es als Mensch tun würde. Deshalb kann ich ihn schlecht einschätzen, aber ich bin froh darüber, dass unser Abstecher in die Küche ohne größere Probleme vonstattenging.

Ich strecke und beuge den bandagierten Arm. Dass es ausgerechnet den rechten erwischen musste ... So werde ich trotz Tenebraes Behandlung mehrere Tage lang nicht trainieren können. Zwar bin ich auch mit links ganz passabel, aber wenn ich schon mit beiden Händen gegen den Feral verliere, werde ich mit dem schwächeren Arm erst recht keine Chance haben.

Ich stoße die Luft aus und lasse mich gegen Tenebraes Seite fallen. Ohne die einzige Beschäftigung, zu der ich tauge, stehen mir hier unten Stunden bevor, die sehr lang werden. Hoffentlich braucht er diesmal nicht Tage, um sich zurückzuverwandeln. Ich erinnere mich dunkel daran, dass Caleb meinte, die Verwandlungszeit würde auch durch das Serum beeinflusst werden. Bisher weiß ich nicht, was das für ein Serum ist – nur, dass es wohl die Verwandlung eine gewisse Zeit unterdrücken kann. Allerdings auch nicht sehr zuverlässig, wenn ich an die Vorkommnisse in Leerth denke. Ob Ash es seitdem eingenommen hat, weiß ich ebenfalls nicht.

Es gibt so vieles, was ich nicht verstehe, doch niemand will mir die Antworten geben, nach denen ich verlange.

Ash wollte mir meine Fragen beantworten, nachdem er sich in der Hütte wieder zurückverwandelt hatte, aber damals war ich noch nicht dazu bereit und die Angst vor dem Unbekannten war stärker als jedes andere Gefühl.

Die Welt, wie ich sie bisher kannte, scheint außerhalb meines Dorfes nicht zu existieren. Ferals, die wissentlich in der Baracke arbeiten. Ein Menschenprinz, der seine Gestalt ändert. Alphas. Auf nichts davon war ich vorbereitet. Und ehe ich mich's versah, steckte ich tiefer drin, als ich es je wollte. Ich habe versucht zu entkommen, wollte alles und jeden hinter mir lassen und in mein altes Leben zurückkehren. Aber ich scheiterte kläglich. Und bei jedem neuen Versuch würde ich ebenso scheitern.

Ich rolle mich auf die Seite und nutze Tenebraes Schulter als Kopfkissen. Er dreht den Kopf und vergräbt die Schnauze an meinem Hals.

»Nicht ansabbern«, warne ich ihn.

Er ignoriert mich und lässt die Zunge einmal quer über meinen Hals gleiten.

KAPITEL 19

Als ich am nächsten Morgen erwache, schaut Ash – und nicht Tenebrae – auf mich herab und lächelt mich an. Seine Augen sind halb geschlossen und den Kopf hat er auf einen Arm gestützt, während sein anderer Arm um mich geschlungen ist. Ein warmes Gefühl breitet sich in meiner Brust aus, als ich ihn ansehe.

»Nur ein Tag?«, frage ich leise und erwidere dann sein Lächeln.

»Ohne das Serum und mit dir in meiner Nähe, kann ich Tenebrae an der kurzen Leine halten«, erwidert er ebenso leise.

Obwohl es erst gestern Morgen war, als ich seine Stimme zuletzt gehört habe, löst ihr Klang ein Kribbeln im Bauch aus. Ich liebe das raue Kratzen, das in seiner Stimme vibriert, wenn er gerade aufgewacht ist.

»Warum hast du mir nicht gestern, bevor du gegangen bist, schon gesagt, dass du dich so bald wieder wandeln musst?«

Ich wusste zwar, dass der Monat so gut wie um war, aber ich hätte nicht gedacht, dass er so kurz davor war, wieder zu einem Feral zu werden. Es war viel zu gefährlich für ihn, ins Dorf zu kommen.

Er streicht mir eine Haarsträhne hinters Ohr. »Als ich gegangen bin, war es noch nicht so schlimm. Aber mit jedem Schritt, den ich mich von dir entfernen musste, wurde es unerträglicher. Der Feral – Tenebrae – brüllte und tobte in mir und verlangte, dass ich auf der Stelle umdrehen solle. Ich hab es nicht getan und das hat ihm gar nicht gefallen.« Er wendet den Blick ab. »Irgendwie habe ich es noch geschafft, mich in den Käfig bringen zu lassen, aber danach ... Er war außer sich. Und ich konnte nichts dagegen tun. Ich hätte mir nie verziehen, wenn ich jemanden ... Es gab nichts, was ihn hätte beruhigen können.«

Ich lege eine Hand an seine Wange. »Es ist niemandem etwas zugestoßen«, sage ich.

Er umfasst meine Hand mit seiner und drückt sie. »Weil du rechtzeitig da warst. Aber ich wollte nicht, dass du kommst. Du sagtest, du hättest noch etwas zu erledigen, und das wollte ich respektieren. Ich ... wollte dich nicht drängen.«

»Ich werde immer zu dir gehen, wenn du oder Tenebrae mich brauchen«, antworte ich.

Er schlingt beide Arme um mich und zieht mich so fest an sich, dass ich kaum noch Luft bekomme. Das Gesicht an meine Schulter gedrückt flüstert er wieder und wieder meinen Namen, flehend und herzzereißend. Das ist mehr, als ich ertragen kann. Ich habe doch nichts gemacht, sondern war einfach nur für ihn da, als er mich brauchte. Beruhigend streichele ich ihm über den Rücken, spüre die warme Haut und die Muskeln unter den Fingerspitzen. Als er den Kopf hebt, streifen seine Lippen über meinen Hals und ich halte die Luft an, doch er zieht sich sofort wieder zurück.

Beide Hände um mein Gesicht gelegt küsst er zuerst die Stirn und dann die Nasenspitze. Vor meinem Mund hält er inne und sein Blick brennt sich in meinen.

»Du bist das Wunder, um das ich jeden Tag meines Lebens die Göttin angefleht habe«, flüstert er. »Du bist alles und mehr, als ich mir je gewünscht habe. Aber ich weiß, dass ich anders bin als das, was du dir für dich selbst gewünscht hast. Wenn du ...« Er schluckt angestrengt. »Wenn du gehen willst, dann tue es jetzt, denn ich weiß nicht, ob ich dich gehen lassen könnte, wenn ich dich noch eine Sekunde länger berühre.«

Ich runzele die Stirn. »Dummkopf«, murmele ich, bevor ich mich nach vorn lehne und den Mund auf seinen presse.

Gierig erwidert Ash den Kuss. Seine Zunge begegnet meiner und ich drehe den Kopf, passe mich den Bewegungen seiner Lippen an und nehme alles, was er mir zu geben bereit ist. Ich spüre ihn, schmecke ihn, rieche ihn und fühle mich ihm so nah wie schon lange nicht mehr. Doch ich will ihm noch näher sein. Viel näher. Nichts steht in diesem Moment zwischen uns. Die

Zweifel sind in der Sekunde verschwunden, als ich nach dem Aufwachen in seine wunderschönen Augen schaute.

»Mir«, hauche ich zwischen zwei Küssen. »Du gehörst mir.«

Als Antwort ernte ich ein kehliges Knurren, das ausgehend von meinen Lippen durch den ganzen Körper vibriert. Ich liebe die Laute, die er von sich gibt.

In meinem Kopf herrscht eine herrliche Leere. Ich bestehe nur noch aus Empfindungen und sehne mich nach der nächsten Berührung seiner Hände. Ohne den Kuss zu unterbrechen, setzt er sich auf und zieht mich mit nach oben. Ich schlinge ihm die Arme um den Hals und finde mich auf seinem Schoß wieder. Sofort lässt er die Hände unter mein Hemd gleiten und fährt sanft mit den Fingern die Narben am Rücken nach. Schon nach wenigen Augenblicken steht mein Körper in Flammen. Stöhnend lege ich den Kopf in den Nacken, woraufhin sein Mund sogleich an meinem Hals knabbert. Ich spüre seine Zähne an der empfindlichen Haut, unter der mein Puls viel zu schnell pocht.

»Was finden Tenebrae und du nur an meinem Hals so interessant?«, frage ich etwas atemlos.

Ich spüre, dass sich seine Lippen an meiner Haut zu einem Lächeln verziehen. Mit den Fingern liebkost er unterdessen weiter die wulstigen Narben am Rücken.

»Es ist nicht nur dein Hals«, murmelt er und lässt eine Hand meinen Arm hinuntergleiten, um mit dem Daumen sanft über die Unterseite meines Handgelenks zu streicheln. Diese kleine Geste jagt einen wohligen Schauer nach dem anderen meinen Arm hinauf. »Überall, wo dein Puls spürbar ist, kann ich deinen Geruch stärker wahrnehmen. Tenebrae kann außerdem an deinem Pulsschlag spüren, wie es dir gerade geht und was du brauchst. Und die Sache mit dem Hals ...« Er lehnt sich wieder nach vorn und beißt mir leicht in die eine Seite am Hals, sodass ich zusammenzucke und mich noch enger an ihn dränge. »Das ist so ein Feral-Ding. Hauptsächlich geht es aber um deinen Herzschlag, den ich dort spüren kann. Das Pochen beruhigt mich und lässt mich wissen, dass es dir gut geht.«

Wieder fährt er mit den Zähnen über die empfindliche Stelle knapp unter meinem Kiefer.

Eine unbekannte Hitze baut sich in mir auf und wie von selbst beginnen meine Hüften, sich vor und zurück zu wiegen. Keuchend presst Ash den Mund wieder auf meinen. Seine Hände krallen sich in meine Hüfte und drücken mich nach unten, direkt auf ihn. Zeitgleich stöhnen wir auf, ohne uns dabei voneinander zu lösen. Ich habe keine Ahnung, was er da mit mir anstellt, aber ich weiß, dass ich den Verstand verlieren werde, wenn er mich nicht sofort dort berühren wird, wo ich es am dringendsten brauche. Mein Körper scheint nur noch aus einer pulsierenden Hitze zu bestehen, die um Erlösung bettelt. Und ihm scheint es ebenso zu ergehen. Seine Muskeln zittern unter meinen Händen und seine Härte zwischen meinen Beinen drängt sich immer wieder gegen mich. Neckt mich. Lockt mich.

Ich lasse die Finger durch seine Haare gleiten und kralle mich fest, während ich weiter die Hüften bewege, um ihm den nächsten Laut zu entlocken, der mich um den Verstand bringt.

»Also wirklich«, sagt Caleb vom Eingang aus. Ash und ich erstarren augenblicklich. »Seit Stunden erreiche ich dich nicht über den Nexus, Scarlet. Ich mache mir Gedanken, dass etwas geschehen sein könnte, und komme hier herunter, um sicherzugehen, dass alles in Ordnung bei euch ist. Und was muss ich sehen? Euch zwei, wie ihr übereinander herfallt. Ganz im Ernst, so was könnt ihr in euren Zimmern machen.«

Da Ash mit dem Rücken zum Eingang sitzt, kann Caleb den genervten Gesichtsausdruck des Prinzen nicht erkennen. Ich jedoch muss darüber schmunzeln und spüre eine aufsteigende Röte in den Wangen.

»Vielen Dank für deine Anteilnahme«, ruft Ash über die Schulter hinweg, wobei er die Hände weiterhin an meinen Hüften ruhen lässt. »Wie du siehst, geht es uns prächtig. Wir wären jetzt nur gerne allein.«

»Tut mir leid, Kumpel«, entgegnet Caleb. »Den Gefallen kann ich euch nicht tun. Es sei denn, du möchtest, dass deine Mutter euch so sieht. Sie ist auf dem Weg hierher, um mit Scarlet zu reden.«

Ash verzieht das Gesicht. »Na toll«, murmelt er so leise, dass nur ich ihn verstehen kann. »Danke für die Warnung«, sagt er dann an Caleb gerichtet.

»Ich halte sie noch ein paar Minuten auf, damit du dich anziehen kannst.« Mit einem Lachen, das mir erneut die Schamesröte in die Wangen treibt, verschwindet er wieder aus dem Labor.

Seufzend lässt Ash den Kopf nach vorn gegen meine Schulter sinken. Ich streiche sanft über seinen Nacken und genieße noch für ein paar Sekunden die Nähe zu ihm. Was auch immer die Königin von mir will, ich bin mir sicher, dass es mir nicht gefallen wird. Und dass sie ausgerechnet diesen Zeitpunkt wählt, in dem Ash noch ein Feral sein müsste, lässt mich nichts Gutes ahnen. Doch irgendwann muss ich mich ihr, ihren Ansprüchen und den Antworten, die ich am liebsten nicht bekommen würde, stellen, denn nur dann kann es für Ash und mich eine gemeinsame Zukunft geben.

Mit den Fingerknöcheln streichele ich über seine Wange, bis er den Kopf wieder anhebt. Ich versuche trotz allem ein Lächeln aufsetzen und freue mich, als er die Geste erwidert, auch wenn seines wenig überzeugend aussieht. Schnell hauche ich ihm noch einen Kuss auf den Mund, bevor ich von ihm herunterklettere. Meine Knie sind weich und der Rest steht immer noch unter Anspannung, deshalb gelingt es mir erst im zweiten Anlauf, mich aufrecht zu halten.

Darauf bedacht, seinen nackten Körper nicht allzu auffällig mit Blicken zu verschlingen, schlendere ich hinüber zu dem Stapel Klamotten, den Caleb gestern gebracht hat, und suche ihm Hose und Tunika heraus, die ich ihm anschließend zuwerfe. Während er sich anzieht, kämme ich mir schnell die Haare mit den Fingern.

Nur wenige Augenblicke später rauscht die Königin ins Labor. Ihr Anblick verursacht bei mir immer das Verlangen, mich so klein und unscheinbar wie möglich zu geben. Jedes Mal, wenn ich sie sehe, umgibt sie eine herrschaftliche Aura, die so hell strahlt, dass alle um sie herum sich in Ehrfurcht verneigen. Ihre gerade Haltung und ihr stolzer Blick tun ein Übriges.

Ash versteift sich und reckt das Kinn, als seine Mutter ihn anschaut. Ich sinke vor ihr auf die Knie.

»Steh auf, Scarlet«, sagt sie und macht eine ungeduldige Handbewegung.

Schnell komme ich ihrer Aufforderung nach, bin aber froh darüber, dass sie die Aufmerksamkeit ganz auf ihren Sohn lenkt. Als auch Ash den Blick zu Boden richtet, nickt die Königin kaum merklich und sieht sich im Labor um. Viel zu lange betrachtet sie die ausgebreitete Decke, die einzige hier im Raum, bevor sie wieder zu mir schaut. Beinahe zucke ich unter ihrem Blick zusammen, schaffe es aber, das Kinn noch etwas mehr zu heben.

Lange mustert sie meinen Hals und anschließend den bandagierten Arm, ehe sie sich Ash zuwendet und sagt: »Ich habe nicht damit gerechnet, dich bereits jetzt in deiner menschlichen Gestalt anzutreffen.«

Die Kälte in ihrer Stimme verursacht mir eine Gänsehaut. Sollte sie nicht froh darüber sein, dass er wieder normal ist?

»Ich möchte mit Scarlet reden«, sagt die Königin. »Allein.«

Ich schlucke hart, wage aber nicht, zu widersprechen.

Ash hingegen verschränkt die Arme vor der Brust. Ein angriffslustiges Glimmen liegt in seinen Augen und ich bin kurz davor, ihn zu bitten zu gehen, bevor die Situation außer Kontrolle gerät. »Wenn ich noch ein Feral wäre, würde ich auch hierbleiben. Warum denkst du also, dass ich jetzt gehen werde?«

Sie legt den Kopf schräg und von einer Sekunde auf die andere verändert sich etwas in ihren Augen. Nicht so sehr, dass es einem Unwissenden auffallen würde, aber ich sehe einen deutlichen Unterschied. Macht und Härte blitzen darin auf, die sogar Ash dazu veranlassen, den Kopf zu senken. Er ballt die Hände zu Fäusten und bleckt die Zähne.

»Noch stehe ich im Rang über dir«, sagt die Königin in gefährlich ruhigem Tonfall. »Und du wirst tun, was ich dir befehle.«

Die Sehnen an Ashs Hals treten hervor und er hat sichtlich Mühe, nicht komplett aus der Haut zu fahren.

Schnell lege ich ihm eine Hand auf den Arm, bevor ich ihm zuflüstere: »Es ist in Ordnung. Geh nach draußen zu Caleb.«

Er zögert noch einen Moment, ehe er nickt. Im Vorbeigehen bedenkt er seine Mutter mit einem vernichtenden Blick, den die Königin jedoch gelassen erwidert. Erst nachdem sich die Schiebetür wieder hinter Ash geschlossen hat, wendet sie sich mir zu.

Die Kälte ist aus ihrem Blick gewichen und hat einer mütterlichen Wärme Platz gemacht. Verwirrt runzele ich die Stirn.

»Ich danke dir dafür, dass du dich um meinen Sohn kümmerst«, sagt Neera und lächelt mich an. »Er hat sich sehr verändert, seitdem du in sein Leben getreten bist, und dafür danke ich dir ebenfalls.«

»Da gibt es nichts zu danken«, murmele ich eine Spur verlegen und zucke dann mit den Schultern. »Ich liebe ihn. Ich liebe … sie beide.«

Neera nickt. »Du kannst dir nicht vorstellen, wie froh ich darüber bin, das zu hören. Wie ich dir bereits sagte, habe ich dich sehr gern, Scarlet. Ich respektiere die Wahl meines Sohnes und heiße sie gut. Jedoch will ich sichergehen, dass du auf das, was vor dir liegt, vorbereitet bist.« Sie deutet mit einer Handbewegung auf einen der leeren Tische. »Wollen wir kurz …?«

Ich folge ihr und setze mich neben sie auf den Tisch. Unsere Beine baumeln ein paar Zentimeter über dem Boden. Nervös umfasse ich die Hände im Schoß, darauf wartend, dass sie endlich sagt, weswegen sie hier ist.

»Ash ist ein Alpha«, verkündet sie nach einer Weile, den Blick nach vorn ins Leere gerichtet. »Er hat dich als seine Partnerin, seine Gefährtin, ausgewählt. Und da es euch beiden ernst zu sein scheint, will ich erklären, was das für dich bedeutet.« Sie wendet sich mir zu. »Die Gefährtin eines Alphas rangiert auf einer Machtebene mit ihm. Sie ist ihm ebenbürtig und andere Ferals reagieren auf sie ebenso wie auf einen Alpha. An Ashs Seite wirst du nicht nur eines Tages die Königin unseres Landes, sondern auch die Herrscherin der hiesigen Ferals sein.«

Ich schnappe nach Luft. Von diesem Standpunkt habe ich das noch nie gesehen. Bisher waren meine größten Bedenken, dass ich als potenzielle Königin eine wandelnde Katastrophe wäre, und nun soll ich auch noch über die Ferals herrschen? Das übersteigt meine Vorstellungskraft.

»Das, was du eben gesehen hast, als Ash sich meinen Befehlen verweigert hat, war ein Teil meiner Macht, die ich noch als Gefährtin habe, selbst nachdem mein Alpha tot ist«, sagt Neera. »Auch du wirst über diese Macht verfügen, allerdings wird sie nicht bei Ash funktionieren.«

»Und wie ... bekomme ich diese ... Macht?«, frage ich.

Neera zieht eine Augenbraue nach oben. »Du wirst sie besitzen, sobald er dich völlig beansprucht hat.«

Wieder dieses Wort ... *Beansprucht*. Ich höre es ständig im Zusammenhang mit mir und Ash oder Tristan.

»Du hast keine Ahnung, wovon ich rede, nicht wahr?«

Ich schüttele den Kopf und entlocke Neera damit ein gutmütiges Lächeln.

»Wann ist deine Mutter gestorben?«, fragt sie und bringt mich damit völlig aus dem Konzept.

»Kurz nach meiner Geburt«, sage ich.

»Dann hoffe ich, dass dich deine Großmutter Brianna nicht völlig im Ungewissen darüber gelassen hat, was zwischen Männern und Frauen passieren kann.«

Ich spüre die Hitze, die über den Hals und das Gesicht bis zum Haaransatz hinaufkriecht. »Ich ... weiß davon, aber ich ...«

Schnell hebt Neera die Hand und unterbricht mein Gestammel. »Schon gut. Wir müssen nicht darüber reden, wenn es dir unangenehm ist. Ich möchte nur, dass du weißt, dass es der letzte Schritt ist, um Ashs Gefährtin zu werden. Du brauchst dich nicht davor zu fürchten und ich überlasse es ihm, dir Genaueres zu erklären. Du sollst nur bedenken, dass es danach kein Zurück mehr für dich geben wird. Das zwischen dir und Ash ist keine Sache für eine Nacht, wie es in der Baracke möglich wäre. Er wird an dich gebunden sein und du wirst an ihn gebunden sein und keiner von euch wird je wieder etwas Vergleichbares für einen anderen empfinden können. Du wirst nicht umkehren und dich anders entscheiden können.«

Ich schaue sie lange an, bevor ich frage: »Hättet Ihr es getan? Hättet Ihr Euch anders entschieden, wenn Ihr jetzt noch einmal wählen könntet?«

Ihre Miene wird weich und gleichzeitig wehmütig. »Nein. Und ja.«

»Ich verstehe nicht ...«

Sie seufzt. »Ich würde mich nie für einen anderen Mann entscheiden wollen. Aber ich wünschte, ich hätte es getan. Ein Leben an der Seite eines Alphas ist alles andere als einfach. Neben ihm stehst du ständig unter Beobachtung und unter Druck. Es wird andere Ferals geben, die ihm seinen Rang – und damit auch deinen – streitig machen wollen. Nicht öffentlich, natürlich, sondern dann, wenn du am wenigsten damit rechnest. Ich kann nicht mehr zählen, wie oft er verletzt nach Hause kam und ich mich um ihn kümmern musste … Aber das war nicht das Schlimmste.«

»Sondern?«, frage ich, nachdem ich kurz überlegt habe, ob ich es wissen will.

Als die Königin mich wieder ansieht, schwimmen Tränen in ihren Augen. Der Schmerz in ihrem Blick schnürt mir die Kehle zu. »Ein Alpha wird niemals einen anderen Alpha neben sich dulden. Selbst dann nicht, wenn es sich dabei um den eigenen Sohn handelt.«

Ich starre sie an und wage nicht zu atmen. Das, was Caleb über die Alphas zu mir sagte, kommt mir wieder in den Sinn. Alphas werden geboren. Sie stammen von den Männern ab, denen vor Jahrhunderten das Mittel injiziert wurde. Aber das bedeutet nicht, dass jeder Alpha automatisch einen Alpha zeugt. Ganz im Gegenteil: Alphas sind selten, denn sie sind die Anführer der Ferals. Daher ist auch Ash von Geburt an ein Alpha. Doch wenn sein Vater ebenfalls einer war, dann …

Eine einzelne Träne rollt Neeras Wange hinunter. »Er wollte ihn umbringen«, flüstert sie heiser. »Als er zum ersten Mal in die Wiege sah, brach der Feral aus ihm hervor und wollte sein eigen Fleisch und Blut vernichten. Ich musste eine Entscheidung treffen, vor die ich nicht einmal meinen schlimmsten Feind stellen würde.«

Meine Hände sind eiskalt. Ich will sie anflehen, mir nicht zu sagen, wie diese Entscheidung aussah, doch ich hänge förmlich an ihren Lippen.

Sie schlägt den Blick nieder und schaut auf die zitternden Hände im Schoß. Ihre sonst so stolze Haltung wirkt eingefallen und gebrochen und ich kann den Schmerz bis zu mir spüren.

»Ich wählte meinen Sohn. Meinen unschuldigen kleinen Sohn, der nur wenige Stunden alt war. Und ich tötete den einzigen Mann, den ich je liebte.«

KAPITEL 20

Neera erhebt sich und wischt die Träne von ihrer Wange. Ich sehe ihr an, wie viel Anstrengung es sie kostet, gerade zu stehen und die Maske der stolzen Königin aufrechtzuerhalten. Die Worte hallen in meinem Kopf wider. Sie hat ihn getötet ... Sie hat ihren eigenen Mann getötet. Weil er Ash töten wollte. Ich kann mir nicht vorstellen, was in diesem Moment in ihr vorgegangen sein muss, was sie empfunden hat. Allein der Versuch, mich in ihre Lage zu versetzen, lässt mich nach Luft schnappen.

»Das ist einer der Gründe, warum ich gegen eure Verbindung war«, sagt sie, ohne mich dabei anzusehen. »Ich sah Zayne und mich vor mir, wenn ich euch beide anschaute. Und ich wollte nicht, dass sich das, was damals geschehen ist, wiederholte.«

Ich zögere. »Weiß Ash davon?«, frage ich dann.

Neera nickt. »Ich habe nie versucht es vor ihm geheim zu halten. Sobald er alt genug war, um es zu verstehen, habe ich ihm erzählt, was geschehen ist und warum ich so handeln musste. Er ... hat es besser verkraftet als ich.«

»Hättet Ihr ...?« Meine Stimme bricht und ich muss mich räuspern. »Hättet Ihr nicht einfach das Kind nehmen und verschwinden können? Weit weg, bis Ash erwachsen gewesen wäre. Dann hättet Ihr nicht ...«

Sie wendet sich mir zu und zieht eine Augenbraue nach oben. »Du bist gegangen«, sagt sie. »Du hast ihn verlassen, nachdem du wusstest, was er ist. Und dennoch stehst du hier. Dabei bist du noch nicht einmal seine Gefährtin. Wie lange hast du durchgehalten? Drei Wochen? Fast vier?«

Ich senke den Blick und balle die Hände zu Fäusten.

»Sobald du seine Gefährtin bist, wirst du keine drei Tage aushalten«, fährt sie fort. »Das funktioniert nicht. Selbst wenn ich es ausgehalten hätte, ohne daran zu zerbrechen, hätte er mich gefunden, ganz egal, wo ich mich versteckt hätte. Er hätte mich gefunden, selbst wenn er jeden einzelnen Stein auf dieser Welt mit bloßen Händen hätte umdrehen müssen. Ich habe viele Jahre mit der Tat gehadert und es gab sogar eine Zeit, in der ich Ash dafür gehasst habe, dass er mich vor diese Wahl gestellt hat.«

Als ich sie wieder ansehe, raubt mir der Schmerz in ihrem Blick die Luft zum Atmen und mein Herz zieht sich zusammen.

»Ich hasste Ash. Ich hasste mich selbst. Ich hasste alles und jeden.« Sie schlingt die Arme um ihren Körper. »Ich hatte alles für meinen Mann aufgegeben, doch uns waren nur wenige Jahre vergönnt. Aber ich musste weitermachen. Für meinen Sohn. Also verschloss ich die Wut und die Trauer tief in mir. Mit der Zeit erkannte ich, dass es nicht Ashs Schuld war, und ich lernte wieder, meinen Sohn zu lieben. Und gerade weil ich ihn liebe, will ich nur das Beste für ihn. Ich weiß, dass du das Beste bist, doch es macht mich nicht blind für die Parallelen, die es zwischen eurer und meiner Beziehung gibt. Wie ich dir bereits in Leerth sagte, werde ich mich nicht einmischen. Meinen Rat von damals hast du in den Wind geschlagen, aber auch das habe ich kommen sehen.«

»Es tut mir leid«, murmele ich.

»Das muss es nicht«, sagt Neera. »Im Grunde wusste ich es schon, seit wir vor fünf Jahren in deinem Dorf waren. Für euch beide gab es keinen anderen Weg als einen gemeinsamen. Die Göttin erhört schon lange mein Bitten nicht mehr, trotzdem bete ich dafür, dass es bei euch nicht so endet wie bei Zayne und mir.«

Sie hat recht: Es muss nicht zwangsläufig so enden. Ihr Sohn wurde als Alpha geboren. Wäre Ash keiner gewesen, sondern nur ein normaler Feral, hätte die Königin diese schreckliche Wahl niemals treffen müssen.

»Es ist über fünfundzwanzig Jahre her, aber ich vermisse ihn wie am ersten Tag«, sagt Neera leise. »Das wird sich auch nie ändern – ebenso wenig, wie meine Gefühle verblassen werden. Ich konnte nicht anders handeln und würde es wieder genauso machen, wenn ich noch einmal die Wahl hätte.

Deshalb nützt es nichts, wenn ich mich mein Leben lang gräme. Hätte ich zugelassen, dass Zaynes Feral seinen eigenen Sohn umbringt, wäre mein Mann hinterher nicht mehr derselbe gewesen. Dann hätte ich sie beide verloren und das hätte mich endgültig gebrochen.«

Sie schaut mich an und zwingt sich zu einem kleinen Lächeln. Ich sehe ihr jedoch an, wie viel Kraft es sie kostet. Es fällt mir schwer, das, was sie mir gerade erzählt hat, zu begreifen, und ich werde wohl noch eine Weile brauchen, um es wirklich verarbeiten zu können und darüber nachzudenken, was dies für mich bedeutet. Das mache ich lieber in einer ruhigen Minute, denn jetzt im Moment ist es nicht mein dringendstes Problem.

»Ihr sagtet, dass es einer der Gründe war, warum Ihr gegen eine Verbindung zwischen Ash und mir wart«, sage ich nach einer Weile. »Was ist der andere Grund?«

Sie macht eine wegwerfende Handbewegung. »Auch der andere hat nichts mit dir als Person zu tun. Die Mädchen aus der Entourage wurden quasi seit ihrer Geburt auf das Leben bei Hofe vorbereitet. Sie wissen, wie man tanzt, redet und Würdenträgern schmeichelt, um das zu bekommen, was sie wollen. Du hingegen würdest eher deinem Gegenüber einen Dolch an den Hals halten, als vor ihm zu knien, wenn du keinen Respekt vor ihm hast. Und dem Volk würde es leichterfallen, einer natürlichen Frohnatur wie Ruby zu huldigen.« Neera zuckt mit den Schultern. »Ash hatte noch nie etwas für sie übrig, für keine von ihnen. Aber genau das ist der springende Punkt. Ohne Gefühle wäre es einfacher gewesen, sie so zu formen, wie es für das Land am besten gewesen wäre. Und wenn sie sich als völlig unnütz herausgestellt hätte, wäre sie in ein schickes Haus am Stadtrand abgeschoben worden, ohne dass es einen von beiden gestört hätte.« Sie schenkt mir ein verschwörerisches Lächeln, das mich ein wenig an Ashs erinnert. »Wenn ich das mit dir versuchen wollte, würde Ash den Aufstand proben und mir anschließend den Hals umdrehen.«

Gegen meinen Willen muss ich bei der Vorstellung schmunzeln. Hazel und Payne haben bereits etwas Ähnliches zu mir gesagt, bevor sie wussten, was zwischen Ash und mir ist. Ein Mädchen aus der Entourage wäre die logische Wahl für ihn gewesen. Doch er wählte mich, trotz allem, was gegen mich gesprochen hat und immer noch gegen mich spricht.

»Ich werde es lernen«, sage ich und halte dem Blick der Königin stand. »Ich werde lernen, mich zwischen den Adligen und Würdenträgern zu bewegen und vor ihnen das Knie zu beugen, wenn es notwendig ist. Aber ich werde nicht vergessen, woher ich komme. Ich werde mich nicht verändern. Und wenn es sein muss, bedrohe ich jeden einzelnen Adligen mit einem Dolch, um das zu bekommen, was ich will.«

Ein kleines Lächeln umspielt ihre Lippen. »Und was wäre es, was du willst?«

»Ash«, wispere ich. »Es ist mir egal, ob er ein Prinz ist. Es wäre sogar viel einfacher für mich, wenn er keiner wäre.«

Neera macht einen Schritt auf mich zu, umschließt mein Gesicht mit den Händen und haucht mir einen Kuss auf die Stirn. »Dann geh zu ihm. Er wartet draußen auf dich und raubt Caleb wahrscheinlich gerade den letzten Nerv.«

Als sie die Hände sinken lässt, neige ich den Kopf vor ihr. Ich schaffe es nicht, in Worte zu fassen, wie dankbar ich ihr für diese kleine Geste bin und wie sehr sie mein Herz wärmt. Neera ist die Königin. Sie hätte sich von Anfang gegen mich stellen oder mich gar nicht erst in Ashs Nähe lassen können. Sie wusste, wie ihr Sohn fühlte, und war sich auch bald sicher, wie es um meine Gefühle bestellt war. Es wäre ihr Recht gewesen, eine Verbindung zu verbieten, denn ich bin nicht das, was sie sich als ihre Nachfolgerin vorgestellt hat. Stattdessen begegnete sie mir fast vom ersten Tag an mit Ehrlichkeit und Freundlichkeit. Das ist mehr, als ich je zu hoffen gewagt habe.

Neera legt mir den Zeigefinger unters Kinn und drückt meinen Kopf wieder nach oben. »Du wirst eine Königin sein«, sagt sie, während ihr unnachgiebiger Blick meinen festhält. »Du wirst die Gefährtin eines Alphas sein. Es wird nur noch sehr wenige Lebewesen geben, vor denen du den Kopf neigen musst. Ich gehöre nicht dazu. Vielmehr würde ich mich darüber freuen, wenn du mich als Freundin und vielleicht irgendwann als Mutter sehen könntest. Wenn du ihn brauchst, stehe ich dir jederzeit mit einem Rat zur Seite. Du kannst zu mir kommen, wann immer du willst. Nichts von dem, was du zu mir sagst oder mir anvertraust, wird je nach außen dringen.«

Meine Augen brennen und mir verschwimmt die Sicht. Ich schlinge beide Arme um sie und drücke das Gesicht an ihre Schulter, während Neera mir sanft über den Kopf streicht. Sie riecht nach Seife und Sonne und diese Kombination wirkt so beruhigend auf mich, dass die Tränen in meinen Augen sofort trocknen.

»Sehr schön«, sagt Neera, nachdem sie mich auf Armlänge von sich geschoben hat. »Und nun geh! Deine Bewährungsprobe erwartet dich bereits in wenigen Tagen und sie werden nicht nachsichtig mit dir sein. Aber bis dahin wünsche ich euch alles Glück dieser Welt.«

Ich drücke ihre Hände, die auf meinen Schultern liegen, und mache mich dann von ihr los. Ohne zurückzublicken, haste ich zur Tür und laufe davor unruhig auf der Stelle, bis sie sich endlich öffnet.

Ash steht da, vertieft in ein Gespräch mit Caleb, aber er wendet sich sofort zu mir um, als die Tür aufgleitet. Seine Stirn ist sorgenvoll gewölbt und er mustert mich kritisch und mit einem Hauch Angst, als suche er nach Anzeichen, dass ich meine Meinung erneut geändert hätte und ihn verlassen werde.

Mit einem Lächeln, das in mir hochsteigt, werfe ich mich an seine Brust. Ash stößt ein Seufzen aus, bevor er mich in eine feste Umarmung zieht und das Gesicht an meinen Hals drückt. Ich spüre seinen wummernden Herzschlag an der Wange und seinen warmen Atem auf der Haut.

»Der Göttin sei Dank«, flüstert er nah an meinem Ohr.

»Ich habe es dir gesagt«, murmele ich. »Ich laufe nicht mehr davon.«

»Sie hat es dir erzählt, nicht wahr?«, fragt Ash leise. »Was zwischen ihr und meinem Vater geschehen ist.«

Ich nicke und suche in seinem Gesicht nach Anzeichen von Schmerz, doch da ist nichts. Vielleicht liegt es daran, dass er seinen Vater nie persönlich gekannt hat. Vielleicht weiß er aber auch, dass es keinen anderen Weg gab. Ich selbst bin ohne Mutter aufgewachsen und kann nicht sagen, dass ich sie vermisst habe. Sie war eine Fremde für mich, eine Tote, mit der ich keinerlei Erinnerungen verband. Das machte es leichter. Als mein Vater und mein Bruder starben, konnte ich ihren Verlust hingegen kaum verkraften.

»Sie hat mir erklärt, was damals geschehen ist«, sage ich leise. »Was sie tun musste.«

Sein Griff wird so fest, dass ich kaum noch Luft bekomme, doch ich beschwere mich nicht. »Ich hatte Angst, dass sie so lange auf dich einredet, bis du gehst.«

»Ash«, sage ich sanft und warte, bis er mich ansieht. »Das Gegenteil war der Fall. Hab ein bisschen mehr Vertrauen in deine Mutter und auch in mich. Ich habe bereits viel mitgemacht und das Letzte, was ich will, sind weitere Geheimnisse, die zwischen uns stehen. Sei ehrlich zu mir. Ich kann es verkraften. Aber ich ertrage keine Lügen mehr. Ich verstehe, warum du mir Dinge verheimlicht hast, aber ich hoffe, dass wir über diesen Punkt endlich hinweg sind.«

Er schüttelt leicht den Kopf und schaut mit zusammengezogenen Augenbrauen auf mich herab. »Ich kann nicht glauben, dass du trotzdem noch hier bist. Obwohl du weißt, was ich bin.«

Ich zucke mit den Schultern, bevor schon wieder ein Lächeln an meinen Lippen zupft. »Du gehörst mir. Ihr *beide* gehört mir.«

Er lehnt die Stirn an meine und atmet tief ein. »Und du gehörst uns!«

»Und den Rest klärt ihr bitte hinter verschlossenen Türen, wo ich das nicht mit ansehen muss«, kommentiert Caleb, der mit verschränkten Armen an der Wand neben uns steht.

Ich muss über den trockenen Tonfall und Ashs Augenrollen schmunzeln. Die Stimmung zwischen uns ist gelöst und ich fühle mich, als könnte ich platzen vor Glück. Zwar werde ich Neeras Warnung und ihr Schicksal nicht vergessen, aber jetzt, in diesem Moment, scheint alles Schlechte weit weg zu sein.

Ash ergreift meine Hand, bevor er sich vorbeugt und mir ins Ohr flüstert: »Lass uns gehen.«

Ich schaue zu ihm auf und das Funkeln in seinen wunderschönen Augen jagt mir ein Kribbeln nach dem anderen durch den Körper. Da ich meiner Stimme nicht traue, nicke ich nur – und kann gar nicht mehr aufhören zu lächeln.

KAPITEL 21

Es ist ungewohnt, Hand in Hand mit Ash durchs Schloss zu laufen, doch gleichzeitig fühlt es sich richtig an. Bestimmt ist es bereits kurz vor Mittag, weshalb viele Bewohner unseren Weg kreuzen. Ash grüßt sie flüchtig, ehe er mich weiterzieht. Die seltsamen Blicke, die man uns hinterherwirft, ignoriert er geflissentlich.

Als wir endlich sein Gemach erreichen, schließt er die Tür hinter uns mit einem Tritt, wirbelt mich anschließend herum und presst mich mit dem Rücken dagegen. Sein fester muskulöser Körper drängt sich gegen mich. Die Hände seitlich neben meinem Kopf gestemmt beugt er sich zu mir herunter.

»Letzte Chance, einen Rückzieher zu machen, Scar«, raunt er.

Mein Blick huscht zwischen seinen Augen und dem Mund hin und her. »Sehe ich so aus, als hätte ich das vor?«

Er lässt eine Hand nach unten wandern, ohne mich dabei eine Sekunde aus den Augen zu lassen, und verriegelt die Tür. Das Geräusch des zuschnappenden Riegels beschleunigt meinen Herzschlag nur noch mehr. Alles in mir ist einer Bogensehne gleich gespannt; ungeduldig warte ich auf das, was als Nächstes geschieht, während sich all meine Sinne auf den Mann vor mir auszurichten scheinen. Sein warmer Atem streicht über meine Haut, als er den Blick an mir auf und ab wandern lässt.

Er schluckt geräuschvoll. »Ich kann mir vorstellen, dass du vielleicht Angst hast und dass ...«

Bevor er noch mehr Blödsinn von sich geben kann, lege ich ihm einen Finger an die Lippen. »Halt den Mund und küss mich endlich«, wispere ich.

Und er tut es. Vorsichtig zuerst, als rechne er damit, dass ich jede Sekunde meine Meinung ändern könnte, doch nachdem ich die Hände in seine Haare gekrallt und ihn näher zu mir gezogen habe, stöhnt er gegen meine Lippen und küsst mich mit einem schwindelerregenden Verlangen, das mich ebenfalls aufseufzen lässt. Seine Zunge streift meine Unterlippe, bevor sie gegen meine stupst, um anschließend sanft und rau zugleich in meinen Mund einzudringen.

Die Hitze, die ich bereits vorhin im Labor gespürt habe, ist mit einem Mal wieder da und breitet sich in mir aus. Ich will ihn wieder genauso fühlen wie vor ein paar Stunden. Will seine Haut unter meinen Finger spüren. Kurz öffne ich die Augen, um mich in seinem Zimmer zu orientieren, und dränge ihn dann hinüber zu seinem riesigen Bett. Er stolpert rückwärts und seine Lippen verziehen sich zu einem Grinsen, als er bemerkt, was ich vorhabe.

Nach wenigen Schritten lässt er sich auf der Bettkante nieder und zieht mich mit sich, bis ich mit gespreizten Beinen auf seinem Schoß sitze. Seine Hände finden ihren Weg unter mein Hemd und ich keuche auf, als ich endlich wieder diese zärtlichen Berührungen auf mir spüre. Jede Stelle, die er berührt, scheint in Flammen zu stehen und lechzt nach mehr. Doch er lässt die Finger nur über meinen unteren Rücken und die Taille gleiten.

»Ash, bitte«, hauche ich atemlos, ohne zu wissen, worum ich eigentlich genau bitte. Ich weiß nur, dass ich mehr brauche. Viel mehr. Vor allem an den Stellen, die ein verlangendes Ziehen durch meinen Körper senden. Stellen, die noch nie ein Mann zuvor berührt hat.

Als Ash mich ansieht, sind seine Augen dunkel und verschleiert, die Pupillen so geweitet, dass sie beinahe das Blau und Grün der Iriden verschlingen. Ich könnte mich stundenlang in diesem Blick verlieren.

Seine Stimme klingt rau, als er sagt: »Wenn ich ... Wenn ich weitermache, werde ich den Feral nicht mehr zurückhalten können.« Er senkt den Blick. »Ich werde mich nicht verwandeln, aber ich ... Tenebrae wird dich ebenfalls als die Seine markieren. Er wird dich in den Hals beißen, in dem Moment, wenn ich ...«

Ash schließt die Augen und atmet tief durch. Trotzdem bemerke ich das Zittern, das durch seinen Körper rauscht.

Ich lege ihm beide Hände an die Wangen und zwinge ihn, mich wieder anzusehen. »Ich kann mit Tenebrae umgehen und ein kleiner Biss bringt mich nicht um. Gibt es sonst noch etwas, was ich wissen sollte?«

Mit weit aufgerissenen Augen und einer Spur Ungläubigkeit im Blick, schüttelt Ash leicht den Kopf.

Ich stupse mit der Nasenspitze gegen seine. »Dann lass es uns hinter uns bringen.«

Stöhnend senkt er den Kopf gegen meine Schulter und murmelt seufzend: »O ja, das ist *genau das*, was ein Mann hören will, bevor er zum ersten Mal mit dir schläft ...«

Mit größter Mühe verkneife ich mir ein Lachen, hoffe aber, dass er die Ironie in meinen Worten verstanden hat. Dann hebe ich seinen Kopf an und küsse ihn auf die Stirn. »Hör auf, so ein Gesicht zu machen. Ich bin nicht zerbrechlich und habe keine Angst. Nicht mehr. Ich hatte Angst, dich zu wollen, als ich hier im Schloss ankam, aber ich bin hier und will dich mehr denn je. Ich vertraue dir.«

Endlich kehrt das Funkeln in seine Augen zurück und seine Hände nehmen ihre Tätigkeit wieder auf. Langsame Kreise ziehend lässt er die Finger über meine Haut gleiten, liebkost die Narben auf dem Rücken, bevor sich seine Hände um den Saum meines Hemds schließen und er es mir mit einer geschmeidigen Bewegung über den Kopf zieht.

Ich halte den Atem an, während ich ihn dabei beobachte, wie er mich ansieht. Ein hungriger Glanz liegt in seinem Blick, als er mit den Fingern federleicht über den Ansatz meiner Brüste streichelt. Zitternd hole ich Luft und lasse den Kopf in den Nacken sinken, sodass sich Ash knabbernd einen Weg daran nach unten bahnen kann.

Als ich seine Zunge und anschließend die Lippen an meiner Brustwarze spüre, rauschen so viele Empfindungen durch mich hindurch, dass ich aufkeuche. Erschrocken über die seltsamen Laute, die ich von mir gebe, schaue ich zu Ash, der mich die ganze Zeit über mit einem versonnenen Lächeln beobachtet. Sein Mund liegt weiterhin auf meiner Brust, saugt und knabbert und leckt und lässt mich schier den Verstand verlieren. Schlimmer wird es jedoch, als seine Hände meine Hüften packen und sie nach unten drücken, direkt auf seine Härte. Halt suchend kralle ich ihm die Finger in die Schulter, während ich seinen Namen stöhne, keuche und fluche.

Flüssiges Feuer statt Blut scheint durch meine Adern zu rauschen und bündelt sich zu einem verlangenden Ziehen im Unterleib. Ich bewege die Hüften in der Hoffnung, dieses Verlangen zu stillen, doch ich habe eher das Gefühl, dass es mit jedem Stoß, mit jeder Berührung, nur noch schlimmer wird. Ash drängt sich mir entgegen und stöhnt ebenfalls, als ich sein Drängen erwidere. Als ich mich ein Stück zurückziehe und den Druck von seinem Schoß nehme, knurrt er frustriert auf und presst mich wieder nach unten.

Wie bereits vorhin bin ich süchtig nach den Lauten, die er von sich gibt. Sie schüren die Hitze in mir weiter, bis ich nur noch aus Verlangen bestehe.

Ich zerre ihm das Hemd über den Kopf und genieße das Gefühl seiner Haut an meiner, ohne störenden Stoff zwischen uns.

Anschließend umfasst er meinen Po, hebt mich ein Stück hoch und legt mich dann aufs Bett. Ich liege auf der linken Seite, sodass der bandagierte Arm nicht belastet wird. Ash drängt sich an meinen Rücken. Sein Mund hinterlässt eine heiße Spur im Nacken, während seine eine Hand meine Brust liebkost und die andere quälend langsame Kreise um den Bauchnabel zieht. Mein Atem geht abgehackt, ebenso wie seiner, und ich spüre seinen galoppierenden Herzschlag am Rücken. Ich wende mich halb zu ihm um und stehle mir einen Kuss. Fordernd presse ich die Lippen auf seine, als er just in diesem Moment die Hand in meine Hose schiebt. Zeitgleich stöhnen wir beide auf, doch unser Kuss dämpft die Laute. Wie von selbst bäumt sich mein Körper auf, als Ashs Finger meinen Schoß erkunden und den fast schmerzlich pulsierenden Punkt berühren, um ihn wieder und wieder zu umkreisen. Mein Kopf ist wie leer gefegt und sämtliche Empfindungen richten sich nur noch auf das neckende Spiel seiner Finger aus. Ich zucke und schreie, bevor ich mich auflöse und wieder neu zusammensetze – so scheint es mir.

Schwer atmend sinke ich zurück ins Laken. Mein Herz hämmert schneller als nach jedem Training, das ich je hatte. Wie durch einen Schleier nehme ich wahr, dass Ash mir die Stiefel auszieht und sie achtlos zu Boden wirft. Ich hebe die Hüften an, damit er mir auch die restliche Kleidung abstreifen kann.

Ash küsst jeden Zentimeter meines Körpers, den er langsam freilegt. Nur kurz streifen seine Lippen meine erhitzte Haut, bevor ich sie schon am nächsten Punkt spüre. Flüchtig wie ein aufblitzender Stern am Nachthimmel. Wieder raschelt Kleidung, als er sich selbst auszieht.

Dann arbeitet er sich erneut nach oben vor. Ich fühle seinen Mund an meinem Bauch. Am Rippenbogen. Zwischen den Brüsten. Am Schlüsselbein. Am Hals. Und schließlich auf den Lippen. Er schiebt einen Arm unter meinen gewölbten Rücken und presst mich noch näher an sich. Ich wimmere, als ich seine Härte direkt an mir spüre, und dränge die Hüften gegen ihn. Ein tiefes dunkles Grollen vibriert in seiner Brust und springt auf mich über. Ich fühle es bis hinab zu dem Punkt, an dem sich erneut die flüssige Hitze sammelt.

Ich umfasse sein Gesicht. In seinen Augen ist ein Glanz – hungrig und verheißungsvoll. Das allein reicht aus, um meinen Atem weiter zu beschleunigen. Ohne meinen Blick freizugeben, lehnt er sich nach vorn, küsst mich und bewegt die Hüften. Mit einem einzigen Stoß dringt er in mich ein und hält mich fest umschlungen, als mein ganzer Körper erschauert. Er gibt mir die Zeit, die ich brauche, um mich an ihn zu gewöhnen, auch wenn es ihn ungeheure Anstrengung zu kosten scheint, sich nicht zu bewegen. Seine Arme zittern und sein Atem geht keuchender als mein eigener. Schweißperlen stehen ihm auf der Stirn. Ich wische sie weg und streichele über sein Gesicht.

Das wunderschöne Gesicht des Mannes, der mir gehört. Mir ganz allein.

Nach einer Weile bewegt er sich. Zuerst quälend langsam und vorsichtig, doch auf mein unwirsches Knurren hin, das er mit einem atemlosen Grinsen bedenkt, schneller und fester. Mit jedem weiteren Stoß dringt er tiefer in mich ein, bis ich vergesse, wo er anfängt und ich aufhöre. Jeder weitere Stoß gegen die aufgestaute Hitze, die in mir schwelt, treibt mich an den Rand des Wahnsinns und ich werde ihn mitnehmen, wenn ich von dort herunterstürze.

»Scar«, keucht er und ich verstehe.

Wieder lege ich die Hände an sein Gesicht, halte seinen Blick fest und lege den Kopf so weit wie möglich zurück, um ihm meinen Hals darzubieten. Von einer Sekunde auf die andere wandeln sich seine Pupillen zu Schlitzen und das Verlangen in seinem Blick wird zu einem animalischen Besitzanspruch.

Ich bin darauf vorbereitet und sehe mein Lächeln in seinem. »Hallo, Tenebrae«, wispere ich, bevor ich seinen Kopf nach unten ziehe.

Die spitzen Zähne graben sich in die empfindliche Haut an meinem Hals direkt unter der Stelle, an der mein Puls hämmert. Der bittersüße Schmerz – gepaart mit dem unablässigen Vorstoß seiner Hüften – lässt helle Sterne vor meinen Augen tanzen. Die Hitze rauscht mein Rückgrat hinunter und entlädt sich dort, wo wir verbunden sind. Ich bäume mich auf, schreie, vergrabe die Fingernägel in seinen Schultern, als ich förmlich explodiere; doch er hält mich fest, bis auch er wenige Augenblicke später erzittert. Keuchend lässt er von meinem Hals ab, legt eine Hand auf meine eine Hüfte und presst sie ein letztes Mal gegen seine. Die andere Hand krallt er in das Laken neben uns. Tief in mir spüre ich ein noch immer kaum bezwingbares Pulsieren, bevor Ash mit einem Stöhnen auf mir zusammenbricht. Sein Herz wummert gegen meine Brust; sein Atem geht stoßweise und abgehackt. Beruhigend lasse ich die Hände über seinen Rücken und die Schultern gleiten.

Er hebt den Kopf ein Stück und leckt über den Biss an meinem Hals. Ein leichtes Ziehen breitet sich an der Stelle aus, genauso wie gestern, als er über die Verbrennung an meinem Arm geleckt hat. Geschmerzt hat der Biss dank seiner scharfen Zähne, die mühelos meine Haut durchdrungen haben, nicht wirklich.

Als er sich auf die angewinkelten Arme stützt und auf mich herabblickt, sind seine Pupillen und Zähne wieder normal. Tenebrae brach nur für einen kurzen Moment hervor, um mich ebenfalls für sich zu beanspruchen, und für diesen Augenblick war ich mit ihnen beiden gleichzeitig verbunden.

Ash streicht mir eine Haarsträhne aus der Stirn, während sein Blick mein Gesicht abtastet. »Habe ich dir wehgetan?«, fragt er leise, wobei er die Augenbrauen sorgenvoll zusammenzieht.

Ich schüttele den Kopf und schmiege mich wohlig an seine Hand. Mein Herzschlag hat noch nicht zu seinem gewohnten Takt zurückgefunden, doch ich fühle mich ungewöhnlich leicht, fast schwerelos. Nur meine Augen werden von Sekunde zu Sekunde schwerer.

»Du siehst müde aus«, murmelt er, während er mit dem Daumen meine Wange streichelt.

Ich nicke träge. Irgendwas ist anders, doch ich kann nicht genau benennen, was es ist. Ausgehend von dem Bissmal am Hals verbreitet sich eine Wärme in mir, die angenehm und gleichzeitig quälend ist.

Ash küsst meine Stirn und rollt sich anschließend auf den Rücken, um mich an sich zu ziehen. Ich bette den Kopf auf seiner Schulter und schließe die Augen, unfähig sie auch nur noch einen Moment länger offen halten zu können. Seine Finger kraulen meinen Nacken, während er beruhigende Worte flüstert, die mich sofort in einen tiefen Schlaf abdriften lassen.

***

Als ich aufwache, ist es dunkel im Zimmer. Es war Mittag, als wir das Labor verlassen haben – und danach ...

Ashs Brust hebt und senkt sich gleichmäßig unter meinem Kopf. Vorsichtig, um ihn nicht zu wecken, mache ich mich von ihm los und klettere aus dem Bett.

Trotz der Dunkelheit und des fremden Zimmers finde ich mich ohne Probleme zurecht. Fast als könnte ich ... Doch meine ersten Schritte sind noch unsicher und ich plumpse beinahe zurück aufs Bett. Ich weiß nicht, woran es liegt, aber mein Körper scheint mir nicht mehr so zu gehorchen wie früher; ist mir auf eine Art seltsam fremd geworden. Dieses Fremde ist neu und anders: Es pulsiert im Blut, durchströmt mich vom Scheitel bis zum kleinen Zeh. Das stetige Wispern einer neuen, ungeahnten Kraft erfüllt und lockt mich. Auch meine Sicht ist schärfer, selbst im Dunkeln.

Leise gehe ich hinüber zu dem großen Spiegel und betrachte mich. Äußerlich sehe ich – bis auf die bereits verblassten Male von Tenebraes Zähnen am Hals – keinerlei Veränderungen. Aber innerlich ... Ich schließe die Augen und balle die Hände zu Fäusten. Innerlich spüre ich eine Macht, die mir gleichzeitig fremd und vertraut ist. Ich habe sie bereits mehrmals gespürt – immer dann, wenn Ash in der Nähe war und die bloße Kraft seiner Präsenz auf mich überzuspringen schien. Bisher hielt ich es nur für Einbildung, ausgelöst durch die Anziehung, die ständig zwischen uns flirrte. Aber nun spüre ich diese Kraft, als wäre sie ein natürlicher Teil von mir.

Als ich die Augen wieder öffne, steht Ash hinter mir und schaut mich an. Eine Hand legt er mir an den Bauch und zieht mich an sich, die Finger der anderen verflicht er mit meinen. Sanft lässt er den Mund seitlich an meinem Hals entlanggleiten, sodass ich seufzend den Kopf neige, um ihm besseren Zugang zu gewähren. Ein wohliger Schauer rinnt mir durch den Körper. Ich liebe seine Berührungen, bin süchtig danach, aber vor allem liebe ich seine Lippen auf meiner Haut. Ich hätte nie für möglich gehalten, was er dadurch bei mir auslösen könnte. Aber nach vorhin ... fühle ich mich ihm noch verbundener, noch näher, als ich es mir je erträumt hätte.

»Spürst du sie?«, wispert er genau an der Stelle, an der er vor ein paar Stunden die Zähne versenkt hat. »Deine Macht als meine Gefährtin.«

»Ich fühle mich ... anders«, entgegne ich ebenso leise.

Er lächelt an meiner Haut. »Du wirst dich daran gewöhnen, da mache ich mir keine Sorgen. Es ist ein Teil der Kraft, die vor vielen Jahrhunderten in dem Feral-Mittel war. Heute ist sie nicht mehr ganz so stark und die Veränderungen sind kaum sichtbar, aber du wirst es beherrschen lernen. Bis dahin solltest du jedoch im Schloss bleiben, wo ich dich im Auge behalten kann. Andere Ferals werden auf deine Macht reagieren, und solange du deine Grenzen nicht einschätzen kannst, musst du vorsichtig sein.«

Ich wende den Kopf zu ihm, damit ich ihn ansehen kann. »Was meinst du mit ›reagieren‹?«

Seine Finger streichen über meinen Bauch. »Sie werden wissen, was du bist und zu wem du gehörst. Und wenn sie dir nicht den nötigen Respekt entgegenbringen, wirst du sie mit einem einzigen Blick dazu zwingen können. So wie es meine Mutter unten im Labor mit mir gemacht hat, als ich dich nicht mit ihr allein lassen wollte.«

Ich schmiege den Rücken an seine Brust und seufze wohlig, als ich die Wärme spüre, die er abstrahlt. »Wird sie das jetzt immer noch machen können?«

Ash schmunzelt. »Nein. Sie steht nun nicht mehr im Rang über mir und kann mir keinen Gehorsam mehr abpressen.« Sanft knabbert er an meinem Hals und ich schließe für einen Moment genüsslich die Augen.

»Könnte ich es?«, frage ich.

»Nicht bei mir«, antwortet Ash, während er mich im Spiegel beobachtet. Ein verlangender Glanz liegt in seinem Blick, als er an meinem Spiegelbild entlanggleitet. »Genauso wenig wie ich es bei dir könnte. Wir stehen auf einer Stufe und unterscheiden uns nicht im Rang. Wir sind ...« Er schiebt die Hand Stück für Stück weiter nach unten und ich halte den Atem an. »... eine Einheit. Nur du und ich.«

Als ich seine Finger zwischen meinen Beinen spüre, lasse ich stöhnend den Kopf zurück gegen seine Schulter sinken. Ein unterdrücktes Lachen rumpelt durch seine Brust.

»Ich liebe es, wie du dich in meinen Händen in Wachs verwandelst«, raunt er mir ins Ohr, während seine Finger in mich eintauchen. Ich beiße mir auf die Unterlippe, um nicht erneut zu stöhnen. »Ich liebe alles an dir, aber es wird eine besondere Freude sein, dich so zu nehmen, bis du deinen eigenen Namen vergisst.«

Ich schlucke angestrengt und schaue ihn im Spiegel an. Meine Hüften zucken an seinen Fingern. »Worauf wartest du dann noch?«

Mit einem hungrigen Grollen wirbelt er mich herum, hebt mich hoch und trägt mich zurück zum Bett. Dort lässt er mich alles vergessen.

Den Ort. Die Zeit. Was war. Was sein könnte.

Und sogar meinen eigenen Namen.

ASH

KAPITEL 22

Den nächsten Morgen verbringe ich zum Großteil damit, dem Treiben im Burghof zuzusehen. Vom dritten Stockwerk der Burg aus habe ich, auf dem Geländer sitzend und mit dem Rücken seitlich an der Wand lehnend, den perfekten Überblick.

Nachdem wir es irgendwann aus dem Bett geschafft hatten, gingen Scarlet und ich hinab ins Labor, wo unsere Sachen lagen. Ich bin froh, wieder meinen Nexus tragen zu können und ihre Gedanken als leises Summen im Kopf zu hören. Es fühlte sich die letzten Wochen furchtbar leer und einsam in mir an. Obwohl sich ihre Gedanken im Moment einzig und allein um den Gegner drehen, dem sie im Übungsring gegenübersteht, ist das viel besser als die Stille.

Während sie unten im Labor ihre Klingen in die Hand nahm, verzog Scarlet kurz das Gesicht. Ihr Gewicht würde sich anders anfühlen als zuvor, sagte sie. Ich konnte ihren verzweifelten Gesichtsausdruck nicht ertragen und ermunterte sie dazu, die neue Kraft draußen auf dem Übungsplatz auszuprobieren und sich wieder an ihre Halbmond-Klingen zu gewöhnen, obwohl ich ganz andere Dinge mit ihr vorhatte. Doch das breite Lächeln, das sie mir schenkte, war es wert.

»Deine gute Laune ist schon fast beängstigend, seitdem ich in den letzten Wochen nur deine Trauermiene zu sehen bekam«, meint Caleb und stützt die Hände am Geländer ab. »Was gibt es denn da unten zu sehen, was dich wie einen Trottel grinsen lässt?«

Mit einer Drehung rammt Scarlet einen Übungsstock gegen die Schulter ihres nächsten Opfers. Anders kann ich die armen Soldaten, die das Pech haben, heute Morgen im Dienst zu sein, nicht nennen. Dieser hier wird ein Stück durch die Luft geschleudert und kommt so hart auf, dass ich seinen mit einem Keuchen entweichenden Atem bis zu mir hören kann.

»Autsch«, kommentiert Caleb.

Der Soldat wirft die Trainingswaffen von sich und hebt beide Hände als Zeichen der Kapitulation. Scarlet schnaubt und geht ans andere Ende des Rings. Hazel und Payne, die ebenfalls über den Burghof huschen, suchen derweil ein weiteres Opfer aus, da keiner so dumm ist, sich freiwillig zu melden. Niemand legt sich mit den dreien an, wenn er weiß, was gut für ihn ist. Ein paar von ihnen haben anfangs den Fehler gemacht, sie zu unterschätzen, weil sie Frauen sind, aber nachdem sie entweder miterlebt oder am eigenen Leib gespürt haben, wozu jede von ihnen fähig ist, haben sie ihre Lektion gelernt.

Es ist amüsant zu beobachten, wie die Soldaten sich kleinmachen in der Hoffnung, Hazel und Payne würden sie übersehen. Jedem von ihnen ist klar, dass sie nicht den Hauch einer Chance gegen meine Gefährtin haben. Das hatten sie vorher schon nicht, doch jetzt, mit ihrer neuen Kraft und der Geschwindigkeit, gibt es keinen, der sie besiegen könnte. Aber Scarlet muss trainieren. Sie muss lernen ihren Körper wieder zu kontrollieren und ihre Waffen führen zu können. Je eher, desto besser. Ich fühle mich wohler, wenn ich weiß, dass sie sich selbst verteidigen kann.

»Wir sollten Jyde herholen«, sage ich zu Caleb, ohne den Blick vom Übungsring zu nehmen. »Mir fällt sonst niemand ein, der länger als fünf Sekunden gegen sie bestehen könnte.«

Caleb nickt. »Scarlet meinte sowieso, dass sie sich besser fühlen würde, wenn ihre Großmutter und Jyde hier im Schloss wären.«

Ich werfe ihm einen Seitenblick zu. Warum erzählt Scarlet ihm davon und nicht mir? Eifersucht flammt in mir auf, doch sie verschwindet genauso schnell, wie sie gekommen ist. Caleb ist sowohl mein als auch Scarlets Freund – und er war für sie da, als ich es nicht sein konnte.

»Warum ist sie überhaupt dort unten und schlägt unsere Soldaten zu Brei?«, fragt Caleb und grinst mich von oben herab an. »Habt ihr keinen anderen Weg gefunden, damit sie sich verausgaben kann? Oder ist sie deiner schon überdrüssig?«

Ich neige den Kopf leicht zu ihm und erwidere sein Grinsen, ohne etwas darauf zu antworten. Es geht ihn nichts an, dass Scarlet zwar unwissend, aber durchaus lernwillig ist. Das hat sie den gestrigen Tag und fast die ganze Nacht eindrucksvoll unter Beweis gestellt.

»Ich bin beeindruckt«, stellt Caleb fest und legt mir im Vorbeigehen eine Hand auf die Schulter. »Vor zwei Tagen wärst du mir für so einen Spruch noch direkt an die Kehle gegangen.«

Er hat recht. Sobald jemand etwas gegen Scarlet sagte oder ich auch nur den Eindruck hatte, dass sich ihr irgendwer auf eine Weise näherte, die ich nicht guthieß, bin ich – und der Feral in mir gleichermaßen! – explodiert. Nicht selten musste es Caleb ausbaden; entweder weil er manchmal nicht weiß, wann er den Mund halten soll, oder weil er mich zurückhalten musste, bevor ich jemanden ernsthaft verletzen konnte.

Aber jetzt interessiert mich das nicht mehr. Ich werde zwar weder ihm noch jemand anderem Beleidigungen durchgehen lassen, aber Calebs gutmütiger Spott reizt mich nicht im Geringsten. Ich nehme ihn als das wahr, was er ist – ein Scherz auf meine Kosten – und fahre nicht sofort aus der Haut. Diese neu gewonnene innere Ruhe ist etwas, womit ich nicht gerechnet habe, aber sie tut mir unglaublich gut.

Der Feral, der in mir lebt und bisher ununterbrochen wie ein eingesperrtes Tier in mir wütete, liegt nun friedlich im hintersten Winkel meines Bewusstseins. Er ist da, lauernd und bereit, beim kleinsten Anzeichen einer Gefahr aufzuspringen und einzugreifen, wenn er seine Gefährtin oder sich selbst bedroht sieht, aber ansonsten ist er zufrieden damit, Scarlet durch meine Augen beobachten zu können.

»Du siehst besser aus als noch vor ein paar Tagen«, meint Caleb. »Das freut mich.«

Ich nicke. »Ich kann endlich wieder schlafen«, murmele ich. »Na ja, zumindest die paar Stunden, die wir geschlafen haben, waren erholsamer als die Nächte der ganzen letzten Wochen zusammen. Dank Scarlet fühle ich mich ausgeglichen und vollständig.«

»Könnte auch daran liegen, dass du endlich mal wieder ...«

Ich bringe ihn mit einem Blick zum Schweigen. »Sieh lieber zu, dass du Jyde und Brianna hierherholst.«

»Sollte das nicht lieber Scarlet machen?«

Ich schüttele den Kopf. »Sie hat ihre Macht noch nicht unter Kontrolle. Solange Tristan sich in ihrem Dorf aufhält, werde ich nicht das Risiko eingehen und sie dorthin schicken.«

»Sie wird Tristan in ein paar Tagen sowieso über den Weg laufen«, gibt Caleb zu bedenken.

»Ich weiß«, murmele ich. »Und bis dahin muss sie trainieren.« Mir die Hände reibend füge ich hinzu: »Und ich kann es gar nicht erwarten, dass er ins Schloss kommt – und sie ansieht!«

»Das ist wieder so ein Feral-Ding, oder?«

»Vielleicht. Aber glaub mir, auch du wirst dich darüber amüsieren, die beiden zusammen zu sehen.«

Caleb wirkt sichtlich verwirrt. »Bist du dir da sicher? Immerhin wollte er … Ist er nicht so was wie unser Feind?«

Ich wende mich wieder dem Schauspiel im Burghof zu und habe Mühe, ein Lachen zu unterdrücken. »Wart's nur ab.«

In ein paar Tagen wird Scarlets erste Bewährungsprobe stattfinden. Da das Treffen der drei Herrscher in Leerth dank des kleinen Zusammenstoßes zwischen Tristan und mir unterbrochen werden musste, sind wir zu keiner Einigung gelangt. Doch ohne die Unterstützung der anderen Reiche ist es nur eine Frage der Zeit, bis unser Land überrannt wird.

Ein Krieg steht unmittelbar bevor und jeder Einzelne von uns muss bereit sein.

Besonders Scarlet, denn ich werde nicht mehr an ihrer Seite sein können. Doch dank ihrer neuen Kraft als meine Gefährtin wird sie es schaffen, da bin ich mir sicher. Dies zu wissen nimmt mir eine unglaubliche Last von den Schultern und ich kann nach vorn sehen.

Ich mache mir keine Illusionen. Der Krieg wird Opfer fordern.

Und mein Leben wird das erste sein …

ENDE von Band 2

BONUSKAPITEL

DAS ERSTE WIEDERSEHEN

Ash

Zum dritten Mal an diesem Tag klettere ich auf die Mauer und schaue hinunter in die Stadt, die sich vor mir erstreckt. Unzählige Menschen laufen durch die Straßen, doch der eine, auf den ich warte, ist nicht zu sehen.

Ich hätte mich bei Jyde erkundigen sollen, wie sie die Nachricht, ins Schloss zu kommen, aufgefasst hat, aber die Wahrheit ist, dass ich mich nicht getraut habe. In aller Eile habe ich das Päckchen mit der Maske heute Morgen ihrer Großmutter in die Hand gedrückt und bin wieder verschwunden, bevor mich jemand sehen konnte. Darin bin ich während der letzten Jahre ziemlich gut geworden.

»Wenn ein Mädchen mit einem roten Umhang ankommt«, sage ich zu einem der Wachmänner, der mir auf der Mauer begegnet, »dann ...«

Er seufzt. »Dann lassen wir sie durch, ohne Fragen zu stellen, und schicken sie sofort zu Euch«, sagt er. »Das haben wir schon beim ersten Mal verstanden. Ihr müsst es nicht ständig wiederholen.«

Ich murmele eine halbherzige Entschuldigung. Mit nahezu jedem der Wachen und Soldaten habe ich schon unzählige Male im Ring gestanden und trainiert. Danach bin ich mit ihnen einen trinken gegangen oder wir haben die Stadt anderweitig unsicher gemacht. Ich freue mich, wenn sie größtenteils auf Förmlichkeiten mir gegenüber verzichten.

Wieder schaue ich hinunter in die Straßen und tippe gegen meinen Nexus, um sicherzugehen, dass er auch wirklich eingeschaltet ist. Nichts. Ich kann sie nicht hören, was bedeutet, dass sie noch nicht in der Nähe der Stadt ist.

»Wer ist dieses Mädchen eigentlich, auf das Ihr so dringend wartet?«, fragt der Wachmann.

Ich spüre mein breites Grinsen und bemühe mich in eine andere Richtung zu schauen. »Die beste Schwertkämpferin, die du je gesehen hast.«

»Und deswegen seid Ihr so nervös? Das ist bestimmt noch nicht alles, oder?«

»Nein«, sage ich, stütze mich auf die Mauer und stoße seufzend den Atem aus. »Das ist nicht alles.«

Der Wachmann zieht nur eine Augenbraue nach oben und schlendert davon.

Was es genau ist, was mich so nervös werden lässt, weiß ich selbst nicht. Und auch wenn ich es in Worte fassen könnte, würde es niemand verstehen. Nicht einmal ich tue es. Ich habe mein ganzes Leben bereits mit Mädchen und jungen Frauen zu tun, eine schöner und tugendhafter als die andere. Doch für keine einzige von ihnen interessiere ich mich auch nur ansatzweise.

Und das alles nur, weil mir ein Mädchen, das ich vor fünf Jahren getroffen habe, nicht aus dem Kopf geht.

Seit ich mit ansehen musste, wie sie vor meinen Augen ausgepeitscht wurde, habe ich sie nicht mehr gesehen. Zumindest nicht von Nahem. Hin und wieder schlich ich mich zu ihrem Dorf und beobachtete ihre Fortschritte im Schwertkampf aus der Ferne.

Doch ihr Training ist vorbei; Jyde kann ihr nichts mehr beibringen. Nun habe ich keine Ausrede mehr, um sie von mir fernzuhalten. Fünf Jahre haben hoffentlich ausgereicht, um sie den anderen Kerl vergessen zu lassen. Während der letzten Monate musste ich seine Visage zum Glück nicht mehr ständig sehen, wenn ich ihre Gedanken hörte. Sie kreisten um ihr Training und das, was sie jetzt vom Leben erwartet. Was nicht viel ist.

Ich habe lange genug ausgeharrt, habe mich lange genug zurückgehalten und ihr die Zeit gegeben, die sie brauchte, um ihre Narben – sowohl die äußeren als auch die inneren – heilen zu lassen. Um die eisige Mauer, die sie zweifellos um sich errichtet hat, werde ich mich persönlich kümmern.

»Hier bist du«, brummt Caleb hinter mir. »Ich suche dich schon überall, aber ich hätte es mir denken können ...« Er stellt sich neben mich und schaut ebenfalls in die Stadt hinab. »Und wenn sie nicht kommt? Wenn sie lieber in ihrem Dorf bleibt?«

»Sie wird kommen«, sage ich.

»Was macht dich da so sicher?«

»Ich weiß es einfach«, gebe ich zurück.

Caleb stößt sich von der Mauer ab und schlendert ein paar Meter. »Ich kann mich kaum noch an sie erinnern. Vielleicht hat sie uns ebenfalls vergessen und du bist der Einzige, der sich an etwas klammert, was nicht da ist.«

»Ich klammere nicht«, murre ich. »Ich will lediglich sehen, wohin es führt.«

»Ja, klar.« Caleb grinst. »Hast du den Blödsinn auch zu deiner Mutter gesagt, damit sie das Kleid in Auftrag gibt, das dein kleines Waldmädchen heute Abend tragen wird? Seit wann schenkst du deinen Frauen eigentlich Kleider?«

Ich verziehe den Mund. »Was denkst du nur von mir? Ich hab das Kleid aus eigener Tasche bezahlt.«

»Dann musst du jetzt knapp bei Kasse sein, wenn das stimmt, was Lucy mir erzählt hat.«

Ich will lieber nicht genau wissen, warum er Einzelheiten von Lucy, unserer besten Schneiderin, hat. Allerdings hat er recht damit, dass ich knapp bei Kasse bin. Die Sonderwünsche, die ich für Stoff und Schnitt hatte, waren kostspieliger, als ich es für möglich gehalten hätte. Entgegen der gängigen Mode darf das Kleid keine offene Rückenpartie haben. Es darf auch nicht gewöhnlich aussehen; ein bisschen Anspruch habe ich schon. Ihre Größe musste ich schätzen. Ich kann nur hoffen, dass es passt und nachher nicht mehr allzu viele Änderungen vorgenommen werden müssen. Die würden mich nämlich meine letzten Münzen kosten.

»Wie wäre es mit einem kleinen Kampf, um uns die Zeit zu vertreiben?«, fragt Caleb und lenkt damit meine Aufmerksamkeit wieder auf ihn.

»Du weißt, dass du nicht gegen mich gewinnen kannst«, sage ich.

»Völlig egal. Ich hatte schon lange nicht mehr das Vergnügen, von dir zu Brei geschlagen zu werden. Lass uns den Spaß doch noch ein bisschen erhöhen. Wenn du gewinnst, bezahle ich das Kleid, das du bei Lucy in Auftrag gegeben hast.«

Ich ziehe eine Augenbraue nach oben. »Und gesetzt den unwahrscheinlichen Fall, dass du gewinnst?«

»Dann werde ich heute Abend mit deiner kleinen Waldprinzessin tanzen.«

»Vergiss es!«, grolle ich, handele mir damit aber nur ein erneutes Grinsen von Caleb ein. »Ich meine es ernst! Solange ich nicht weiß, wie ich auf sie reagiere, solltest du solche Versuche unterlassen. Das könnte sonst schnell mit mehr als einer blutigen Nase für dich enden.«

Caleb zuckt mit den Schultern. »Damals ging es doch auch gut.«

»Damals war sie auch fast noch ein Kind«, gebe ich zurück.

»Wie alt ist sie jetzt? Achtzehn? Neunzehn?«

»Einundzwanzig«, grummele ich.

»Stimmt, ein Kind dürfte sie jetzt nicht mehr sein. Ein Grund mehr, dass ich mit ihr tanzen möchte. Ich könnte ihr sicherlich auch noch das ein oder andere beibringen, wenn du verstehst, was ich meine.«

Ich beiße die Zähne zusammen und versuche krampfhaft das Knurren, das sich in meiner Kehle zusammenbraut, zu unterdrücken. Caleb und ich sind Freunde seit Kindertagen und er weiß ganz genau, wie er mich zur Weißglut treiben kann. Er weiß aber auch, dass es sehr schnell gefährlich werden kann, wenn ich die Kontrolle verliere. Mehrmals habe ich ... hat mein anderes Ich ihn bereits gebissen und ich fühlte mich jedes Mal schrecklich danach.

Dieses Mal würde ich mein anderes Ich jedoch nicht aufhalten.

»Komm schon, Ash«, sagt Caleb und stößt mich mit der Schulter an. »Du kannst das Gold gut gebrauchen, das du bei einem Sieg gegen mich gewinnen würdest. Ich weiß doch, dass deine Mutter dich kurzhält seit unserem kleinen Ausrutscher im äußeren Distrikt.«

Ich verdrehe die Augen. »Das war dein Ausrutscher. Ich habe nur den Kopf für dich hingehalten. Wieder einmal.«

»Ach, Papperlapapp«, sagt Caleb und winkt ab. »Was ist nun?«

Ich könnte das Gold wirklich gut gebrauchen ... Und wenn man es genau betrachtet, ist es Calebs Schuld, dass ich zurzeit als Prinz ärmer bin als die Bauern außerhalb der Stadtmauern. Also kann er dafür ruhig bluten – in doppelter Hinsicht. Diesmal werde ich mich nicht damit begnügen, ihn nur leicht zu schlagen. Auf keinen Fall wird er mit Scarlet tanzen! Nur über meine Leiche!

»Na schön«, sage ich und verschränke die Arme. »Falls du tatsächlich so darauf aus bist, von mir verprügelt zu werden, will ich deinem Wunsch nicht im Weg stehen.«

»Vergiss nicht: Wenn ich gewinne, darf ich mit ihr tanzen«, erwidert er, als er bereits die Leiter nach unten steigt.

»Als ob du je gegen mich gewonnen hättest«, brumme ich und folge ihm.

**

Auf dem Weg zum Trainingsplatz begegnen wir Ruby und zwei anderen Mädchen der Entourage, deren Namen mir entfallen sind. Ich bin froh darüber, dass nur noch wenige von ihnen hier sind; zu Beginn waren es über zwanzig, doch als sich nach und nach eine Favoritin durchsetzte – die meiner Mutter, wohlgemerkt! –, wurden die anderen zurück nach Hause geschickt oder in vorteilhafte Ehen vermittelt. Dass aber ausgerechnet Ruby die Favoritin meiner Mutter sein muss … Sie ist hübsch und ihre roten Locken sind ein Hingucker. Leider ist sie eine hinterhältige Schlange und rücksichtslos obendrein. Manchmal halte ich sie sogar für einfältig, da sie nicht begreifen will, dass ich nichts für sie empfinde. Nichts an ihr reizt mich, nicht mal ihr schönes Äußeres.

Auch mein anderes Ich verzieht sich angewidert in den hintersten Winkel meines Bewusstseins, wenn sie sich an meinen Arm klammert und mit ihrer viel zu hohen Stimme auf mich einplappert. Ich glaube noch nicht einmal, dass sie wirklich in mich verliebt ist. Es ist einzig und allein meine Krone, die sie will. Leider habe ich es bis heute nicht geschafft, auch meine Mutter von dieser Ansicht zu überzeugen. Die beiden anderen Mädchen der Entourage sind nur noch als Gesellschafterinnen für Ruby hier, damit sie unter all den Männern, die im Schloss leben, nicht »verroht«.

Ich grüße die drei Damen mit einer leichten Verbeugung, die sie albern kichernd erwidern, und ziehe Caleb schnell weiter, bevor eine von ihnen auf die Idee kommen könnte, mir ein Gespräch ans Bein zu binden.

»Andere Männer wären froh, wenn ihnen solche Schönheiten vor die Nase gesetzt werden«, brummt er, nachdem wir außerhalb ihrer Hörweite sind.

»Von mir aus kannst du sie alle haben«, sage ich. »Tu dir keinen Zwang an.«

»Du lässt sie ja sogar in der Baracke aus und ein gehen.« Caleb schüttelt den Kopf. »Ich würde es nicht mögen, wenn ein anderer Mann das anfasst, was mir gehört.«

»Sie gehören nicht mir. Wie gesagt, ich will keine von ihnen.« Allein bei der bloßen Vorstellung schüttelt es mich. Wenn ich ein Mädchen wie Ruby heiraten müsste, würde ich mich früher oder später von der Stadtmauer stürzen, um meinem Leiden ein Ende zu setzen. Was sie und die anderen Mädchen machen, kümmert mich nicht im Geringsten. »Eine Frau, die mich interessiert, würde ich nicht in die Baracke lassen. Da fielen mir schon Mittel und Wege ein, um das zu verhindern. Aber so eine Frau muss ich erst mal finden.«

Er rempelt mich mit der Schulter an. »Insgeheim hoffst du doch, dass deine kleine Waldprinzessin diejenige ist, oder? Aber du hast es schwerer als wir normalen Männer: Bei dir entscheidet noch jemand mit!«

Ich äußere mich nicht dazu. Ich *hoffe* nicht nur, dass Scarlet die Frau ist, die mich interessiert. Ich *weiß* es bereits.

In den letzten fünf Jahren habe ich mich im Hintergrund gehalten. Uns trennten entweder mehr als zwanzig Meter oder ein ganzes Stockwerk. Von Nahem habe ich sie seit dem Tag ihrer Bestrafung nicht mehr gesehen. Aber die Abende, die ich heimlich in der Hütte ihrer Großmutter verbracht habe, nachdem Scarlet schlafen gegangen war, ließen keinen Zweifel zu. Manchmal trug sie ihren Nexus im Schlaf, sodass ich ihre Gedanken und Träume ungefiltert teilen konnte. In anderen Fällen reichte ihr Duft aus, der in der Hütte allgegenwärtig war, um mir den Rest zu geben. Es sollte verboten werden, dass ein Mensch so gut riechen kann …

***

Caleb und ich legen die Tuniken ab, bevor wir den Trainingsring betreten.

»Letzte Chance, einen Rückzieher zu machen und mir das Gold gleich zu geben«, biete ich an.

»Das hättest du wohl gerne«, erwidert Caleb, während er die Hände mit weißen Bandagen umwickelt. »Ich will doch wissen, wie du wirklich zu ihr stehst.«

Ich zucke mit den Schultern. »Gut möglich, dass ich sie etwas mehr mag als anfänglich geplant.«

»Ha, ich wusste es!«, sagt Caleb.

Die anderen Soldaten schlendern herbei und es dauert nicht lange, bis die ersten Wettgebote laut werden. Sie setzen alle ausnahmslos auf mich. Sie wären Narren, wenn sie es nicht täten. Wie Caleb auf die Idee kommt, er könnte diesmal gegen mich gewinnen, ist mir schleierhaft. Er ist zwar größer und kräftiger als ich, dennoch unterliegt er mir jedes Mal. Und das aus gutem Grund.

In dem Augenblick, bevor wir das erste Mal im Ring aufeinanderprallen, höre ich Scarlets Stimme im Kopf. Klarer und deutlicher als all die Jahre zuvor, während ich hier im Schloss war. Das bedeutet, dass sie in der Stadt sein muss. Ich drehe den Kopf Richtung Burgtor und handele mir sofort einen Fausthieb in den Magen von Caleb ein.

»Wo bist du denn schon wieder mit deinen Gedanken?«, fragt er. »Wenn du weiterhin so unaufmerksam bist, habe ich leichtes Spiel mit dir.«

Ich beachte ihn kaum. Mein Blick klebt förmlich am Burgtor, während mein Herz viel zu schnell und aufgeregt schlägt.

»He!« Ein weiterer Hieb landet in der Nierengegend und ich ziehe zischend die Luft ein. »Hier spielt die Musik.«

Ich blocke die nächsten Angriffe ab, bin jedoch nicht wirklich bei der Sache. Mit jeder verstreichenden Minute wird Scarlets Stimme in meinem Kopf klarer, bis es sich anfühlt, als stünde sie direkt neben mir.

Als ich zu ihrem Dorf gereist bin, um das Päckchen mit der Maske abzugeben, habe ich mir während der ganzen Zeit überlegt, was ich zu ihr sagen werde, wenn ich sie zum ersten Mal wiedersehe. Ich habe mir vorgestellt, wie sie auf mich reagieren wird, denn genau wie sie habe ich mich verändert und bin ich nicht mehr der Junge von damals. Ich kenne meine Wirkung auf Frauen, aber wird das bei Scarlet genauso sein? Oder haben sie die Erfahrungen, die sie in der Vergangenheit machen musste, abstumpfen lassen? Für mich wäre es das Schlimmste, wenn sie nichts weiter als eine leere Hülle wäre und nicht mehr die kleine Kratzbürste von vor fünf Jahren. Wenn sie alles verloren hat, was sie damals ausgemacht hat ...

Ein Windzug trägt ihren Duft zu mir, und als ich mich umdrehe, sehe ich sie. Beides in Kombination lässt mich augenblicklich erstarren. Der Feral in mir ist ebenfalls aus dem Schlaf hochgeschreckt und schickt ein Grollen durch meinen Körper.

Nur ein Wort, ein einziges Wort bildet sich im Kopf. *Mein.*

Das ist mir vorher noch nie passiert. Bisher hielt sich der Feral immer im Hintergrund, egal mit welchen oder wie vielen Frauen ich als Heranwachsender intim wurde. Es interessierte ihn nicht im Geringsten und ich hatte freie Hand. Doch jetzt ... weiß ich nicht, wie ich auf seine Aufregung reagieren soll.

Scarlet folgt Jyde und kommt näher, direkt auf den Trainingsring zu. Mit jedem ihrer Schritte auf mich zu wird das Verlangen des Ferals in mir drängender und fordernder. Um nicht völlig die Kontrolle zu verlieren, beschränke ich mich darauf, durch den Mund ein- und auszuatmen. Bisher war ich immer nur einem Reiz von ihr ausgesetzt, entweder ihrem Duft oder ihrem Anblick aus der Ferne. Beides zusammen zusätzlich zu ihrer Stimme im Kopf lässt meine Sinne verrücktspielen.

Caleb stößt einen Fluch aus und verpasst mir einen so festen Hieb in die Magengrube, dass ich mich würgend nach vorn krümme und mir den Bauch halte.

»Wenn du dich hier draußen verwandelst, gibt es mächtig Ärger«, warnt er mich.

»Ich stand nicht davor, mich ... zu verwandeln«, bringe ich keuchend hervor, während ich mir beide Hände gegen den Bauch drücke. Verdammter Mist, tut das weh!

Caleb verzieht den Mund. »Deine Augen haben sich verändert. Du warst kurz davor, die Kontrolle zu verlieren. Und glaub ja nicht, dass ich das Knurren vorhin nicht gehört habe. Geht es wieder oder muss ich dir die Lichter auspusten, um dich im Käfig einzusperren?«

»Das wagst du nicht«, grolle ich.

Nicht heute. Nicht, wenn Scarlet endlich hier ist. Die nächsten Tage darf nichts passieren! Aber ich werde auch nicht vor ihren Augen gegen Caleb verlieren. Wie sähe das denn aus?

Um meine Drohung zu unterstreichen und den Kopf frei zu bekommen, lande ich einige gezielte Hiebe, die Caleb in die Knie zwingen. Er war schon immer langsamer als ich und es dauert nicht lange, bis er mit dem Rücken im Sand liegt und ich rittlings auf ihm sitze.

»Du gibst dir ja jetzt richtig Mühe«, spottet Caleb. »Woran das nur liegen könnte ...? Schaut sie dir zu?«

»Sei still!«, zische ich und verpasse ihm einen Fausthieb gegen das Kinn.

Caleb gibt noch ein unterdrücktes Lachen von sich, bevor er beide Hände als Zeichen der Unterlegenheit erhebt. Um uns herum brandet Jubel auf, während ich von ihm herunterklettere und ihm anschließend die Hand hinhalte, um ihm aufzuhelfen.

»Dann wollen wir uns deine kleine Prinzessin doch mal ansehen«, sagt Caleb, als er meinen Unterarm umfasst.

»Halt dich zurück«, grummele ich und werfe immer wieder kurze Blicke in Scarlets Richtung. Sie steht noch da und beobachtet uns. Die Arme hat sie vor der Brust verschränkt. Ich traue mich nicht, mich auf ihre Gedanken zu konzentrieren, denn ich weiß nicht, ob es mir wirklich gelingt, die Kontrolle über mich zu behalten.

»Ruhig, Kumpel, du bist ja total neben der Spur«, murmelt Caleb. »Atme durch den Mund, vielleicht hilft das.«

»Das tue ich schon die ganze Zeit – und nein, es hilft nicht.«

Seine dummen Sprüche kann er sich sparen! Er hat keine Ahnung, was gerade in mir vorgeht. Ich habe ja nicht einmal selbst eine Vorstellung davon ...

»Tja, zu schade aber auch«, sagt Caleb und dreht sich um. »Ich für meinen Teil werde sie mir jetzt aus der Nähe ansehen.«

Er hebt die Hand zum Gruß und geht auf Scarlet zu, bevor ich ihn daran hindern kann.

»Bleib hier!«, zische ich, doch natürlich ignoriert er mich. Also werde ich ihm wohl hinterherlaufen und dabei ein möglichst unverfängliches Grinsen zur Schau stellen müssen, von dem ich weiß, dass die Frauen es lieben.

Für den Bruchteil einer Sekunde huscht ihr Blick zu mir und ihre wunderschönen grünen Augen weiten sich. Ich kann nicht genau sagen, ob es Verwirrung ist, die ich in ihrer Miene sehe, doch ich hoffe für mich, dass es nur Überraschung ist. Aber diese Augen ... Grüner und leuchtender als die Blätter der Wälder, in denen sie lebte!

Scarlet sagt etwas zu Jyde, der jedoch den Kopf schüttelt. Ich müsste mich nur auf ihre Gedanken in meinem Kopf konzentrieren, um zu wissen, was gerade in ihr vorgeht, doch ich muss es langsam angehen lassen, denn Caleb wird seiner Drohung jederzeit Taten folgen lassen, wenn ich mein anderes Ich nicht im Griff habe. Und ich habe den Feral im Moment beim besten Willen nicht im Griff!

Ich beherrsche ja nicht mal meine verdammte Atmung, die viel zu schnell und abgehackt geht.

Caleb erreicht Scarlet als Erster und zieht sie in eine feste Umarmung. Allein dafür schreit der Feral nach Calebs Blut. Ich bin so damit beschäftigt, ihn unter Kontrolle zu halten, dass ich es nicht schaffe, Scarlet ebenfalls zu begrüßen. Lieber halte ich den Mund, als dass nur Blödsinn oder gar ein Feral-Grollen herauskommt.

Verdammt, das habe ich mir doch komplett anders vorgestellt ... Ich wollte sie mit meinem Charme und Witz beeindrucken und leichtes Spiel bei ihr haben, wie bei allen anderen Frauen auch. Wieso gelingt mir das gerade jetzt nicht?

»Willkommen im Schloss, Prinzessin«, sagt Caleb. »Schön, dass du endlich da bist.«

Er nennt sie tatsächlich Prinzessin ... Frauen mögen das für gewöhnlich.

Ich ärgere mich zwar, dass Caleb mir zuvorgekommen ist, doch als ich mich kurz auf Scarlets Gedanken konzentriere, höre ich, dass sie alles andere als erfreut über ihren neuen unfreiwilligen Spitznamen ist. Sie ist außer sich vor Wut und ihre stechend grünen Augen scheinen Blitze auf ihn zu schießen.

Ich schmunzele und schaue sie mir genauer an. Sie ist tatsächlich zu einer Frau geworden. Und wie es aussieht, lässt sie endlich diesen Quatsch mit der Brustbandage sein. Sehr gut! Es wäre ein Jammer, wenn sie ihre wundervollen Rundungen weiterhin verstecken würde. Allerdings wird Lucy nachher noch Änderungen am Kleid vornehmen müssen, die sie extra berechnen wird. Aber dank meines Sieges über Caleb bin ich nun nicht mehr arm wie eine Kirchenmaus. Und dieser Körper! Sie ist nicht so dürr wie die Mädchen, die mir Mutter immer vorsetzte, sondern durchtrainiert, sodass ich keine Angst haben muss, sie bei der kleinsten Berührung zu verletzen. Zum Glück überlässt die enge Lederrüstung, die sie trägt, nicht viel meiner Fantasie.

Scarlets Haare sind immer noch so dunkel wie damals. Fast könnten sie als schwarz gelten, doch wenn wie jetzt die Sonne direkt darauf scheint, schimmern braune Strähnen dazwischen auf. Ihre Farbe und die unterschiedlichen Braunschattierungen erinnern mich eher an die Rinde eines Baumes.

Ich blinzele mehrmals hintereinander. Woher kommen denn diese kitschigen Vergleiche auf einmal?

»Ich dachte schon, ihr wärt unterwegs gefressen worden, weil ihr so spät dran seid«, witzelt Caleb.

Ich verdrehe die Augen. Die Chancen, dass sie tagsüber von einem streunenden Feral angegriffen wird, sind sehr gering. Vor allem seit ich in den letzten Jahren alles dafür getan habe, um den Streunern klarzumachen, dass mit mir als neuem Alpha nicht zu spaßen ist. Seit dem Angriff auf Scarlet und Tristan, der in der Nacht bei ihr war, gelang es mir, dafür zu sorgen, dass die Streuner in ihrem Gebiet bleiben. Allerdings weiß ich, dass das kein Dauerzustand ist. Mit jedem Tag wird es schwerer, unsere Grenzen zu verteidigen, und früher oder später wird die Front fallen. Aber das ist etwas, womit ich mich zu einem anderen Zeitpunkt beschäftigen werde. Jetzt gilt meine ganze Aufmerksamkeit der jungen Frau vor mir.

»Die Einladung«, erwidert Scarlet spitz und strafft dabei den Rücken, »kam sehr kurzfristig. Aber die Reise hierher verlief problemlos, danke der Nachfrage.«

Ich schaffe es nicht, ein Lachen ganz zu unterdrücken. Teils amüsiere ich mich über den Tonfall, teils bin ich so erleichtert, dass sie innerlich noch genau dieselbe Kratzbürste wie damals zu sein scheint. Ein riesiger Stein fällt mir vom Herzen. Sie weigert sich zwar noch immer, mich direkt anzusehen, aber das macht nichts. Irgendwann muss sie mich anschauen. Und ich werde geduldig auf diesen Moment warten.

»Gibt es einen Grund, dass alles so schnell gehen musste?«, hakt sie nach. »Will die königliche Garde zu einem neuen Standort aufbrechen?«

»Königliche Garde?«, wiederholt Caleb und wirft mir einen fragenden Blick zu.

Ich habe es befürchtet, aber ich wollte es nicht wahrhaben ... Sie will tatsächlich in die Garde, um direkt an der Front gegen die Streuner zu kämpfen. Das kann ich nicht zulassen! Aber wenn ich mich sofort dagegen ausspreche, wird sie das nicht für mich einnehmen. Nachdem ich fünf lange Jahre behutsam vorgegangen bin, darf ich jetzt nicht gleich am ersten Tag alles zunichtemachen.

»Ja, was denn sonst?«, knurrt sie.

Sofort ist bei diesem Klang mein Feral wieder hellwach und auch mir gefällt dieser Tonfall. Ihre normale Stimmlage ist ebenfalls sehr melodisch, aber das raue Knurren, das sie eben ausgestoßen hat, versetzte sämtliche meiner Sinne in Schwingung.

»Was glaubst du, warum ich hier bin? Sicherlich nicht, um dir dabei zuzusehen, wie du dich im Sand wälzt.«

»Wie schade«, sagt Caleb mit einem breiten Grinsen, das mich erneut mit den Augen rollen lässt.

Warum gelingt es ihm, sich so ungezwungen in ihrer Gegenwart zu benehmen, während ich den Eindruck mache, als hätte ich die eigene Zunge verschluckt? Das ist doch sonst nicht meine Art ...

Wieder tauscht Caleb einen Blick mit mir und ich nicke. Ich kenne den

Anführer der Garde sehr gut; er war mein Lehrmeister. Er nimmt keine Frauen in seine Einheit auf, ganz gleich wie gut sie sind. Soll er sie doch ablehnen, wenigstens bin ich dann nicht derjenige, der sich sofort gegen sie stellt.

Caleb seufzt und ruft dann: »Kay, komm mal her!« Es dauert nur wenige Augenblicke, bis mein Lehrmeister sich von den Umstehenden löst und auf uns zukommt. »Kay, Scarlet. Scarlet, Kay«, stellt Caleb die beiden kurz und schmerzlos vor. »Er ist einer unserer Ausbilder und außerdem der Chef der Garde. Und diese junge Dame möchte in die königliche Garde aufgenommen werden.«

»Freut mich«, entgegnet Scarlet steif und ohne eine Miene zu verziehen, während sie Kays Unterarm ergreift.

»Das werden wir noch sehen.« Kay lässt ihren Arm los und macht einen Schritt zur Seite. »So, du willst also in die königliche Garde?«

Scarlet nickt und hält Kays prüfendem Blick stand. Stolz flammt in mir auf, während ich die beiden beobachte. Hätte ich bisher noch Zweifel daran gehabt, dass Scarlet anders als andere Frauen ist, wären sie spätestens jetzt ausgelöscht worden. Gestandene Männer ganz anderen Kalibers sind bereits unter Kays Blick eingeknickt, doch Scarlet lässt sich nichts anmerken. In meinem Kopf höre ich zwar ihre nervösen Gedanken, vor allem als Kay den Fellbesatz ihres Mantels inspiziert, aber sie hält das Kinn oben und den Rücken gerade. Ein zufriedenes Lächeln zupft an meinen Mundwinkeln und auch der Feral grollt ebenso zufrieden in der Brust.

Sie ist es. Sie und keine andere.

»Die königliche Garde«, sagt Kay, »arbeitet im Namen der Königsfamilie. Unsere Aufgabe ist es, das Übel an der Wurzel zu packen und es mit Stumpf und Stiel herauszureißen.«

»Das ist mir bewusst«, entgegnet Scarlet, während sie weiterhin das Kinn gereckt hält.

Kay stößt geräuschvoll den Atem aus und schüttelt den Kopf. »Ich denke nicht, dass du dafür geeignet bist.«

Scarlets Gedanken wirbeln wild durcheinander. Doch einen höre ich ganz klar heraus: Sie denkt daran, wieder zurück in ihr Dorf zu gehen, wenn sie nicht in die Garde aufgenommen wird. Sie will gehen ... Dabei ist sie doch gerade erst hier angekommen. Das darf ich nicht zulassen! Ich muss etwas unternehmen, damit sie hierbleibt. Und ich reagiere mal wieder, ohne gründlich darüber nachzudenken.

»Nicht so voreilig, Kay«, sage ich und lege meinem Lehrmeister eine Hand auf die Schulter.

Es ist vollkommener Irrsinn, was ich hier mache ... Wenn ich mich für sie einsetze und Kay überrede, eine Ausnahme für sie zu machen, schicke ich sie in ihr sicheres Verderben ... Mir ist das vollauf bewusst, doch die Angst, sie bereits jetzt wieder zu verlieren, ist viel größer als die Sorge, dass sie vielleicht in die Garde aufgenommen werden könnte. Dann würde sie erst einmal hier im Schloss bleiben, um auf ihren neuen Posten vorbereitet zu werden. Sie wäre hier, in meiner Nähe, und ich könnte ... Ich hätte Zeit. Zeit, um sie für mich zu gewinnen.

Und endlich huscht ihr Blick zu mir. Zwar wieder nur flüchtig, aber sie tut nicht mehr so, als wäre ich Luft. Meine Hand zittert auf Kays Schulter und ich bin sicher, dass auch ihm das aufgefallen ist. Caleb beobachtet mich unterdessen ebenfalls ganz genau und wartet nur darauf, dass ich wieder Zeichen einer Verwandlung zeige. Ich muss ruhig bleiben ...

»Sie wurde von Jyde trainiert«, fahre ich fort. »Glaub mir, sie ist gut. Bereits vor fünf Jahren und ohne nennenswertes Training hat sie es geschafft, einen streunenden Feral zu töten.«

»Ein toter Feral macht einen noch nicht zu einem verlässlichen Kämpfer«, entgegnet Kay, nicht im Mindesten beeindruckt.

»Du schuldest mir noch einen Gefallen, Kay«, trumpfe ich auf und verschränke die Arme vor der Brust.

Scarlets Gedanken sind wirr, doch als sie etwas über meinen Bizeps und die Schultern denkt, kostet es mich schier unendlich viel Willenskraft, um mich auf meinen Lehrmeister vor mir zu konzentrieren. Wenn sich ihr Geruch jetzt verändert, wird mich nichts und niemand mehr davon abhalten, mich zu verwandeln ...

Das wäre das Schlimmste, was passieren könnte! Scarlet, die hier ist, um

Ferals zu töten, würde nicht ein Wort von dem hören wollen, was Caleb oder Kay zu sagen hätten, wenn ich plötzlich als Feral vor ihr stünde. Sie würde ihre Waffen ziehen und mich töten, ohne dabei zu zögern. Sie darf auf keinen Fall erfahren, was ich bin!

»Und deinen Gefallen willst du für dieses Mädchen einfordern?« Kay schüttelt den Kopf. »Frauen waren schon immer dein Untergang, Prinz«, murmelt er, bevor er sich wieder Scarlet zuwendet.

Ich unterdrücke den Drang, laut aufzuseufzen. Nur dank Caleb wurde ich jedes Mal in Frauengeschichten verwickelt ... Ich bin da sehr viel diskreter als mein bester Freund, der nahezu alles nimmt, was nicht bei drei auf den Bäumen ist. Das ist natürlich ein toller erster Eindruck, den Scarlet durch Kays Aussage von mir bekommt ... Hoffentlich habe ich bald die Gelegenheit, ihn wieder wettzumachen.

»Na schön, der Prinz persönlich möchte, dass du zumindest eine Chance bekommst. Wie war gleich dein Name?«

»Scarlet«, antworte ich für sie, noch ehe sie den Mund öffnen kann. Keine Ahnung, warum ich das mache. Ich will einfach ihren Namen aussprechen. Ich liebe seinen Klang.

Scarlets Blick schweift wieder zu mir und verweilt diesmal. Ich schlucke angestrengt und halte dann die Luft an, um dem aufgeregten Feral in mir nicht noch mehr Nahrung zu geben. Mein Herz stolpert in einem seltsamen Takt, als ihr Blick mich von oben bis unten begutachtet, einen Moment an meiner mit Sand beklebten Brust hängen bleibt und schließlich zu meinem Gesicht zurückkehrt. Wir schauen einander in die Augen und ich verliere mich für eine Weile in ihren. Ihr scheint es ebenso zu ergehen und ich wage es, ihr ein kleines Lächeln, das sich mir unweigerlich auf die Lippen schleicht, zu schenken.

Für die Dauer eines Herzschlags erhasche ich einen Blick auf die Frau hinter der eiskalten Fassade – und dieser kurze Blick reicht aus, um sämtliche Zweifel in mir auszulöschen. Sie ist noch da ... Die kleine Kratzbürste von damals verbirgt sich wie eh und je hinter dem kühlen Antlitz. Das – in Kombination mit der stolzen und toughen Frau, zu der sie geworden ist – lässt mich bereits jetzt wissen: Es könnte keine passendere Gefährtin für mich geben.

Sie ist das Wunder, für das ich die Göttin jeden verdammten Tag angefleht habe.

Wir starren einander an, ohne etwas anderes um uns herum wahrzunehmen, bis Caleb ein Hüsteln von sich gibt. Scarlet blinzelt mehrmals hintereinander, löst jedoch den Blick nicht von mir. Darf ich das als gutes Zeichen werten?

»Na schön«, brummt Kay. »Caleb wird dir nachher dein Quartier zeigen und morgen werden wir sehen, ob du das Zeug dazu hast, in die Garde aufgenommen zu werden, oder ob wir dir doch eine andere Beschäftigung suchen. Aber ... Die königliche Garde arbeitet eng mit der Königsfamilie zusammen.«

Während der ganzen Zeit schaut sie mich an – und trotz der Eiseskälte, die sie nach außen hin wieder umgibt, habe ich das Gefühl, dass es ihr genauso ergeht wie mir: Nichts um mich herum existiert in diesem Moment. Kay höre ich nur mit halbem Ohr zu und auch Jyde und Caleb, die uns beide sehr genau beobachten, schenke ich keine Beachtung. Ich sehe nur Scarlet vor mir.

»Daher solltest du als Anwärterin dem Prinzen den nötigen Respekt erweisen«, fährt Kay fort und ich lande wieder im Jetzt und Hier.

Nun scheint sich mein Grinsen regelrecht von einem Ohr zum anderen auszubreiten. O ja, meinen Titel aus ihrem bezaubernden Mund zu hören, ist etwas, wovon ich schon lange geträumt habe. Vorzugsweise zwar, wenn wir allein sind und keine Zuschauer haben und dazu noch weniger bekleidet sind, aber ich fange gern klein an.

Doch Scarlet überrascht mich erneut, indem sie das Kinn vorschiebt und knapp nickt.

»Ash«, presst sie monoton und ohne jedwede Hingabe hervor.

Ein Muskel zuckt unter meinem rechten Auge und ich muss mir Mühe geben, um mein Lächeln aufrechtzuerhalten. Sie packt Jyde am Arm und flieht regelrecht mit ihm. Mir bleibt nichts anderes übrig, als ihr hinterherzustarren.

Ähm ... was ist hier gerade passiert?

»Autsch«, sagt Kay und schlägt mir mitfühlend auf die Schulter. »Das muss wehgetan haben.«

Zeitgleich bricht Caleb in schallendes Gelächter aus.

»Irgendwie«, murmele ich, »habe ich mir das anders vorgestellt.«

»Tja«, sagt Caleb und schlägt mir so fest auf den Rücken, dass ich mindestens einen Meter nach vorn stolpere, »willkommen in der Realität, Kumpel. Ich werde dann mal Schadensbegrenzung betreiben und ihr Hazel und Payne vorstellen. Die beiden schaffen es bestimmt, sie davon zu überzeugen, in Daarth zu bleiben.«

»Bist du dir da sicher?«, fragt Kay glucksend. »Immerhin ist unser Prinz kläglich gescheitert. Dabei beten die Frauen doch sonst den Boden an, über den er wandelt.«

»Vielleicht tut es ihm mal ganz gut, wenn er sich so fühlt wie wir Normalsterblichen«, wirft Caleb ein.

»Ich kann euch hören«, grummele ich. »Tut nicht so, als wäre ich nicht hier. Scarlet ist nicht wie andere Frauen, ganz einfach.«

»Ja, das würde ich jetzt wahrscheinlich auch sagen, um meine Quote nicht zu versauen«, sagt Kay. »Ich werde es ablehnen, sie in die Garde aufzunehmen. Das weißt du, oder?«

Ich nicke. »Das war mein Plan.«

»Dein Plan, soso.« Mein Lehrmeister wendet sich ab. »Dann bleibt mir nichts anderes übrig, als dir viel Glück zu wünschen. Vielleicht ist sie die Erste, an der du dir die Zähne ausbeißt.«

»Wir werden sehen«, sage ich.

Ich werde nicht aufgeben und mir auch nicht die Zähne an ihr ausbeißen. Scarlet gehört mir, da sind sich der Feral und ich ausnahmsweise mal einig. Jetzt muss sie es nur auch noch so sehen. Heute Abend zum Maskenball habe ich meine erste Chance, sie für mich zu gewinnen.

Und diese Chance werde ich auf jeden Fall nutzen.

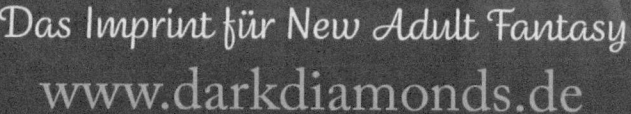

Die Dunkelheit ist in dir ...

Diana Dettmann
Celesta: Asche und Staub
Softcover
ISBN 978-3-551-30104-8

Emma war noch ein kleines Mädchen, als ihre Mutter verschwand und ein Leben voller Risse zurückließ, die niemand jemals zu flicken vermochte. Mit kaum mehr als einem kläglichen Schulabschluss in der Tasche, fristet sie Jahrzehnte später ihre Abende hinter der Theke einer ranzigen Bar, teilt sich die Wohnung mit einem Mann, den sie nicht liebt, und träumt davon, eines Tages all das hinter sich zu lassen. Bis ihr eines Morgens auf dem Weg nach Hause eine furchteinflößende Kreatur begegnet, die ihrem Leben fast ein Ende setzt. War es der unvermittelt im Nebel auftauchende Fremde, der sie gerettet hat, oder das Feuer, das plötzlich aus ihren Handflächen schoss? Die bittere Wahrheit gibt Emmas Dasein eine jähe Kehrtwendung. Denn von einem Tag auf den anderen wird sie zur Gejagten, mit dem Schicksal ihrer Mutter im Nacken. Doch sie ist nicht allein ...

www.darkdiamonds.de

Eine Liebe, so tief wie die Nacht ...

Sabine Schulter
Melody of Eden
Band 1: Blutgefährten
304 Seiten
Taschenbuch
ISBN 978-3-551-30091-1

Vampire – Mythos oder Wahrheit? Diese Frage stellt sich auch die 23-jährige Melody, als sie gemeinsam mit ihrer Freundin die unterirdischen Gänge ihrer Heimatstadt erforscht. Schon immer hat sie sich gefragt, ob es diese Wesen der Nacht tatsächlich gibt. Es wird gemunkelt, dass die Regierung ihre Existenz zu vertuschen versucht, und Melody würde nur zu gerne herausfinden, warum. Als sie plötzlich von einer unheimlichen Kreatur in die Tiefe gerissen und von einem unglaublich anziehenden Mann gerettet wird, ist ihr Wissensdurst nicht mehr zu stillen. Doch schon bald muss Melody herausfinden, dass es Wesen gibt, die man besser nicht auf sich aufmerksam macht ...

www.darkdiamonds.de

Dämonisch, düster, unwiderstehlich ...

Karin Kratt
Seday Academy
Band 1: Gejagte der Schatten
260 Seiten
Taschenbuch
ISBN 978-3-551-30092-8

Für die meisten Wesen dieser Welt sieht Cey einfach nur perfekt aus. Denn Cey ist eine J'ajal und daher ist sie nicht nur übernatürlich schön, sondern besitzt auch übermenschliche Eigenschaften, darunter Fähigkeiten, die sie zu einem Leben auf der Flucht verdammen. Nirgends ist sie zu Hause, an keinen Menschen bindet sie ihr Herz. Zu groß ist die Gefahr, dass die Seday sie aufspüren und in ihr System der Täuschungen zwingen. Doch dann begegnet sie Xyen, einem der mächtigsten Anführer der Seday – und einem der attraktivsten. Ausgerechnet er scheint nach und nach Ceys Vertrauen gewinnen zu können. Aber kann Xyen auch Cey vertrauen?

www.darkdiamonds.de

Dark Diamonds
Jeder Roman ein Juwel.

Dark Diamonds
Ein Imprint der CARLSEN Verlag GmbH
März 2019
© der Originalausgabe by CARLSEN Verlag GmbH, Hamburg 2018
Text © Asuka Lionera, 2018
Lektorat: Dietlind Koch
Umschlagbild: shutterstock.com / © Ollyy / © LaineN / © artshock /
www.freepik.com / © BiZkettE1
Umschlaggestaltung: formlabor, ungecovert – Buchcover und mehr (Kim Leopold)
Satz und Umsetzung: readbox publishing, Dortmund
Druck und Bindung: CPI Books GmbH, Birkach
ISBN 978-3-551-30157-4
Printed in Germany
www.carlsen.de/darkdiamonds

Alle Bücher im Internet: www.carlsen.de